# LA LISTE
# DE NOS INTERDITS

KOETHI ZAN

# LA LISTE DE NOS INTERDITS

*Traduit de l'anglais (États-Unis)*
*par Séverine Quelet*

fleuvenoir

Titre original : *The Never List*
Publié par Washington Square Press,
a division of Simon & Schuster, Inc.

Cet ouvrage a paru précédemment
chez France Loisirs sous le titre
*Au bout de la peur*

MIXTE
Issu de sources responsables
FSC® C003309
FSC www.fsc.org

Fleuve Éditions, une marque d'Univers Poche,
est un éditeur qui s'engage pour
la préservation de son environnement
et qui utilise du papier fabriqué à partir
de bois provenant de forêts gérées
de manière responsable.



ISBN 978-2-265-09798-8

*À E.E.B., qui a toujours eu la foi*

« Les êtres humains sont extraordinaires… Ils peuvent tout supporter. »

Tiré du film
*Les Larmes amères de Petra von Kant*,
de Rainer Werner Fassbinder,
réalisateur et scénariste.

# Chapitre 1

Les premiers trente-deux mois et onze jours de notre captivité, nous étions quatre dans ce sous-sol. Et puis, tout à coup et sans crier gare, nous n'étions plus que trois. Même si la quatrième ne faisait pas de bruit depuis des mois, la pièce est tombée dans un silence de mort après son départ. Longtemps ensuite, nous sommes restées sans parler, sans bouger, dans l'obscurité, chacune se demandant laquelle serait la prochaine dans la boîte.

Jennifer et moi n'aurions jamais dû finir dans cette cave. Nous n'étions pas comme les autres filles de dix-huit ans, qui font fi de toute prudence quand elles sont lâchées pour la première fois sur un campus universitaire. Pour nous, la notion d'indépendance était une affaire sérieuse, et nous contrôlions cette nouvelle liberté très attentivement. Nous connaissions les risques que le monde comportait et nous étions déterminées à ne pas nous y exposer.

Pendant plusieurs années, nous avions étudié avec méthode et rassemblé autant d'informations que possible sur chaque danger auquel nous pouvions être confrontées : avalanche, maladie, tremblement de terre, accident de voiture, sociopathe et animal sauvage – tous les fléaux possibles et imaginables qui n'attendaient que de nous tomber dessus. Nous pensions que notre paranoïa nous protégerait : après tout, quelles étaient les chances pour que deux filles à ce point versées dans les désastres en deviennent les victimes ?

Pour nous, il n'y avait pas de destin. Le « destin » était une notion derrière laquelle se cachaient ceux qui n'étaient pas préparés. Une excuse que l'on brandissait lorsqu'on avait fait preuve de négligence, qu'on avait relâché son attention. Le destin, c'était la béquille des faibles.

Notre excès de prudence, qui à dix-huit ans frisait l'obsession, avait débuté six ans plus tôt. Par une journée froide mais ensoleillée de janvier 1991. Comme chaque jour de la semaine, la mère de Jennifer nous avait ramenées en voiture de l'école. Je ne me rappelle même pas l'accident. Tout ce dont je me souviens, c'est d'avoir lentement émergé dans la lumière, au rythme du moniteur cardiaque qui scandait les battements réguliers et réconfortants de mon cœur. Les jours qui ont suivi, je me sentais au chaud et en sécurité au réveil et, la seconde d'après, la réalité me rattrapait et la douleur revenait.

Plus tard, Jennifer me raconterait qu'elle se rappelait très nettement l'accident. Sa mémoire des événements était typiquement post-traumatique : tel un rêve flou se déroulant au ralenti, les couleurs et les lumières y tourbillonnant pour donner plus de force à la scène. On nous a dit que nous avions eu de la chance : bien que très grièvement blessées, nous avions survécu aux soins intensifs, valse brouillonne de médecins et d'infirmières armés d'aiguilles et de drains en tout genre. Puis, afin de poursuivre notre convalescence, nous avions intégré, pendant quatre mois, une chambre d'hôpital dépouillée où CNN beuglait en fond sonore. La mère de Jennifer n'avait pas eu autant de chance.

On nous avait installées dans une chambre double ; apparemment pour que nous nous tenions compagnie, mais aussi, comme ma mère me l'a avoué à demi-mot, afin que je soutienne Jennifer dans son deuil. Toutefois, je soupçonnais une autre raison : le père de Jennifer, alcoolique au comportement imprévisible, qui avait divorcé de sa mère et que nous avions toujours pris grand soin d'éviter, n'était que trop heureux que mes parents se proposent de se relayer à notre chevet. Toujours est-il que, tandis que nos corps guérissaient lentement, nous nous sommes retrouvées seules de plus en plus souvent. C'est à ce moment-là que nous avons commencé à rédiger nos journaux : pour passer le temps, prétendions-nous, mais chacune de nous savait probablement qu'il s'agissait en fait d'une tentative pour éprouver un semblant de contrôle sur un univers aussi fou qu'injuste.

Notre premier journal n'était guère qu'un bloc-notes trouvé dans la table de chevet de l'hôpital, avec l'en-tête « JONES MEM ORIAL » imprimé en lettres majuscules romanes. Peu de monde y aurait vu un journal : il n'était rempli que de listes des horreurs diffusées à la télévision. Il nous a fallu demander trois autres blocs-notes aux infirmières. Elles devaient s'imaginer que nous occupions nos journées à jouer au pendu ou au morpion. Quoi qu'il en soit, il n'est venu à personne l'idée de changer de chaîne.

À notre sortie de l'hôpital, nous nous sommes lancées avec sérieux dans notre projet. À la bibliothèque de l'école, nous avons trouvé des almanachs, des revues médicales, et même un ouvrage contenant des statistiques de la mortalité en 1987. Nous avons rassemblé les données, effectué des calculs et pris des notes, noircissant chaque ligne de la preuve irréfutable de la vulnérabilité de l'être humain.

Les registres se divisaient au départ en huit catégories, mais en grandissant nous avons découvert avec horreur que les dangers étaient plus étendus et se révélaient bien pires que les simples « CRASHS D'AVIONS », « ACCIDENTS DOMESTIQUES », ou « CANCERS ». Dans un silence de plomb et au terme d'une prudente délibération, assise avec moi sur la banquette ensoleillée aménagée sous la fenêtre de ma chambre mansardée, Jennifer a inscrit au stylo-feutre de nouveaux titres en lettres noires épaisses : « ENLÈVEMENT », « VIOL », « MEURTRE ».

Les statistiques nous réconfortaient. La connaissance, c'est le pouvoir, après tout. Nous savions que nous avions un risque sur deux millions de trouver la mort lors d'une tornade, un risque sur trois cent dix mille de mourir dans un crash d'avion, et un risque sur cinq cent mille d'être tuées par un astéroïde venu s'écraser sur Terre. De notre point de vue déformé par les probabilités, le fait même d'avoir mémorisé cette liste de chiffres sans fin augmentait en quelque sorte nos chances de survie. La « pensée positive », comme diraient plus tard nos psys, l'année de mon retour à la maison, alors que je trouvais les dix-sept journaux empilés sur la table de la cuisine où étaient assis mes parents, mutiques et les yeux emplis de larmes.

Lorsque j'avais seize ans, Jennifer vivait avec nous à plein temps car son père était incarcéré après sa troisième condamnation pour conduite en état d'ivresse. Nous lui rendions visite : nous prenions le bus, considérant qu'il n'était pas prudent de conduire à notre âge (nous attendrions encore un an et demi avant de passer notre permis). Je n'avais jamais aimé son père, et il se trouve qu'elle non plus. Quand j'y repense, je suis incapable d'expliquer pourquoi nous allions le voir, mais nous le faisions, avec une régularité de métronome, le premier samedi de chaque mois.

La plupart du temps, il se contentait de la fixer et de pleurer. Parfois, il essayait de prononcer un début de phrase mais n'allait jamais très loin. Jennifer ne cillait pas, elle posait sur lui un regard ébahi que je ne lui connaissais pas, et que je n'ai jamais plus revu, pas même dans cette cave. Ils ne se parlaient pas, et moi, je m'asseyais un peu à l'écart, mal à l'aise. Son père était le seul sujet qu'elle refusait d'aborder avec moi – pas un mot – alors, dans le bus du retour, je lui tenais simplement la main pendant qu'elle regardait en silence par la vitre.

L'été avant notre entrée à l'université de l'Ohio, nos angoisses se sont intensifiées. Bientôt, nous quitterions ma petite chambre sous les toits pour entrer dans le vaste inconnu : un campus universitaire. Afin de nous y préparer, nous avons rédigé la Liste des Interdits, que l'on a punaisée à la porte de notre chambre. Jennifer, qui souffrait d'insomnie, se levait souvent au milieu de la nuit pour y ajouter une nouvelle recommandation : ne pas se rendre à la bibliothèque universitaire seule le soir, ne pas se garer à plus de six places de sa destination, ne pas faire confiance à un inconnu qui aurait un pneu crevé. Ne pas, ne pas, ne pas...

Avant de partir pour la fac, nous avons pris soin de remplir une malle de tous les trésors que nous avions collectés au fil des ans, à nos anniversaires ou à Noël : masques pour le visage, savon antibactérien, lampes de poche, bombes lacrymogènes. Nous avons choisi une chambre dans un bâtiment de plain-pied : ainsi, en cas d'incendie, nous pourrions sans problème sauter par la fenêtre. Nous avons étudié avec minutie le plan du campus et avons débarqué sur place trois jours plus tôt pour examiner les accès et vérifier par nous-mêmes l'éclairage, la visibilité et la proximité des espaces publics.

Une fois dans notre résidence universitaire, avant même de défaire les valises, Jennifer a sorti ses outils. Elle a percé un trou dans le châssis de la fenêtre et j'y ai inséré de solides petites barres en métal pour empêcher qu'on puisse l'ouvrir de l'extérieur, même si la vitre était brisée. Nous gardions une échelle de corde près de la fenêtre, ainsi que des pinces pour retirer les barres métalliques au cas où il nous faudrait fuir en urgence. Le service de sécurité du campus a accepté que nous posions un verrou de sûreté à notre porte. Pour la touche finale, Jennifer a accroché la Liste des Interdits au mur entre nos lits. Alors, seulement, nous avons contemplé notre chambre d'un regard satisfait.

Peut-être l'univers nous a-t-il frappées d'une justice perverse. Ou bien les risques que comportait le monde extérieur étaient-ils tout simplement plus grands que ceux que nous avions calculés. Je suppose que nous avions de toute façon franchi les limites que nous nous étions imposées en essayant de mener un semblant de vie étudiante normale. Nous aurions dû le savoir. Mais l'attrait de l'ordinaire se révélait irrésistible. Du coup, il nous arrivait de nous rendre en cours l'une sans l'autre, même si cela impliquait de traverser tout le campus. Nous restions à la bibliothèque, à discuter avec de nouveaux amis, bien après la tombée de la nuit. Une fois ou deux, nous avons même participé à des fêtes étudiantes organisées par la fac. Comme n'importe quel autre jeune de notre âge.

En fait, après deux mois de cours, j'ai secrètement commencé à penser que vivre comme les autres était envisageable. Je me suis dit que, peut-être, nos inquiétudes de jeunesse pouvaient être écartées, emballées soigneusement dans les cartons à laisser à la maison avec nos souvenirs d'enfance. J'ai songé – ce que je considère aujourd'hui comme une hérésie, contraire à tout ce en quoi nous croyions – que nos obsessions juvéniles n'étaient peut-être rien d'autre que cela, et que nous grandissions enfin.

Par chance, je n'ai jamais fait part de ces réflexions à Jennifer, et j'y ai encore moins donné suite, m'offrant ainsi une chance de me pardonner à moitié d'avoir nourri de telles pensées au cours des sombres journées et nuits qui ont suivi. Nous n'étions que des étudiantes, nous comportant comme telles. Cependant, savoir que nous avions tenté de suivre au mieux notre protocole me consolait. Nous avions exécuté nos stratégies de défense presque machinalement, avec une précision et une concentration militaires. Chaque activité se composait d'un contrôle en trois points, d'une règle et d'un plan de secours. Nous étions sur nos gardes. Nous étions prudentes.

Cette nuit-là n'a pas dérogé à la règle. Avant même notre arrivée sur le campus, nous avions recherché quel service de taxis local présentait le plus faible taux d'accidents et y avions ouvert un compte. Nous faisions débiter nos trajets directement sur nos comptes bancaires au cas où nous serions à court de liquide ou si nous nous faisions voler nos portefeuilles. « Ne pas se retrouver coincée » était le numéro 37 de notre liste, après tout. Au bout de deux mois, le standardiste de la compagnie de taxis reconnaissait nos voix. Nous n'avions qu'à lui fournir une adresse où venir nous chercher et, quelques instants plus tard, nous roulions en toute sécurité en direction de notre chambre, protégée comme une forteresse.

Ce soir-là, nous nous sommes rendues à une fête privée en dehors du campus – une première pour nous. Aux alentours de minuit, la soirée commençait juste à démarrer quand nous avons décidé que nous avions déjà trop repoussé nos limites. J'ai appelé la compagnie de taxis et, en un temps record, une berline noire déglinguée est apparue. Jusqu'à ce que nous soyons installées sur la banquette arrière, nos ceintures bouclées, tout nous a paru normal. Une drôle d'odeur régnait dans l'habitacle, mais j'ai choisi de ne pas y prêter attention : cela faisait partie des aléas d'une petite entreprise locale. Au bout de quelques minutes de trajet, Jennifer s'est endormie sur mon épaule.

Ce souvenir, le dernier de notre autre vie, reste gravé dans mon imagination, enveloppé d'un halo de paix. Je me sentais comblée. J'avais hâte de vivre ma vie, une vraie vie. Nous avancions. Nous allions être heureuses.

J'ai dû m'assoupir également car, en ouvrant les yeux, j'ai découvert que nous étions dans le noir le plus total sur la banquette arrière ; les lumières de la ville avaient cédé la place à la pâle lueur des étoiles. La berline noire fonçait sur l'autoroute déserte, la ligne d'horizon à peine visible devant nous. Ce n'était pas le chemin de notre résidence.

La panique m'a gagnée. Puis je me suis rappelé la règle numéro 7 de la Liste des Interdits. « Ne pas paniquer. » Ni une ni deux, je me suis remémoré notre journée, essayant en vain de trouver où nous avions commis une erreur. Car une erreur avait dû être commise. Forcément. Ce n'était pas notre « destin ».

Dégoûtée, j'ai compris que nous avions fait la plus élémentaire des erreurs. C'est la première règle que tous les parents enseignent à leur enfant, la plus élémentaire et la plus évidente de notre propre liste : « Ne pas monter dans la voiture d'un inconnu. »

Avec une prétention sans bornes, nous avions cru pouvoir enfreindre la règle, juste un tout petit peu – parce que nous avions pour nous notre logique, nos recherches, nos précautions. Mais la vérité, c'est que nous avions échoué en beauté à suivre le protocole. Nous avions été naïves. Nous n'avions pas pensé que d'autres esprits pouvaient se montrer aussi calculateurs que les nôtres, aveuglées que nous étions par nos statistiques.

Dans la voiture, j'ai contemplé pendant un long moment le doux visage endormi de Jennifer. Dès que je bougerais, pour la seconde fois de sa jeune vie, elle se réveillerait dans un monde bouleversé. Terrifiée, je lui ai pris l'épaule et l'ai secouée doucement. Elle a commencé par me jeter un regard vaseux. J'ai posé un doigt sur ma bouche tandis qu'elle reprenait ses esprits et qu'elle se mettait lentement à entrevoir notre situation. En percevant l'éclat de compréhension et de peur sur son visage, j'ai poussé un gémissement presque audible, que j'ai étouffé de ma main. Jennifer avait déjà connu tant de malheurs. Jamais elle ne survivrait à cette nouvelle épreuve sans moi. Je devais me montrer forte.

Aucune de nous n'a fait le moindre bruit. Nous nous étions entraînées à ne jamais agir sous le coup de l'impulsion dans une situation de crise. Et là, clairement, c'en était une.

À travers l'épaisse vitre en plastique transparent qui nous séparait du chauffeur, nous pouvions distinguer quelques traits de notre ravisseur : des cheveux bruns, un manteau de laine noire, de larges mains posées sur le volant. À gauche, sur sa nuque, à moitié dissimulé par son col, j'ai aperçu un petit tatouage que je n'ai pas réussi à identifier dans le noir. Un frisson m'a parcourue. Le rétro intérieur était tourné vers le haut, de sorte que nous ne pouvions quasiment rien voir de son visage.

Sans faire de bruit, nous avons tiré sur les poignées des portières ; la sécurité enfant était enclenchée. Les vitres étaient également verrouillées. Nous étions prises au piège.

Tout doucement, Jennifer s'est penchée et a attrapé son sac à main sur le plancher, puis, le regard posé sur moi, elle a fouillé à l'intérieur. Elle en a sorti sa bombe lacrymogène. J'ai secoué la tête, sachant que cela ne nous serait d'aucune utilité dans notre espace confiné. Malgré tout, l'avoir nous a rassurées.

J'ai fouillé dans mon propre sac, à mes pieds. J'y ai trouvé une bombe lacrymo identique et une alarme de poche qui se déclenchait en pressant un bouton. Il nous faudrait attendre pour l'utiliser, dans le silence, dans la peur, nos mains tremblantes crispées sur les lacrymo et la sueur perlant à nos fronts en dépit de la fraîcheur d'octobre qui régnait au-dehors.

J'ai parcouru du regard l'intérieur de la voiture, essayant de trouver un plan. J'ai alors remarqué, de mon côté de la cloison nous séparant du chauffeur, une petite grille de ventilation ouverte. Celle devant Jennifer était reliée à une sorte d'engin artisanal en métal et caoutchouc. Les soupapes étaient branchées à un tuyau qui disparaissait de notre champ de vision dans le plancher. J'ai examiné bouche bée ce mécanisme complexe ; mes méninges fonctionnaient à plein régime, mais étaient incapables de s'arrêter sur une pensée cohérente. Au bout d'un moment, j'ai percuté.

— Il va nous droguer, ai-je fini par murmurer.

J'ai fixé la bombe lacrymogène dans ma main, sachant que je ne pourrais jamais m'en servir. Je l'ai caressée d'un geste presque tendre puis l'ai laissée tomber par terre tout en relevant les yeux vers la source de notre malheur imminent. Jennifer a compris en une fraction de seconde. Il n'y avait aucun espoir.

L'homme avait dû m'entendre car, à peine quelques secondes plus tard, un léger sifflement nous a appris que nous allions très vite sombrer dans le sommeil. La ventilation de mon côté s'est refermée. Jennifer et moi nous tenions fermement par la main, agrippant de l'autre le Skaï de la banquette tandis que le monde s'évanouissait.

À mon réveil, je me trouvais dans la cave sombre qui serait ma maison pendant plus de trois ans. Lentement, j'ai senti l'effet des drogues se dissiper, et j'ai essayé de percer la mer de gris qui s'étalait devant moi. Lorsque ma vue s'est enfin adaptée, j'ai dû fermer les yeux avec force pour enrayer la panique qui menaçait de m'engloutir. J'ai attendu dix, vingt, trente secondes avant de rouvrir les paupières. J'ai regardé mon corps. J'étais nue comme un ver et enchaînée au mur par la cheville. Un frisson m'a parcouru la colonne vertébrale, j'ai eu envie de vomir.

Je n'étais pas seule. Il y avait deux autres filles avec moi, émaciées, nues, et enchaînées aux murs. Devant nous se trouvait une boîte. Une simple caisse de transport en bois, mesurant peut-être un mètre cinquante de large sur un mètre vingt de haut. L'ouverture de la boîte se trouvait de l'autre côté, m'empêchant de distinguer son système de fermeture. Une ampoule dénudée pendait du plafond au-dessus de nos têtes. Elle vacillait très légèrement.

Jennifer n'était nulle part en vue.

## Chapitre 2

Treize ans plus tard, ceux qui ne me connaissaient pas – et soyons honnête, personne ne me connaissait – devaient penser que je menais la vie rêvée d'une New-Yorkaise célibataire. Que tout s'était bien terminé pour moi. Que j'avais tourné la page. Survécu. Surmonté le traumatisme.

Mon étude précoce des probabilités avait fini par porter ses fruits : j'occupais un emploi stable – qui manquait peut-être de prestige, mais qu'importe – comme actuaire auprès d'une compagnie d'assurances. Ça me correspondait plutôt bien de travailler pour une société qui pariait sur la mort et les catastrophes. Cerise sur le gâteau, je pouvais bosser de chez moi. C'était presque le paradis.

Au début, mes parents n'ont pas compris mon empressement à déménager à New York : après tout, j'étais encore convalescente et surtout en proie à de terribles angoisses. Le sentiment de sécurité que j'éprouvais à l'idée qu'une foule d'inconnus déambule de l'autre côté de ma porte les dépassait. À New York, ai-je tenté en guise d'explication, il y avait toujours quelqu'un à portée de voix pour vous entendre crier, sans compter les formidables avantages qu'impliquait le fait d'habiter un immeuble avec portier dans une ville qui ne dort jamais. Dans l'Upper West Side de Manhattan, j'étais entourée de millions de gens et restais en même temps hors d'atteinte, à moins que je ne décide du contraire.

Bob, à la réception, me servait de ligne de défense : il appelait chez moi et, si je ne répondais pas, il savait que je ne voulais voir personne – peu importait l'urgence. Il me montait lui-même les courses que je me faisais livrer ; parce qu'il avait pitié de la pauvre folle qui habitait le 11G, et parce que je lui donnais trois fois plus que les autres résidents pour les étrennes. En fait, je pouvais rester cloîtrée chez moi toute la journée et me faire livrer à domicile mes repas et tout ce dont j'avais besoin. Je disposais d'une connexion Wi-Fi ultraperformante et d'un bouquet satellite de premier choix. Il n'y avait rien que je ne pouvais faire depuis l'intimité du trois-pièces aux superbes prestations que mes parents m'avaient aidée à acheter.

Les premières années à l'extérieur avaient été pure folie, au propre comme au figuré, mais, grâce à mes cinq séances hebdomadaires avec le Dr Simmons, la psychologue qui nous suivait, j'avais été en mesure de reprendre la fac, de décrocher un boulot, et de fonctionner passablement dans le monde réel. Cependant, comme le temps passait et que la relation avec ma psy stagnait, j'avais découvert que je ne pouvais aller au-delà d'un certain stade.

Alors, j'avais fait marche arrière. J'avais régressé. Lentement, imperceptiblement. Jusqu'à ce qu'il me devienne de plus en plus difficile de sortir de chez moi. Je préférais rester bien au chaud, en sécurité dans mon cocon, à l'écart d'un monde qui me paraissait tourner de façon incontrôlable. Un monde dont les démons m'apparaissaient plus nombreux chaque jour à mesure que j'en apprenais plus long sur eux grâce à un système informatique toujours plus performant.

Puis, un jour, l'Interphone a sonné, et Bob m'a annoncé qu'il ne s'agissait pas d'une livraison mais d'un homme en chair et en os. Quelqu'un de mon passé. Je n'aurais pas dû le laisser monter, mais je sentais que je devais bien ça à ce visiteur-là. Et alors, tout a recommencé.

— Caroline.

L'agent McCordy donnait des coups secs à ma porte tandis que je restais pétrifiée sur place de l'autre côté. On ne s'était pas parlé depuis deux ans, depuis que la dernière lettre était arrivée. Je n'étais pas prête à avoir des nouvelles de cette autre vie.

Lorsque le dernier courrier en provenance de la prison m'était parvenu, j'avais cessé complètement de sortir de chez moi. Le simple fait de toucher une chose qu'il avait tenue entre ses mains, de lire ce qu'il avait pensé, suffisait à me renvoyer dans ce monde de peur et de désespoir que j'avais cru laisser derrière moi. Le Dr Simmons avait entamé ses visites à domicile à ce moment-là. Le mois qui a suivi, sans qu'on me le dise ouvertement, on m'a mise sous surveillance : on craignait que je ne commette l'irréparable. Ma mère venait me voir. Mon père appelait tous les soirs. On avait envahi mon espace. Et voilà que ça recommençait.

— Caroline, vous voulez bien m'ouvrir ?

— Sarah ! l'ai-je corrigé à travers la porte, agacée qu'il utilise cet autre prénom, celui du protocole, réservé au monde extérieur.

— Pardon... Je voulais dire Sarah. Est-ce que je peux entrer ?

— Vous avez une autre lettre ?

— Je dois vous parler de quelque chose de plus important, Caro... Sarah. Je sais que le Dr Simmons a déjà un peu abordé le sujet avec vous. Elle a dit que je pouvais venir vous voir.

— Je n'ai pas envie d'en discuter. Je ne suis pas prête.

J'ai marqué une pause, puis, parce que c'était inévitable, j'ai tiré d'un geste méthodique les trois verrous de sûreté, puis celui plus classique de la porte. Je l'ai ouverte très lentement. Il se tenait immobile, le badge à la main, levé bien en vue pour moi. Il savait que j'exigerais la confirmation qu'il était toujours en service. Son attention m'a fait sourire. Puis, dans une attitude défensive, j'ai croisé les bras et mon sourire s'est évanoui. J'ai reculé d'un pas.

— Pourquoi faut-il que ce soit moi ?

J'ai tourné les talons et il m'a suivie à l'intérieur. Nous nous sommes assis l'un en face de l'autre. Je ne lui ai rien offert à boire de peur qu'il ne se sente à son aise et s'attarde. Il a balayé la pièce du regard.

— Impeccable, a-t-il commenté avec un sourire doux. Vous ne changez pas, Sarah.

Il a sorti son calepin et son stylo, les a posés avec précaution sur la table basse, dans un angle droit parfait.

— Vous non plus, ai-je répondu en remarquant sa maniaquerie.

Malgré moi, j'ai à nouveau souri.

— Vous savez pourquoi il faut que ce soit vous. Et vous savez pourquoi il faut que ce soit maintenant. L'heure est venue.

— Quand est-ce que ça a lieu ?

— Dans quatre mois. Je suis venu en avance pour vous préparer. Nous pouvons faire ça ensemble. Nous serons avec vous à chaque étape. Vous ne serez pas seule.

— Mais Christine ? Et Tracy ?

— Christine refuse de nous parler. Elle refuse de s'entretenir avec son assistante sociale. Elle a complètement coupé les ponts. Elle a épousé un banquier d'investissement qui ignore tout de son passé, même sa véritable identité. Ils possèdent un appartement sur Park Avenue et ont deux filles. L'une vient d'entrer en maternelle à l'école épiscopale. Christine ne veut rien avoir à faire avec ça.

Je connaissais vaguement sa nouvelle vie, mais je ne l'aurais jamais crue capable de tirer un trait sur toute cette histoire, de l'exciser comme le cancer que c'était.

J'aurais dû m'en douter : après tout, c'était Christine qui avait suggéré que nous changions de nom quand nous avions pris conscience que l'intérêt des médias pour notre histoire ne tarissait pas. Elle avait quitté le poste de police avec détermination, comme si elle n'avait pas passé ces dernières années à mourir de faim, roulée en boule dans un coin, à pleurer. Elle n'a pas jeté un regard en arrière. N'a dit au revoir ni à Tracy ni à moi. Elle ne s'est pas effondrée comme Tracy, n'a pas baissé la tête dans un signe d'abattement, éprouvée par les années d'humiliation et de souffrances. Elle s'en est allée, tout simplement.

Après ça, on a suivi son histoire de loin en loin, à travers les séances avec l'assistante sociale qui s'occupait de nous toutes et qui, chaque année, tentait de nous rallier à sa théorie douteuse selon laquelle nous pouvions nous aider mutuellement à guérir. La réponse de Christine était claire : elle était guérie, merci bien. Quant à nous, bon débarras !

— Tracy, alors ?

— Tracy va venir. Mais vous devez comprendre que Tracy ne suffit pas.

— Pourquoi ça ? Elle est stable, brillante. Elle s'exprime bien. Vous pourriez même la décrire comme une sorte de directrice de petite entreprise. Ça ne fait pas assez sérieux ?

Il a lâché un petit rire.

— J'imagine qu'on peut la considérer comme un membre productif de la société. Mais elle n'est pas non plus une commerçante lambda. Plutôt une activiste féministe radicale. Et parce que le journal qu'elle publie traite en priorité des violences faites aux femmes, elle pourrait donner l'impression de poursuivre un objectif personnel.

« C'est vrai, a-t-il poursuivi, elle s'exprime bien. Après toutes ces années passées à l'université, elle a plutôt intérêt. Mais dans ce genre de situation, elle passe à l'offensive. On ne peut pas dire qu'elle inspire la pitié que nous voulons que la commission de mise en liberté conditionnelle ressente. Sans parler du fait qu'elle a le crâne à moitié rasé et quarante et un tatouages.

— Quoi ?

— J'ai posé la question. Je ne les ai pas comptés, a-t-il précisé avant de reprendre après une pause. Carol...

— SARAH !

— Sarah, à quand remonte la dernière fois où vous êtes sortie de votre appartement ?

— Que voulez-vous dire ?

J'ai contemplé mon intérieur – véritable bijou d'avant-guerre baigné de lumière – comme s'il partageait un peu ma culpabilité. Un petit paradis de ma création.

— Il est magnifique. Pourquoi voudrais-je le quitter ?

— Vous savez très bien ce que je veux dire. Quand êtes-vous sortie pour la dernière fois ? Pour aller n'importe où. Pour faire le tour du pâté de maisons. Pour prendre l'air. Pour faire du sport.

— J'ouvre les fenêtres. Parfois. Et je fais de l'exercice. Vous savez. À l'intérieur.

J'ai balayé la pièce du regard. Toutes les fenêtres étaient closes malgré la splendide journée printanière au-dehors.

— Le Dr Simmons est-elle au courant ?

— Oui. Elle ne me « pousse pas au-delà » de mes « propres limites », comme elle dit. Ou un truc dans le genre. Ne vous en faites pas. Le Dr Simmons a la situation bien en main. Elle connaît mon problème. Ou mes problèmes, plutôt. TOC, agoraphobie, haptophobie, trouble du stress post-traumatique. Je continue à la consulter trois fois par semaine. Oui, je la vois ici, dans cet appartement, ne me regardez pas comme ça. Mais vous savez, je suis une bonne citoyenne avec un emploi stable et un bel appartement. Je vais très bien. Les choses pourraient être pires.

Pendant quelques minutes, Jim m'a considérée avec une pointe de pitié dans le regard. J'ai tourné la tête, honteuse pour la première fois depuis longtemps.

— Sarah, il y a une autre lettre, a-t-il repris d'un ton sérieux.

— Envoyez-la-moi, ai-je répondu, avec une violence qui nous a surpris tous les deux.

— Le Dr Simmons ne pense pas que ce soit une bonne idée. Elle ne voulait pas que je vous en parle.

— Elle est à moi. Elle m'est adressée, non ? Par conséquent, vous avez le devoir de me la remettre. N'est-ce pas un délit fédéral de voler le courrier d'autrui ?

J'ai commencé à faire les cent pas dans la pièce, me rongeant l'ongle du pouce.

— Sa lettre n'a aucun sens, a-t-il commencé. Ce ne sont que des divagations. Il y parle surtout de son épouse.

— Je me doute que ça ne tient pas debout. Aucune d'entre elles ne signifiait quoi que ce soit. Mais un jour, il va gaffer, et laisser échapper un indice. Il me dira où se trouve le corps. Pas directement, mais il lâchera quelque chose, une info qui m'indiquera où chercher.

— Et comment ferez-vous ça ? Vous ne sortez même pas de chez vous ! Vous ne voulez même pas témoigner lors de l'audience pour sa mise en liberté conditionnelle.

— Et puis, quel genre de frappadingue épouse un homme comme lui ? ai-je lancé en l'ignorant tandis que je déambulais d'un pas plus raide. D'où sortent-elles, ces femmes qui écrivent à des prisonniers ? Est-ce qu'elles rêvent secrètement d'être enchaînées, torturées et tuées ? Ça leur plaît de jouer avec le feu ?

— Eh bien, apparemment, elle a obtenu son nom par son Église. Ils voient cela comme une mission de grâce. D'après lui et son avocat, ça fonctionne. Selon eux, c'est un nouveau converti sincère.

— Vous y croyez ?

Il a secoué la tête et j'ai poursuivi :

— Je suis persuadée qu'elle sera la première à le regretter quand il sortira.

Je suis retournée m'asseoir sur le canapé et me suis pris la tête entre les mains. J'ai poussé un soupir.

— Je n'arrive même pas à avoir un peu de compassion pour cette femme. Quelle idiote !

Dans des circonstances ordinaires, Jim m'aurait certainement tapoté la main ou peut-être passé un bras autour des épaules. Des gestes normaux pour réconforter quelqu'un. Mais il savait qu'avec moi, il ne valait mieux pas. Il est resté où il était, sans bouger.

— Vous voyez, Sarah, vous ne croyez pas une seconde qu'il ait pu avoir une révélation religieuse. Et je n'y crois pas non plus. Mais que se passera-t-il si la commission de mise en liberté conditionnelle y prête foi ? Et s'il sortait de prison après seulement dix ans pour vous avoir toutes séquestrées et... pour avoir sans doute tué l'une d'entre vous ? Dix ans. Est-ce que ça vous paraît suffisant ? Est-ce que vous allez vous en contenter pour ce qu'il vous a fait ?

J'ai tourné la tête afin de lui dissimuler les larmes qui me montaient aux yeux.

— Il possède toujours la maison, a poursuivi Jim. S'il sort, il ira tout droit là-bas. Dans quatre mois. Flanqué de sa bigote rencontrée en prison.

Jim a remué un peu sur son siège, puis il s'est penché en avant, changeant de tactique.

— Votre meilleure amie, Sarah. Votre meilleure amie. Faites-le pour Jennifer.

Impossible de retenir les vannes plus longtemps. Refusant qu'il voie mes larmes, je me suis levée et j'ai gagné la cuisine d'un pas rapide pour me servir un verre d'eau. Je suis restée devant le robinet ouvert pendant une bonne minute, essayant de rassembler mes esprits. Mes mains étaient agrippées au bord de l'évier, si fort que mes articulations sont devenues aussi blanches que la porcelaine froide sous mes doigts. À mon retour dans le salon, Jim s'était levé, prêt à partir. Il rassemblait d'un geste lent ses affaires et les rangeait une par une dans sa mallette.

— Je suis navré de vous pousser ainsi, Sarah. Le Dr Simmons n'appréciera pas. Mais nous avons besoin de votre déposition. Sans vous, j'ai de sérieux doutes quant à l'issue de cette audience. Je sais que nous vous avons laissée tomber. *Je* vous ai laissée tomber. Je sais que la condamnation pour enlèvement était dérisoire par rapport à tout ce qu'il vous a fait subir. Au bout du compte, nous n'avions pas suffisamment de preuves pour le condamner pour meurtre. Sans corps, et avec les traces ADN… contaminées. Mais nous devons nous assurer qu'il purge au moins l'intégralité de sa peine. Nous ne pouvons prendre aucun risque du contraire.

— Ce n'était pas votre faute. Le labo était responsable…

— C'est mon affaire, ma responsabilité. Et croyez-moi, j'en paye le prix fort. Faisons ce qu'il faut pour qu'il reste enfermé et mettons cette histoire derrière nous.

Facile à dire pour lui. J'étais certaine qu'il ne souhaitait rien tant que classer cette affaire sensible. La bavure qui entachait sa carrière. De mon côté, c'était une autre paire de manches.

Il m'a tendu sa carte, que j'ai refusée d'un geste. Je connaissais son numéro.

— Je viendrai vous préparer pour l'audience. Chez vous ou bien où vous voudrez. Nous avons besoin de vous.

— Et Tracy sera là aussi ?

— Oui, Tracy sera présente, mais…

Il a tourné le regard vers la fenêtre, mal à l'aise.

— Mais à condition de ne pas me voir, de ne pas me parler, et encore moins de se retrouver seule en ma compagnie, c'est ça ?

Jim a hésité un instant. Il ne voulait pas l'avouer, mais je le lisais sur son visage.

— Vous pouvez le dire, Jim. Je sais qu'elle me hait. Dites-le, c'est tout.

— Oui, c'est sa condition.

— D'accord. Je vais y réfléchir. Je ne vous promets pas de le faire.

— Merci, Sarah.

Il a tiré une enveloppe de son calepin et l'a posée sur la table.

— La lettre. Vous avez raison, elle vous appartient. La voilà. Mais je vous en prie, parlez au Dr Simmons avant de la lire.

Il s'est dirigé vers la porte. Il savait qu'il était inutile d'essayer de me serrer la main et s'est contenté de m'adresser un bref signe depuis l'autre bout de la pièce, avant de refermer sans un bruit derrière lui. Il est resté planté sur le seuil, attendant que je pousse les verrous. Quand il a entendu le dernier cliquetis, il s'est éloigné. Il me connaissait par cœur.

# Chapitre 3

Je suis restée seule dans l'appartement avec la lettre trois jours entiers. Je l'avais posée au centre de la table de la salle à manger et j'ai tourné autour pendant des heures. J'allais la lire, bien sûr. C'était le seul moyen de m'approcher de la vérité. Il fallait que je retrouve le corps de Jennifer. C'était le moins que je puisse faire pour elle, et pour moi. Tout en fixant l'enveloppe, ma peur pour seule compagne, je voyais Jennifer me regarder de ses yeux vides, me suppliant en silence de la retrouver.

Dix ans auparavant, le FBI avait mis ses meilleurs hommes sur le coup. Ils l'avaient cuisiné pendant des heures, en vain. J'aurais pu le leur dire. C'était un personnage froid, méthodique et, je le savais d'expérience, il ne craignait aucun châtiment. Rien ni personne ne le touchait.

Il s'agissait là d'un homme qui avait berné l'administration de l'université de l'Oregon pendant plus de vingt ans. Je l'imaginais à son pupitre, avec tous ses étudiants enthousiastes qui buvaient ses paroles. Il devait adorer ça. Je me figurais très bien chacune de ses assistantes assises tout près de lui, en tête à tête, dans ce petit bureau étouffant que je visiterais plus tard avec le procureur.

Lorsque Christine avait disparu, personne ne s'était rappelé qu'elle avait été l'une de ses étudiantes préférées. Ce bon vieux professeur Jack Derber. Quel grand homme c'était ! Un enseignant brillant et merveilleux. Il s'était construit une belle vie et possédait même un petit chalet dans les montagnes des environs, que ses parents adoptifs lui avaient légué. Nul ne savait qu'il disposait d'une cave aussi vaste. Ses parents s'en servaient de réserve pour les conserves et bocaux. Jack lui avait trouvé une autre utilité.

Je me suis tirée de mes réminiscences. J'étais en sécurité dans mon appartement, le regard rivé sur cette lettre. J'avais pratiquement mémorisé les plis du papier, la ligne délicate de la déchirure, là où le technicien du labo avait ouvert l'enveloppe à l'aide d'un instrument tranchant. La fente était impeccable. Jack aurait adoré. Il appréciait toujours une belle incision.

Je me doutais qu'ils avaient examiné le contenu avec minutie, mais j'avais la conviction que là-dedans se trouvait un indice que j'étais la seule à pouvoir comprendre. C'était sa façon d'opérer. Il voulait créer ce lien personnel. Une relation très profonde et très intime. Il entrait dans votre esprit, y rampait tel un serpent venimeux s'insinuant dans un trou, puis y tournait et s'y tortillait jusqu'à s'y sentir chez lui. Difficile de lui résister quand la faiblesse physique vous faisait prendre votre agresseur pour votre sauveur. De plus en plus dur de le repousser quand, après vous avoir tout ôté, peut-être pour toujours, il vous distribuait le minimum vital : nourriture, eau, hygiène, une ultime marque d'affection. Un petit mot réconfortant. Un baiser dans le noir.

La captivité n'est pas sans conséquences sur le mental. Cela nous enseigne quel animal primaire sommeille en nous. Que l'on est capable de faire n'importe quoi pour rester en vie et souffrir un tout petit peu moins que la veille.

Aussi, face à cette lettre, j'avais peur. Je me souvenais encore du contrôle qu'il avait exercé sur moi, et qu'il exercerait sans doute encore si la situation se présentait. Je craignais que cette enveloppe ne renferme des mots si puissants qu'ils me ramèneraient aussitôt là-bas.

Néanmoins, je ne pouvais trahir Jennifer une nouvelle fois. Je ne quitterais pas ce monde en laissant son corps sombrer plus profondément encore dans la terre, seul, là où il l'avait abandonné.

Je pouvais me montrer forte aujourd'hui. Je n'étais plus affamée, torturée, nue, privée d'air et de lumière ou de contacts humains « normaux ». Bon, peut-être étais-je toujours dépourvue de contacts humains normaux, mais c'était mon choix.

Après tout, aujourd'hui, j'avais Bob le portier au rez-de-chaussée, et une ville entière de sauveurs au-dehors, comme autant de formes indistinctes en bas de ma fenêtre, sur Broadway, qui faisaient les boutiques, riaient, parlaient, ignorant totalement que, onze étages plus haut, un drame vieux de dix ans se jouait sur ma table de salle à manger. Moi contre moi, *mano a mano*.

J'ai ramassé l'enveloppe et en ai sorti une unique feuille de papier fin. On avait appuyé si fort sur le stylo que je pouvais sentir les lettres comme en braille au dos. Des lettres bâtons, pas cursives. Rien de doux ni de délicat.

Jennifer avait quitté la cave depuis quelques jours seulement quand il a commencé à me provoquer. Au début, j'ai osé garder espoir. Peut-être avait-elle réussi à s'échapper et nous enverrait-elle des secours ? Je passais des heures à imaginer de quelle façon elle s'y était prise pour se libérer, à rêver qu'elle se trouvait juste au-dehors de la cave, avec les policiers, l'arme au poing, encerclant la maison. Bien sûr, les chances étaient plus que minces, étant donné qu'elle avait à peine la force de monter l'escalier la dernière fois qu'il l'avait sortie de la boîte, la tête dissimulée sous un sac et les mains ligotées. Pourtant, je continuais d'espérer.

Il m'a laissée à mes fantasmes pendant un temps puis, petit à petit, j'ai compris sa stratégie. Il me lançait des sourires entendus quand il descendait nous apporter à boire ou à manger. Comme si nous partagions un secret. Il me donnait un peu plus chaque jour, comme s'il me soignait pour me récompenser de quelque chose. Christine et Tracy ont commencé à me jeter des regards soupçonneux. Elles se montraient méfiantes quand elles parlaient.

Au début, j'étais dégoûtée, mais, au final, cette nouvelle forme de torture a fait germer l'idée qui me sauverait.

Après presque deux mois, dans un geste qui s'apparentait peut-être même à de la compassion dans son esprit détraqué, il m'a annoncé qu'elle était morte. Le vide qui m'a emplie à cet instant était incommensurable, comme si un voile noir était tombé sur le diorama de notre cave. Même si Jennifer n'avait pas prononcé un mot en presque trois ans, et que je n'avais pas vu son visage depuis une année à cause de sa capuche noire, sa présence avait malgré tout déterminé mon existence quotidienne. Elle était là, silencieuse, telle une divinité.

Lorsque Tracy était en haut et que Christine dormait, je pouvais chuchoter en toute sécurité des mots à Jennifer, sans qu'on m'entende. Des prières, des supplications, des rêveries, des souvenirs de notre vie passée tournoyaient dans l'obscurité jusqu'à elle, ma déesse silencieuse dans sa boîte. Elle souffrait tellement plus que moi. C'était peut-être ce qui m'avait donné le courage de continuer à me battre et, par conséquent, de rester en vie.

Il a pris un réel plaisir à lire la douleur sur mon visage quand il m'a annoncé sa mort. J'ai essayé de dissimuler ma détresse. Pendant trois ans, il avait utilisé mon affection pour elle comme moyen de torture. Les rares fois où je tentais de riposter, quand la douleur ne me faisait pas abandonner, il savait qu'il lui suffisait de me menacer de lui infliger des souffrances plus terribles encore que les précédentes pour que je déclare forfait. Je suppose qu'il agissait de même avec elle, mais je n'en ai jamais eu confirmation car, après la première nuit, nous n'avons jamais plus discuté. Elle était enfermée dans cette boîte, attachée et bâillonnée tout le temps. Notre seule façon de communiquer, les premiers temps, c'était grâce à un code rudimentaire, des petits coups qu'elle tapait sur la paroi de la caisse. Il n'a fallu que quelques mois pour qu'elle cesse complètement.

Évidemment, mes souffrances liées au sort de Jennifer n'ont pas cessé avec sa disparition. Il s'en est assuré. Il prenait un malin plaisir à me raconter qu'un jour il irait la déterrer pour la regarder, même si ça devait lui prendre des heures. Elle était si belle dans la mort. Il adorait me raconter qu'en la tuant, il avait fait bien attention à ne pas abîmer son beau visage qui, avec bien plus d'éloquence que n'importe quel autre, avait su exprimer toute la terreur et la solitude de la captivité. Sa fragilité et sa vulnérabilité en avaient fait sa petite préférée. C'était pour cette raison qu'il l'avait choisie pour aller dans la boîte.

Voilà où j'en étais à présent, avec cette lettre à la main. À toucher ce qu'il avait touché, lire ce qu'il avait écrit. J'ai déplié la feuille à plat sur la table et me suis préparée à résister à la force de ses mots.

*Très chère Sarah,*

*J'aimerais que tu puisses comprendre la force du secret aussi bien que moi. Si seulement tu avais lu dans la bibliothèque ce merveilleux passage, griffonné dans le noir.*

*Sur les rives du lac des terres planes et basses près de l'océan, le danger se tapit dans l'ombre pendant si longtemps, silencieux, patient, avant de frapper. Si seulement tu étais assez courageuse pour retirer ton costume et marcher avec moi dans la mer sainte où ni la faiblesse, ni le chagrin, ni les regrets n'existent.*

*Sylvia peut t'aider. Elle peut te montrer la voie. Elle a vu les recoins les plus intimes de mon cœur. Je lui ai montré tous les paysages et les vues de mon passé, sans exception. Et elle m'a pardonné. Elle m'a ouvert les yeux et détourné du mal. C'est un ange de la miséricorde qui éclaire la nuit d'une bougie et remplit mon cœur non pas de honte mais de rédemption.*

*Bientôt – je le sens – nous serons réunis. Je viendrai te chercher et ensemble nous traverserons indemnes la vallée de la mort.*

*À l'instar des apôtres, nous devons apprendre. Nous devons nous asseoir aux pieds du maître et apprendre. Écoute les enseignements, Sarah. Lis les enseignements. Étudie les enseignements.*

Amor fati,
*Jack*

J'ai lu la lettre lentement, cinq fois, essayant d'y déceler un sens caché. Ma seule certitude, c'était que s'ils le relâchaient, il viendrait me chercher.

Toutefois, j'ai aussi découvert une nouveauté dans ce message – une urgence que je n'avais pas détectée dans les autres. Il essayait de me dire quelque chose, ce putain de taré. Il se foutait sans doute de moi. Mais pour le moment, je n'avais pas d'autre piste. Il y avait quelque chose là. Il fallait juste que je réfléchisse. Réfléchir me sauverait.

# Chapitre 4

Le premier jour dans la cave a sans doute été le plus dur. Pourtant, il n'a même pas daigné descendre. Il s'agissait de ma journée d'orientation dans une vie qui avait perdu tout sens.

La cave était exactement telle que j'aurais pu m'imaginer un cachot rempli de filles kidnappées : nue, lugubre, menaçante. On m'avait abandonnée sur un mince matelas recouvert d'un drap-housse blanc qui semblait à peu près propre. Plus propre en fait que ceux que nous possédions dans notre chambre universitaire. La pièce était vaste, et l'escalier en bois raide qui courait le long du mur de droite menait à une épaisse porte métallique. J'apprendrais à mémoriser chacun des craquements de ces marches.

Les murs de notre prison étaient gris et défraîchis, le sol en pierre sombre, et une ampoule solitaire pendait à un fil au-dessus de nos têtes. La boîte se trouvait dans l'espace exigu à gauche de l'escalier.

Tracy, dont j'ai su le prénom plus tard ce jour-là, dormait à côté de moi, enchaînée au même mur face à l'escalier. Elle me paraissait plus fragile qu'elle ne l'était en réalité, la première fois que j'ai posé les yeux sur elle, recroquevillée dans le coin. Elle prenait un air renfrogné dans son sommeil, une grimace se dessinait sur son visage blafard, sous sa frange trop longue, plus foncée aux racines, résultat d'une ancienne coloration.

Entre Tracy et le mur de droite s'ouvrait un étroit couloir. De là où je me trouvais, impossible de voir où il menait, mais je découvrirais bientôt que notre ravisseur y avait aménagé une salle d'eau, dépouillée mais bien pratique, avec sa cuvette de toilette et son lavabo. Je comprendrais très vite que nous étions censées garder une hygiène irréprochable en dépit de cette installation des plus sommaires.

Christine était enchaînée au mur de droite, à environ un mètre cinquante de l'escalier. Elle était étendue sur le flanc, endormie ou dans les vapes – difficile à dire –, ses membres se contractant d'une drôle de manière, écartés par terre. Sa chevelure blonde emmêlée avait été entortillée et calée sur son épaule. Entre sa posture et les traits fins et réguliers de son visage, elle ressemblait à une poupée de porcelaine avec laquelle on aurait joué trop violemment puis qu'on aurait abandonnée.

Chacune d'entre nous était attachée par une lourde chaîne dont la longueur variait selon que l'on était accrochées à la cheville ou au poignet, et chaque maillon était si rouillé que des particules de cuivre maculaient notre peau, tatouant tout notre corps quand nous traînions la chaîne. Le mur de gauche était vide, mais un petit anneau métallique y saillait. Il restait encore une place.

Seul un mince rai de lumière filtrant entre les lames de l'unique fenêtre barricadée indiquait que nous étions le matin. J'aurais voulu crier, mais j'avais trop peur. Je n'ai même pas réussi à prononcer le moindre mot quand Christine et Tracy se sont enfin réveillées. De toute évidence j'étais en état de choc, mais même sous l'empire de la confusion la plus totale, je me réjouissais de ne pas être seule.

Tracy s'est frotté le visage et m'a considérée avec tristesse. Sans un mot, elle a rampé jusqu'à Christine et l'a secouée pour la réveiller. Christine a pivoté vers le mur puis a enfoui son visage dans ses mains, marmonnant des paroles incompréhensibles.

— Christine, allez, viens faire la connaissance de la nouvelle. Elle est réveillée.

Tracy s'est tournée vers moi et m'a décoché un demi-sourire.

— Je suis sincèrement désolée que tu aies dû te joindre à nous. Tu as l'air sympa. L'autre fille, tu la connais ? Grâce à elle, nous avons évité le pire, et, je dois l'admettre, nous sommes soulagées.

Tout ce que je suis parvenue à articuler, d'une voix étranglée par la peur, a été :

— Où est-elle ?

À ces mots, Christine s'est redressée. Ses yeux translucides scintillaient tout en glissant avec nervosité vers la boîte. J'ai suivi son regard et me suis mise à trembler.

— Dites-moi... Où est Jennifer ? Elle est là-dedans ?

Je continuais de murmurer, craignant ce qui rôdait à l'étage.

Christine s'est retournée face au mur. Ce coup-ci, ses épaules tressautaient : elle pleurait. Cela a suffi à me faire monter les larmes aux yeux et je me suis demandé si je serais capable de retenir plus longtemps mes sanglots. Lorsqu'elle m'a regardée de nouveau, elle souriait, alors même que les larmes maculaient ses joues. À cet instant, j'ai compris qu'elle ne pleurait pas sur l'horreur de ma situation ou de la sienne. Non, elle pleurait de soulagement.

Tracy s'est approchée tant bien que mal de Christine. Elle s'est agenouillée près d'elle, contre le mur, l'a prise dans ses bras et s'est mise à la bercer avec douceur.

— Du calme, Christine, lui a-t-elle dit d'un ton rassurant, comme si elle s'adressait à son unique enfant qui venait de faire une chute sans gravité.

Tracy a déposé un baiser sur la joue de Christine, puis s'est dirigée vers moi, tirant sa chaîne puis avançant le pied avec précaution à une cadence lente et méthodique, comme si elle exécutait une sorte de pas de danse. On lève, on tire, on pose. On lève, on tire, on pose.

Elle s'est approchée, tout près, et j'ai reculé d'instinct.

— J'ai bien peur que ton amie n'ait pas eu beaucoup de chance. Mais toi, oui, tout compte fait.

J'ai éclaté en sanglots pour de bon, me demandant dans quel genre de monde pervers j'étais tombée. J'ai fermé les paupières très fort pour le faire disparaître.

— Où est Jennifer ? Où est mon amie ?

Enfin, j'avais retrouvé ma voix. À présent, je hurlais presque.

— Jennifer ? Tu es là ? Est-ce que tu vas bien ?

Tracy a ignoré ma question et poursuivi.

— Tu as du bol. Christine et moi avons une longue expérience de la cave. On va te montrer les ficelles, si on peut dire.

Elle s'est esclaffée comme si elle venait de faire une bonne blague. Christine aussi a produit un son, apparemment pour marquer son amusement. Je n'ai pas trouvé cela drôle du tout et, à cet instant, je ne savais plus très bien si j'étais plus effrayée par mon ravisseur ou par ces filles maigres et anéanties coincées ici au bout du monde avec moi.

Sans me quitter du regard, Tracy s'est dirigée vers l'escalier, tirant toujours sa chaîne derrière elle. On lève, on tire, on pose. Un carton était posé sur la dernière marche. Elle en a sorti deux blouses d'hôpital vertes, élimées mais visiblement propres. Elle en a jeté une à Christine, avant de draper l'autre sur ses épaules. Puis elle a replongé la main dans le carton pour en sortir une troisième.

— Tiens, tu vois. Il te fournit déjà des vêtements.

Elle m'a lancé la blouse. Le tissu était doux, assoupli par de nombreux lavages, et sentait la lessive.

— Ta robe royale, a-t-elle annoncé d'un ton mélodramatique. Et tes provisions pour la semaine. C'est une chance que tu sois arrivée un dimanche soir. Le lundi est un bon jour pour nous.

J'ai attrapé la blouse et l'ai enfilée en suivant l'exemple de Tracy, l'ouverture sur le devant, mais, contrairement à elle, je l'ai refermée devant moi. Tracy a sorti d'autres articles du carton – des plats préparés, une miche de pain, une bonbonne d'eau – et les a disposés de façon ordonnée le long du mur.

À présent, j'étais accroupie sur le sol, serrant le mince matelas comme une enfant s'agrippe à sa poupée, les yeux fixés sur le carton et me demandant pourquoi Jennifer ne répondait pas. Tracy a poursuivi, sans prêter attention à mon état.

— La plupart du temps, on est livrées à nous-mêmes ici pendant la semaine. Ça change pendant l'été et les vacances scolaires. Ça, ce sont des périodes difficiles, ici. Les semaines sont courtes dans tous les cas. Quatre jours de liberté – un terme que j'utilise avec beaucoup de désinvolture, de toute évidence – puis trois jours dans les tranchées. Le truc, tu vois – et tiens-toi bien –, c'est que l'homme qui nous séquestre est professeur de psychologie à l'université d'Oregon ; un prof psychopathe plutôt. Il assure des cours. Il assiste à des conférences. Rencontre des étudiants. Selon toute vraisemblance, il participe à des cérémonies de remise des diplômes et des journées portes ouvertes. En toutes ces occasions, sa présence nous est épargnée, et nous vivons en paix et en harmonie.

Tant qu'il nous laisse suffisamment d'eau et de bouffe, cela va sans dire.

— Comment sais-tu tout cela ?

— C'est Christine qui me l'a dit, bien sûr.

Elle a regardé du côté de Christine, qui semblait s'être rendormie, même s'il était difficile de l'affirmer avec certitude. En tout cas, elle était immobile, ses genoux repliés sous elle, sa chaîne enroulée proprement dans son dos.

— Christine était son étudiante préférée. Enfin, c'était il y a plus de deux ans. Il a peut-être bien une nouvelle chouchoute, si ça se trouve, hein, Christine ?

Christine a ouvert un œil. Qu'elle a dardé sur moi puis sur Tracy tout en gémissant faiblement.

Les mots « deux ans » résonnaient à mes oreilles.

— Il s'appelle Jack Derber.

Tracy a prononcé le nom d'une voix haute et claire mais en jetant des regards méfiants aux quatre coins de la pièce, comme si elle craignait que les murs ne l'avalent pour la punir.

— Et comme nous connaissons cette petite info juteuse, a-t-elle poursuivi, nous pouvons être sûres qu'il ne nous laissera jamais partir. Nous sommes censées mourir ici quand il en aura terminé avec nous. Christine et moi, on suppose que ça arrivera quand on sera devenues trop vieilles pour ses exigences, ou plus tôt si on cause trop de problèmes. C'est pour ça qu'on affiche un comportement exemplaire. On est de parfaites petites filles modèles, pas vrai, Christine ? Après tout, il peut nous remplacer comme il veut, hein ?

Elle m'a jeté un regard franc et direct.

— Et comme tu peux le voir, il a de la place là en bas. Ça peut revenir cher de nous garder bien vivantes.

Je ne voyais pas très bien où elle voulait en venir mais, tout à coup, cette conversation ne me paraissait plus si amicale que ça. À cet instant, quelque chose a remué dans la boîte, et nous avons toutes les trois tourné la tête vers elle. Le silence est retombé. Tracy a repris.

— J'ai développé une stratégie ici, que je te recommande d'adopter également. Christine, j'en ai peur, n'en est pas franchement adepte et, tu t'en rendras compte par toi-même, son refus de suivre mon conseil lui a porté préjudice. Tu dois rester forte, physiquement et mentalement, et apprendre tout ce que tu peux. Ma chère, nous attendons notre petit miracle.

« Miracle ». Le mot m'a fait tiquer, il était l'opposé de tout ce à quoi je croyais. Tracy l'a remarqué.

— Oui, je sais, espérer un miracle ce n'est pas ce qu'on fait de mieux pour tenir le coup, mais j'ai beaucoup réfléchi à la chose et c'est tout ce qui s'offre à nous. Tout ce qu'on peut faire, c'est se tenir prêtes. Je n'ai qu'une devise ici : « Mange ce qu'on te donne, dors quand tu peux, ne le laisse pas te baiser la tête. »

Elle s'est esclaffée de nouveau, avant de reprendre :

— La partie la plus importante de ton corps, pour l'instant, c'est ton cerveau. Comme tu le découvriras bientôt, sa forme de torture de prédilection – ce n'est pas la seule, mais c'est celle qu'il préfère –, c'est la torture psychologique, alors il faut faire fonctionner tes méninges. Tu ne dois pas le laisser entrer dans ta tête. Ne lui révèle jamais rien de ta vie d'avant. Rien. Jamais.

— Une Liste des Interdits, ai-je murmuré pour moi-même. Et Jennifer ? Que va-t-il lui arriver ?

Enfin, j'étais en mesure de poser la question sans devenir hystérique.

Elles ont toutes les deux détourné le regard. Christine a murmuré quelque chose qui ressemblait à :

— Oublie-la le plus vite possible.

# Chapitre 5

Après la lecture de la lettre, j'ai passé trois jours de plus seule enfermée chez moi. J'ai annulé la visite de ma psy et arrêté de répondre au téléphone. Le Dr Simmons a laissé trois messages, l'agent McCordy quatre. J'étais consciente qu'ils s'inquiétaient, mais j'étais incapable de leur expliquer que je me préparais mentalement à rompre avec ma routine post-traumatique ; une rupture que je n'étais qu'à moitié prête à vivre.

Je n'avais pas le courage d'avouer au Dr Simmons qu'après dix ans de lutte psychologique – de larmes, de longs regards perdus dans le vide pendant qu'elle attendait patiemment, d'un examen au microscope de ma vie et de tous mes souvenirs à l'exception de ceux que j'étais toujours incapable d'approcher et qu'elle voulait, bien sûr, le plus creuser – bref, qu'après dix années de thérapie, elle ne pouvait rien faire de plus pour moi. Nous étions dans une impasse. Je devais agir.

À la fin de la première année de thérapie, j'étais en mesure de raconter les détails factuels de ma captivité. C'était comme si tout ça était arrivé dans un univers parallèle, à quelqu'un d'autre. Une litanie d'horreurs que je marmonnais depuis l'autre bout de la pièce pour tenir le Dr Simmons à distance, ajoutant de nouveaux éléments chaque fois que les termes de la conversation étaient épuisés et qu'elle exigeait davantage de ma part.

C'était une histoire que je relatais à coups d'images isolées. Moi, les yeux bandés, les pieds entravés par des chaînes qui pendaient de l'anneau fixé au plafond. Moi, étendue sur la table comme un insecte prêt à être disséqué, un cathéter enfoncé dans la vessie, me remplissant millilitre par millilitre. Moi, ligotée sur une chaise dans un coin, les poignets menottés dans le dos, une aiguille chirurgicale me transperçant la langue.

Des faits. Des détails. Des éléments spécifiques.

Des événements arrivés à quelqu'un d'autre. Une personne qui n'était plus là.

En apparence, je m'ouvrais au Dr Simmons, lui révélant mes plus sombres secrets. Mais elle avait toujours semblé consciente que je gardais une distance. Je pouvais raconter ce qu'il m'était arrivé mais je ne le ressentais pas. Mes récits étaient comme des poèmes ânonnés à l'envi jusqu'à perdre toute signification.

Ainsi, depuis des années maintenant, nous nous trouvions dans une impasse. Des heures de séances gâchées, au cours desquelles elle attendait que je fasse un pas en avant. Mais, aujourd'hui, je m'apprêtais à le faire.

Le quatrième jour, j'ai appelé McCordy. Il a décroché à la première sonnerie.

— McCordy, j'écoute.

— Vous êtes assis ?

— Car… Sarah, c'est vous ?

— Oui. Écoutez, je voulais que vous sachiez que je vais bien. J'ai lu la lettre. Vous aviez raison. C'est du charabia. Je vous promets de ne pas piquer une crise cette fois, d'accord ?

— Pourquoi ne répondiez-vous pas au téléphone, alors ? Un peu plus et on vous envoyait une ambulance. Ça ne vous aurait pas plu qu'on enfonce votre porte.

— Pourquoi ne l'avez-vous pas fait, dans ce cas ? (Silence à l'autre bout de la ligne.) Vous avez parlé à Bob, n'est-ce pas ? Vous saviez que je continuais à me faire livrer et donc que je n'étais pas morte. Malin... Bref, ai-je poursuivi en essayant d'adopter un ton détaché. J'ai réfléchi à ce que vous avez dit et... je vais faire un petit voyage.

— J'ai bien fait de m'asseoir ! C'est... fantastique ! Mais vous êtes sûre d'être prête ? Est-ce qu'il ne vaudrait pas mieux commencer par quelque chose de plus simple, comme des courses au supermarché ?

C'est moi qui suis restée silencieuse cette fois-ci.

— Puis-je au moins vous demander où vous vous rendez ?

J'ai esquivé sa question.

— J'ai besoin de réfléchir et, pour cela, je dois m'éloigner. Je prends quelques jours de congé. Il se trouve qu'il me reste plein de vacances à poser.

— Ça ne m'étonne pas. À propos des vacances qu'il vous reste, je veux dire. En avez-vous, euh... parlé au Dr Simmons ?

— Non. Pas encore. Je vais l'appeler dans la foulée.

En raccrochant, j'ai respiré un grand coup. Après tout, je n'étais pas prisonnière. Ils n'étaient pas mes geôliers. Je pouvais partir en voyage et j'avais bel et bien des jours de congé à prendre. Ce n'était que la stricte vérité.

Ce qui l'était moins, en revanche, c'était le côté « vacances » de l'affaire. J'avais une idée. La lettre ne m'avait fourni aucun indice clair, même si un élément, je ne savais dire lequel, me titillait. Trois jours auraient dû suffire pour que la mémoire me revienne, et puisque rien ne se produisait, je devais passer au plan B. J'allais écouter le professeur Jack Derber. Son épouse, Sylvia, était censée me « montrer la voie ». Peut-être bien qu'il avait une idée derrière la tête. Mais son plan ne se déroulerait pas forcément comme il le croyait.

— Sylvia, montre-moi, ai-je murmuré d'un ton résolu en reposant le combiné. Montre-moi.

Il a fallu trois dixièmes de seconde à Google pour m'apprendre le nom complet de Sylvia et la ville où elle habitait. L'avantage d'avoir un ennemi juré célèbre, c'est qu'il ne peut pas se marier sans que le monde entier connaisse les détails. Sylvia Dunham, Keeler, Oregon. Elle ne vivait pas très loin de la prison, ce qui était bien pratique pour elle, mais plutôt fâcheux pour moi, car j'avais la conviction que je pourrais ressentir sa présence avec la même force à travers le béton armé et les barres de fer de sa cellule qu'à travers la porte de la cave.

J'ai lancé une recherche sur le pénitencier avec Google Earth et examiné pendant un moment la minuscule cour, une tache couleur fauve sur l'écran, où il devait sûrement faire sa promenade quotidienne. J'arrivais à deviner les contours flous du mirador et même la minuscule ligne de barbelés marquant les frontières de la prison. J'ai refermé la page Internet avec un frisson. Je ne voulais pas repousser trop tôt mes limites.

Je n'avais pas remis les pieds dans cet État depuis que je m'étais échappée, et je m'étais juré solennellement de ne jamais y retourner. Mais la lettre de Jack m'avait permis de comprendre ce que pourrait me coûter mon inaction. Même la plus infime possibilité de libération faisait remonter en moi des émotions que je refoulais depuis des années. Je n'avais plus le choix, je devais agir, même si cela me terrifiait au plus haut point.

Lors du procès de Jack, le procureur s'était montré « pragmatique », il avait « fait ce qu'il avait pu ». Et sa stratégie avait payé jusqu'à un certain point. Il était en prison, après tout. Mais ça n'avait apporté aucune conclusion à l'histoire de Jennifer. Au fil des ans, j'étais parvenue à l'accepter un peu mieux, me répétant que je n'avais aucun moyen d'y remédier. Cependant, la lettre de Jack me laissait penser que Sylvia pouvait être la clé de tout ça, qu'elle disposait peut-être d'une information concrète. À présent, le devoir m'appelait et, pour la première fois en dix ans, je sentais que je pouvais répondre présent. Toutes ces séances avec la psy finissaient par payer, si ça se trouve ? Ou alors, je savais que cette mission était ma thérapie.

Avant que le courage m'abandonne, j'ai ouvert une nouvelle page web et réservé un billet d'avion, une chambre dans le plus bel hôtel du coin et, après une seconde d'hésitation, une voiture de location ; j'avais beau détester conduire, il était hors de question que je me déplace en taxi. J'ai fait les réservations au nom de Caroline Morrow, mon « véritable » nom désormais. Mon côté pragmatique prenait le dessus. Je me suis mise à établir des listes.

Ce serait mon premier voyage en cinq ans, depuis que j'avais rendu visite à mes parents dans l'Ohio. Pour tout dire, ça ne s'était pas super bien déroulé. Malgré une escale de trois heures à Atlanta, j'avais choisi un vol sur un Boeing 767 parce que l'appareil affichait le plus faible taux de problèmes mécaniques de toute la flotte. Une précaution qui ne m'avait pas empêchée de succomber à une crise de panique mémorable en montant à bord. L'équipage m'avait forcée à débarquer, retardant ainsi le vol et provoquant la colère de plusieurs passagers très bruyants, qui se seraient montrés plus compréhensifs, j'en suis sûre, s'ils avaient su ma véritable identité et s'étaient rappelé m'avoir vue en une des journaux. J'avais dû attendre six heures de plus à l'aéroport que le personnel médical soit assuré de la stabilité de mon état mental avant de pouvoir prendre un autre vol.

Cette fois, mes exigences en matière de transport aérien m'amèneraient à faire un détour par Phoenix, et ce trajet alambiqué me prendrait douze bonnes heures, deux fois plus que le strict nécessaire, mais cela se révélait indispensable à ma santé mentale.

J'ai préparé un bagage léger mais pratique. Le lendemain, tandis que je fermais ma valise, je me suis sentie prête. Sûre de ma mission. Et alors, comme la dernière fois, juste avant de franchir la porte, j'ai éprouvé ce sentiment familier – les pensées qui tournoyaient dans ma tête, ma poitrine qui se serrait. Je l'ai repoussé, mais tout en cherchant mon souffle, j'ai battu en retraite dans la chambre et gagné mon bureau blanc.

J'ai tiré le tiroir du bas, celui que je n'ouvrais plus, et j'en ai sorti un album photo bleu tout élimé. Il s'est ouvert naturellement au milieu, et dans le coin supérieur droit, sous le film transparent déchiré, se trouvait Jennifer, à treize ans.

Au-dessus de son sourire sans conviction, ses yeux semblaient tristes, comme toujours après l'accident. Elle affichait un air sérieux, comme si elle réfléchissait intensément. Je me tenais à côté d'elle, penchée en avant, prise sur le fait la bouche ouverte, lui parlant d'un ton animé. Elle était perdue dans son monde et je ne l'avais même pas remarqué.

J'ai étudié la jeune fille que j'étais à l'époque. Malgré nos angoisses, je paraissais confiante, heureuse même. À présent, en sécurité dans ma chambre, si je reculais un peu sur le tapis, je pouvais m'apercevoir à trente et un ans dans le miroir au-dessus du bureau. Mes traits anguleux s'étaient adoucis avec l'âge, mais mes cheveux bruns m'arrivaient toujours aux épaules, je portais la même coupe au carré qu'au lycée. Mes yeux marron paraissaient presque noirs en contraste avec ma peau pâle rosie par la montée d'adrénaline. J'avais un air éperdu, même lorsque je me suis forcée à sourire. *Pas étonnant qu'on m'envoie un psy à domicile*, me suis-je dit en observant la créature effrayée dans le miroir.

Lentement, je me suis relevée pour ranger l'album, puis j'ai suspendu mon geste et retiré cette photo de nous deux. Après l'avoir glissée dans mon portefeuille, j'ai ramassé mon sac. Alors seulement, j'ai repoussé l'album tout au fond du tiroir que j'ai refermé avec soin. Jim avait raison. J'avais besoin de prendre l'air. J'ai ramassé mes affaires, vérifié à plusieurs reprises l'heure d'embarquement et le numéro de vol, et fourré dans mon sac le sandwich que je m'étais préparé plus tôt. Je pouvais le faire.

Ça n'a été qu'une fois dehors, sur le seuil de ma porte fermée à triple tour, flanquée de ma valise rouge vif, que je me suis rappelé que je n'avais pas prévenu le Dr Simmons. *Tant pis*, ai-je pensé sans y accorder plus d'importance. *McCordy s'en chargera, et cela nous fournira l'occasion de discuter de mes stratégies de fuite pendant trois ou quatre séances*. Rien de tel qu'un nouveau sujet pour entretenir la flamme d'une relation.

# Chapitre 6

Je n'ai jamais perdu la manie de fermer les yeux pour échapper à la réalité et j'ai passé quasiment tout le vol jusqu'en Oregon la joue contre mon coussin de voyage. L'hôtesse de l'air a supposé que je dormais et m'a laissée tranquille. J'avais senti l'angoisse monter au moment du décollage mais, consciente de ne pas avoir de temps à perdre avec le service médical de l'aéroport, je l'avais réprimée.

En vérité, je n'ai pas dormi une seconde. Mon cœur tambourinait dans ma poitrine. L'ambiance sonore et visuelle du vol saturait mon esprit, qui n'avait pas été aussi sollicité depuis cinq ans. Mais il n'y avait pas que ça. Mon cerveau s'activait à l'élaboration de mon plan.

Rencontrer Sylvia Dunham requerrait un gros effort de ma part. Avais-je perdu la tête de vouloir affronter cette épreuve sans Jim ? Le FBI s'était déjà entretenu avec elle et avait échoué à la faire parler. Dans sa lettre, Jack s'était montré on ne peut plus clair : elle était sa confidente, elle connaissait tous les détails de son passé. J'espérais que se retrouver face à face avec la victime de son mari lui ferait prendre conscience de la véritable personnalité de cet homme et que, ainsi, je parviendrais à la convaincre de me révéler quelque chose qu'elle ne confierait à personne d'autre.

J'avais réservé un hôtel à Portland, à plus de soixante kilomètres de Keeler, la ville où elle habitait. Ce n'était pas le plus pratique, mais Keeler ne comptait que des motels, et séjourner dans une chambre dont la porte donnait directement sur l'extérieur m'était inenvisageable. Je n'avais jamais été très à l'aise derrière un volant, même lorsque j'étais une conductrice plus régulière. J'ai constaté avec soulagement qu'une fois en voiture, je retrouvais les automatismes, malgré une grande nervosité.

À l'hôtel, j'ai récupéré la clé de ma chambre sans encombre mais également sans élégance. Peu habituée à croiser le regard des autres, j'ai gardé les yeux fixés sur ma carte de crédit, mes mains, ma valise. J'ai maudit le son des mots « Caroline Morrow » lorsque je les ai prononcés d'une voix étranglée. Au bout de dix ans, ils ne me paraissaient toujours pas réels. De plus, je trouvais terriblement injuste qu'il ait pu me dépouiller ainsi de mon identité.

Une fois dans ma chambre, j'ai tiré les deux verrous. *Des modèles bon marché*, ai-je remarqué malgré moi. Je me suis reproché à voix haute d'être aussi maniaque. Ce qui ne m'a pourtant pas empêchée, avant toute autre chose, d'examiner le dépliant de l'hôtel, de mémoriser toutes les issues de secours et de décrocher le téléphone pour vérifier la tonalité. J'ai sorti mon portable pour le recharger, même si la batterie était quasiment pleine. On n'est jamais trop prudent.

J'avais beaucoup réfléchi à ce que je dirais à Sylvia, et j'ai repassé mes arguments dans ma tête tout en étalant mes vêtements sur le lit pour m'assurer, encore une fois, que je n'avais rien oublié. Évidemment que non. J'ai pris une douche rapide et suis partie en expédition. Je voulais repérer le trajet jusque chez elle et revenir à l'hôtel avant la nuit.

J'ai trouvé sans problème la maison de Sylvia. Elle habitait un petit pavillon en brique sans charme, planté dans un quartier résidentiel tranquille. À première vue, l'endroit paraissait inhabité. De lourds rideaux pendaient aux fenêtres, toutes closes.

Je me suis garée dans l'allée déserte et j'ai inspecté rapidement les lieux. La porte du garage devant moi semblait verrouillée. Par les petites fenêtres hautes, j'ai jeté un œil à l'intérieur et découvert un espace immaculé. Aucun véhicule. Le long d'un mur, tout un éventail d'outils était accroché à une rangée de clous plantés à intervalles réguliers, leurs contours dessinés avec soin au marqueur. Dans un coin, un vélo avait une roue à plat.

Tout ce chemin, et elle n'était même pas chez elle.

J'ai fait le tour jusqu'à la porte d'entrée et j'ai appuyé sur la sonnette, au cas où. J'ai sonné trois fois avant de me convaincre qu'il n'y avait personne. Alors j'ai rebroussé chemin jusqu'à la boîte aux lettres et, du coin de l'œil, je me suis assurée qu'aucun curieux ne me regardait avant de l'ouvrir. Elle était pleine à craquer. Je n'ai hésité qu'un quart de seconde avant de sortir quelques lettres. Et voilà, ce n'était que le premier jour de mon périple et, déjà, j'enfreignais une loi fédérale. Mais, au moins, j'avais la confirmation d'être au bon endroit.

La boîte aux lettres contenait principalement des factures et de la pub. J'ai glissé la main sous la pile et vérifié le cachet de la poste de la facture de téléphone tout en bas. Il datait de trois semaines. Bizarre qu'elle n'ait pas demandé à la poste de conserver son courrier si elle prévoyait de s'absenter si longtemps. Mais bon, j'étais peut-être la seule à tout planifier aussi minutieusement.

Après avoir passé en revue la pile en quête d'une lettre en provenance du pénitencier, j'ai tout remis en place et regagné ma voiture, ne sachant trop quoi faire ensuite. Je suis restée assise sans bouger plusieurs minutes, à réfléchir. Puisque j'étais venue jusqu'à Keeler, autant explorer toutes les possibilités. J'allais faire un saut au café devant lequel j'étais passée à l'aller. C'était une petite ville, peut-être la connaissaient-ils là-bas.

Il s'agissait d'un café-restaurant banal, installé dans un wagon aux parois métalliques, à l'intérieur lumineux et accueillant, donnant directement sur le square de la petite ville. Je me suis installée au comptoir plutôt que sur une des banquettes vides et j'ai commandé un café, faisant de mon mieux pour afficher un air avenant. Je me suis forcée à sourire.

Dans le miroir derrière le comptoir, je pouvais voir mon reflet. Après les douze heures de vol, mes yeux étaient injectés de sang et mes cheveux tout emmêlés. *Ouais, une vraie folle*, me suis-je dit. J'ai effacé mon sourire. Lorsque la serveuse est venue remplir ma tasse, je me suis presque jetée sur elle par-dessus le bar. La folie personnifiée. De toute évidence, je manquais de pratique en matière de contacts humains.

— Est-ce que vous connaissez Sylvia Dunham, par hasard ? ai-je demandé de ma voix la plus désinvolte – et qui n'aurait pu donner davantage l'impression inverse.

Intérieurement, j'ai maudit ma maladresse, mais la serveuse n'a même pas levé les yeux de sa tâche.

— Bien sûr que je la connais.

Son ton détaché m'a fait prendre conscience qu'il devait y avoir un paquet de touristes versés dans les affaires criminelles qui venaient jouer les curieux au sujet de Sylvia Dunham. Elle devait être une célébrité dans le coin. Et il existait des gens plus bizarres que moi. Des voyeurs qui choisissaient leur destination de vacances en fonction des faits divers. Il fallait que je me distingue de ce genre d'allumés. Toutefois, en dehors d'une confrontation avec Sylvia Dunham, je n'avais rien prévu d'autre au cours de ce voyage. Je ne m'étais pas franchement préparée à fouiner de la sorte, et je n'étais pas prête à révéler aux autres ma véritable identité, après toutes ces années.

— Je... J'écris un livre, ai-je bégayé.

— Ouais.

Toujours sans lever les yeux, elle a essuyé une petite goutte de café sur le comptoir. J'ai compris mon erreur. Je n'étais sans doute pas non plus la seule à avoir des prétentions littéraires sur le sujet. Il me fallait trouver une histoire un peu plus subtile si je voulais obtenir des résultats.

Au bout d'un moment, elle a interrompu son geste et a enfin daigné lever les yeux sur moi.

— Écoutez, certaines personnes apprécient le surplus de boulot dû aux touristes qui viennent fouiner ici dans la vie de cette femme. Et d'autres non. Moi, ça ne me plaît pas des masses. Je n'ai aucune envie que ce type vienne s'installer ici quand il sortira. Ça ne m'intéresse pas. Cela étant dit, mon mari, il voit les choses autrement. Il n'a pas grand-chose à faire. Je suis sûre qu'il pourra vous parler de ça jusqu'à plus soif. Il vient me chercher à 17 heures, si vous voulez lui poser des questions.

J'ai fait un rapide calcul dans ma tête. Si je restais jusqu'à 17 heures, et ne lui parlais pas plus de quinze minutes, je pourrais encore rentrer à l'hôtel avant qu'il fasse nuit noire. Comme il n'était que 16 h 15, il fallait que je m'occupe d'ici là. J'ai remercié la serveuse et lui ai dit que je reviendrais.

Pour passer le temps, je me suis promenée dans le petit square propret de la ville, admirant la pelouse verte fraîchement tondue et les bancs peints en blanc disposés tout autour. Au coin, je me suis arrêtée devant une église austère. Peut-être s'agissait-il de son église ? J'y suis entrée. Elle était déserte, à l'exception d'une femme qui passait l'aspirateur devant l'autel ; ses cheveux grisonnants étaient rassemblés en un petit chignon négligé, la chaînette de ses lunettes se balançait au rythme de ses mouvements saccadés et appliqués. Je lui ai adressé un geste hésitant de la main ; elle a éteint immédiatement l'appareil, s'est essuyé les mains sur son petit tablier et s'est dirigée vers moi d'un pas vif.

— En quoi puis-je vous aider ?

Son ton ne m'a pas paru très charitable. J'aurais très bien pu être un petit agneau perdu en quête de rédemption. Je me suis éclairci la gorge, ne sachant trop quoi dire pour ne pas passer pour l'intruse que j'étais en réalité.

— Euh... Je m'appelle Caroline Morrow, et j'essaie de retrouver une vieille amie à moi qui vit dans les environs.

Je cherchais mes mots, bégayais. Elle se tenait immobile, attendant que je crache le morceau.

— Sylvia Dunham, ai-je enfin lâché.

Avant même que les mots n'aient fini de franchir mes lèvres, j'ai vu une ombre traverser son visage. Elle connaissait ce nom. Tout le monde ici devait le connaître.

— Apparemment, elle n'est pas chez elle, et je sais que c'est une femme très pieuse, alors je me demandais si, par hasard, un membre de votre Église la connaissait et pouvait me dire où la trouver.

Elle m'a considérée avec froideur et a secoué la tête.

— Voulez-vous dire que Sylvia Dunham ne fait pas partie de cette congrégation ? ai-je de nouveau hasardé.

Elle m'a répondu d'un léger haussement d'épaules puis a semblé se rappeler les bonnes manières de l'Église et s'est fendue d'un sourire.

— J'imagine que ça fait un moment que vous n'avez pas eu de ses nouvelles. Sylvia Dunham n'est certainement pas un membre de notre Église. Elle appartient à l'Église du Saint-Esprit. Une petite secte, ou une communauté, appelez ça comme vous voulez. Enfin, chacun son truc.

Elle a pris une expression renfrognée. Puis elle a embrassé son sanctuaire d'un regard d'autosatisfaction évident, admirant sa parfaite petite église avec ses grandes baies surplombant les bancs en bois vernis.

— Ce n'est pas une Église à proprement parler, a-t-elle ajouté avant de s'arrêter brusquement, comme si elle en avait déjà trop dit. (Son regard était rivé sur la porte quand elle a repris la parole.) Si vous voulez bien m'excuser, je dois préparer les lieux pour l'étude biblique du mercredi soir.

— Où puis-je trouver un membre de cette congrégation ? ai-je demandé.

J'ai vu qu'elle était sur le point de me prendre par le bras, pour me conduire à l'extérieur au plus vite. Sans réfléchir, j'ai évité le contact en prenant moi-même la direction de la sortie.

— La seule personne susceptible de vous parler de cette congrégation est Noah Philben. C'est sans doute le seul qui acceptera de discuter avec des gens de l'extérieur. C'est leur guide – si ce n'est pas un blasphème de l'appeler comme ça. Il réside dans leur... enceinte, mais vous n'aurez pas le droit d'y pénétrer.

Elle m'a détaillée des pieds à la tête, comme si elle mesurait avec soin ses prochaines paroles. Elle a haussé les épaules, mais j'ai noté que son ton était plus doux à présent

— Ils louent un local pas très loin d'ici, sur la Route 22, dans le centre commercial avec le supermarché Trader Joe's sur la route qui mène en ville. Avant, c'était un centre de loisirs. Je crois qu'il a un bureau là-bas. Il y a une croix blanche sur la devanture. Vous ne pourrez pas le louper.

— Merci, me suis-je hâtée de lancer au moment où elle me fermait la porte au nez.

Le verrou a cliqueté à mes oreilles.

J'ai cherché dans mon sac le petit calepin et le stylo que j'avais emportés. J'ai écrit avec soin le nom de Noah Philben et l'itinéraire qu'elle m'avait indiqué pour me rendre à son local.

Un peu avant 17 heures, je suis retournée d'un pas tranquille au restaurant, songeant que le mari de la serveuse était ma meilleure piste pour l'instant. La femme attendait déjà à l'entrée. Elle serrait autour d'elle un imperméable léger et fumait une cigarette. À ma vue, elle s'est étonnée.

— Ah ! c'est vous ! a-t-elle dit, cette fois d'un ton plus avenant.

D'un geste de la main, elle a indiqué un banc en bois à gauche de la porte sur lequel nous avons pris place. Elle a écrasé son mégot sur l'accoudoir. Je l'ai regardée faire, tétanisée en pensant au risque d'incendie, et j'ai gardé les yeux rivés sur les cendres pour m'assurer que toutes les particules incandescentes s'éteignaient bien.

— Faudrait que j'arrête, a-t-elle lâché en se tournant vers moi.

Le rouge à lèvres qu'elle venait juste d'appliquer brillait de mille feux.

— Alors, dites-moi. Pourquoi une gentille jeune fille comme vous voudrait écrire sur une histoire aussi horrible ?

Je n'avais pas préparé de réponse, et je m'en voulais d'avoir évoqué l'idée d'un livre. Je pouvais à peine prétendre être une vraie journaliste... Pourtant, il allait falloir faire avec ; j'ai décidé de considérer sa question comme rhétorique et me suis contentée de sourire.

— Y a déjà eu des bouquins sur le sujet, non ? a-t-elle poursuivi.

— Trois, oui, ai-je répondu avec un peu trop de hâte et de rancœur.

— Quel est l'intérêt, alors ? Cette histoire a déjà été racontée, non ? Ou alors, vous l'envisagez sous un autre angle, comme on dit ?

— Ces trois autres ouvrages étaient... incomplets.

— Ah bon ?

À présent, elle paraissait intriguée, elle s'est rapprochée de moi, si près que je pouvais humer l'odeur de cigarette sur ses vêtements.

— Ça va intéresser mon mari, ça. Qu'est-ce qui n'allait pas dans les autres livres ?

— Il vous faudra lire le mien pour le savoir.

J'ai prononcé ces mots de ma voix faussement joyeuse qui, en général, ne trompait personne. La serveuse n'a pas paru le remarquer ou alors elle n'avait posé la question que par politesse.

— Pas moi. Je ne lis pas ce genre de trucs. La vie est bien assez dure comme ça sans qu'on s'emplisse le crâne avec ces horreurs. (Elle a marqué une pause avant de poursuivre.) Ces pauvres filles. J'espère qu'elles s'en sortent. Mon amie Trisha, son père était un taré qui la maltraitait. Il a gâché sa vie. Elle a commencé à boire au lycée, elle a fugué, fini par se droguer. Elle a repris sa vie en main, aujourd'hui, mais elle ne s'en est jamais vraiment remise. Elle ne s'en remettra sans doute jamais.

— J'imagine qu'on ne se remet jamais de ce genre de choses, ai-je répondu d'une voix blanche.

— Non, a-t-elle approuvé. Jamais. Mais Trisha va mieux aujourd'hui, à ce que j'ai entendu dire. Elle a déménagé à La Nouvelle-Orléans l'année dernière. Elle pensait que le changement lui ferait du bien. Elle avait une cousine là-bas. Elle travaillait avec moi, ici au restau, et je la surprenais parfois à regarder par la fenêtre, les yeux dans le vide. Et, chaque fois, je me disais qu'elle devait se trouver dans un endroit sombre. Vraiment noir.

À l'évocation de La Nouvelle-Orléans, je me suis redressée. Ces mots réveillaient quelque chose dans ma mémoire. Tracy était originaire de La Nouvelle-Orléans, et elle aussi avait connu une enfance difficile. J'ai sorti mon calepin et me suis écrit une note pour y réfléchir de retour à l'hôtel.

Comme je rangeais le carnet dans mon sac, une voiture s'est arrêtée à notre hauteur et la serveuse a adressé un signe au conducteur. Elle s'est tournée vers moi comme il approchait et a déclaré :

— Je m'appelle Val, au fait. Val Stewart.

Elle a tendu le bras pour me serrer la main en ajoutant :

— Ma belle, je ne connais même pas votre nom.

Devant sa main qui se rapprochait de moi, je me suis paralysée. Il fallait que je réagisse normalement. Ça ne serait pas la seule fois où quelqu'un voudrait me serrer la main, maintenant que je me confrontais à des êtres bien vivants et plus seulement aux fantômes de mon esprit. Je me suis armée de courage, mais au moment du contact, je me suis dégonflée. J'ai lâché calepin et sac à main, un stratagème pour éviter de la toucher. Tout en me penchant pour ramasser mes affaires, je l'ai gratifiée d'un hochement de tête et lui ai dit, du ton le plus amical que je pouvais adopter, que je m'appelais Caroline Morrow. Elle m'a répondu d'un sourire chaleureux et a pris une autre cigarette. Catastrophe évitée.

Le mari de Val, Ray, mesurait quelques centimètres de moins qu'elle. La soixantaine, il affichait une allure très soignée, arborait une chevelure poivre et sel et avait des yeux bleus qui pétillaient. Val ne mentait pas quand elle disait qu'il pouvait parler jusqu'à plus soif. Quand elle lui a appris que j'écrivais un livre sur l'affaire Derber et en particulier sur Sylvia Dunham, il m'a invitée à dîner chez eux sans l'ombre d'une hésitation.

J'ai dû m'excuser de ne pouvoir accepter. J'avais envie d'y aller, mais ne pouvais me résoudre à rentrer à l'hôtel en pleine nuit. Ray a insisté pour que nous prenions un café au restaurant de sa femme.

Val a levé les yeux au ciel.

— Vous voyez, je vous l'avais dit. Écoutez, moi j'ai déjà passé ma journée dans cet endroit, alors vous n'avez qu'à y aller tous les deux. Pendant ce temps, je vais aller chez Mike faire deux ou trois courses.

À l'intérieur, nous nous sommes installés sur une banquette et, sitôt assis, Ray s'est lancé dans son récit.

— Sylvia a emménagé ici il y a environ sept ans. Vous savez sans doute qu'elle vient du Sud. C'est une gentille fille, mais discrète, vous voyez. Quelle tristesse qu'elle se soit laissé embrigader dans cette Église du Saint-Esprit ! Si vous voulez mon avis, c'est une secte.

— Pourquoi dites-vous cela ?

— Eh bien, Noah Philben n'a pas toujours été versé dans la religion, c'est moi qui vous le dis.

— Vous le connaissez ?

Il a posé les coudes sur la table et a penché la tête vers moi, avec une expression de conspirateur.

— Je suis allé au lycée avec son cousin, alors je connais la famille. Un type minable, ce Noah. Il buvait comme un trou, se droguait même. Il a quitté la ville après la remise des diplômes et on n'a plus entendu parler de lui pendant plusieurs années. Personne ne savait ce qu'il fabriquait à cette époque.

Ça a rendu dingue sa famille, mais ils n'aiment pas en parler. Quand Noah est revenu, il avait l'air à côté de ses pompes. Il a repris le boulot dans la carrière pendant quelques mois, mais il n'a pas tenu le coup. Alors il a monté son « Église », si on peut appeler ça comme ça.

À cet instant, il a tendu le doigt vers la vitre du restaurant.

— Les voilà.

J'ai vu un fourgon blanc aux vitres teintées faire le tour du square.

— C'est le van de l'Église.

— La femme à l'église d'à côté semblait très méprisante envers cette congrégation.

— Oh ! c'est sûrement Helen Watson ! Vous l'avez rencontrée ? Sympa, hein ? C'est clair qu'elle ne doit pas beaucoup se réjouir quand on lui parle de Noah. Ils sortaient ensemble au lycée. Elle s'est enfuie avec lui après le lycée. Elle est rentrée deux ans plus tard la queue entre les jambes. Elle ne parle jamais de cette époque. Elle dit que ça ne regarde personne. Ensuite, elle a épousé Roy Watson, qui est devenu pasteur de cette église il y a presque dix ans. Les gens disent qu'elle l'a poussé à entrer au séminaire. Elle a toujours voulu être femme de pasteur, j'imagine. Maintenant, elle croit qu'elle fait la loi dans la ville.

Ne voyant pas ce que m'apportaient les potins de village, j'ai tenté de ramener la conversation sur Sylvia Dunham.

— Je suis passée chez Sylvia aujourd'hui. Il n'y avait personne. J'ai l'impression que la maison est inhabitée depuis un moment.

Je ne voulais pas avouer que j'avais fouillé dans son courrier, et j'ai senti la honte me rougir les joues.

— Maintenant que j'y pense, je n'arrive pas à me rappeler la dernière fois que je l'ai vue. Elle est très renfermée mais, en général, elle passe ici à peu près à cette heure, quand je viens chercher Val. Une ou deux fois par semaine, peut-être.

— Est-ce qu'elle travaille ? Y a-t-il quelqu'un qui pourrait me renseigner à ce sujet ?

J'avais le sentiment d'être arrivée dans une impasse.

— Pas que je sache. Pas dans le coin, en tout cas. J'imagine que je ne vous suis pas d'une très grande aide en fin de compte ?

— Et sa famille ? Est-ce qu'il lui arrive de parler d'eux ?

Je n'avais pas l'habitude de poser autant de questions. La dernière chose que je souhaitais, c'était nouer des liens avec les autres. En général, je mettais un terme aux échanges le plus vite possible. Même ma voix me semblait bizarre, étrangère, lointaine, comme un mauvais enregistrement de celle que j'imaginais dans ma tête. J'avais presque du mal à exprimer l'intonation à la fin d'une question.

— Non, c'est ce qui est bizarre aussi. Si vous voulez mon avis, je dirais qu'elle a fui quelque chose dans le Sud, mais elle n'en parle jamais. Elle venait des environs de Selma, Alabama. Une ville avec une sacrée histoire. Elle voulait peut-être juste foutre le camp de là-bas.

Sur le chemin du retour, sous un ciel qui s'assombrissait, une pensée m'a assaillie. J'ai failli sortir de la route. La Nouvelle-Orléans. Là où avait déménagé l'amie de Val. Cela me rappelait quelque chose dans la lettre de Jack. Ignorant le fait que le soleil disparaissait à l'horizon, je me suis garée sur le bas-côté et j'ai enclenché mes feux de détresse.

Le cœur battant la chamade, j'ai sorti la lettre de mon sac. Le lac. Le lac en question était le lac Pontchartrain, j'en étais convaincue. J'ai relu la phrase. Ça n'avait toujours aucun sens pour moi, mais il s'agissait forcément de ce lac et, dans ce cas, cela ne signifiait qu'une seule chose : c'était une référence à l'histoire de Tracy.

J'ai parcouru une nouvelle fois la lettre. J'avais besoin de Tracy. Il fallait qu'elle m'explique comment cet élément s'inscrivait dans son passé. J'allais devoir la forcer à me parler, peut-être même à me rencontrer face à face, à réfléchir avec moi au sens des mots de ce taré. Afin de découvrir s'il nous menait quelque part, et si c'était volontaire ou non de sa part.

# Chapitre 7

L'histoire de Tracy s'était dévoilée lentement au fil des ans, une bribe par-ci, une autre par-là. Je l'avais reconstituée à partir des petits détails qu'elle laissait échapper, la plupart du temps quand elle se sentait au plus mal, qu'elle était déprimée et que tout espoir l'avait abandonnée au fond de cette cave. En général, elle s'efforçait de garder sa vie pour elle. Son esprit était un lieu privé dans lequel elle pouvait nous échapper, à lui et à nous, j'imagine. Elle était parano, craignait que Jack n'utilise la moindre information qu'elle nous livrerait pour la manipuler. C'était leur combat.

Contre moi, son arme de prédilection était toujours Jennifer ; se servir de mes souvenirs lui était donc inutile, en tout cas, tant qu'elle était en vie. C'était sans doute la raison pour laquelle je ne mesurais pas l'ampleur des enjeux pour Tracy. Un mauvais calcul qui me coûterait cher les derniers mois de notre captivité. Quoi qu'il en soit, les innombrables heures passées ensemble m'ont permis malgré moi de me faire une idée plutôt précise de sa vie à l'extérieur.

Tracy était née à La Nouvelle-Orléans. Sa mère, âgée de dix-huit ans, avait laissé tomber le lycée et était héroïnomane, avec toute la souffrance et l'horreur que cette addiction impliquait. Les hommes allaient et venaient dans leur appartement crasseux situé au rez-de-chaussée d'une maison créole sur Elysian Fields Avenue, une bicoque qui ressemblait à un gâteau en train de s'émietter, oublié sur un plan de travail.

Lorsque Tracy avait cinq ans, sa mère a accouché de son petit frère Ben au beau milieu du salon. Dissimulée dans un coin, Tracy a assisté à la naissance et regardé sa mère s'envoyer une énorme dose d'héroïne pendant le travail, un anesthésiant si puissant qu'elle a à peine remué quand la tête de Ben est apparue. C'était un miracle que l'enfant survive, et un autre plus grand encore que les services de protection de l'enfance oublient ce petit coin du monde. Apparemment, la ville de La Nouvelle-Orléans avait d'autres problèmes à gérer, ailleurs, et, après un rapide entretien pour la forme, les assistants sociaux les avaient laissés à leur sort.

Pendant des années, l'horizon affectif de Tracy s'est limité à son frère, et elle s'est occupée d'eux deux avec toute la détermination qui la caractérisait. Sa mère leur procurait à peine le minimum. Elle se nourrissait rarement, trop consumée par la drogue, et il n'y avait jamais grand-chose à manger dans la maison, en tout cas pas assez pour deux enfants. Du coup, Tracy avait arpenté les rues de La Nouvelle-Orléans pour leur construire une vie totalement différente. Dans une autre ville, cela n'aurait peut-être pas été possible, mais à La Nouvelle-Orléans, les modes de vie alternatifs prenaient une autre dimension.

Avec le temps, Tracy a fait son trou dans le monde des artistes de rue – des prétendus marginaux et des chanteurs ambulants attendant d'être découverts, qui gagnaient leur pain en rendant de menus services aux touristes qui inondaient les rues. Tracy et Ben sont devenus leurs petits orphelins, leurs mascottes, et, en échange, ils les protégeaient des horreurs des nuits citadines.

Tracy était une jeune fille intelligente qui a rapidement appris nombre de tours – magie, jonglage, acrobatie. Elle possédait également un don pour raconter les histoires et sa précocité charmait les touristes aussi bien que les autres saltimbanques. Ses compagnons de rue lui avaient construit une estrade spéciale dans une ruelle du quartier français, qu'on appelait le Vieux Carré. Elle s'y tenait et récitait des poèmes ou racontait des histoires à la foule amassée. Presque chaque fois que le public se dispersait, Tracy surprenait une femme chuchoter à son mari qu'ils devraient prévenir quelqu'un, qu'un couple devrait l'adopter. C'était le rêve de Tracy : un riche touriste qui se pointait, tombait sous le charme de son frère et d'elle, et les emmenait loin de leur misérable existence.

Parfois, ils passaient la nuit dans le quartier français, Ben niché dans un coin, sur un tas de vieilles couvertures sales, mais jamais hors de son champ de vision. Elle regardait les ivrognes se bagarrer et les prostituées qu'elle connaissait presque toutes par leur prénom retrouver d'un pas las leurs clients. Aux petites heures précédant le jour, enfin, le silence tombait sur la ville, et alors elle allait récupérer Ben, à moitié endormi, et regagnait péniblement leur appartement crasseux. Leur mère ne posait jamais aucune question.

Tracy allait rarement à l'école et, au bout d'un certain temps, l'administration scolaire, tout aussi submergée que les services de protection de l'enfance, n'a même plus pris la peine de l'embêter avec ses absences. En revanche, elle lisait tout ce qu'elle trouvait. Elle se prétendait autodidacte, et je n'en ai jamais vu meilleur exemple qu'elle. Le propriétaire d'une librairie d'occasion sur Bourbon Street lui filait des bouquins qu'elle lui rendait toujours très vite. Elle dévorait tout, de *Jane Eyre* à *L'Étranger* en passant par

*De l'origine des espèces*, afin d'occuper les longues journées sur les trottoirs de la ville, imperméable aux bruits et aux odeurs autour d'elle.

Ben et elle survivaient à peine grâce aux pièces qu'ils glanaient dans la journée. Ils complétaient leurs maigres provisions en récupérant les beignets entamés que des touristes avaient jetés ou en s'arrêtant après la fermeture dans le bar de travestis au coin de la rue pour quémander les restes. Tracy faisait front avec courage, semblant tout prendre avec sérénité, donnant même une partie de leur argent à sa mère quand ils avaient un peu plus. Comme ça, au moins, elle leur fichait la paix.

Quand Tracy est devenue ado, la bande avec laquelle elle traînait s'est transformée en jeunes des rues de son âge. Les gothiques. Ils s'habillaient en noir et se teignaient des mèches rouges ou violet foncé. Ils portaient de gros bijoux qui pendaient à des lacets en cuir, d'énormes bagues avec de fausses pierres rouge sang, et arboraient des piercings avec des squelettes ou des crucifix en plaqué argent. Le totem préféré de Tracy, ironiquement, était une croix égyptienne, symbole de vie éternelle.

Certains des jeunes se sont mis à l'héroïne. Tracy a refusé de toucher à cette merde, l'associant à sa mère. Elle buvait un peu et s'est fourrée parfois dans les problèmes, mais rien qui lui ait valu d'être enfermée et de se retrouver loin de Ben.

À ce moment-là, il l'avait remplacée sur l'estrade. C'était un acrobate de talent, il avait tout appris d'un ancien du Vieux Carré qui l'avait pris sous son aile. Certains jours, il lui arrivait de récolter dix dollars, alors ils allaient dans un bar et commandaient une grande assiette de frites et deux demis. Ça, c'étaient les bons jours.

Malheureusement, on trouvait de tout dans les bars de La Nouvelle-Orléans. Des hétéros, des gays, des transsexuels. Des danseurs, des bagarreurs, des sadomasos. Personne ne faisait le tri. J'imagine qu'il était inévitable que sa bande se mette à graviter autour du côté le plus sombre de la ville, les coins que les bus touristiques évitaient comme la peste. Son bar préféré ne possédait pas d'enseigne, juste une porte noire sur un mur noir qui vibrait au rythme de la musique industrielle. Nine Inch Nails. My Life with the Thrill Kill Kult. Lords of Acid.

La porte s'ouvrait dans un craquement sur ses gonds rouillés pour révéler un intérieur sombre et caverneux, tel un trou noir, où les volutes de fumée de cigarettes s'élevaient en tourbillons dans l'air nocturne. C'était tout. Les videurs, avec leurs coupures qui traînaient à cicatriser comme un marquage au fer, connaissaient Tracy et s'écartaient pour la laisser entrer.

Plus tard, elle reconnaîtrait qu'elle s'était montrée d'une naïveté enfantine. À l'époque, elle ne comprenait pas où cette vie pouvait la mener. Tout ce qu'elle savait, c'était qu'elle avait l'impression de faire partie de quelque chose, quelque chose de secret, qui lui procurait le sentiment d'appartenir à une famille. Ils n'avaient rien à envier aux riches touristes qui venaient en ville. Ils avaient construit un empire. Et la musique furieuse qui battait dans sa tête toutes les nuits était presque aussi intense que la colère qu'elle ressentait envers sa mère et le monde. C'était un empire puissant qu'ils avaient monté et elle sentait sa force courir dans ses veines, plus efficace que n'importe quel narcotique de première catégorie.

Tracy a passé quatre ans dans ce décor. Les rares fois où elle parlait de cette vie, j'étais presque jalouse d'elle. Tous les originaux et les allumés étaient rassemblés à La Nouvelle-Orléans, ils vivaient tous ensemble dans les rues, dans des immeubles décrépits, parés de leurs foulards colorés, de leurs bijoux de pacotille, et de porte-jarretelles à paillettes d'une propreté douteuse, le tout au sein d'une étrange communauté qui prônait la tolérance.

Rien n'avait d'importance là-bas : l'âge, l'allure, le sexe, les préférences sexuelles. Ce n'était qu'un grand melting-pot d'aberrations, et le sexe, la drogue et la violence occasionnelle n'étaient que d'infimes parties du tableau, qui les aidaient à traverser leur expérience d'incompris. Eux, ces êtres dont on se servait sans scrupules, brisés mais toujours profondément et infailliblement humains. Là, dans cette bulle de vie marginale, le jugement était suspendu pendant une heure, une année, une vie entière, tandis que, de temps en temps, une pointe d'orgueil et même de fierté s'épanouissait sous les couches de tissus, de dentelle et de cuir.

Puis quelque chose est arrivé à Tracy et elle s'est vidée de toute cette force vitale. Elle ne nous a révélé cet événement qu'au bout de plusieurs années. Dans la cave, nous y faisions référence sous le nom de « tragédie », pour qu'elle n'ait pas à revivre les détails de la pire chose qu'elle ait jamais vécue. La pire chose après Jack Derber, bien entendu.

Après la tragédie, sa mère s'est volatilisée, pour de bon semblait-il, cette fois-ci. Au bout de trois semaines d'absence, Tracy a décidé qu'elle ne reviendrait pas. Elle s'est dit qu'elle pourrait dissimuler sa disparition à la Sécurité sociale pendant un temps et imiter la signature de sa mère sur les chèques assez longtemps pour mettre de l'argent de côté ; mais avant qu'elle commence à économiser, elle s'en fichait déjà pas mal.

Elle s'est enfoncée davantage dans la vie du club, écœurée, misérable et seule. Sa vie ne menait nulle part, et elle était suffisamment intelligente pour s'en rendre compte. Se noyer dans l'alcool n'aidait pas. Un soir, au bar, un étranger lui a proposé un shoot. Ce soir-là, elle a pris la seringue dans le noir, les mains tremblant de peur et d'excitation. C'était peut-être la réponse qu'elle attendait, après tout, la solution pour mettre fin rapidement à la douleur, même de façon temporaire.

Elle avait vu assez de toxicos se piquer pour connaître la marche à suivre. Elle s'est emparée du lacet de cuir et l'a serré sans hésiter autour de son bras. L'aiguille a trouvé sans problème son chemin dans sa veine, s'y enfonçant comme si c'était son destin. La première montée l'a emplie d'une euphorie nouvelle et a chassé aussitôt toute sa souffrance, l'a balayée comme une bouffée d'air pur nettoie les rues de la ville à l'aube. À cet instant, pour la première fois, elle a compati avec sa mère et s'est demandé si ce n'était pas elle qui avait tout compris de la vie, après tout.

Tant bien que mal, Tracy est sortie du club dans la ruelle, où elle pouvait savourer son plaisir en solitaire. C'était une chaude nuit d'été et l'air lourd d'humidité s'est abattu sur elle comme une chape de plomb lorsque la porte a claqué derrière elle. La sueur perlait à son front, gouttait sur sa poitrine et coulait dans son vieux bustier en cuir élimé. Elle s'est adossée à la poubelle et s'est laissée glisser au sol au milieu des déchets de milliers de vies échouées : préservatifs usagés, paquets de cigarettes, sous-vêtements déchirés, maillons rouillés d'une chaîne. Mais même là, en pleine montée sous l'effet de la drogue, quelque chose lui a fait venir les larmes aux yeux, lui a rappelé tout ce qui s'était passé, et elle s'est mise à pleurer, un cri animal sortant du plus profond de ses entrailles, jusqu'à ce qu'elle perde lentement cette dernière prise sur la conscience.

Elle s'est réveillée dans la cave, sans doute des jours plus tard, elle était incapable de le dire avec précision, sur les pierres froides à même le sol, le visage baignant dans son propre vomi.

## Chapitre 8

Assise sur le lit de ma chambre d'hôtel, j'ai contemplé mon reflet dans le miroir suspendu au-dessus de la commode vide. J'ai attrapé mon téléphone portable, essayant de me résoudre à passer ce coup de téléphone. On était lundi matin, et je serrais dans la main le numéro professionnel de Tracy gribouillé sur un bout de papier. J'ai pris une profonde inspiration et composé le numéro.

Elle a décroché au bout de trois sonneries, mais j'étais incapable de parler.

— Allô ? a-t-elle répété, toujours aussi impatiente.

— Tracy ?

Elle était la seule de nous trois à ne pas avoir changé de nom.

— Oui. Qui est à l'appareil ? Vous voulez me vendre quelque chose ?

Deux secondes et demie, et déjà elle paraissait énervée.

— Non, Tracy. C'est moi, Sarah.

Un bruit de dégoût m'a répondu puis la tonalité a résonné à mes oreilles.

*Bon, ç'aurait pu être pire*, ai-je lancé à mon reflet dans le miroir.

J'ai recomposé le numéro. Au bout de quatre sonneries, elle a répondu.

— Qu'est-ce que tu veux ?

— Tracy, je sais que tu n'as pas envie de me parler mais, s'il te plaît, écoute-moi.

— C'est au sujet de la commission pour la libération conditionnelle ? Tu peux économiser ta salive, je vais y aller. J'ai parlé à McCordy. Toi et moi, on n'a rien à se dire.

— Il ne s'agit pas de ça. Enfin si, mais non.

— Ce que tu racontes n'a aucun sens, Sarah. Reprends-toi.

Elle n'avait pas beaucoup changé au cours de ces dix dernières années. La connaissant, j'avais moins de vingt secondes pour la convaincre de ne pas raccrocher. Je suis allée droit au but.

— Tracy, est-ce que tu reçois des lettres ?

Silence. À l'évidence, elle savait de quoi je parlais. Au bout d'un moment, d'un ton soupçonneux, elle a lancé :

— Oui. Pourquoi ?

— Moi aussi. Écoute, je crois qu'il nous dit quelque chose dedans.

— Je suis sûre que dans son esprit malade, il nous dit quelque chose, mais ces lettres n'ont aucun sens. Il est *fou*, tu te rappelles, Sarah ? Cinglé. Peut-être pas d'un point de vue légal, peut-être pas assez pour le tirer d'affaire. Mais il est suffisamment taré pour qu'on puisse jeter ses lettres sans même les ouvrir.

J'en ai eu le souffle coupé.

— Tu ne les jettes pas, quand même ?

Nouveau silence. Puis, avec réticence mais d'une voix plus calme, elle a affirmé :

— Non. Je les garde.

— Il est peut-être fou, peut-être pas. Mais écoute, je crois que j'ai découvert quelque chose. Je crois qu'il t'adresse des messages dans les lettres qu'il m'envoie, à

Christine aussi peut-être. Il est possible qu'il y ait des choses pour moi dans les lettres qu'il t'envoie à toi.

Elle n'a rien répondu, mais je la connaissais suffisamment pour savoir que je devais attendre. Elle réfléchissait.

— Et en quoi cela va-t-il nous aider, Sarah ? Tu crois qu'il fait savoir à chacune d'entre nous combien nous sommes spéciales pour lui ? Combien il nous aime encore ? Tu crois qu'il va nous livrer une sorte de clé qui nous permettra de le garder derrière les barreaux plus longtemps ? Il est beaucoup de choses, Sarah, mais stupide, certainement pas.

— Non, il n'est pas idiot. Mais il aime prendre des risques. Il aime jouer, et il veut peut-être nous laisser une chance. Ça lui ferait trop plaisir de savoir qu'il nous a offert des indices et que nous avons été trop bêtes pour comprendre.

Je sentais qu'elle retournait ces arguments dans sa tête alors que le silence se faisait au bout du fil.

— Tu marques un point. Alors, qu'est-ce qu'on fait ? On s'envoie nos lettres ?

J'ai respiré un grand coup et je me suis jetée à l'eau.

— Je pense que c'est plus compliqué que ça. Je crois... Je crois qu'il faut qu'on se voie.

— Je n'en vois absolument pas l'intérêt.

Son ton était glacial. Je pouvais entendre sa haine à mon égard percer dans sa voix.

— Écoute, Tracy, je rentre à New York dans trois jours. Tu pourrais venir m'y retrouver ? Je me doute que tu as beaucoup à faire avec ton journal en ce moment, mais nous n'avons pas de temps à perdre. Donne-moi ton numéro de portable. Je t'enverrai un texto quand je serai rentrée et nous pourrons nous rencontrer.

— Je vais y réfléchir, a-t-elle répondu.

Et la ligne a été coupée.

# Chapitre 9

Après avoir commandé une tisane au room service pour me remettre de ma confrontation avec Tracy, je suis retournée à Keeler afin de rendre visite à Noah Philben dans ses nouveaux bureaux. Par principe, je n'aime pas les gens aux idées radicales, et j'avais, jusqu'à présent, organisé ma vie entière de manière à les éviter. Les fanatiques, les mystiques et les extrémistes ont tous tendance à agir de façon irrationnelle et inattendue. Les statistiques ne pouvaient pas vous protéger contre ça.

J'aimais que les gens rentrent gentiment dans des cases correspondant à leur catégorie démographique : âge, éducation, revenu. Ces données devaient comporter une valeur prophétique, et lorsque ce n'était pas le cas, ma capacité à juger les gens et à me lier à eux déraillait. Comme Jennifer et moi nous plaisions à le répéter, à ce stade, n'importe quoi pouvait arriver et il existait trop de catégories « n'importe quoi » à mon goût.

Le réservoir de ma voiture de location avait beau être à moitié plein, je me suis arrêtée sur le chemin, profitant de la présence d'une station toute neuve aux abords de la ville. J'ai remarqué non sans satisfaction que le pompiste était enfermé derrière une vitre de Plexiglas incassable. Si seulement tout le monde prenait les mêmes précautions que lui !

J'ai trouvé sans problème le centre commercial et me suis garée sur une place près du supermarché, où un essaim de clients allait et venait, leur chariot roulant dans un bruit de ferraille quand ils traversaient le bitume irrégulier. Je suis restée assise dans la voiture une minute, me demandant ce que je foutais là.

J'ai attrapé mon portable, le vérifiant par habitude, nerveuse. J'étais rassurée de voir l'icône de la batterie pleine et les cinq barres de réseau. La tension dans mes épaules s'est un peu relâchée.

Tout en réfléchissant à la tâche qui m'attendait, cependant, j'ai ressenti le besoin de détaler, de rentrer à New York et d'oublier cette escapade. Je pouvais me contenter de témoigner, comme le souhaitait Jim. Impossible qu'on laisse Jack Derber sortir de prison – l'audience pour sa mise en liberté conditionnelle n'était sans doute qu'une formalité administrative de l'État de l'Oregon. Rien ne m'obligeait à faire ça.

Mais si jamais il y avait une chance, même infime, qu'il soit libéré ?

D'après ma connaissance du fonctionnement carcéral, c'était possible. Le système judiciaire n'était pas toujours juste. On pouvait passer sa vie entière derrière les barreaux pour s'être fait choper en possession d'un gramme de cocaïne, et des violeurs, des kidnappeurs et des pédophiles pouvaient s'en sortir sans passer par la case prison. Dix ans satisfaisaient peut-être l'État de l'Oregon, après tout. Une remise en liberté était envisageable, surtout s'ils croyaient à son petit numéro de conversion religieuse, et je savais que son comportement en prison avait été, naturellement, irréprochable. J'avais même entendu dire qu'il donnait des cours à d'autres prisonniers. Putain. Il fallait que je parle à Noah Philben.

Contrairement à ce que j'avais imaginé, le bâtiment semblait presque accueillant. Il arborait encore ses couleurs vives d'origine et un gigantesque arc-en-ciel traversait le mur de devant, souvenir de son passé de centre de loisirs. À travers la vitrine à l'entrée, j'ai vu un bureau isolé sur la gauche. Le personnel administratif, un jeune homme et une jeune femme, la petite vingtaine tous les deux, s'activait à trier des papiers. Ils étaient soignés et enthousiastes. Rien qui ne ressemble à une secte. Plutôt à une auberge de jeunesse. J'ai senti mon angoisse monter.

M'armant de courage, j'ai ouvert la porte et je suis entrée. Le jeune homme m'a souri. Il avait l'air tout à fait normal, en dehors de la lueur de ferveur intense dans son regard qui m'a mise mal à l'aise. J'ai marqué un temps d'arrêt.

— Bienvenue à l'Église du Saint-Esprit. En quoi puis-je vous aider ? a-t-il lancé d'un ton enjoué, trop enjoué.

J'ai expliqué, avec toute la politesse dont j'étais capable, que je souhaitais m'entretenir avec Noah Philben. Le garçon a froncé les sourcils, hésitant sur la marche à suivre. Noah Philben ne devait pas recevoir beaucoup de visiteurs.

— Je ne suis pas sûr qu'il soit déjà ici. Euh... attendez une minute.

Il m'a laissée seule avec la fille. Elle aussi m'a gratifiée d'un sourire, un tout petit peu moins franc que celui du garçon. Puis, baissant les yeux, elle est retournée à son classement en silence. Une personne normale aurait entamé une conversation polie, aurait dit bonjour, mentionné au moins la météo, mais je ne savais plus faire ces choses-là. Alors je me suis contentée de rester sans bouger sous le mauvais éclairage des néons, balayant la pièce du regard, gênée.

Quelques minutes se sont écoulées avant le retour du garçon, accompagné d'un homme de grande taille, la cinquantaine. Noah Philben à n'en pas douter, car en plus de son col d'ecclésiastique, il portait également une robe noire de prêtre qui lui descendait aux chevilles. Ses cheveux blonds tirant sur le gris étaient en bataille et lui arrivaient juste au-dessus des épaules. Ses yeux étaient d'un bleu perçant et son visage demeurait parfaitement impassible tandis qu'il s'approchait de moi.

Toutefois, en passant devant le bureau, il a décoché à la fille de l'accueil un sourire. Elle a détourné le regard, apparemment mal à l'aise de l'attention qu'il lui portait. Un frisson m'a parcouru la colonne vertébrale, mais je me suis forcée à sourire aussi à son approche. J'ai tenté un pas dans sa direction, mais mes jambes en coton ont refusé de m'obéir.

Au moment où il me rejoignait, mon téléphone s'est mis à sonner. Le Dr Simmons, probablement, puisque c'était le jour de sa visite. Je l'ai ignorée.

Noah Philben a baissé les yeux en direction du son.

— Vous ne répondez pas ? a-t-il demandé, ce même sourire aux lèvres.

— Non, c'est bon, ai-je répondu en plongeant la main dans ma poche pour couper la sonnerie. Monsieur Philben, je...

— En fait, c'est révérend Philben, mademoiselle...

C'était le moment de me présenter, mais je suis restée immobile pendant trois bonnes secondes à ne rien dire, peinant à saisir la perche. Il a attendu patiemment que je lui donne la raison de ma visite.

— Je m'appelle Caroline Morrow, me suis-je enfin forcée à dire. Et je suis tellement contente que vous soyez là. Loin de moi l'intention de vous déranger, mais je suis à la recherche de quelqu'un, une vieille amie. Sylvia Dunham. J'ai cru comprendre qu'elle était membre de votre... Église.

J'ai jeté un œil vers la fille. Elle avait toujours la tête baissée sur ses papiers. Le garçon était au téléphone de l'autre côté de la pièce. Ils n'avaient pas l'air d'écouter.

Noah Philben a arqué un sourcil.

— Intéressant. Passons dans mon bureau, voulez-vous ?

Il a pointé le pouce vers une porte au fond du couloir. Hors de question que je m'aventure dans une arrière-salle avec ce type. Ni avec personne, d'ailleurs. Il pouvait arriver n'importe quoi. J'ai tenté un sourire amical tout en indiquant le banc dans le hall d'entrée.

— Oh ! je ne veux pas monopoliser votre temps ! Nous pourrions peut-être parler un peu juste ici ?

— À votre guise.

Je me suis laissée glisser sur le banc, sans le quitter des yeux. Lui est resté debout. J'ai aussitôt regretté mon choix, car, désormais, il me dominait de toute sa hauteur. Il a croisé les bras et s'est appuyé au mur, ignorant le tableau d'affichage à côté de lui sur lequel s'est soulevée une banderole en papier Canson multicolore qui clamait « Venez prier avec nous » dans des lettres au pochoir.

— D'où connaissez-vous Mme Dunham ? a-t-il demandé, son petit sourire toujours accroché aux lèvres.

— Je la connaissais petite et je passais dans le coin. Pour affaires. J'ai entendu dire qu'elle était une de vos paroissiennes.

— En effet.

De toute évidence, il n'avait aucune intention de me faciliter la tâche.

— J'essaye de la contacter. Elle ne semble pas être chez elle. Je me suis dit qu'ici, à l'église, quelqu'un savait peut-être où elle se trouvait.

De nouveau, j'ai usé de ma voix faussement insouciante. Raté. Jamais je n'aurais pu devenir comédienne. J'ai senti le rouge me monter aux joues tandis que je mesurais tristement combien je n'étais pas taillée pour ce genre de boulot.

Noah Philben s'est penché en avant. L'espace d'un instant, j'ai cru déceler une pointe de menace dans son regard, mais je me suis convaincue que je me faisais des idées. Son rictus avait disparu. Je me suis rencognée sur le banc, presque mise à terre par la puissance de son regard. Puis il s'est redressé et s'est fendu d'un nouveau sourire. Impossible de dire s'il avait remarqué l'effet qu'il produisait sur moi.

— Aucune idée. Je ne l'ai pas vue ici depuis plusieurs semaines. Ce n'est pas son genre de manquer... l'office. Seul le Seigneur sait où elle se trouve. Mais, euh... Si vous avez de ses nouvelles, faites-le-moi savoir, d'accord ? Il est dans ma nature de m'inquiéter de mes « paroissiens », comme vous dites. J'aimerais beaucoup savoir où elle est.

Noah s'est à nouveau adossé au mur, détendu et d'une froideur terrifiante.

— Bien sûr, oui. Je n'y manquerai pas. Eh bien, merci en tout cas.

Une lueur dans son regard m'a tordu l'estomac et j'ai été prise de sueurs froides. L'air a commencé à me manquer. Quelque chose dans mon corps s'est mis en pilotage automatique, quelque chose de bien trop familier. Je savais où cela me menait et je refusais de laisser cet homme me voir en pleine crise de panique. Je me suis redressée d'un bond et j'ai reculé vers la porte, plongeant la main dans ma poche pour récupérer mes clés de voiture.

Il m'a fallu cligner des yeux pour refouler mes larmes tandis que je lui lançais un sourire timide, hochais la tête pour le remercier et le saluais d'un geste de la main. Les deux jeunes n'ont pas levé la tête. Mon imagination me jouait peut-être des tours, mais j'aurais juré entendre Noah Philben s'esclaffer tandis que je tournais les talons et décampais. Un son dur. Dépourvu d'humour. Et obscène.

# Chapitre 10

Dans l'avion qui me ramenait chez moi, pour tenter d'enrayer la crise de panique, j'ai essayé de dormir ; en vain. Mon esprit s'obstinait à revenir sans cesse à la disparition de Sylvia Dunham. Je me demandais si je devais mentionner la chose à Jim, le laisser prendre l'affaire en main et découvrir où elle se cachait. Mais je savais que, légalement, ils n'avaient aucune raison de la rechercher à moins qu'un de ses proches ne signale sa disparition. Peut-être était-elle simplement en voyage.

À la vue de mon immeuble, j'ai éprouvé une joie inédite. J'ai parcouru les six rues qui m'en séparaient à la hâte et senti tout mon corps se détendre en arrivant en bas. Alors seulement j'ai mesuré combien cette sortie stressante m'avait épuisée.

Puis j'ai remarqué Bob. Il gesticulait et m'adressait de grands signes frénétiques. Il a posé l'index sur sa bouche et a désigné le fond du hall où une femme se tenait dans un coin, un portable à l'oreille. Avant que je puisse comprendre ce que Bob essayait de me dire, elle s'est retournée et m'a aperçue.

— Sarah ? a-t-elle hasardé en refermant son téléphone.

J'ai vu la surprise se peindre sur le visage de Bob quand il a entendu ce prénom.

— Tracy ! Tu es venue ! me suis-je exclamée, sous le choc.

Bob m'a dévisagée, puis a examiné Tracy, incapable de dissimuler son étonnement. J'habitais dans cet immeuble depuis six ans et je n'avais jamais reçu d'autres visiteurs que mes parents, ma psy et Jim McCordy. Et voilà qu'au beau milieu du hall d'entrée se trouvait une petite punkette dont le bas du crâne était rasé et le haut recouvert d'une mèche teinte en noir et striée de rose bonbon, affublée d'un blouson en cuir clouté, de collants noirs, de bottes à lacets noires, et arborant des tatouages et des piercings sur tout le visage. Et, plus surprenant encore, je la connaissais.

En revoyant Tracy après tant d'années, tout est remonté à la surface d'un coup. J'ai dû m'appuyer au mur pour ne pas m'effondrer. Une vague d'images a déferlé dans ma tête. L'expression misérable de Tracy, recroquevillée dans son coin, alors qu'elle se remettait de son calvaire. Son rire léger lors des longues heures où nous discutions pour tromper la solitude, nous rappeler l'existence d'un autre monde en dehors de la cave, et nous empêcher de perdre la tête. Et puis la dernière image, comme toujours lorsque je pensais à elle. Son regard étincelant de rage quand elle avait découvert ce que j'avais fait.

Cette rage persistait-elle, dissimulée derrière son regard vitreux ? Elle-même devait lutter contre ses propres souvenirs alors que nous étions plantées dans le hall bien ciré, par une journée ensoleillée de mai, au milieu de millions de gens qui n'avaient absolument pas conscience de la scène monumentale qui se déroulait en ville à cet instant précis. Mais qu'y avait-il de plus important ?

— Sarah, a-t-elle répété, les yeux plissés, avec une énergie insoupçonnée.

Je me suis avancée vers elle, mais pas trop près, et j'ai répondu à voix basse pour que Bob n'entende pas :

— Je m'appelle Caroline, maintenant.

Tracy a haussé les épaules, fourré son téléphone dans son sac et lancé d'un ton détaché, comme si ces retrouvailles n'avaient rien d'extraordinaire.

— Alors, on peut monter ?

Elle a fait un mouvement de la tête en direction de l'ascenseur.

J'ai senti Bob approcher sur ma gauche, prêt à s'interposer pour me protéger de ce qu'il considérait clairement comme une menace. Il quittait son poste derrière l'accueil pour entrer dans la bataille.

— Tout va bien, Bob. C'est une… euh, une vieille amie.

Le mot est sorti dans un bégaiement et j'ai senti Tracy grimacer. Je l'ai précédée jusqu'à l'ascenseur avec quelque réticence. J'avais espéré la rencontrer sur un terrain neutre, mais on n'avait pas toujours ce qu'on souhaitait. Bob a repris son poste ; la situation le mettait mal à l'aise. Et moi aussi.

Le trajet s'est déroulé dans un silence pesant. Le vieux mécanisme a tinté au moment où nous atteignions enfin le onzième étage. Alors Tracy a déclaré très doucement, comme pour elle-même :

— Je les ai apportées.

Je savais exactement à quoi elle faisait référence et j'ai regretté sur le coup de les lui avoir demandées.

Une fois chez moi, Tracy a fait le tour de l'appartement, passant en revue toute ma décoration et mon mobilier. Impossible de dire si elle aimait ou non ce qu'elle voyait. Un léger sourire a éclairé son visage quand elle a lâché son sac sur la table du salon.

— Surcompensation excessive ?

Puis elle s'est adoucie et a ajouté :

— C'est très joli, Sarah. Très... reposant.

Sans prendre la peine de m'asseoir, je lui ai fait un compte rendu de mon voyage en Oregon, à la recherche de Sylvia. J'ai passé sous silence le fait que c'était ma première excursion hors de chez moi depuis des années et que j'avais rompu mon serment solennel de ne jamais remettre les pieds dans cet État.

Tracy a écouté mon récit avec calme, comme toujours. De toute évidence, elle pensait que je dramatisais la disparition de Sylvia.

— Elle est sûrement partie en voyage. Et si tu crois vraiment qu'elle a disparu, il vaudrait mieux aller trouver la police, non ?

— J'imagine que je ne me sens pas prête à me fier aveuglément à mon incroyable instinct de limier, ai-je plaisanté.

Tracy s'est fendue d'un sourire.

Nous nous sommes installées dans la salle à manger, et chacune a étalé ses lettres sur la table dans l'ordre chronologique. Chaque fois, les cachets de la poste se suivaient de quelques jours. J'ai apporté deux calepins et des stylos tout neufs. Nous nous sommes assises et avons étudié les pages avec soin.

Au début, j'ai été déstabilisée par la mer d'encre noire qui tourbillonnait au sein de mon monde d'un blanc immaculé, mais je me suis forcée à me concentrer. Réfléchir nous sauverait, ai-je pensé. Mon mantra venu du passé.

J'ai tracé des colonnes dans mon carnet, une pour chacune d'entre nous, et j'ai entrepris avec l'aide de Tracy de ranger par catégorie les références, au mieux de nos capacités. Sous le nom de Tracy, j'ai écrit en lettres bâtons comme Jennifer l'avait toujours fait dans nos autres calepins : « Nouvelle-Orléans », « costumes », « lac ». Elle a jeté un œil à ma page et a détourné rapidement les yeux. J'imaginais que le mot « lac » faisait remonter de douloureux souvenirs.

J'ai passé en revue les lettres de Tracy, à la fois terrifiée et enthousiaste à l'idée de ce que je pourrais y découvrir. Finalement, je suis tombée sur une référence à Jennifer et moi. « Un accident puis une noyade, rapide, dans une mer de chiffres ». Sous mon nom, j'ai inscrit les mots « accident » et « mer de chiffres ». Évidemment. L'accident de voiture qui avait coûté la vie à la mère de Jennifer. Les journaux. Il avait compris tant de choses, si facilement, tandis qu'il nous retenait prisonnières.

Nous avons étudié les lettres pendant près d'une heure, jusqu'à ce que les colonnes soient remplies sur deux pages. Tracy a fini par se reculer au fond de sa chaise en poussant un soupir. Elle m'a regardée droit dans les yeux, mais sans aucune menace ce coup-ci.

— Ces lettres n'ont pas le moindre sens. C'est vrai, oui, elles parlent de nous. Et oui, il aime nous tourmenter avec tout ce qu'il sait à notre sujet. On dirait qu'il occupe son temps en taule à ressasser de vieux souvenirs pour le plaisir. Mais pour ce qui est de l'intérêt à l'interpréter, je dois dire qu'il avoisine zéro.

— C'est un puzzle. Un genre de mots croisés. Je sais qu'on peut le résoudre, rien qu'avec la logique. Si on réussit à organiser ces idées. Si on...

— ... fait le calcul ? m'a interrompue Tracy avec frustration. Tu crois vraiment que ça va nous aider ? Tu penses que tout peut être trié, codifié et compris ? Que l'univers est organisé en fonction d'une logique interne, et qu'avec la bonne dose d'analyse statistique, nous pourrons résoudre une sorte d'algorithme philosophique ? La vie ne fonctionne pas comme ça, Sarah. Je pensais que tu le savais, maintenant. Si trois ans dans une cave ne t'ont pas enseigné cette leçon de vie, alors rien de ce que je pourrais dire ne le fera.

Regarde ce qu'il nous a fait. Ce sont nos cerveaux les puzzles, pas ces lettres. Il a passé des années à nous embrouiller l'esprit, et tu penses que tu peux dépasser ça et utiliser la méthode dont tu te servais ado pour décoder un message caché ? Tu crois qu'il s'est servi d'encre sympathique aussi ?

Elle s'est levée et est entrée comme une furie dans la cuisine. Je lui ai emboîté le pas.

Elle a ouvert mes placards un par un jusqu'à trouver ce qu'elle cherchait. Je l'ai dévisagée avec incrédulité. Elle tenait un paquet de céréales et s'acharnait dessus pour l'ouvrir.

— Qu'est-ce que tu fais ?

J'ai cru qu'elle avait perdu la tête. Je me suis éloignée d'elle, calculant combien de secondes il me faudrait pour courir jusqu'à la porte, tourner tous les verrous et gagner l'ascenseur.

— Je cherche l'anneau magique, Sarah, celui qui nous donnera le code. Je cherche un gadget d'agent secret qui nous permettra de résoudre l'énigme.

Elle a dû percevoir l'inquiétude dans mes yeux. Elle a posé la boîte sur le comptoir et pris trois respirations, lentes et mesurées. Ensuite, elle s'est massé le crâne du bout des doigts. Quand elle a retiré ses mains, elle m'a dévisagée de nouveau, les yeux secs, et s'est exprimée avec une toute nouvelle fermeté dans la voix.

— Ce n'est pas à nous d'étudier ces lettres. Renvoie-les à McCordy, avec ton petit récap. Laisse-le mettre ses agents sur le coup. Ils disposent de techniques adaptées, de méthodes et de stratégies. Nous, tout ce qu'on a, ce sont des souvenirs de merde qui, à force qu'on les rumine, finiront par nous rendre folles.

Plantée en face d'elle, je fixais une petite tache sur le lino de la cuisine, le genre dont on n'arrive jamais à se débarrasser, et qui vous oblige à refaire la pièce du sol au plafond.

Tracy s'est redressée et m'a considérée d'un œil abattu.

— Je dois l'admettre, tu m'as redonné un peu d'espoir. Mais tout cela est une perte de mon précieux temps. Il faut que je parte... J'ai laissé le journal aux mains de l'éditeur adjoint. Je ferais mieux d'y aller.

Elle est retournée dans la salle à manger et s'est mise à rassembler ses affaires, balayant de nouveau la pièce du regard.

— Tu sais, tout ce blanc est plutôt oppressant.

— Attends, attends.

L'espace d'une minute, mes instincts se sont réveillés et j'ai levé la main pour la retenir. Mais j'ai eu un mouvement de recul à l'idée de toucher sa peau. J'ai retiré ma main comme si je venais de me brûler. Je voulais qu'elle reste, mais pas au point de la toucher.

— Attends une seconde. Ton journal. Ce que tu écris. Il dit d'« écouter les enseignements ». Pourrait-il s'agir de ton journal, de ton travail ? Ou parle-t-il de la Bible ?

Tracy a continué à rassembler ses affaires. Elle a posé un genou sur la chaise une minute, la main levée dans les airs, serrant le calepin. J'ai attendu, préparée à ce qu'elle m'ignore et franchisse le pas de la porte comme une furie.

— Pas mon travail, a-t-elle dit, en réfléchissant. Tout ce à quoi il fait référence se trouve dans le passé, avant... Enfin tu sais, quoi. Je ne crois pas qu'il s'agisse de la Bible – sa conversion religieuse est une vaste blague. Il veut nous dire autre chose. Mais qu'en est-il de ses propres « enseignements » ? Il était prof, après tout. Et s'il parlait de son travail universitaire ? Un truc en rapport avec ses cours, la fac ?

Tracy s'est laissée glisser sur la chaise, considérant plus en profondeur son idée.

— C'est assez intéressant, en fait. Je veux dire, ça n'a rien à voir avec les lettres, a-t-elle déclaré. Mais je me demande si quelqu'un s'est penché sur la question. C'est logique si tu considères, comme moi, qu'il testait ses théories psychologiques sur nous. Après tout, nous n'étions rien de plus que des rats de laboratoire.

Un nouvel espoir m'a envahie, à la simple idée que cette théorie puisse nous conduire à du concret. À cet instant, j'ai su qu'il n'y avait plus de retour possible pour moi. Je ne trouverais pas le repos tant que je n'aurais pas atteint le bout du chemin. Je devais le faire.

J'ai suivi le fil de ses pensées.

— Si nous devons retourner à l'université, nous allons avoir besoin de Christine. Elle était son étudiante. Elle pourra nous aider à nous repérer.

Tracy s'est esclaffée.

— Comme si elle allait nous aider ! Christine ne veut plus entendre parler de nous. Elle se fiche complètement de nous. Elle a refermé cette porte il y a des années. Je ne sais même pas si on pourra la retrouver pour lui poser la question.

— Si, on peut.

Je me rappelais ce qu'avait laissé échapper McCordy.

— Comment ?

— Je sais dans quelle école va sa fille.

Tracy a levé les yeux ; j'avais piqué sa curiosité.

— On est jeudi, ai-je dit en jetant un œil à l'horloge, et l'école finit dans une heure.

— OK. Allons la choper à la sortie de l'école.

# Chapitre 11

Il y avait une certaine ironie quand même à aller trouver Christine dans l'Upper East Side. Avec ce qu'elle nous avait raconté dans la cave, je n'arrivais pas à comprendre pourquoi elle était retournée là-bas quand elle avait eu une chance de recommencer sa vie ailleurs. Peut-être qu'après tout ce que nous avions traversé, elle avait finalement préféré un environnement familier. Peut-être n'avait-elle aucune envie de retenter l'expérience de changer d'existence. La première fois avait failli la tuer.

Christine était la fille unique d'une riche famille de Manhattan, lui banquier et elle mondaine. Elle avait grandi dans le plus huppé des immeubles d'avant-guerre les plus huppés de Park Avenue, au sommet de Carnegie Hill, dans un immense appartement bourgeois de neuf pièces qui se transmettait de génération en génération. Sa famille passait l'été à Quogue, sur Long Island, et l'hiver à Aspen. C'était une vie agréable, étriquée et guindée, et Christine, enfant douce et conciliante, avait vécu ses jeunes années avec ravissement, sans prêter attention au monde en dehors de son enclave sous haute protection.

Jusqu'à ses seize ans, en tout cas. Alors tout avait changé. Cette année-là, Christine avait découvert de quelle manière sa famille maintenait son rang dans la hiérarchie sociale et économique. Elle avait appris que la fortune familiale et le prestige qui allait avec étaient depuis longtemps sur le déclin, et qu'avec le temps son père avait remplacé les deux en échangeant, plutôt que des placements financiers à haut rendement, des renseignements. Capitaux et privés.

On l'accusait de disposer d'informations sur les relevés de comptes de diverses entreprises de premier ordre plusieurs jours avant leur parution. Et le *timing* de ses opérations ne jouait pas en sa faveur.

Au début, elle avait pris le parti de son père et lui avait accordé sa confiance, suivant l'affaire de près, posant des questions, essayant de comprendre les mécanismes complexes de transactions financières sophistiquées. Mais plus elle en apprenait, plus elle commençait à croire, à l'instar du procureur général et du *New York Post*, qu'il était coupable, et plus elle se mettait à envisager Wall Street comme un club d'initiés, doté de ses propres codes moraux loin de ce qu'elle aurait pu imaginer, si toutefois elle avait pris la peine d'imaginer quoi que ce soit. Et surtout, l'idée se frayait lentement un chemin dans son esprit que ces activités illégales étaient le quotidien de son père et de ses associés. Et chaque fois qu'il voyait les yeux de sa fille s'arrondir de stupéfaction à cette idée, il lui conseillait de se détendre, lui assurait que c'était comme ça qu'on faisait du business.

Mais Christine ne pouvait l'accepter. Le soir, tandis qu'elle contemplait depuis son balcon la cour placide de leur immeuble, elle pleurait à chaudes larmes, consciente que le mode de vie confortable qu'elle avait toujours pris pour acquis était bâti sur la fraude et les malversations. Elle ne pouvait regarder leur appartement aux somptueuses prestations, leur

4 × 4 de luxe ou son armoire remplie de vêtements haute couture sans penser à l'argent sale qui les avait payés.

Lors des brunchs du dimanche au Cosmopolitan Club, elle s'asseyait avec sa mère dans la salle de réception bondée parée de chandeliers étincelants, où l'argenterie brillait de mille feux et où l'on trinquait dans du cristal. Vêtue d'un twin-set du même bleu que ses yeux, elle admirait les invités élégants, tous membres du gratin mondain. Désormais, elle se crispait devant la façon dont leurs doigts experts manipulaient la plus fine des porcelaines et dont leurs lèvres rose nacré s'ourlaient pour tenir des conversations polies et insipides, comme si tout ce luxe leur était dû. Elle se demandait s'ils en étaient tous arrivés là de la même manière.

Toutefois, elle avait sa fierté. Chaque jour, elle sortait de Brearley, son école privée, la tête haute, gardant ses soupçons pour elle. Elle regardait droit devant elle, sans ciller, quand elle croisait les journalistes amassés au pied de son immeuble. Mais en secret, elle s'enfermait dans sa chambre et lisait les articles accablants qu'ils avaient rédigés, les yeux brûlants de larmes quand elle découvrait la vérité écrite noir sur blanc ainsi divulguée au monde entier.

À la fin, ainsi que Christine aurait pu s'y attendre si elle avait eu une idée de la façon dont l'argent fonctionnait vraiment, son père s'était sorti d'affaire relativement indemne. Son entreprise avait payé une amende considérable à la Commission des opérations de Bourse, et ses avocats surpayés avaient réussi à dégoter un petit employé pour jouer les boucs émissaires, lui évitant ainsi la prison. La couverture médiatique avait fini par s'effriter, et la vie de ses parents était revenue à la normale. De telles choses arrivaient suffisamment souvent dans leur cercle social pour être considérées comme un léger désagrément, faisant partie du jeu des affaires. Un contretemps. Une contrariété. Un revers sans conséquence.

Mais, à ce stade, il était trop tard. Christine connaissait la vérité et elle ne pouvait passer outre.

Après des semaines de tergiversation, elle avait pris une décision. Il lui restait moins d'une année à la maison, après quoi elle dirait adieu à sa vie de privilégiée. Elle repartirait de zéro et tracerait son chemin dans le monde. Elle ne toucherait pas un cent de son fonds fiduciaire, ni de son éventuel héritage. Elle allait remballer tous ses twin-sets et devenir quelqu'un d'autre.

Christine était fière de sa résolution et restait éveillée la nuit à réfléchir à ce que cela signifierait pour elle. Elle savait que ce ne serait pas une partie de plaisir. Que cela se ferait même dans la douleur. Elle savait qu'elle tournait le dos à une vie de confort et s'apprêtait à affronter le dur labeur et l'incertitude. Mais cette pensée lui réchauffait le cœur.

Elle décida d'opérer la transition en douceur, pour le bien de ses parents. Elle préserva les apparences de la jeune fille modèle jusqu'au dernier moment, son départ à l'université, menant exactement la vie qu'elle avait toujours menée, intégrant l'équipe sportive, assistant au bal de fin d'année, demeurant aux côtés de ses parents avec modestie, serrant des mains quand les circonstances l'exigeaient, disant s'il vous plaît et merci, et souriant à intervalles réguliers.

Jamais ils ne remarquèrent le changement qui s'opérait en elle.

Quand le moment vint de penser à son entrée à l'université, les parents de Christine s'attendaient naturellement à ce qu'elle poursuive la tradition familiale et s'inscrive à Yale. Mais même cette université de prestige la dégoûtait. Christine était déterminée à bouger. Les yeux fermés, elle traça une ligne sur une carte jusqu'à l'opposé de New York. Elle atterrit dans l'Oregon. Le plus loin possible de Park Avenue sans tomber dans l'océan Pacifique.

Sa mère fut horrifiée d'apprendre que sa fille allait étudier dans un État où aucune de leurs connaissances ne possédait de maison de vacances. Mais Christine réussit tout de même à la convaincre et y obtint même une bourse, grâce aux merveilles opérées par le conseil de Brearley. Ses parents avaient eu beau céder, ils devaient espérer secrètement qu'au bout d'un semestre elle comprendrait son erreur et serait de retour dans les couloirs sacrés de Yale où était sa place.

Une fois dans l'Oregon, cependant, Christine se sentit libérée d'un poids écrasant. Se retrouver seule la grisait. Elle avait réussi à s'extirper de son petit monde protégé et elle embarquait pour un voyage totalement réinventé.

Le premier semestre, en dépit de ses meilleures intentions, elle fut contrainte de piocher dans son fidéicommis. Elle prit le strict minimum, vivant de façon frugale, déterminée à rembourser jusqu'au dernier sou dès que possible. Elle partit en quête de son tout premier boulot à mi-temps. Elle se nourrissait exclusivement de nouilles chinoises et de conserves de soupe à la tomate. Et pendant tout ce temps, lentement mais sûrement, elle se métamorphosait en étudiante lambda, en jean et sweat-shirt, dormant dans des draps achetés chez Target.

Dans l'Oregon, elle revint au doux anonymat de sa jeunesse, avant que le scandale n'éclate. Personne ici ne semblait avoir lu les articles du *Wall Street Journal* au sujet de son père ou, en tout cas, personne ne reconnaissait son nom de famille. Elle ne révélait rien sur son passé ni sur son identité. Si on lui posait la question, elle disait qu'elle venait de Brooklyn et que ses parents tenaient un magasin.

Tout aurait pu se passer à la perfection pour Christine si, en deuxième année, elle n'avait pas développé un intérêt pour la psychologie, et surtout pour son brillant et dynamique professeur, Jack Derber. Elle s'était inscrite à son cours par obligation, pour valider son module de sciences sociales. À la fin de la première heure, elle était accro.

Elle nous raconterait, la voix encore empreinte d'une note de cette admiration naïve, qu'il avait comme ensorcelé toute la classe, que les étudiants buvaient chacune de ses paroles, qu'il avait fait de l'initiation à la psycho une nouvelle religion ou tout du moins une vocation profonde. Il était charismatique ; d'une manière calme et hypnotique, sa voix les invitait d'un ton rassurant à accepter des idées qui leur avaient jusqu'alors paru insensées.

Au début de chaque cours, il déambulait d'un pas lent devant eux d'un bout à l'autre de la salle, les mains dans le dos, les passant à l'occasion dans son épaisse chevelure brune, tout en formulant ses pensées. L'amphithéâtre était plein à craquer – des auditeurs libres s'asseyaient en tailleur dans les allées et des enseignants d'autres départements se tenaient dans le fond. Plusieurs dictaphones étaient disposés près de l'estrade. Dans n'importe quel autre cours magistral, les étudiants en auraient profité pour bavarder entre eux, feuilleter des documents. Mais avec le Pr Derber, ils s'asseyaient dans un silence respectueux, attendant que ses lèvres pleines et enjôleuses s'animent, que sa voix puissante résonne dans la salle. Quand il prenait enfin la parole, se tournant vers la foule et lançant un regard d'un bleu cristallin sur les plus hautes rangées de gradins, il s'exprimait de manière polie, concise et brillante. Ses collègues prenaient des notes avec frénésie, ne voulant pas en rater une miette.

Christine, en particulier, était transportée de joie à son contact ; elle restait après le cours pour lui poser des questions, travaillait sur des projets spéciaux, le rencontrait pendant ses heures de permanence. Elle planchait des nuits entières sur ses exposés, se débattant pour donner vie à son texte, pour rendre justice à sa fougue oratoire.

Lui, de son côté, avait remarqué Christine sur-le-champ. Elle s'asseyait au premier rang, et elle avait beau travailler dur pour effacer le lustre de son éducation dorée, quelque chose la distinguait des autres. Quelque chose qui révélait son pedigree, ses bonnes manières et son élégance raffinée. Quelque chose qui suggérait une certaine sensibilité due au sentiment d'avoir été protégée toute sa vie. Quelque chose qu'il voulait briser.

Les instincts de Jack ne le trompaient pas. Il discernait sans doute les efforts excessifs qu'elle faisait, l'agitation qui l'étreignait en sa présence. Il sentait qu'elle était plus vulnérable même qu'une première année. Peut-être percevait-il qu'elle n'était pas à sa place avec les autres, qu'elle recherchait un lieu de vie différent de celui d'où elle venait. Et il se trouvait qu'il possédait l'endroit adéquat.

Ainsi, au milieu du semestre, lui proposa-t-il un poste hautement convoité : assistante de recherche. Christine était au comble de la joie. Non seulement elle allait travailler avec l'un des professeurs les plus admirés du campus, mais en plus la rémunération lui permettrait d'être financièrement indépendante pour la première fois de sa vie. C'était un grand pas en avant pour elle, et elle encaissa son premier chèque avec solennité, fière d'être arrivée jusque-là toute seule. Elle avait presque du mal à y croire.

Jack n'attendit pas longtemps pour décider que l'heure de Christine était venue.

Christine avait toujours été trop traumatisée pour nous raconter dans le détail comment, d'assistante de Jack, elle était devenue sa prisonnière. Toujours est-il qu'elle s'est retrouvée dans la cave avant même les partiels du premier semestre. Nous nous étions toujours demandé si elle était la première – s'il avait attendu des mois de trouver la victime idéale jusqu'à l'apparition de Christine – ou si le temps était simplement venu pour lui de capturer de nouvelles proies.

Quoi qu'il en soit, elle a atterri dans cette cave, enchaînée au mur, passant ses cent trente-sept premiers jours de captivité toute seule dans le noir, regrettant sans doute de ne pas être allée à Yale.

Car cela faisait partie de la vision de Jack depuis le début : la regarder se tourmenter sur son sentiment d'échec. Elle avait été incapable de se débrouiller toute seule, au final. Elle n'avait pas réussi à s'en sortir en dehors de la bulle protectrice des ultra-riches. Une fois qu'elle avait quitté le monde étouffant de l'Upper East Side, elle s'était retrouvée faible et sans défense. Et elle allait payer un prix affreusement élevé pour ça.

De fait, elle a passé les cinq années suivantes dans la cave, à réfléchir, se rappeler et regretter.

Une douleur trop forte à supporter pour elle, sans doute, car Tracy et moi l'avons vue se désintégrer doucement. Morceau par morceau, l'obscurité a commencé à l'engloutir, et il n'y avait rien que nous aurions pu faire pour l'éviter. Elle est tombée dans une profonde dépression, les trois dernières années, qui s'est accélérée rapidement sur la fin. Son esprit s'est désagrégé sous nos yeux.

Ce qu'elle racontait ne tenait plus debout depuis un moment quand – à ses risques et périls – elle a cessé de prendre soin d'elle-même. Crasseuse, les cheveux en bataille, le visage barbouillé de saletés récoltées par terre, elle a commencé à sentir mauvais. Et Jack n'aimait pas ça du tout.

Certains jours, elle nous faisait encore plus peur que Jack quand elle se roulait en boule à marmonner des propos incohérents dans le noir. Elle se recroquevillait sur son matelas, les genoux serrés, et se balançait d'avant en arrière, les yeux fermés, murmurant pour elle-même d'une voix douce pendant des heures.

Je n'essayais pas de comprendre ce qu'elle disait. Je ne voulais pas savoir.

En toute honnêteté, c'était un soulagement qu'elle dorme autant, parce que lorsqu'elle était éveillée, il était impossible de ne pas garder un œil sur elle. C'était épuisant. On ne savait jamais quand elle allait fondre en larmes. Ou pire. Il m'arrivait de penser que même Tracy, sa protectrice, craignait ce qu'elle pouvait faire. En tout cas, vers la fin, nous restions toutes les deux aussi loin d'elle que possible dans cet espace restreint.

Si l'on m'avait posé la question à l'époque, j'aurais dit que, de nous trois, Christine était celle qui ne se remettrait jamais de cette épreuve. Qu'elle était totalement et définitivement dévastée par l'expérience, incapable de retrouver un semblant de vie normale si on s'en sortait vivantes.

La preuve s'il en est qu'on ne peut jamais savoir. Jamais de ma vie je ne m'étais autant trompée.

## Chapitre 12

Tracy et moi sommes arrivées devant l'école épiscopale, un édifice imposant et impeccablement entretenu. Des vagues d'adorables bambins tirés à quatre épingles, escortés par des nounous et des femmes-trophées efflanquées, ont déferlé des grilles. Une file de berlines noires attendait devant.

Nous nous sommes postées à proximité pour observer, mais pas trop près afin de ne pas attirer l'attention. Malgré notre précaution, Tracy s'est vue gratifiée de quelques regards suspicieux ; du coup, nous avons traversé la rue, feignant d'être en pleine conversation.

— Tu la vois ? ai-je demandé, tournant le dos à la scène de vie idéale de l'Upper East Side.

— Non. Elle a sans doute une armée de nounous qui vient chercher ses enfants, a commenté Tracy avec irritation.

— Une armée de nounous ?

— J'exagère peut-être. J'en sais rien, j'imagine. Oh ! attends ! Je crois que c'est elle qui arrive au bout de la rue. Difficile à dire : ces bonnes femmes se ressemblent toutes. Dépêche ! Allons l'aborder avant qu'elle soit trop près de l'école.

Nous nous sommes mises à courir et, le temps d'arriver à la hauteur de Christine, Tracy et moi haletions toutes les deux comme des bœufs. Nous devions avoir l'air ridicules, le visage rouge et le souffle court. Christine a reculé d'un bond quand nous nous sommes arrêtées devant elle.

Ses cheveux d'un splendide blond doré chatoyaient et son visage, autrefois diaphane, respirait la santé. Ses dents étaient parfaitement alignées et le bleu de ses yeux était si pur qu'ils en paraissaient artificiels. Elle était très mince et sa tenue décontractée impeccable semblait tout droit sortie d'une vitrine de Madison Avenue. J'ai baissé les yeux avec consternation sur mes habits, ceux que je portais pendant mon vol de ce matin : jean, tee-shirt et sweat à capuche.

— Christine ! a lancé Tracy d'une voix triomphante, comme heureuse de la retrouver après toutes ces années.

Une légère pointe de jalousie m'a assaillie, mais ce sentiment s'est rapidement estompé lorsque j'ai vu que Christine ne partageait pas du tout cette joie.

Les épaules bien droites, elle a déclaré :

— Comme tu le sais, je n'utilise plus ce nom.

— Ah oui, c'est vrai, a répondu Tracy. J'oublie tout le temps les noms d'emprunt. Comment c'est, maintenant ? Muffy ? Buffy ?

Christine a détaillé Tracy des pieds à la tête, visiblement agacée.

— Mes amies m'appellent Charlotte. Tracy, pourquoi ne retournerais-tu pas à l'une de tes manifestations ou je ne sais quoi, et ne me laisserais-tu pas tranquille ? Quant à toi…

Elle s'est tournée vers moi et, à court de mots, est aussitôt revenue à Tracy.

— Je m'étonne de vous voir ensemble.

Bien, inutile d'y aller par quatre chemins…

— Jack a une audience de mise en liberté conditionnelle dans quatre mois...

Christine a levé la main, me coupant au beau milieu de ma phrase.

— Je ne veux rien savoir. Je m'en fiche. Sincèrement. J'ai dit à McCordy que c'était son problème, qu'il fallait laisser faire la justice. S'ils ne sont pas fichus de mettre un fou furieux dans une camisole et une cellule capitonnée alors, de toute évidence, ce ne sont que des bouffons, et rien de ce que je pourrais dire ou faire n'y changera rien. Je refuse de m'impliquer.

— Tu t'en fous s'il est libéré ? s'est écriée Tracy. Tu as bien des filles, non ? Tu ne t'inquiètes pas pour elles ? Tu n'as pas lu ses lettres ? Ce type est toujours obsédé par nous. Et s'il se rendait tout droit chez toi une fois libéré ? Je ne crois pas que tu aimerais le voir se pointer aux grilles de l'école.

Christine a considéré Tracy d'un œil froid et s'est adressée à elle d'une voix ferme.

— Non, je n'ai pas lu la moindre lettre de ce monstre. J'ai dit à McCordy de les garder. Tu crois vraiment que je voudrais ces horreurs dans ma maison ? Quant à mes filles, je leur procurerai un garde du corps personnel au besoin. Mais à mon avis, il n'y a pas de quoi s'inquiéter. Jack est peut-être fou, mais il n'est pas stupide, et je ne pense pas qu'il apprécie la prison au point de risquer d'y retourner. Maintenant, si vous voulez bien m'excuser...

Elle a fait un pas en avant, mais Tracy lui a barré la route.

— Bien, bien... Tu veux rester en dehors de tout ça. On le comprend. Mais dis-nous juste une chose : si on retourne à l'université, pour parler à des gens qui le côtoyaient là-bas, à qui devrions-nous nous adresser ? Que devrions-nous faire une fois sur place ?

Christine s'est arrêtée. J'ai cru qu'elle allait tourner les talons et s'enfuir, mais non. Elle nous a dévisagées chacune à notre tour, comme si, enfin, elle nous reconnaissait comme des membres de son espèce. S'autorisait-elle à se souvenir ? Se pouvait-il réellement qu'elle ait réussi à faire abstraction de tout avec autant de facilité ? Elle ne pouvait pas être aussi forte, si ? Au point de s'être totalement remise, d'être capable de tout affronter, même la libération de Jack ? Christine avait toujours été un être extrême, dont l'imprévisibilité me mettait mal à l'aise.

Il m'a semblé discerner un éclair de tristesse traverser son visage, puis elle a fermé les paupières un instant, les lèvres tremblant de façon quasi imperceptible. Quand elle a rouvert les yeux, elle a haussé les épaules d'un air résigné.

— Eh bien, peut-être cette femme qui a témoigné au procès ? Son assistante de recherche quand nous étions dans la cave. Elle doit être prof, maintenant. Aline ? Elaine ? Adeline ? Un prénom de ce genre.

Donc, Christine avait suivi le procès. Elle en savait plus long que ce qu'elle voulait bien laisser paraître. Tracy a opiné du chef. J'ai sorti mon calepin et commencé à écrire.

Christine s'est interrompue un instant avant de poursuivre :

— Et puis j'ai réfléchi à une chose, ces dernières années. Je suppose que le moment est venu de le mentionner. Jack avait ce qu'on pourrait appeler un ami, à la fac. Je le voyais parfois à la cafétéria en compagnie d'un autre professeur du département. Le Pr Stiller. Je n'ai jamais suivi ses cours, mais ils avaient l'air de passer du temps ensemble. Ce n'est peut-être rien, mais bon...

— Merci, Chris, a répondu Tracy, utilisant le surnom dont elle la gratifiait parfois dans la cave. C'est un début. Je suis désolée. Désolée que nous...

— Peu importe, l'a coupée Christine. Simplement... Eh bien, bonne chance.

Elle a semblé se radoucir un instant. Puis elle s'est redressée de nouveau de toute sa hauteur et a ajouté à voix basse :

— Simplement, laissez-moi en dehors de ça.

Tandis que nous nous éloignions, j'ai vu Christine se hâter vers une autre maman vêtue avec élégance à qui elle a lancé un baiser. Puis elle est partie avec elle, bavardant avec insouciance, comme si elle ne venait pas d'entrer en collision avec son passé sombre et secret.

## Chapitre 13

La première fois qu'il m'a autorisée à monter à l'étage a été un moment presque magique. J'étais retenue prisonnière depuis un an et dix-huit jours quand, enfin, j'ai reçu cet honneur. Je commençais à penser que j'allais mourir dans cette cave, que la seule lumière du jour qu'il me serait encore donné de voir serait le mince filet qui filtrait par les planches de la fenêtre barricadée. La raison pour laquelle on me conduisait en haut de l'escalier de la cave m'importait peu tandis que, les chaînes aux pieds, je comptais les marches dans ma tête.

Je me rappelle ma surprise en découvrant pour la première fois les pièces à vivre de la maison. J'ignore pourquoi, mais j'avais imaginé un intérieur années 1970 tout décrépit. En réalité, même si le mobilier n'était pas de première jeunesse, l'ensemble était assez joli, plutôt classique, composé de meubles anciens style Empire, de beaucoup de bois sombre et de hauts plafonds cathédrale aux poutres apparentes. Haute bourgeoisie sans l'ombre d'un doute. De bonne facture. Raffiné.

Cette atmosphère m'a enveloppée d'un halo céleste tandis qu'une brise légère soufflait par les fenêtres ouvertes. Dehors, il faisait moite. Une pluie fine venait de tomber et les feuilles s'égouttaient doucement. J'avais traversé des périodes de famine et connu des soirées entières à recevoir des décharges électriques. J'avais été ligotée pendant des heures dans tout un tas de positions impossibles, jusqu'à ce que mes muscles douloureux me brûlent. Mais la délicieuse sensation du vent sur ma peau me faisait presque tout oublier. J'ai lancé un regard empli de gratitude à Jack Derber. Voilà l'effet qu'il produisait.

Pendant d'interminables minutes, il s'est contenté de me tirer le long d'un couloir flanqué de plusieurs portes, sans un mot. Tournant à peine la tête de crainte de paraître réticente, j'ai glissé un œil dans la cuisine au fond de la maison, une pièce à la propreté immaculée, presque gaie. Un torchon à fleurs reposait au bord de l'évier.

Ce détail a attiré mon attention. Cette délicate petite serviette devait être celle qu'il utilisait pour essuyer la vaisselle... Lui... cette même personne qui m'avait fait tant souffrir, qui avait sorti ma vie de son axe et m'avait jetée dans cet enfer, essuyait également sa vaisselle et la rangeait tous les soirs. J'ai compris qu'il vivait selon une routine ordonnée et régulière dont nos châtiments faisaient simplement partie. Pour lui, ce n'était qu'un élément normal de sa journée normale et, à la fin du week-end, il retournait sur ce campus universitaire animé et à ses petites affaires comme si de rien n'était.

Ce jour-là, il m'a conduite dans la bibliothèque. La pièce paraissait démesurée, avec de hauts plafonds et des murs couverts d'étagères en chêne hors de prix, aux cases débordant de livres. Chacun d'eux était revêtu d'une reliure blanc cassé qui m'empêchait d'en lire le dos. Ils étaient étiquetés, et bien que, lors de mes permissions à l'étage des mois suivants, je les aie regardés fixement pour détourner mon esprit de la douleur qu'il m'infligeait dans cette pièce, je n'ai pas réussi à en déchiffrer les titres. J'avais comme perdu ma capacité à lire.

Au centre de la pièce se trouvait un énorme chevalet qui, je l'apprendrais plus tard, était la réplique d'un instrument de torture médiéval. Il était exposé comme un élément de décoration, une plaisanterie. Mais c'était loin d'en être une. Quand nous montions à l'étage, nous allions sur le chevalet.

Les bons jours, il se contentait de faire ce qui lui plaisait avec notre corps. Et la seule réponse possible était de se mordre la lèvre ou de crier, d'encaisser au mieux la douleur et les humiliations.

Les mauvais jours, il parlait.

Il y avait quelque chose dans sa voix, dans la façon dont il modulait son ton pour nous, qui nous laissait presque croire l'espace d'un instant qu'il débordait d'empathie et de chaleur à notre égard, qu'il compatissait à notre détresse. Qu'il détestait vraiment être obligé de nous infliger toutes ces choses dégoûtantes, qu'il n'avait pas le choix. Il devait continuer, dans l'intérêt de la science et de ses recherches. Ou, parfois, dans notre propre intérêt, afin que nous saisissions ce qui se trouvait au-delà du monde physique.

À l'époque, je n'étais peut-être pas assez intelligente ou bien je n'avais pas lu assez de livres pour comprendre de quoi il parlait, mais aujourd'hui je connais certaines des références qu'il citait, au cours de ses longs soliloques : Nietzsche, Bataille, Foucault. Il discourait souvent sur la liberté, un mot qui me faisait pleurer quand il le prononçait, même les jours où je me jurais qu'il ne m'arracherait pas une larme, quoi qu'il me fasse. *Je suis plus forte que ça*, me sermonnais-je. Certains jours, je n'étais pas très vaillante. Mais, sur la fin, je crois que je l'étais davantage.

Avec le temps, j'ai compris qu'il n'était pas poussé par d'incontrôlables pulsions. La torture le fascinait, c'est tout. Il était en admiration devant les actes qu'il nous infligeait et la réaction qu'ils entraînaient chez nous. Tandis que nous nous tordions de douleur sous ses yeux, il étudiait, oui, il *étudiait* combien de temps nous pouvions retenir nos larmes. Il s'intéressait particulièrement à la raison pour laquelle nous rechignions tant à pleurer devant lui. Il nous interrogeait à ce sujet. Il enquêtait. Et pourtant, nous avions peur de lui révéler la moindre vérité.

Il savait que ses choix arbitraires pour déterminer laquelle d'entre nous il mettrait au supplice nous déstabilisaient et nous remplissaient de terreur. Et il aimait voir la peur. Il pouvait changer de rôle en une seconde, passant de père confesseur à fou furieux. Il riait parfois, fort et avec une joie réelle, quand il voyait l'effroi emplir nos regards.

Et il était impossible de tout lui dissimuler tout le temps. Il a rapidement découvert combien je souffrais pour Jennifer, de ne pas savoir ce qu'il se passait dans sa tête, enfermée dans cette boîte à longueur de journée. Je voulais demander à Jack comment elle tenait le coup, mais je refusais de lui révéler à quel point elle comptait pour moi, et je n'ai rien dit pendant des mois. Mais il savait, bien sûr. Il savait combien nous étions proches. Nous n'avions pas partagé un taxi par hasard pour rentrer chez nous ce soir-là. Peut-être avait-il contraint Jennifer à lui livrer quelques détails, ou peut-être qu'elle m'appelait à l'aide quand elle était sur le chevalet. Je ne le saurai jamais.

En tout cas, il en savait assez pour utiliser Jennifer contre moi. Il me demandait, comme pour me voir faire preuve de noblesse, si pour l'aider et la soulager, j'étais prête à endurer un peu plus de souffrance. Et j'acceptais. J'encaissais autant que je pouvais, serrant les paupières chaque fois que sa lame approchait de ma peau à peine cicatrisée. Quand je finissais par demander grâce, il me contemplait d'un air déçu, comme si je reconnaissais que je n'aimais pas assez Jennifer, que je n'étais pas capable de la protéger contre ce qu'il allait devoir, malheureusement, lui faire subir.

J'ai commencé à me haïr pour ma faiblesse. Je détestais mon corps qui n'était pas assez résistant. Je me maudissais de le supplier et de m'abaisser devant cet homme. La nuit, je rêvais que je lui fracassais la tête, que je me dressais devant lui telle une sorcière hurlante, hystérique, à la force décuplée.

Mais invariablement quand, après des jours à m'affamer, il venait me nourrir de quelques miettes au creux de sa main, je léchais ses doigts comme un animal, avide, reconnaissante et pitoyable. De nouveau, j'implorais.

# Chapitre 14

Au final, je me suis envolée seule pour Portland, pour la seconde fois en deux semaines. Tracy avait de nouveau perdu foi en notre projet. Ou alors elle se dégonflait. Quoi qu'il en soit, elle avait inventé une excuse à propos du boulot et avait repris le volant direction Northampton le soir même. Tout compte fait, j'étais peut-être la seule capable de remuer le passé. Cette idée m'a remonté le moral. Chaque jour je me sentais un peu plus armée pour affronter l'épreuve, un peu plus déterminée, même si je n'étais pas plus avancée qu'au début.

Quelque chose dans cette quête me donnait l'impression, pour la première fois depuis dix ans, d'avoir un objectif à atteindre, de ne pas abandonner Jennifer. Je sentais que si je retrouvais son corps, et lui permettais de reposer auprès des siens dans ce petit cimetière de l'Ohio, toute cette expérience ne m'apparaîtrait plus aussi épouvantable. Des tas de gens mouraient jeunes. Je pouvais presque me résoudre à la réalité de sa mort, mais je ne pouvais accepter la façon dont je l'avais perdue. Et, désormais, la retrouver était mon unique option pour oublier définitivement cette cave.

J'ai séjourné dans le même hôtel que la première fois. La sécurité de l'établissement m'avait fait bonne impression et le personnel s'est montré très obligeant quand j'ai demandé une chambre au dernier étage. Le réceptionniste m'a reconnue et s'est rappelé d'annuler la femme de ménage pendant mon séjour. La dernière chose que je voulais, c'était qu'on entre dans ma chambre et qu'on touche à mes affaires.

Le lendemain matin, j'ai roulé jusqu'à l'université. J'avais fait des recherches sur Internet et je savais plus ou moins où trouver les deux personnes qui m'intéressaient.

Elle s'appelait Adele Hinton. J'étais convaincue que Christine se souvenait de son nom même si elle n'admettrait jamais connaître avec précision les détails du procès.

Si Christine et Adele avaient toutes les deux suivi le cours de psychologie de Jack Derber, elles n'avaient pas étudié ensemble. Lorsque Adele s'était inscrite à l'université, Christine se trouvait déjà dans la cave de Jack depuis presque un an. Adele avait attaqué son troisième cycle et était l'assistante de recherche de Jack depuis deux ans quand les agents du FBI étaient venus l'arrêter au beau milieu d'un cours devant trois cents étudiants. Naturellement, ceux-ci avaient été profondément choqués par le spectacle de leur professeur préféré menottes aux poignets, et l'université avait dû redoubler d'efforts pour limiter la casse tant auprès de la presse que du campus. L'affaire était surtout une catastrophe en matière de communication pour eux.

Je me rappelais que, lors du procès, le bureau du procureur s'était étonné, avec une pointe d'admiration peut-être même, du comportement d'Adele. Alors que toutes les autres étudiantes du cursus s'étaient empressées de changer de filière, Adele avait non seulement poursuivi en psychologie mais elle n'avait en outre raté presque aucun autre cours pendant la durée du procès.

Des années plus tard, elle avait accepté la direction du département qui dépendait autrefois de Jack Derber, et que personne n'avait reprise depuis. Je me demandais ce qui permettait à cette femme de se montrer aussi imperméable à l'horreur de ces événements. Je me souviens qu'à l'époque, j'avais surpris les avocats en train de discuter de cette assistante qui n'avait pas paru effrayée, comme inconsciente d'avoir flirté avec la mort, d'avoir travaillé si étroitement avec lui et d'avoir passé de longues nuits à ses côtés dans le labo.

Aujourd'hui encore, sa carrière était visiblement bâtie sur le même genre de perversions malsaines qu'elle avait étudiées avec Jack Derber. Sur le site Internet de l'université, j'ai découvert qu'elle était spécialisée en psychologie anormale. Elle s'intéressait aux gens souffrant de comportements déviants, qui présentaient un développement mental atypique. En d'autres termes, les gens qui infligeaient des traitements horribles à d'autres. Tel était son domaine de prédilection.

Alors que je me dirigeais vers le département de psychologie, je l'ai aperçue qui quittait le bâtiment de l'autre côté de la cour carrée ; elle portait une petite pile de livres. Je l'ai reconnue d'après la photo du site. Elle était bien plus jolie en personne. Éblouissante, en fait. Grande, avec de longs cheveux bruns tombant en cascade dans son dos, elle ressemblait plus à une étudiante qu'à une prof. Elle se mouvait avec une confiance incroyable, ses hanches se balançant sans complexe, le menton légèrement dressé, presque dans une attitude de défi. Elle marchait si vite que j'ai dû courir pour la rattraper.

— Excusez-moi. Vous êtes bien Adele Hinton ?

Elle a poursuivi sa marche, imaginant sans doute que j'étais une étudiante qui venait l'importuner. Si c'était le cas, elle n'était clairement pas intéressée par une réunion prof/étudiant sur la pelouse. Cette femme était occupée.

— *Professeur* Hinton, oui.

Cette fois, j'avais préparé une histoire et je me sentais prête. Je me suis lancée :

— Je m'appelle Caroline Morrow et je prépare un doctorat en sociologie, ai-je débité.

Je me doutais que ma phrase sonnait comme un texte appris par cœur et qu'elle serait en mesure, si l'envie l'en prenait, de vérifier plus tard si je disais la vérité, mais j'ai persévéré, espérant découvrir rapidement ce dont j'avais besoin. Adele a continué à marcher. Il fallait que j'attire son attention.

— Mon sujet de recherche porte sur Jack Derber.

À ces mots, elle s'est immobilisée et m'a jeté un regard méfiant.

— Je n'ai rien à dire à ce propos. Qui est votre directeur de thèse ? Qui que ce soit, il devrait savoir qu'il est inutile de vous envoyer me parler.

Elle s'est tue, comme si elle avait l'habitude que chacun de ses ordres soit instantanément exécuté. Je n'avais pas envisagé que ce nom serait un tel anathème pour elle, compte tenu de sa détermination des années plus tôt.

J'avais espéré éviter de lui révéler ma véritable identité. Je voulais profiter de la couverture émotionnelle que me procurait l'anonymat. Sans parler du fait que mon histoire tragique détournait l'attention des gens, piquait leur curiosité ; or, je refusais d'être mise sous le feu des projecteurs pour la millième fois. Néanmoins, Adele commençait à se montrer soupçonneuse. Soit elle ne croyait pas à mon histoire de recherche, soit elle allait foncer tout droit dans le bureau du doyen pour mettre un terme à mon projet fictif.

J'étais pétrifiée. Elle attendait une réponse, mais je n'en avais aucune à lui fournir. En dix ans, je n'avais dévoilé qui j'étais à personne. Ça ne me plaisait pas de me cacher ainsi, derrière mon nom d'emprunt, mais je m'y sentais plus en sécurité.

Cependant, avec Adele cela ne marcherait pas. Le nom de Jack touchait un point trop sensible chez elle. Je devais retirer le masque et me mettre à découvert, dans l'intérêt de Jennifer. Je n'avais pas de plan B, cette fois.

J'ai pris une profonde inspiration.

— En réalité, je ne m'appelle pas Caroline Morrow. Je ne suis même pas étudiante ici. Mon nom est Sarah Farber.

Je me suis étonnée du bien que cela faisait de prononcer ces mots à voix haute, en dépit du contexte.

Adele a eu l'air complètement abasourdie, elle a reconnu le nom sur-le-champ. J'imaginais le genre de souvenirs que cela faisait remonter en elle. L'espace d'un instant, elle a paru hésiter. Mais seulement un instant. Elle a posé sa pile de bouquins par terre et s'est penchée vers moi.

— Prouvez-le, a-t-elle lâché d'un ton sec.

Je savais comment. J'ai soulevé mon chemisier et roulé le haut de mon pantalon pour lui montrer la peau sur l'os de ma hanche gauche. Là, une cicatrice rose. La marque.

À sa vue, Adele a dégluti avec difficulté, puis elle s'est baissée et a ramassé ses livres à la hâte. Il m'a semblé discerner la peur dans son regard. Comme si je traînais physiquement ce passé derrière moi et que Jack pouvait surgir de mon esprit et prendre consistance devant nous, tel un dieu de la Grèce antique.

— Suivez-moi.

Elle s'est élancée d'un pas vif et n'a pas prononcé un mot pendant plusieurs minutes, le regard braqué droit devant elle. Au cours de mes années d'isolement, j'avais perdu ma capacité à déchiffrer les expressions humaines, et cela m'a fait cruellement défaut en cet instant. Je n'avais pas la moindre idée de ce qu'elle pouvait penser. Mais était-ce de mon fait ou cette femme était-elle à ce point impénétrable ? Son visage aurait tout aussi bien pu être taillé dans la pierre.

— Comment... Comment allez-vous ?

Sa voix était plutôt froide, sans une note de pitié ni de compassion, comme si elle venait de se rappeler qu'elle devait faire preuve d'un semblant d'humanité.

En dépit de son manque profond de chaleur, la question m'a arraché un sourire de soulagement. C'était le genre de chose qu'on me demandait depuis des années. J'avais mes réponses toutes faites en tête.

— Moi ? Oh ! je vais bien ! On s'en sort parfaitement avec dix années de thérapie et un isolement auto-infligé.

— Vraiment ?

Elle m'a fait face, soudain intéressée.

— Pas d'angoisses ? Pas de dépression ? Pas de flashbacks ni de suées nocturnes ?

J'ai ralenti le pas.

— Ce n'est pas la raison de ma visite. Ne vous inquiétez pas, je bénéficie d'un soutien professionnel. J'ai survécu. Contrairement à Jennifer.

Elle a acquiescé, sans me quitter des yeux, comprenant peut-être que je n'allais pas bien du tout, mais sans me pousser davantage.

— Qu'est-ce que vous faites ici, alors ?

— Je veux retrouver le corps de Jennifer. Je veux prouver que Jack l'a tuée pour qu'on lui refuse la libération conditionnelle.

— Quoi ? Ils vont libérer Jack Derber ?

Pendant une seconde, elle a paru sincèrement choquée, puis elle a repris contenance.

— Peut-être. Je ne sais pas. Je refuse cette possibilité. Mais j'imagine que, techniquement, elle existe.

Adele a hoché la tête, perdue dans ses pensées.

— Ce serait la pire chose qui pourrait arriver, a-t-elle fini par dire. Je vous aiderai si je peux. Cet homme mérite d'être enfermé pour toujours. Mais je ne dispose d'aucune nouvelle information à son sujet. J'ai dit tout ce que je savais à la police à l'époque.

Nous étions arrivées devant les marches du bâtiment de psychologie. Elle s'est arrêtée un moment, puis m'a fait signe de la suivre à l'intérieur. J'avais l'impression de vivre ma première vraie victoire.

Nous avons longé un couloir jusqu'à son bureau. Elle n'a pas prononcé un mot et je l'ai suivie docilement.

Elle s'est assise à sa table de travail et moi sur le petit canapé usé en face d'elle.

— En réalité, ai-je commencé, je n'attends pas que vous vous rappeliez de nouveaux détails du passé. Je voulais surtout m'entretenir avec vous de ses recherches. J'ai dans l'idée que cela pourrait mener à de nouveaux éléments. Je sais que vous étiez son assistante, et que votre travail aujourd'hui semble quelque peu... en rapport.

J'ignorais comment elle allait prendre mon petit discours. À présent, elle me rendait nerveuse, les yeux rivés sur moi. Peut-être réfléchissait-elle ? Peut-être voulait-elle que je sorte de son bureau, après tout ?

Pour éviter son regard, j'ai examiné la pièce. L'endroit était incroyablement propre et bien rangé. Sur les étagères s'alignaient des livres classés par ordre alphabétique, et ses carnets étaient empilés et organisés selon un code couleur. Cette vision était hypnotisante. Enfin, elle a pris la parole.

— Ses recherches ? Je ne crois pas que vous trouverez quoi que ce soit là-dedans. Son travail était extrêmement théorique, et ses sujets d'étude très variés. Il avait un champ d'investigation très étendu, mais j'imagine qu'il prenait soin de ne pas explorer des thèmes susceptibles de révéler son côté sombre. Au moment de son arrestation, il s'intéressait aux troubles du sommeil. J'ai travaillé à ses côtés sur sa dernière publication *Insomnie et Vieillissement.*

« Mes recherches n'ont aucun rapport avec les siennes, si ce n'est qu'on pourrait dire qu'elles ont pris certaines orientations parce que j'essaie de comprendre Jack Derber et ceux de son espèce. J'imagine que j'ai échappé de justesse à quelque chose et que je veux comprendre exactement de quoi il s'agissait.

Nous avons gardé le silence quelques instants après ça. Je cherchais quoi ajouter pendant qu'elle se frottait le front, perdue dans ses pensées. J'étais déçue. J'avais espéré que les travaux qu'il avait publiés seraient plus révélateurs, qu'il nous avait laissé un indice sans le vouloir. C'était apparemment une nouvelle impasse.

Alors même que je sentais l'espoir m'abandonner de nouveau, elle s'est levée et, après un rapide coup d'œil dans le couloir, elle a refermé la porte de son bureau. Les bras croisés sur la poitrine, comme dans une posture de défense, elle a repris la parole, cette fois avec hésitation, le dos collé à la porte.

— Écoutez, ce que je vous ai dit n'est pas l'entière vérité. Je sais peut-être quelque chose qui pourrait vous aider.

Elle s'est tue, semblant chercher ses mots.

— Au cours de certaines de mes recherches universitaires, je suis tombée sur quelque chose concernant Jack. Ça peut paraître étrange, mais je m'interroge : jusqu'à quel point croyez-vous pouvoir encaisser ?

— Que voulez-vous dire par « encaisser » ?

Ce qu'elle sous-entendait me faisait peur. Je n'aimais pas la tournure que prenait notre conversation.

— Je veux dire : dans quel état êtes-vous réellement ? Et à quel point voulez-vous en savoir plus ? Parce que j'ai bien une idée. Si ça peut aider à le garder derrière les barreaux, il y a un endroit que je pourrais vous montrer.

« Vous voyez, mes recherches se font beaucoup sur le terrain, elles se fondent sur l'observation des sujets dans leur environnement naturel. Je conduis, depuis plusieurs années, une étude longitudinale, envisagée sous l'angle ethnographique, sur un terrain particulier. Et j'ai découvert, assez fortuitement, que cet endroit a un lien ancien avec Jack Derber. Il y a des choses... des gens... Je ne sais pas. Ça ne mènera peut-être à rien. Mais sachant ce que je sais sur Jack, je suppose qu'il vous faut tout tenter.

— Exact.

En dépit de mes appréhensions, j'ai repris espoir.

— On est jeudi. Ce soir, c'est le bon soir. J'espère que vous n'avez pas de projets, sinon il vous faudra attendre la semaine prochaine.

Elle est retournée à son bureau et a sorti son Black-Berry de son sac, faisant voleter ses pouces sur le clavier.

— Je vais vous donner une adresse. Pourrez-vous m'y retrouver à minuit ? C'est un peu... en dehors des sentiers battus. Et franchement...

Elle a levé les yeux sur moi et m'a considérée sous ses longs cils avant de poursuivre :

— Vous allez avoir la trouille de votre vie. Cela risque de vous rappeler votre traumatisme. Mais le bon côté, a-t-elle ajouté d'une voix plus enjouée, c'est que d'un point de vue thérapeutique, ça vous sera peut-être bénéfique.

— C'est quoi exactement, cet endroit ?

Quelle que soit sa réponse, je savais qu'elle ne me plairait pas. En plus, je ne sortais pas à minuit. Point. Encore moins dans un lieu qui pouvait potentiellement me filer la trouille de ma vie.

— C'est un club, un club d'un genre très spécial. J'étudie les influences et les effets psychologiques de ce groupe… issu d'une subculture particulière. Jack fréquentait ce lieu.

J'ai respiré profondément. Je ne pouvais qu'imaginer le genre d'endroit qu'affectionnait Jack Derber. Et le type de subcultures qu'Adele étudiait étant donné ses propensions intellectuelles.

— D'accord. Un club spécial. Je saisis. Mais ça ne me paraît pas une bonne idée, d'un point de vue thérapeutique ou pas.

Elle a reposé son BlackBerry, s'est penchée sur son bureau, a plongé son regard dans le mien et a hoché la tête. Elle a parlé lentement, d'une voix un peu plus haut perchée, comme si elle s'adressait à une enfant.

— D'accord, pas de problème. Vous n'êtes peut-être pas prête, c'est tout. J'imagine la difficulté pour vous d'aller dans un tel endroit. Je comprends tout à fait.

C'était peut-être mon imagination, mais j'aurais juré qu'il y avait une pointe de défi dans sa voix. Elle enseignait la psychologie, après tout. Peut-être pas l'aspect clinique, mais elle connaissait les ficelles du métier. Ah ! ces psys ! Ils savaient vous manipuler.

J'avais l'impression de revenir en arrière. C'était comme rejouer une mauvaise scène de ma vie passée. Pouvais-je encaisser une coupure plus profonde, davantage de souffrance ? Pouvais-je la sauver ? Le visage de Jack est apparu devant mes yeux pendant une seconde. Pour l'heure, même enfermé à des kilomètres, il gagnait encore. Une fois de plus, je ne pouvais pas supporter la douleur, la peur. Je me suis tournée vers Adele, j'ai croisé son regard et pris mon courage à deux mains malgré les battements affolés de mon cœur.

— Comment je m'habille ?

Elle a souri, visiblement fière de moi.

— Génial. De toute évidence, vous avez fait beaucoup de progrès.

Elle m'a détaillée de la tête aux pieds, remarquant au passage, j'en suis sûre, l'état déplorable de mes choix vestimentaires.

— Je vous apporterai quelque chose. Il faut se fondre dans la masse, là-bas, c'est important. La dernière chose qu'on veut, c'est se faire remarquer. Et je peux vous assurer que vous n'avez rien dans votre valise qui soit approprié à ce lieu.

## Chapitre 15

Tard ce soir-là, assise au volant de ma voiture sur le parking de l'hôtel, j'ai regretté amèrement ma décision. Je me suis sermonnée à voix haute, refoulant la crise de panique que je sentais monter en moi. Pour la première fois depuis des années, j'allais devoir conduire de nuit. Adele avait bien proposé de m'emmener, mais je ne montais jamais en voiture avec des inconnus. Quoi qu'il arrive.

Et si le simple fait de devoir conduire de nuit ne suffisait pas à m'abattre, le caractère « spécial » de ma destination finissait de m'achever. Au minimum, l'endroit serait sombre et bondé, bourdonnant de bruit et peuplé du genre de personnes que j'avais passé ma vie entière à éviter.

J'ai agrippé le volant et me suis frappé doucement la tête dessus à plusieurs reprises. Je n'arrivais pas à croire que Tracy ne soit pas là. C'était exactement pour ce genre de mission que j'avais besoin d'elle. C'était son domaine. Elle se rendait sûrement dans des endroits comme celui-ci pour le plaisir.

Une colère sourde m'a envahie. Similaire à celle que j'avais ressentie juste avant mon évasion. À l'époque, dans la cave, je ne m'étais guère attardée sur mes sentiments, focalisée que j'étais sur mon objectif. Mais aujourd'hui, assise seule dans ma voiture de location au milieu d'un parking désert, une pensée m'est venue. Tracy avait toujours réussi à me faire culpabiliser sur tout. Mais la vérité, c'était que j'avais porté toute seule le fardeau. Dans la cave, elle avait joué les petits chefs et les meneuses, mais elle n'avait jamais rien fait de concret pour nous sortir de là. Moi oui. Je nous avais sauvées. Et tout ce que ça m'avait jamais inspiré, c'était de la culpabilité.

Et voilà, j'avais une révélation et le Dr Simmons n'était même pas dans les parages pour y assister ! À sa décharge, je devais reconnaître qu'elle s'efforçait depuis des années de me faire admettre cette vérité, que je n'avais cessé de repousser. Et à présent, alors que je m'apprêtais à affronter la situation la plus terrifiante depuis mon évasion, voilà que je faisais un bond psychologique en avant. Adele avait peut-être raison : d'un point de vue thérapeutique, cette expérience m'était bénéfique.

Je me suis redressée et j'ai sorti de mon portefeuille la photo de Jennifer. J'ai ouvert la boîte à gants, plié le bord de la photo et refermé la porte du compartiment dessus. Voilà. Jennifer se trouvait devant moi, tel un ange, pour m'aider à avancer. Avec un regard dans le rétroviseur, j'ai mis le contact. *Je suis plus forte que ça.* Ces mots m'avaient aidée à m'échapper, et ils m'aideraient à surmonter cette nouvelle épreuve.

J'ai pensé à Jennifer, et à combien les choses seraient différentes si je pouvais l'enterrer pour qu'elle repose en paix. Peut-être même qu'alors, je serais capable de mener une vie normale, parmi les autres êtres humains. En dehors de mon appartement. Dans le monde réel.

J'ai roulé pendant près d'une heure sur des routes tortueuses. Du temps à revendre pour passer en revue la liste de tous les dangers que comportait la situation.

Avant même d'arriver à destination, ma voiture pouvait tomber en panne, je pouvais avoir un accident au milieu de nulle part. J'ai vérifié le réseau sur mon téléphone pas moins de quatre fois. Toutes les barres étaient alignées, mais je doutais de pouvoir expliquer à qui que ce soit l'endroit où je me trouvais de toute façon. J'ai envisagé une minute de me garer sur le bas-côté et d'envoyer un message à Jim, mais je ne voulais pas qu'il sache que j'étais sur une piste, si c'était bien une piste que je suivais.

Enfin, je suis arrivée à bon port. J'ai vu l'embranchement d'un chemin sur la route, dépourvu du moindre panneau et marquage au sol en dehors d'un petit poteau métallique à peine visible barré d'une bande réfléchissante jaune, ainsi que me l'avait indiqué Adele. J'ai tourné et roulé pendant plus d'un kilomètre sur un chemin de terre pentu plein d'ornières. La panique bouillonnait de nouveau en moi. Ce genre d'activité était à l'opposé des normes de prudence que je m'imposais depuis toujours. Et si c'était un piège ? Et s'il n'y avait rien d'autre au bout de ce chemin que des bois désolés, où tout pouvait arriver ? Et si cette Adele était de mèche avec Jack Derber ? Il m'est apparu que je savais très peu de chose sur son compte, finalement, et que je plaçais toute ma confiance dans ce que j'envisageais comme une histoire commune, une sorte de lien entre nous qu'elle n'avait peut-être pas ressenti. Et malgré tout, je l'avais laissée me mener jusqu'ici.

Lorsque j'ai enfin tourné au dernier virage, j'ai aperçu avec soulagement un genre de club, fréquenté par d'autres clients. Près d'une vingtaine de véhicules remplissaient un parking en gravier situé en lisière de forêt. Quelles étaient les chances pour que tous soient des complices de Jack Derber ? Peu nombreuses, sans doute. Je me suis garée dans le coin le plus éloigné de la porte, enfreignant une autre de mes règles. Je voulais rester à distance de ce lieu particulier encore quelques minutes. À trois places de moi, dans une voiture de sport rouge, Adele m'attendait comme elle l'avait promis.

Au début, elle ne m'a pas remarquée et j'ai songé qu'il était encore temps de faire demi-tour. Je suis restée immobile derrière le volant, un frisson glacé me parcourant le corps. J'ai scruté l'obscurité, que je refoulais habituellement en tirant les épais rideaux en lin blanc de mon appartement. Pour l'heure, elle encerclait ma voiture, semblait transpercer le verre de mon pare-brise, pénétrer l'habitacle pour lentement m'étouffer. Je me coulais dedans, m'y noyais. Elle ne me laisserait pas m'échapper. J'ai cherché mon souffle tout en essayant de faire taire les battements qui résonnaient dans ma tête. Impossible de déterminer s'il s'agissait des battements de mon cœur ou de ceux de la musique en provenance du club.

À cet instant, Adele m'a repérée. Elle a ouvert sa portière et s'est approchée de ma vitre. Me couvant d'un regard perplexe, elle m'a fait signe de sortir de la voiture, mais j'étais incapable de bouger. À la place, j'ai descendu la vitre d'un centimètre. Le filet d'air qui a pénétré dans l'habitacle m'a aidée à recouvrer mes esprits et, peu à peu, ma respiration a retrouvé son rythme normal.

— Sortez de là, m'a-t-elle dit avec ce qui semblait être un air inquiet.

Je devais avoir une sale tête.

— Je vous ai apporté des fringues pour vous changer, a-t-elle repris.

Adele était vêtue d'une combinaison en vinyle noir et ses cheveux étaient rassemblés en un chignon serré. *Une dominatrice*, ai-je pensé. *Approprié.*

Sa voix m'a enfin ramenée à la réalité. Respirant un grand coup pour me donner du courage, j'ai ouvert la portière, sans oublier d'attraper mon portable avant de sortir.

Elle m'a tendu un sac assez lourd. À travers le plastique, j'ai senti qu'il ne contenait pas des habits ordinaires ; mes soupçons se sont confirmés quand j'ai aperçu du cuir noir verni. Même si je m'y étais préparée, ainsi mise au pied du mur face à ce qui m'attendait – à savoir pénétrer dans un bar fétichiste –, mon cœur s'est emballé et mes jambes se sont mises à flageoler.

— Écoutez, je sais que vous avez peur, a commencé Adele, sans doute pour me rassurer. Et je sais qu'après l'expérience que vous avez vécue, ça ne va pas être une partie de plaisir. Mais ça vaut le coup. Je vais vous montrer quelque chose que les flics n'ont jamais su.

Elle a pris une profonde inspiration et poursuivi :

— Pendant des années, j'ai regretté d'avoir gardé pour moi le lien entre Jack et cet endroit. À l'époque, je m'étais convaincue que c'était sans importance. La vérité, c'est que je ne voulais pas m'attirer d'ennuis. Je ne voulais pas que mes parents découvrent ce que j'étudiais à la fac, puisque c'étaient eux qui payaient mes frais de scolarité. Et dans ma tête, j'avais dit aux flics tout ce qu'ils avaient besoin de savoir. Après tout, il avait été condamné. Où était le mal, hein ? Maintenant, eh bien, vous n'êtes pas flic et je n'ai plus de frais de scolarité à payer, et puis... J'imagine combien vous avez dû souffrir. Pour votre amie. Et si ça peut aider à le laisser croupir en prison...

Sa voix s'est éteinte. Ses paroles avaient beau être bienveillantes, je ne percevais toujours aucune compassion dans son regard. Mais à première vue au moins, elle semblait vouloir m'aider. Sans doute qu'au fond d'elle-même, elle avait aussi peur que moi de voir Jack Derber sortir. Elle occupait son bureau, après tout, et son poste de titulaire. S'il revenait, ce changement ne lui plairait certainement pas.

— Dites-m'en plus sur cet endroit.

J'avais à peine osé y jeter un coup d'œil depuis mon arrivée. Quand j'ai enfin eu le courage de le regarder, ce que j'ai vu ne m'a pas franchement mise à l'aise. C'était un bâtiment bas et dépourvu de fenêtres, aux murs de parpaings, avec un toit métallique rouillé. L'édifice ne devait pas répondre aux normes de sécurité incendie. Le néon orange d'une enseigne clignotait au-dessus de la porte : Le Caveau. Charmant.

— Eh bien, pour commencer, a dit Adele, je dois vous expliquer qu'il s'agit de BDSM. Vous savez ce que ça signifie ?

— BD... ?

— Bondage et Discipline, Sadisme et Masochisme. Ce n'est pas aussi terrible que ça en a l'air. Le vrai BDSM comporte des règles. Des règles très, très strictes. Avant tout, il se fonde sur le consentement. Jack n'a jamais bien admis cette partie. Il ne cessait d'enfreindre les règles. À tel point qu'ils ont fini par l'exclure du club. Ça ne l'excitait tout simplement pas quand on lui donnait la permission. C'est sans doute pour cela qu'il... qu'il vous a enlevée avec les autres.

— Ça ne me rassure pas à l'idée d'entrer là-dedans.

— Ça devrait, pourtant. Ce que je veux vous dire, c'est qu'il ne vous arrivera absolument rien dans ce club sans votre consentement. Rien du tout. Personne ne vous touchera sans votre permission explicite. Je viens ici depuis des années pour mes enquêtes de terrain, et personne n'a jamais posé la main sur moi.

Je n'ai pu m'empêcher de la détailler dans son accoutrement en vinyle. Je comprenais pourquoi on l'avait laissée tranquille. Elle était sacrément intimidante.

— D'accord, mais s'ils ont viré Jack d'ici, pourquoi ai-je besoin d'y entrer ? Qu'est-ce que ça m'apportera ?

— Vous pourrez y rencontrer des gens qui ont connu Jack. Qui l'ont vraiment connu. C'est le seul moyen pour approcher cette facette de sa personnalité que la police n'a jamais réussi à découvrir. Les membres de ce club viennent ici depuis des lustres. C'est le seul du genre à des centaines de kilomètres à la ronde ; tous les initiés finissent par atterrir ici.

— J'imagine que c'est ce qui m'effraie. Qui sont ces gens ? ai-je demandé avec dégoût.

Je me suis tue, me demandant si Adele n'était pas l'une d'entre eux, après tout. Combien de temps pouvait-on étudier ces personnes, aller et venir au sein de leur groupe, s'habiller comme elles, s'immerger dans leur culture, avant de finir par participer ? Je me suis efforcée de trouver les bons mots pour poser ma question suivante :

— Qu'est-ce qui les intéresse dans ce style de vie ?

Elle s'est appuyée contre la voiture et a soupiré.

— Ma thèse de doctorat traite du même sujet – *La paraphilie et ses mécontentements*. Écoutez, a-t-elle repris d'un ton soudain plus sérieux. Ils recherchent la même chose que n'importe qui d'autre : une communauté, des relations, peut-être un peu de frisson. Certaines personnes sont fichues différemment, elles sont imperméables à l'ordinaire. Certains essaient de compenser un manque, de réparer quelque chose de brisé en eux. D'autres y voient seulement un mode d'expression particulier.

J'ai réfléchi une seconde à ses paroles et me suis décidée à lui poser la question qui me taraudait :

— Et pour vous, ce n'est qu'un sujet d'étude ?

Elle m'a d'abord lancé un sourire narquois qui s'est effacé aussi vite qu'il était apparu. Elle s'est mordu la lèvre – avec force, m'a-t-il semblé – puis elle a réarrangé une mèche qui s'était échappée de son chignon, se servant de ses deux mains, ses doigts s'agitant comme ceux d'un magicien, avec dextérité.

— Allez, entrons, a-t-elle dit, ignorant ma question.

Elle s'est redressée et a fait un geste du menton en direction du sac.

Le moment était venu d'aller de l'avant. Armée de ma toute nouvelle résolution, j'en ai sorti les vêtements que j'ai enfilés, accroupie près de la voiture, cachée derrière la portière ouverte. Veste en cuir noir à lacets, pantalon en vinyle avec une bande cloutée sur les côtés. Elle m'a autorisée à garder mes chaussures, des petites baskets noires sans lacets. J'avais l'air ridicule mais Adele s'est contentée de faire un signe en direction du club. Personne ne me remarquerait, a-t-elle assuré. Une pensée réconfortante.

Le videur à l'entrée était un type imposant au crâne rasé et aux bras recouverts de tatouages arachnéens qui lui descendaient jusqu'aux poignets. Il a gratifié Adele d'un hochement de tête. Clairement, c'était une habituée. À ma vue, il a arqué un sourcil puis secoué la tête. Il avait l'air légèrement amusé mais, d'un haussement d'épaules, il m'a laissée suivre Adele à l'intérieur. Au moment de franchir le seuil, j'ai fermé les yeux, pour essayer de contenir ma terreur.

Une fois à l'intérieur, mon corps a été comme enveloppé d'une brume d'obscurité et de mal. Cet endroit était pour moi comme une fenêtre sur l'enfer, tout en rouge et noir, grouillant d'une foule en cuir clouté qui semblait profondément imprévisible. La musique était très forte, l'air au-dessus du bar lourd de fumée de cigarettes. Des « esclaves » se traînaient derrière leur maître, tête baissée, repliés sur eux-mêmes. Je n'ai pas pu m'empêcher de me demander s'ils étaient là par choix ou si on les y avait amenés pour s'amuser.

Le long du mur du fond, il y avait une estrade en forme de T, sur laquelle une fille tout de cuir vêtue, bâillonnée par une boule dans la bouche, se trémoussait. J'ai supposé qu'elle dansait mais ses postures alternaient plutôt entre douleur et extase.

Tout à coup, j'ai pris conscience qu'au regard des autres, ma façon de suivre docilement Adele, les épaules rentrées, me faisait passer pour son esclave. Un instant, mon esprit est revenu à l'époque où j'étais bel et bien une esclave. La tête a commencé à me tourner – nouveau signe précurseur de la crise de panique qui couvait.

Le club affichait complet et tous les clients semblaient être des habitués. Ils se déplaçaient comme au ralenti, le visage tordu de rage, certains me suivant du regard tandis que je passais avec humilité devant eux. Partout autour de moi, des engins et machines de torture en service, pourvus de cordages complexes et de poulies, de chaînes et de pointes, de nœuds et de fils de fer.

Intimidée par cette ambiance, je retenais ma respiration depuis que j'avais passé la porte.

Sur un côté du bar, en face de ce que j'imaginais être des instruments de torture médiévaux, des banquettes et des tables s'alignaient. Adele m'a conduite jusqu'à un box vide, fendant une mer de corps recouverts de noir. Comme on s'enfonçait davantage dans les entrailles du club, mes sens ont été assaillis par l'odeur viciée de l'endroit : transpiration, lubrifiants et fluides corporels indéterminés se mélangeaient et supplantaient les effluves de désinfectant industriel. J'ai eu la nausée en imaginant les particules microscopiques de ces éléments qui pénétraient mon corps par mon nez, ma bouche et ma peau.

Enfin, après ce qui m'a paru une éternité, nous avons atteint une table. Alors que j'allais m'asseoir sur la banquette en face d'Adele, celle-ci m'a enjoint de m'installer à côté d'elle. Cela devait faire partie du rituel en vigueur ici entre un maître et son esclave. Machinalement, je lui ai obéi, me glissant dans ce rôle avec un sentiment dérangeant de familiarité.

J'ai posé sur Adele un regard dur. Elle ne m'avait toujours pas expliqué ce qui poussait quelqu'un à frayer avec cette forme particulière de perversité, qu'on soit participant ou simple observateur. Étudier ce monde était-il une activité aussi tordue que d'en faire partie ? N'était-ce qu'une forme de voyeurisme bénéficiant du soutien impassible d'une université ? Ou bien cherchait-elle juste, comme elle le prétendait, à comprendre ce à quoi elle avait échappé plus jeune et à vaincre sa peur d'avoir frôlé de si près le danger ?

— Alors ? Comment vous sentez-vous ? s'est-elle enquise avec curiosité.

— Bien, ai-je réussi à marmonner.

J'ai détourné le regard, me rappelant que dans la vraie vie, il n'était pas poli de dévisager les gens comme ça.

À cet instant, un couple s'est approché de notre table. L'homme était grand ; il arborait une longue moustache et une barbe, et son crâne chauve comme une boule de bowling luisait de sueur. Il tenait une laisse en cuir noir au bout de laquelle était attachée une femme mince, vêtue de cuir des pieds à la tête. Seuls ses yeux étaient visibles, nous scrutant dans la fente de sa cagoule. Sa bouche était dissimulée derrière une fermeture Éclair. Elle se tenait voûtée, se traînant derrière lui à petits pas irréguliers, comme si elle était blessée. Plissant les yeux dans l'obscurité, j'ai essayé de déterminer si elle n'avait pas un problème physique.

L'homme a adressé un geste amical de la main à Adele. Elle l'a salué avec tout autant d'enjouement.

— Salut, Piker.

Ils se sont étreints, et il m'a même semblé les voir s'embrasser sur les joues. J'avais beaucoup de mal à considérer ce lieu de débauche comme le lieu de rassemblement d'une communauté, aussi déviante soit-elle.

Adele s'est penchée vers moi et m'a murmuré : « Parfait » à l'oreille.

— Assieds-toi, a-t-elle lancé à l'homme.

D'un pas tranquille, il s'est approché de la banquette en face de nous et s'y est glissé. La femme a attendu ses ordres en silence. Il l'a ignorée et l'a laissée plantée là, sous le regard de tous. Visiblement habituée, Adele n'a pas bronché.

L'homme s'est tourné vers nous avec calme.

— Et qui avons-nous là ?

Il ne s'adressait qu'à Adele. À moins qu'elle ne me présente comme une personne digne d'intérêt, il me traiterait comme un objet.

— Je te présente... Blue. Pour ce soir, en tout cas, a-t-elle ajouté avec un sourire. Elle effectue des recherches sur Jack Derber.

Une expression de mépris a traversé le visage de l'homme.

— Oh ! lui !

Il s'est alors tourné vers moi, me regardant enfin dans les yeux maintenant qu'il savait que je n'étais pas l'esclave d'Adele.

— J'espère que vous tenez compte du fait qu'il a renvoyé notre mouvement vingt ans en arrière. L'enfoiré.

— Votre mouvement ?

— Le BDSM. Quand cette histoire a éclaté, tout le monde a pensé qu'il pratiquait le BDSM. Ça ne pouvait pas être plus éloigné de la vérité. C'est vrai qu'il avait été adepte, mais on l'avait viré d'ici des années avant qu'il séquestre ces filles. J'espère qu'on vous dira la vérité à son sujet ici. Il n'était pas comme nous autres. Il ne respectait jamais aucune règle.

— Quel genre de règles ?

— Eh bien pour commencer, il ne tenait pas compte des mots d'alerte. Il s'en foutait. Rien de tout ça… (il a écarté les bras dans un geste de fierté pour désigner le club) ne fonctionne sans mots d'alerte. C'est le cœur même de notre mouvement. Il s'agit d'amour et d'intimité aussi, vous savez. Il n'a jamais compris l'importance de la confiance. C'est la seule façon d'atteindre l'EPT.

Adele s'est tournée vers moi :

— L'échange de pouvoir total, a-t-elle expliqué, sans grand succès à mon sens. Vous êtes en veine, ce soir. Vous rencontrez Piker et Raven. Raven était l'esclave de Jack il y a des années.

Piker a grimacé.

— Je n'aime pas penser à ce qu'il lui a fait subir. Ça me fend le cœur.

J'ai vu les larmes lui monter aux yeux. Il s'est tourné vers Raven, que la discussion rendait clairement nerveuse même si elle restait immobile.

Alors une force intérieure s'est déchaînée en elle et Raven a laissé échapper un petit cri. Piker a hurlé, d'un ton brusque et sévère :

— Silence !

J'ai sursauté. Raven, elle, s'est contentée d'obéir et de se taire, la tête baissée dans un acte de servitude ultime. J'avais envie de vomir.

Poursuivre sur le sujet ne m'enchantait guère, mais la question suivante s'imposait.

— Que lui a-t-il fait ?

La réponse me terrifiait, parce que je ne savais que trop bien ce dont Jack Derber était capable. J'avais envie de dire à cette étrange femme avec qui je partageais un lien affreux que je la comprenais ; je voulais lui expliquer que nous avions une chose unique et terrible en commun. Mais je suis restée impassible, paralysée par la peur, accablée, attendant qu'elle prenne la parole.

Piker s'est tourné vers sa compagne.

— Raven, tu peux t'asseoir.

En un quart de seconde, elle s'est installée sur la banquette. Puis elle l'a dévisagé avec prudence, attendant l'ordre suivant.

Piker a tendu le bras et ouvert la fermeture Éclair sur sa bouche.

— Parle.

Aux cernes qui marquaient les yeux de Raven, j'ai deviné qu'elle avait la quarantaine bien tassée. De fines ridules partaient de sa bouche et l'une de ses incisives était couronnée de métal. L'autre était ébréchée. *Des blessures de guerre*, ai-je supposé.

Raven a dardé son regard sur Adele puis sur moi ; elle semblait perturbée, par la permission qui lui avait été donnée ou par le sujet en lui-même, difficile à dire. Mais quand elle a entamé son récit, la réponse m'est apparue évidente.

— Je l'ai rencontré ici, au club. C'était il y a plus de quinze ans. À l'époque, nous ne nous connaissions pas sous nos vrais noms.

Elle s'est interrompue pour consulter Piker du regard. Il a acquiescé, l'autorisant à poursuivre. Il voulait révéler l'histoire pour qu'éclate la vérité : Jack Derber nuisait au « mouvement ».

— Le club n'avait ouvert que depuis quelques années, et ses membres étaient encore nerveux par rapport aux flics. Même si rien de ce qu'on faisait n'était illégal au sens strict du terme, nous savions qu'ils trouveraient un moyen de nous faire fermer boutique. Alors on gardait le secret.

Elle a remué un peu et s'est tournée vers Adele avant de poursuivre :

— C'était avant qu'Internet simplifie tout. À l'époque, il y avait quelques forums et sites sur lesquels on pouvait communiquer, mais tout cela était très bredouillant.

Raven a marqué une pause, pris une profonde inspiration et cherché une nouvelle fois le consentement de Piker, qui a levé la main dans un geste d'impatience, lui indiquant de continuer.

— Nous nous sommes rencontrés ici, comme je l'ai dit. Il était charmant. Il se présentait sous le nom de Dark. Nous nous sommes retrouvés dans les salles privées du fond.

Elle a indiqué une porte qui ne comportait aucun panneau et que je n'avais pas remarquée jusque-là.

— Au bout d'un moment, il a voulu aller plus loin. Il m'a demandé de le retrouver chez lui dans les montagnes, et j'ai accepté. J'étais jeune et stupide, mais jusque-là, il avait suivi le protocole alors je croyais que tout était sous contrôle. Et puis je m'amusais, je ne m'étais pas rendu compte à quel point il prenait cela au sérieux. Alors j'ai accepté de le voir ailleurs qu'ici. Je ne l'ai dit à personne. Presque personne ne savait qu'on était ensemble.

Elle s'est tue, a levé les yeux au plafond, tapotant d'un doigt sur la table, lentement et en rythme. Puis elle a baissé la tête, serré les mains et les a posées sur ses genoux. Dès lors, le timbre de sa voix a changé. Elle parlait vite et à voix basse, d'un ton monocorde, récitant les faits ; exactement comme moi lors de mes séances avec le Dr Simmons. Ce souvenir la faisait souffrir.

— Je suis allée chez lui tard un samedi soir. En arrivant au bout de cette longue allée sinueuse, je me suis dit que sa maison avait l'air hantée. Ça m'a excitée. J'ai frappé à la porte, timidement bien sûr. Il a ouvert et la première chose que j'ai vue, ça a été un gros poing ganté qui m'arrivait au visage. Il m'a frappée et m'a tirée dans la pièce. Je n'ai pas compris parce que nous n'avions pas convenu de ça avant. Puis il m'a frappée, sans s'arrêter, encore et encore. J'ai essayé de dire mon mot d'alerte – c'était « jaune » à l'époque – mais je n'ai pas réussi à le prononcer avant de m'évanouir sous la douleur.

Raven s'est tue un moment et a fermé les yeux. J'étais surprise car je croyais que c'était ce que recherchaient les masochistes dans le BDSM. Ce monde n'avait aucun sens pour moi. Piker lui a caressé amoureusement le bras et lui a dit de prendre son temps.

— Quand je me suis réveillée, j'étais pieds et poings liés au milieu de son immense bibliothèque.

À ces mots, j'ai fermé les yeux. Des images de cette pièce ont tournoyé dans ma tête. Sa couleur, sa lumière, son odeur m'ont frappée d'un coup. Je me suis agrippée au bord de la table et me suis forcée à demeurer concentrée.

— J'y suis restée trois jours. Sans manger, avec très peu d'eau. J'avais très mal. Et il... Il...

Elle a été incapable de continuer.

Piker s'est penché vers elle.

— Ne dis rien, chérie. Montre-lui, c'est tout.

Raven s'est levée et a baissé le haut de son pantalon en cuir pour nous révéler sa hanche. Un bout de peau rabougrie. Une marque. Elle ressemblait beaucoup à la mienne, même s'il était difficile de la distinguer parfaitement dans le noir. J'ai détourné la tête, battant des paupières pour chasser mes larmes.

À cet instant précis, le maître de cérémonie a annoncé le numéro suivant. Trois hommes encapuchonnés ont poussé un énorme engin sur la scène. Je n'en croyais pas mes yeux. Ils faisaient rouler un chevalet au centre de la scène. Il était différent de celui qui se trouvait dans la bibliothèque de Jack, mais son utilisation était clairement la même. J'ai été prise de haut-le-cœur. Raven, qui l'avait vu aussi, s'est tournée vers Piker avec un regard suppliant.

Celui-ci s'est levé.

— Partons d'ici. Je n'aime pas ce numéro.

Ma gorge s'est serrée. Je n'arrivais plus à respirer. La pièce tournait autour de moi. Dans le fond de la salle, j'ai vu une porte marquée « SORTIE » et, sans un mot pour Adele ni les autres, j'ai sauté sur mes pieds et j'ai couru jusqu'à elle, manquant trébucher en chemin sur un homme en jambières de cuir qui rampait derrière son maître.

J'ai poussé la porte et je suis allée me réfugier dans un recoin isolé derrière la poubelle, m'adossant au mur du bâtiment, le souffle court. Au-dessus de ma tête, le ciel était constellé d'étoiles qui me paraissaient tournoyer d'un air menaçant. Dans l'espoir de remettre le monde en place, j'ai respiré profondément à plusieurs reprises, les mains sur les genoux, glissant en bas du mur. Cette scène me rappelait la façon dont Tracy était sortie du club à La Nouvelle-Orléans, et une vague de frayeur a déferlé sur moi. Comment m'étais-je fourrée dans cette situation ? Comment avais-je pu croire que j'étais prête pour ça ?

Je me suis enfouie dans un recoin où personne ne pouvait me voir. Pas d'homme en capuche, ni de femme avec une fermeture à glissière sur la bouche, pas d'esclaves tout de cuir vêtus. J'aurais voulu être invisible et me cacher ici jusqu'au matin. Je pouvais rester immobile. Je pouvais rester silencieuse.

Personne ne saurait jamais que j'étais là.

## Chapitre 16

La nuit était chaude et j'entendais encore les basses de la musique à travers les murs du club. La porte s'est ouverte dans un craquement, et Adele m'a appelée, prenant soin d'utiliser le pseudo de Blue qu'elle m'avait assigné pour l'occasion. Comme je ne répondais pas, la porte s'est refermée dans un claquement.

J'ignore pourquoi je n'ai pas répondu à son appel. J'avais juste besoin de faire une pause pour m'éclaircir les idées et digérer, même un tout petit peu, ce que je venais d'entendre. Je prévoyais de retourner à l'intérieur au bout de quelques minutes, mais ça ne s'est pas passé comme prévu.

Des phares ont brillé dans les bois derrière le bâtiment. Un moteur est monté en puissance avant de décélérer un peu plus loin, près d'une autre porte de sortie à dix mètres sur ma gauche.

J'ai jeté un coup d'œil furtif à l'angle. Deux hommes sont sortis d'une grande camionnette et ont conversé à voix basse. Je ne comprenais pas distinctement ce qu'ils se disaient, mais les grommellements de l'un d'eux m'ont paru familiers. Je sortais de ma cachette en rampant quand le plus grand des deux hommes est passé dans le faisceau des phares.

Mes yeux devaient me jouer des tours. On aurait dit Noah Philben. C'était impossible. Il fallait que je m'approche, ne serait-ce que pour me prouver que je me trompais. Mon imagination était certainement en train de s'emballer sous l'effet de la peur.

Des buissons poussaient à quelques mètres, au pied d'une petite butte. Si je parvenais à les atteindre, je pourrais observer la scène en cachette. Mon cœur battait à tout rompre, mais je devais absolument savoir s'il s'agissait bien de Noah Philben ou si je fabulais.

J'ai respiré un grand coup. *Tu es plus forte que ça*, me suis-je encouragée. Lentement, j'ai rampé en direction des buissons.

Les voix des hommes se sont amplifiées. Ils riaient. La porte du fourgon s'est ouverte. Un semblant de bagarre suivi d'un bruit sourd. Et la portière s'est refermée.

J'ai atteint les buissons, denses et épineux, et je me suis glissée derrière pour observer à travers le feuillage. Les hommes se trouvaient bien en vue, à présent. Le premier était de taille moyenne, baraqué, avec des cheveux blond-roux et une barbiche. Le second était grand. Il marchait d'un pas nonchalant, tranquille, le long de la camionnette. Il est passé de nouveau dans le faisceau des phares le temps nécessaire pour révéler son visage. Pas de doute : c'était bien Noah Philben.

Mon sang s'est glacé. Pourquoi un « guide religieux » traînerait-il en pleine nuit dans un club SM isolé ? Le même club que fréquentait Jack Derber, de surcroît. Qu'est-ce que cela signifiait ? Si les réponses m'échappaient, ces questions représentaient peut-être le début de piste que je cherchais.

Il était 2 h 30. Cela faisait des années que je n'avais pas veillé aussi tard, mais j'avais le sentiment que la nuit était loin d'être finie.

J'ai fait discrètement le tour du bâtiment, pour rejoindre ma voiture. Aussi silencieusement que possible, j'ai ouvert la portière et je me suis glissée derrière le volant. Je transpirais, mais ma peau était froide et ma gorge sèche

Le fourgon a enfin tourné au coin du club, se dirigeant vers la sortie du parking. À cet instant, mes mains étaient comme du plomb sur le volant.

J'étais de retour sur le champ de bataille, dans ma tête. Je voulais continuer – suivre cette camionnette –, mais mon corps tout entier s'y opposait et mes pensées s'embrouillaient. J'avais l'impression d'entendre la Jennifer de seize ans me murmurer à l'oreille : « Ne t'approche pas, rentre chez toi, retourne dans ta forteresse. » Mais la partie de moi qui la recherchait, qui savait que c'était le seul moyen d'arriver à mes fins, a riposté en assurant que la jeune Jennifer n'aurait jamais pu mesurer l'enjeu de la situation. Elle n'aurait pas compris mon besoin de la retrouver. Pour réussir à surmonter mon passé, je devais laisser son souvenir reposer en paix, de même que mes démons.

J'ai inspiré profondément, m'armant de courage, puis j'ai démarré.

Pendant que j'attendais dans la voiture, hésitante, deux hommes vêtus de latex sont sortis du club, l'un appelant l'autre « maître » tandis qu'il le suivait docilement au bout de sa laisse. J'ai attendu qu'ils s'installent dans leur berline, le maître au volant, l'esclave affalé sur la banquette arrière, puis je me suis glissée derrière eux, direction la sortie. Le fourgon était devant nous quand on a regagné la route. Je les ai suivis à bonne distance, laissant entre eux et moi la place de quatre voitures.

*Allons-y petit à petit*, ai-je songé. Pour l'instant, tout ce que je faisais, c'était conduire sur une voie publique. Les portières étaient verrouillées. Le réservoir d'essence aux trois quarts plein. Mon portable chargé. Et il y avait du réseau. Mon sac à main contenait une bombe lacrymogène et un spray au poivre. Je pouvais faire demi-tour et rentrer à l'hôtel à tout instant. J'avais le contrôle.

Au bout d'une quinzaine de kilomètres, la voiture qui me précédait a tourné. Derrière moi, il y avait un 4 × 4, que j'ai laissé me doubler, pour qu'il prenne la place entre le fourgon et moi. Une main sur le volant, j'ai cherché à tâtons dans mon sac mon calepin et mon stylo. Au bout de quelques secondes de recherche infructueuse, j'ai pris mon téléphone dans la poche intérieure de la veste en cuir et composé les chiffres, sauf le dernier, de mon numéro à New York, tout en scrutant l'obscurité devant moi. J'étais trop loin pour lire la plaque d'immatriculation du fourgon, du coup j'ai jeté mon portable sur le siège passager. Il a atterri sur le plancher dans un bruit sourd. J'ai lâché un juron.

Au bout d'un moment, le fourgon a tourné à gauche sur un chemin de terre presque entièrement dissimulé par les arbres. Je suis passée devant, j'ai ralenti, éteint mes phares et, à une trentaine de mètres, j'ai opéré un demi-tour totalement illégal.

J'ai emprunté le même chemin que le fourgon tout en récupérant mon téléphone par terre. La batterie avait sauté en tombant. J'ai tâtonné dans le noir à sa recherche, en vain.

À mi-chemin de la montée, j'ai arrêté la voiture, sentant l'étourdissement familier envahir ma tête. Suivant les conseils de n'importe quel manuel de psychothérapie, j'ai visualisé ma peur, sous la forme d'une boule détachée de moi.

Exercice inutile. Je savais qu'à cet instant, mon angoisse était tout à fait réelle et parfaitement justifiée. J'ai réussi à me calmer suffisamment pour éviter l'hyperventilation, mais mes intestins se tordaient. J'ai sorti mon spray au poivre et la bombe lacrymo de mon sac, je les ai posés tous les deux sur le siège à côté de moi. J'ai regardé la photo de Jennifer accrochée à la boîte à gants, et j'ai rassemblé tout le courage que je pouvais en tirer. Il fallait que je continue.

Roulant au pas, j'ai atteint une clairière dans les bois. J'ai remercié ma bonne étoile pour la couleur gris anthracite de ma voiture de location : je pouvais passer inaperçue. J'étais assez près pour distinguer, même au loin, peut-être à quarante-cinq mètres, un petit entrepôt pourvu d'une porte de garage et d'une entrée sans fenêtre à sa droite. Un projecteur solitaire éclairait la façade du bâtiment.

Par précaution, j'ai fait demi-tour pour être dans le sens de la marche en repartant. Je suis restée immobile dans la voiture, la respiration plus rapide qu'à l'accoutumée. J'ai coupé le moteur et je me suis contorsionnée sur le siège pour pouvoir observer. Après quoi je n'ai plus bougé d'un poil, pas même pour chercher mon téléphone.

J'ai tout juste distingué Noah Philben quand il a marché vers l'arrière du bâtiment et s'est emparé de ce qui ressemblait à une grande bâche. L'autre homme le suivait et, ensemble, ils ont recouvert le fourgon, avant de regagner le bâtiment. Tout à coup, Noah s'est arrêté, dirigé vers le côté de l'entrepôt, et a éteint le projecteur.

Je suis restée aussi immobile que possible, retenant mon souffle, comme si cela pouvait faire une différence. J'ai serré la clé de contact, prête à la tourner s'il faisait un pas dans ma direction. J'ai attendu, les secondes aussi longues que des heures. *Rentre à l'intérieur !* lui ai-je intimé silencieusement. Après une ou deux minutes insoutenables, il a tourné les talons et est entré d'un pas lourd dans le bâtiment.

Je voulais savoir ce qu'il y avait dans ce fourgon. Pourquoi le dissimulaient-ils sous une bâche ? Que fabriquaient-ils dans cet entrepôt ? Tout cela avait-il un lien avec sa secte ?

Tout ce que je savais des sectes religieuses, je le tenais des gros titres des journaux. Ils pouvaient s'adonner à des activités mystiques. Ou bien préparer un suicide collectif. S'apprêter à célébrer une union polygame dont les épouses ne seraient que des enfants. Ou encore, dissimuler les armes dont ils auraient besoin en cas de descente du FBI. Quoi qu'il en soit, la secte de Noah Philben était ma seule connexion avec Sylvia et, pour avancer, je devais comprendre ce qu'il s'y passait.

J'ai attendu au moins une demi-heure sans bouger, osant à peine respirer. J'ai descendu ma vitre de quelques centimètres pour laisser entrer l'air frais de la nuit. Un bref instant, j'ai envisagé de sortir de la voiture pour aller voir de plus près ce qu'il y avait sous cette bâche mais, à cette seule idée, j'ai été prise de nausée. Pour l'instant, j'étais coincée ici.

Finalement, j'ai décidé qu'il ne se passerait rien de plus. Ils dormaient peut-être ici. Le cœur lourd, j'ai fini par démarrer le moteur, sachant qu'il était inutile et bien trop dangereux d'attendre plus longtemps.

En redescendant le chemin, mes mains tremblaient tellement que j'avais du mal à tenir le volant. Ça n'a été qu'après avoir mis plusieurs kilomètres entre moi et cet entrepôt que j'ai retrouvé une respiration normale. Alors que je roulais, les petites routes m'ont semblé brusquement enchevêtrées comme dans un labyrinthe, un labyrinthe spécialement conçu pour me piéger.

J'ai appuyé sur différentes touches du GPS pour essayer de retrouver le chemin du club, mais l'appareil se contentait de répéter qu'il « recalculait » l'itinéraire. Avec un juron, je l'ai éteint.

J'ai eu l'impression de tourner pendant des heures avant de rattraper enfin une route principale. Il était hors de question d'aller ailleurs qu'à l'hôtel. Adele attendrait le lendemain pour avoir une explication.

## Chapitre 17

Une fois en sécurité dans ma chambre d'hôtel, j'ai décidé que l'heure était venue d'appeler l'agent Jim McCordy. Cette quête devenait trop dangereuse pour moi ; suivre les fourgons à la sortie des clubs SM nécessitait quelqu'un qui ne souffrait pas de stress post-traumatique.

Malgré tout, j'étais fière de moi. Un an plus tôt, un mois même, la seule idée de courir de tels risques m'aurait contrainte à biper le Dr Simmons en urgence. Désormais, je me sentais un peu plus forte, un peu plus déterminée chaque jour que je passais hors de mon appartement. Et ça faisait un bien fou. J'étais convaincue de tenir une piste : la coïncidence était trop grosse. Noah Philben sur le lieu de prédilection de Jack Derber ? « Quelles sont les chances ? » aurait dit Jennifer.

Il était 4 heures du matin, donc 7 heures sur la côte Est. Pas trop tôt pour appeler. J'ai composé le numéro de Jim. Comme d'habitude, il a décroché tout de suite.

— Sarah ? Où êtes-vous ? D'après le Dr Simmons, vous avez annulé votre dernier rendez-vous.

— On peut dire ça. Jim, j'ai besoin de votre aide. Je crois que j'ai découvert un lien étrange. Ce n'est peut-être rien, mais...

— Un lien ? Sarah, mais qu'est-ce que vous fabriquez ? Pour l'instant, ce qu'il vous faut, c'est continuer vos séances avec le Dr Simmons, pour vous préparer à la confrontation avec Jack lors de l'audience. C'est la meilleure façon de nous aider à le garder en prison.

— Vous avez raison. En théorie. Mais je crois que j'ai mis le doigt sur quelque chose.

J'ai pris mon courage à deux mains et je me suis jetée à l'eau.

— Jim, je suis dans l'Oregon, ai-je lâché avant qu'il dise quoi que ce soit. On reviendra là-dessus plus tard. J'ai plus important : Noah Philben. Vous le connaissez ?

— Sarah, je...

— Je sais, Jim. Je sais ce que vous allez dire. Je vous en prie. Noah Philben ?

Il a poussé un soupir.

— Le pasteur ?

Il a hésité encore un instant avant de céder.

— J'ai effectué quelques recherches préliminaires sur son compte quand Jack Derber a épousé Sylvia Dunham. Pas de casier. Blanc comme neige. Un fanatique religieux qui dirige cette Église depuis qu'il a la vingtaine. Des opérations un peu louches, mais j'ai les gars des impôts qui le surveillent. En dehors de ça, pas d'activités suspectes.

— Ah bon ? Ce qu'il y a, Jim, c'est que je suis allée dans ce club sadomaso où...

— Vous quoi ?

— Contentez-vous de m'écouter. Je vous expliquerai une prochaine fois. Je suis allée dans ce club que Jack fréquentait et j'ai... Pour différentes raisons, je me trouvais à l'extérieur, je prenais l'air...

— Je veux bien le croire.

— J'ai vu un fourgon. Et on aurait dit qu'il y avait une sorte de... transaction. Et c'était Noah Philben.

— Sarah, ce n'est pas illégal de se rendre dans un club SM, et je crois que si l'histoire nous a prouvé quelque chose, c'est que ça n'a rien d'extraordinaire pour le chef d'une petite organisation religieuse de fricoter avec ce monde. « L'un ne va pas sans l'autre », dirait Tracy.

Il s'est esclaffé à sa plaisanterie.

— Tracy ? Vous lui avez parlé ?

— Elle m'a appelé hier. Elle craint que vous n'alliez trop loin. Selon elle, vous espérez retrouver le corps de Jennifer.

— Ne parlez pas de moi avec elle, s'il vous plaît. Elle me haïra toujours et je ne veux pas qu'elle vous persuade que je suis folle. Je ne suis pas folle. Bon, d'accord, peut-être un tout petit peu, mais pas à ce sujet. J'envisage cela d'une manière on ne peut plus méthodique.

— J'en suis convaincu, Sarah. Mais vous n'êtes pas inspecteur. Je sais que vous avez le sentiment que nous vous avons laissée tomber, mais on a interrogé chaque personne ayant un rapport de près ou de loin avec Jack Derber et...

— Vous avez parlé à Piker et Raven ?

— Qui ça ?

— Je ne connais pas leurs vrais noms mais ils fréquentent ce club. Est-ce que vous y êtes déjà allé, au moins ?

— Quel club ?

— Je m'en doutais. Ça s'appelle Le Caveau. Je crois que j'ai découvert une nouvelle facette de Jack Derber. Je crois qu'on devrait l'exploiter. Pourriez-vous creuser un peu plus sur Noah Philben ?

Le silence s'est fait à l'autre bout de la ligne puis il a déclaré :

— Je vais voir ce que je peux faire.

Il semblait sincère.

Puisque j'étais en veine, j'ai décidé d'en profiter.

— Et Sylvia Dunham a disparu.

— Tracy l'a évoqué. Mais une boîte aux lettres qui déborde ne constitue pas une preuve suffisante pour émettre un avis de disparition. On dirait plutôt qu'elle est en vacances. Comme vous.

— Si c'est le cas, je ferais peut-être bien d'attendre qu'elle revienne, ai-je riposté.

— Écoutez, Sarah, je vais être honnête. Cette enquête que vous menez m'inquiète autant que votre réaction à la dernière lettre. Je ne veux pas que vous vous mettiez en danger, physiquement ou émotionnellement. Tracy m'a prévenu que vous alliez dans l'Oregon, mais personne ne s'attendait à ce que vous preniez les choses tant à cœur. Ce que vous faites est très risqué. Je vous en prie, rentrez chez vous.

C'était un conseil avisé. Sauf qu'il impliquait que j'abandonne mes recherches.

# Chapitre 18

Après ma conversation avec Jim, je me sentais découragée. Il avait peut-être raison. Sylvia rendait probablement visite à sa famille. Noah Philben trempait sans doute dans une escroquerie mêlant évasion fiscale et scandale sexuel, mais cela ne m'aiderait pas à retrouver le corps de Jennifer. Je perdais mon temps. Du temps que je ferais mieux de passer à préparer mon témoignage pour l'audience de libération conditionnelle.

J'ai vérifié mon billet d'avion, songeant qu'il valait mieux décamper et laisser le passé derrière moi une bonne fois pour toutes. Mon vol n'était prévu que pour le lendemain soir. Eh bien, je n'avais qu'à continuer, et si aucun élément concret ne surgissait d'ici là, je serais forcée d'admettre ma défaite.

J'ai roulé jusqu'à la fac pour voir Adele. Sur la porte de son bureau, elle avait laissé un message indiquant qu'elle était à la bibliothèque. Je l'ai trouvée assise à une large table en bois, au fond des rangées du troisième étage. La salle était vaste, et des particules de poussière flottaient dans l'air. Les bibliothèques me rendaient toujours nerveuse.

Entourée de piles de livres et de documents, Adele tapait furieusement sur son clavier d'ordinateur. Elle n'a levé le nez de son écran que lorsque je me suis tenue juste à côté d'elle. J'ai murmuré son prénom et elle a sursauté légèrement, refermant son portable d'un coup sec.

Des feuilles volantes recouvertes de gribouillis ont glissé au sol. D'un geste rapide, elle s'est penchée pour les ramasser. Tout en les rangeant avec soin dans un cahier, elle s'est tournée calmement vers moi. J'ai remarqué sa main droite qui reposait dans un geste protecteur sur une pile de gros livres.

— Vous m'avez fait peur, a-t-elle dit d'une voix neutre alors que ses yeux exprimaient un mécontentement évident.

J'ai bafouillé une excuse tout en jetant un œil à ses livres. La plupart avaient des titres scientifiques mais l'un d'eux, au titre simple, a attiré mon attention avant qu'Adele le recouvre. *Persuasion coercitive.* Quand elle m'a vue étudier les dos des ouvrages, elle les a tournés dans l'autre sens. Alors seulement, elle a semblé se détendre, m'invitant d'un geste à m'asseoir à côté d'elle.

— Ce n'est pas l'endroit rêvé pour discuter.

Elle parlait doucement mais plus fort qu'il n'était acceptable dans une bibliothèque, comme si les règles de discrétion ne s'appliquaient pas à elle.

— Alors, qu'est-ce qui vous est arrivé hier soir ? Je me suis inquiétée.

— J'avais juste besoin de prendre l'air. Cet endroit était un peu trop étouffant pour moi.

— Ça m'a tout l'air d'une crise de panique. Vous prenez quelque chose ?

Son regard m'était familier ; c'était un mélange de curiosité et d'intérêt professionnel, déguisé en réelle inquiétude. On ne m'avait pas couvée de ce regard depuis longtemps.

La première année hors de la cave, j'avais fait de mon mieux pour me montrer coopérative avec l'armée de psychologues qui tentait visiblement de m'aider. J'avais vécu les séances de thérapie, les rendez-vous et examens médicaux de l'époque comme dans un épais brouillard. Je connaissais ce regard. C'était celui de quelqu'un qui assemblait dans sa tête les différentes parties de l'article qu'il soumettrait à ses pairs. De nouveau, je me retrouvais sujet de thèse. Et je n'aimais pas du tout ça.

— Je vais bien. Inutile de s'inquiéter. D'ailleurs, merci de m'avoir emmenée là-bas. C'était difficile, mais je crois que cela m'a donné un bon aperçu.

— Vous ne devriez pas conduire quand vous sentez arriver une crise de panique. J'aurais pu vous ramener.

Elle s'est interrompue, m'a dévisagée avec ce même regard pénétrant que celui du Dr Simmons. Étudié, entraîné, manipulateur. Je savais ce qu'il précédait. Elle allait porter le coup de grâce.

— Qu'êtes-vous en train de faire, Sarah ? Vous ne pensez quand même pas que vous allez retrouver un corps, si ? Revisitez-vous votre passé ? Cherchez-vous à donner un sens à ce que vous avez vécu ?

Son ton dégoulinait de condescendance, et j'ai senti brûler en moi la flamme de la résistance. Je l'ai imaginée comme un mur se dressant entre nous brique après brique. Voilà les fruits d'années de thérapie cognitive. Nous étions en guerre, les épées sorties, dans une sorte de querelle ancestrale entre le bien et le mal. Le sujet face à l'objet.

Elle a remué sur son siège et s'est penchée en avant. Croyait-elle que je ne détecterais pas son enthousiasme ? Où voulait-elle en venir ? Je l'ai laissée poursuivre pour le découvrir.

— J'espère que vous ne trouverez pas cela déplacé, mais j'ai eu une idée. Comme vous êtes ici, peut-être que vous accepteriez de participer à une étude. Ça ne vous prendra pas longtemps, et ça ne vous empêchera pas de poursuivre vos recherches. Il ne s'agit que de quelques entretiens. Votre cas est inhabituel, et il y a peu d'exemples de personnes ayant survécu au genre de traumatismes que vous avez endurés. Il y a quelques années, j'ai travaillé à la conception d'une étude victimologique et...

— Victimologique ?

— Comme son nom l'indique, il s'agit d'une étude portant sur les victimes. Pour nous aider non seulement à comprendre le processus de guérison, mais aussi à découvrir s'il existe des traits psychologiques spécifiques qui permettraient de développer une typologie de victime pour un crime en particulier.

— Une typologie de victime ? Dans le sens où je serais le « type » de personne à se faire enlever ?

— Pas exactement. Mais nous pouvons étudier des schémas de comportements, d'activités, de lieux – ce genre de choses – afin de développer des modèles de personnes prédisposées à devenir des victimes.

J'entendais sa voix qui continuait à déblatérer, et je voyais ses lèvres qui remuaient mais mon esprit ne parvenait plus à enregistrer ce qu'elle disait. Les mots « personnes prédisposées à devenir des victimes » résonnaient dans ma tête. Je sentais la rage monter en moi. Son visage s'est brouillé devant moi. J'étais horrifiée, mon corps tout entier s'opposait à elle, mais je me suis efforcée de garder une expression neutre.

Voilà donc ce qu'ils fabriquaient dans ces grandes universités. Ils s'asseyaient autour d'une table et essayaient de déterminer si vous aviez inconsciemment initié le malheur et le chaos. Bien sûr, ils vous tenaient pour responsable. C'était votre faute, vous étiez si imprudente, vous aviez laissé le mal s'abattre sur vous.

Elle ne comprenait pas ce que j'avais fait. Ce que *nous* avions fait. Elle ne se rendait pas compte de la prudence extrême dont nous faisions preuve, Jennifer et moi, pour nous protéger de toute forme de vulnérabilité. Et malgré nos précautions, c'était quand même arrivé.

J'étais furieuse, mais il m'est apparu tout à coup que si elle voulait se servir de moi, rien ne m'empêchait de me servir d'elle aussi. Il y avait peut-être encore des choses à apprendre d'Adele Hinton.

Elle avait étudié avec Jack Derber, travaillé à ses côtés pendant deux ans. Elle m'avait déjà avoué avoir dissimulé au FBI une grande partie du passé de Jack avec le BDSM, peut-être parce qu'elle trempait dans quelque chose de plus malsain. Se pouvait-il qu'elle soit la partenaire de Jack dans cette histoire ? Était-ce pour cela que rien n'avait semblé la dérouter à l'époque ? J'ai été prise de nausée à l'idée que cette histoire n'avait peut-être pas été une surprise pour elle.

— Je vais y réfléchir, ai-je réussi à marmonner.

— Bien, tenez-moi au courant.

Elle a sorti une carte de visite de la poche de son sac et a griffonné quelque chose au dos.

— Voici mes numéros. Vous pouvez m'envoyer un message aussi. Faites-moi connaître votre décision. Je pourrai m'organiser si vous avez un instant à m'accorder. Combien de temps restez-vous en ville ?

— Je ne sais pas encore. Je voudrais parler à d'autres personnes qui ont connu Jack. On m'a dit qu'il côtoyait un autre professeur de la fac. Le Pr Stiller ?

Adele a tressailli, presque imperceptiblement, à ce nom.

— Oui, David Stiller. Il travaille ici.

— Il appartient également au département de psychologie ?

— Oui. À vrai dire, son bureau est juste à côté du mien.

Une situation qui ne semblait pas particulièrement l'enchanter.

— Ce n'est pas votre ami ?

Elle s'est esclaffée.

— Non, plutôt un rival, je dirais. Nous étions amis, il y a longtemps, mais aujourd'hui nos domaines de recherche sont un peu trop proches, et nos conclusions trop différentes. Je crois que l'université apprécie cette petite guérilla : elle fait de nous les stars dans le circuit des conférences. Ils adorent nous voir nous affronter. Enfin bref, si vous lui parlez, je vous suggère de ne pas mentionner que vous avez traîné avec moi.

— C'est noté. Merci. Je ne veux pas déranger plus longtemps les personnes dans la bibliothèque. Je vous laisse travailler.

J'ai brandi sa carte et ajouté :

— Je vais y réfléchir, vraiment.

Elle a souri et tendu la main, comme pour conclure une sorte de pacte. J'ai fixé sa paume, ouverte dans le vide, sans doute quelques secondes de trop, à la recherche d'une diversion.

— Attendez, je vais vous donner mes coordonnées.

J'ai fouillé dans mon sac et en ai sorti un bout de papier. Après y avoir inscrit mon numéro de portable, je le lui ai tendu, prenant soin de ne pas toucher ses doigts.

Elle m'a suivie du regard tandis que je quittais la salle, une expression indéchiffrable sur le visage, comme toujours.

## Chapitre 19

En traversant le campus en sens inverse, je me suis remémoré mes années à la fac, après mon évasion, alors que je repartais de zéro, à l'université de New York, et toute seule cette fois.

Rétrospectivement, je sais que j'ai vécu toute cette période le nez baissé. Trois années de solitude quasi totale, à bachoter pour décrocher mon diplôme en un temps record en suivant des cours supplémentaires le soir et pendant l'été.

Je n'éprouvais pas le même désir que la première fois de participer à la vie universitaire. Je refusais d'aller aux fêtes. Je n'étudiais pas à la bibliothèque. En fait, je ne voulais même pas qu'on sache qui j'étais. Je ne parlais jamais à mes camarades de classe, ne déjeunais jamais à la cafétéria, ne participais pas à la moindre activité extra-universitaire. Le campus était assez vaste pour se fondre dans la masse. Ce à quoi je m'employais de toutes mes forces.

J'ai commencé à utiliser mon nouveau nom à cette époque, un nom auquel je ne m'habituerai jamais. J'avais toujours une seconde d'hésitation avant de signer quoi que ce soit. Je devais m'entraîner des heures à l'écrire. J'oubliais toujours de répondre et de lever la tête quand les profs m'appelaient en cours. Je suis sûre qu'ils pensaient que j'étais longue à la détente. Jusqu'à ce que je leur rende mes devoirs, et leur donne la preuve que j'étais bonne à quelque chose.

Je me suis spécialisée en maths, puisant du réconfort dans la constance d'une discipline qui n'offrait que des solutions. J'adorais la façon qu'avaient les chiffres de s'aligner proprement quand, pour résoudre un problème, je remplissais parfois six ou sept pages de mon écriture penchée, chiffre après chiffre, symbole après symbole, sinus après cosinus.

Dans ma chambre, je conservais tous mes cahiers à portée de main, sur l'étagère près de mon lit. Si je n'arrivais pas à trouver le sommeil, la nuit, je pouvais en attraper un et admirer la régularité de ces problèmes qui eux au moins offraient toujours la même réponse.

C'était ma manière de rester fidèle à Jennifer. Je me suis concentrée sur les statistiques. J'ai obtenu mon master en un an. Mes professeurs m'ont suppliée de passer un doctorat, mais j'en avais assez d'être assise en classe avec d'autres étudiants. À ce stade, les quantités de personnes avec lesquelles je devais interagir chaque jour avaient commencé à m'user. Mes phobies augmentaient. Même les amphis les plus vastes me rendaient claustrophobe. Je pouvais percevoir, avec netteté, chaque toussotement, murmure, ou stylo tombé par terre, et je sursautais tandis que le son résonnait dans ma tête.

À la fin des cours, trop de corps se retrouvaient en mouvement, se percutant inutilement tandis que les étudiants enfilaient manteaux et écharpes. Je restais immobile jusqu'à ce que tout le monde soit parti, me retrouvant seule dans l'auditorium en attendant que les couloirs se vident pour assurer ma traversée solitaire. Alors mon corps pouvait flotter à travers le temps et l'espace, intouchable et indemne.

M'accrochant à mes réminiscences, j'ai observé le long couloir du département de psychologie. Il était parsemé d'étudiants en petits groupes, par deux, et de quelques traînards esseulés. Ils avaient l'air si insouciants, si vivants ! Certains discutaient, d'autres étaient perdus dans leurs pensées, réfléchissant peut-être à leurs devoirs ou à leur rendez-vous de la veille. Derrière cette façade de bonheur, impossible de distinguer les traumatismes sous-jacents. Statistiquement, je le savais, ils existaient. Mais ils étaient indétectables à l'œil nu.

Pourtant ici, à cet instant, sous le soleil qui filtrait par la verrière de l'aile rénovée du bâtiment, on avait l'impression qu'aucun problème n'atteindrait jamais ces étudiants à la peau douce qui riaient à gorge déployée. Ils étaient là, à l'approche de la fin d'année scolaire, s'apprêtant à attaquer stages, jobs d'été ou troisième cycle. Jamais je ne saurai ce qu'ils traverseront. Personne ne le saura peut-être jamais et c'était sans doute dans l'ordre des choses. Cela constituait le lot des personnes équilibrées : elles s'adaptaient. Et c'était ça être jeune et prêt à mordre la vie à pleines dents : on disait adieu au passé, quel qu'il soit, et on se forçait à être libre.

J'ai essuyé une larme et avancé parmi eux. Le gardien au bureau d'accueil n'a pas levé les yeux de son journal. J'ai secoué la tête à l'idée de tous ces dangers qu'il laissait entrer tout en étant reconnaissante de passer inaperçue. Cette fois, j'ai remarqué un petit panneau aux caractères d'imprimerie soignés qui indiquait la direction des bureaux des enseignants et j'ai suivi le couloir que j'avais emprunté la veille avec Adele.

Je suis passée devant une rangée de portes en chêne à la moitié supérieure en verre dépoli floqué d'un nom en lettres noires. Ainsi qu'elle l'avait mentionné, juste à côté du bureau d'Adele se trouvait celui du Pr Stiller. Sa porte était entrebâillée, et je l'ai poussée doucement. Personne à l'intérieur.

C'était une grande pièce pourvue de larges ouvertures donnant sur la cour. Un imposant bureau en chêne occupait l'espace sous la fenêtre et une bibliothèque recouvrait le mur d'en face, débordant de livres. Du bout des doigts, j'ai effleuré les ouvrages, pour la plupart des volumes de psychologie sur divers sujets obscurs et quelques manuels de statistiques standards que j'ai reconnus.

Alors mon regard a été attiré par une étagère basse derrière le bureau. Les livres y paraissaient différents. Je me suis penchée pour y regarder de plus près et j'ai parcouru les titres : *Les 120 Journées de Sodome ou l'École du libertinage, Histoire de Juliette ou les Prospérités du vice, Histoire de l'œil, Nietzsche et le cercle vicieux.* C'était le domaine de Tracy.

Alors que je sortais mon carnet pour noter les titres afin de les lui soumettre, la porte s'est ouverte dans mon dos.

— Excusez-moi. Je peux vous aider ? a interrogé une voix profonde.

J'ai sursauté, laissé échapper mon stylo et l'ai regardé rebondir par terre avant de rouler sous le bureau. J'ai pivoté pour faire face à David Stiller. C'était un homme grand et que d'aucuns décriraient comme séduisant, aux cheveux bruns et aux yeux si noirs que les iris se fondaient dans les pupilles. L'effet était des plus déstabilisants.

Il m'a considérée d'un air impatient, dans l'attente d'une explication. J'ai peiné à rassembler mes idées. Afin de gagner du temps, je me suis mise à quatre pattes pour rechercher mon stylo.

— Oh ! bonjour ! ai-je lancé. Je m'appelle Caroline Morrow. J'effectue des recherches et j'espérais que vous auriez un peu de temps à me consacrer.

J'ai attrapé mon stylo assez rapidement ; alors, pour m'octroyer quelques secondes supplémentaires, je l'ai lancé plus loin.

— Attendez, a-t-il fait d'un ton légèrement agacé m'a-t-il semblé. Permettez.

Il a contourné le bureau, s'est penché avec grâce pour récupérer le stylo et me l'a tendu d'un geste vif.

— Vous disiez ?

— Oui, pardon.

J'ai lissé mon chemisier et écarté mes cheveux de mon visage, essayant de retrouver un semblant de contenance.

— Je disais que je m'appelle Caroline Morrow.

Je n'ai pas tendu la main et lui non plus.

— Je suis étudiante en sociologie, ai-je repris en faisant un geste vague vers l'autre bout du campus, comme s'il ne savait pas où ça se trouvait. Je rédige une thèse sur Jack Derber, et je sais que vous avez débuté comme professeur ici avant son arrestation.

Contrairement à Adele, à la mention de Jack Derber, David Stiller a paru intéressé. Son visage s'est éclairé d'un sourire sardonique ; il s'est assis et m'a indiqué la chaise en face de lui.

— Je vous en prie, asseyez-vous. Plus personne ne veut parler de Jack Derber, ici. Je suis curieux d'en entendre davantage sur votre projet. J'avoue être un peu surpris que le département de sociologie approuve cette thèse, mais j'imagine que les temps changent. Quelle est votre approche ?

— Mon approche ? Je ne sais pas encore. Je crois qu'il reste des éléments de l'histoire qui n'ont pas été correctement examinés. Et je prévois une étude originale, d'une perspective purement factuelle. Si j'ai choisi ce sujet, c'est aussi parce que ça s'est passé ici.

Improvisation totale. Je m'impressionnais. D'un hochement de tête, il m'a encouragée à poursuivre.

— J'ai cru comprendre que vous étiez ami avec lui.

À ces mots, son sourire a disparu de son visage.

— Ami ? Absolument pas. J'ignore qui vous a raconté ça. Nous étions collègues, mais je le connaissais à peine. Nos domaines de recherche étaient à l'opposé l'un de l'autre. Nous n'avons même jamais été membres dans une même commission. Ce qui est sûr, en tout cas, c'est que c'était une star.

— Une star ?

— Allons. Vous devez bien savoir comment les choses fonctionnent dans le monde universitaire. Il faut briller pour être vu. Donner beaucoup de conférences, rédiger des articles, animer des symposiums, vous savez, faire le tour du cirque universitaire – je veux dire du circuit. Vous vous engagez dans une vie très exigeante.

— Et qu'en est-il d'Adele Hinton ?

À la mention d'Adele, son visage s'est assombri.

— Oh ! elle ! Quand on parle de Jack Derber...

Il a secoué la tête.

— Comment ça ? ai-je insisté.

— Eh bien, une fois que l'histoire a éclaté, disons simplement que ses conférences affichaient complet. On y venait plus pour sa notoriété que pour ses recherches académiques, si vous voulez mon avis. Je crois que tout le monde espérait des informations juteuses sur Jack Derber. Ne me citez pas, mais en toute franchise, elle doit sa carrière à cette affaire.

— Elle a donc beaucoup attiré l'attention ?

Il s'est esclaffé.

— On peut le dire. Le *Portland Sun* a même réalisé un portrait d'elle, à l'époque. Ridiculement obséquieux. Je veux dire, c'est une femme séduisante, après tout, il n'y a rien de surprenant à ce que le journaliste ait voulu passer du temps avec elle.

Il s'est penché en avant, plissant les yeux, pour bien me faire comprendre ce qu'il sous-entendait. Puis il s'est renfoncé dans son fauteuil, en pivotant de droite à gauche, très lentement, et a ajouté :

— Vous savez, si vous voulez vraiment effectuer une étude originale, il y a un angle que vous devriez envisager. Jack travaillait beaucoup. Il effectuait de nombreuses recherches, menait plusieurs études de front. Il voyageait tout le temps. Son bureau débordait de documents. Des dossiers, des classeurs. Et il y tenait comme à la prunelle de ses yeux. Adele était la seule à y avoir accès. Je sais que le FBI a apposé des scellés sur tout son travail après son arrestation. Mais je suis persuadé qu'elle a mis la main sur quelque chose. Je le sais.

Il a fait face à la fenêtre et a regardé au-dehors un moment avant de reprendre la parole, plus pour lui-même que pour moi.

— Mais bon, ça ne lui a pas suffi, évidemment. Elle veut jouer dans la cour des grands. C'est logique. Elle a de qui tenir.

Il s'est tourné vers moi.

— Vous ne le savez probablement pas, mais son père est un éminent chirurgien de Seattle. Très brillant.

Il a esquissé un petit sourire en coin, remué sur son siège.

— Mais trêve de digressions. Revenons à votre thèse. Je n'ai pas de preuves, mais je suis sûr qu'elle se sert des théories et des recherches de Jack Derber. C'est à elle que vous devriez vous adresser. Il y a forcément des éléments de travail à déterrer. Si je le pouvais, je la questionnerais bien moi-même. N'hésitez pas, en tout cas, si je peux vous aider en quoi que ce soit.

Il faisait peu d'efforts pour dissimuler sa jalousie et, m'a-t-il semblé, son mépris envers Adele.

Après quelques nouvelles tentatives infructueuses pour ramener le sujet sur Jack Derber, je me suis levée pour partir, manquant de renverser la chaise au passage. Une sortie aussi gracieuse que mon entrée.

# Chapitre 20

Le jour même, j'ai appelé Tracy plusieurs fois, en vain. Apparemment, elle m'évitait. Il m'était impossible d'assembler les éléments que j'avais glanés sans elle, j'ai donc décidé de lui rendre une petite visite-surprise à mon tour.

Dans l'après-midi, j'ai changé mon vol du lendemain et me suis rendue à Boston plutôt qu'à New York. Cela faisait du bien d'être de retour sur la côte Est, même après quelques jours d'absence. Mes projets allaient m'emmener bien plus loin.

À Boston, j'ai loué une voiture et pris la route touristique jusqu'à Northampton. Je m'impressionnais d'être capable de conduire autant. Derrière le volant, je n'étais plus frappée d'une panique paralysante, j'étais juste un peu déconcertée.

Je me suis rendue directement à l'appartement de Tracy, dont j'avais trouvé l'adresse plus tôt sur Internet. Si elle pouvait se pointer sans prévenir à ma porte, je pouvais bien en faire autant.

Elle habitait une vieille maison en bois blanc dans une rue tranquille qui paraissait incroyablement bourgeoise pour une personne de son genre. Il y avait deux sonnettes, son nom était inscrit sur la première. J'ai remarqué des barreaux à la vitre de la porte. Tracy ne se sentait peut-être pas aussi en sécurité qu'elle voulait le laisser croire.

Je me suis demandé si j'allais devoir attendre sur son petit perron comme elle m'avait attendue dans le hall de mon immeuble mais, au bout d'une minute, j'ai entendu des pas à l'intérieur. Tracy m'a scrutée à travers la vitre puis le rideau est retombé en place. Elle n'avait pas l'air particulièrement heureuse de me voir ; toutefois, après une courte pause, j'ai entendu qu'on tirait le verrou. Un verrou de très bonne facture. Elle a entrebâillé la porte.

— Quoi encore ? a-t-elle maugréé, la main sur la hanche.

Elle n'était pas maquillée et semblait fatiguée. Si je ne l'avais pas si bien connue, j'aurais pensé qu'elle venait de pleurer.

— Il faut que je te parle. Je suis retournée en Oregon, et j'ai du nouveau.

— Voyez-vous ça, notre petite détective en herbe.

D'un air résigné, elle m'a invitée à entrer. Je l'ai suivie dans l'escalier.

Le couloir du rez-de-chaussée dégageait une atmosphère gaie, les murs d'un jaune très pâle s'ornaient d'un miroir encadré de bois sombre. Mais tandis que nous montions à l'appartement de Tracy, la couleur des murs a viré au gris sourd, éteint. Sur le palier, je me suis retrouvée nez à nez avec la photo d'un homme enchaîné. Un avant-goût de ce qui m'attendait de l'autre côté de la porte.

L'appartement de Tracy était l'exact opposé du mien. Le plancher du grenier avait été retiré, créant ainsi un immense plafond cathédrale. Les murs du même gris terne que celui de l'escalier étaient recouverts de photos en noir et blanc et de gravures. Des images à me filer des cauchemars. Tracy semblait avoir cherché à donner à son appartement une apparence de cellule de prison. Et elle avait réussi. Je me sentais prise au piège.

Sans le désordre domestique et l'odeur du café en train de passer, j'aurais tourné les talons et fichu le camp. Un mur entier était recouvert d'une bibliothèque sur mesure qui regorgeait de livres jusqu'au plafond, les grands formats casés horizontalement, les poches sur deux rangées. Il y avait tant de livres qu'ils avaient même investi le sol, la table, les chaises. Certains étaient ouverts et tournés à l'envers, d'autres avaient leur page marquée par des crayons mâchouillés, les pointes brisées saillant du livre.

L'appartement n'était qu'une vaste pièce ouverte, avec un espace réservé à la chambre dans un coin. J'ai aperçu le bord de son lit défait, l'édredon noir pendait sur le côté. Je l'avais visiblement surprise en plein travail car son ordinateur ronronnait dans un coin, et des feuilles griffonnées étaient éparpillées partout. On aurait dit des brouillons.

— Maintenant, tu comprends pourquoi j'étais si impressionnée par ton nid douillet. Assieds-toi.

Elle m'a indiqué une chaise près de son bureau, une pile de livres était posée en équilibre précaire contre le dossier. Elle les a ramassés d'une seule brassée et les a jetés sur le canapé. Ils ont glissé sur les coussins en velours et la moitié a atterri par terre. Tracy a refait un geste en direction de la chaise.

Je me suis assise puis lancée dans un compte rendu de mes activités en Oregon. J'étais nerveuse. Je voulais que mon récit paraisse aussi fascinant que possible, vu le peu d'intérêt qu'il avait inspiré à Jim. Tout à coup, rallier Tracy à ma cause semblait être la chose la plus importante de ma vie. Je ne savais pas si je pourrais continuer toute seule ; et si elle aussi rejetait mes découvertes, je n'étais pas sûre d'avoir le cœur à poursuivre et à mener à son terme le plan que j'avais échafaudé dans l'avion du retour.

Tracy a écouté attentivement, haussant un sourcil étonné quand j'ai mentionné le club SM, écarquillant les yeux et ouvrant grande la bouche quand j'ai expliqué que j'avais pris le fourgon en filature jusqu'à l'entrepôt. Impossible de dire si elle était surprise par la scène dont j'avais été témoin ou par l'audace dont j'avais fait preuve. Sans doute la dernière possibilité. Enfin, je lui ai parlé des livres dans le bureau de David Stiller. Elle a balayé cet élément d'un haussement d'épaules.

— Tous les universitaires lisent ces auteurs. C'est de rigueur. Foucault a changé la vie académique à jamais. Il a fourni à chacun une nouvelle perspective sur laquelle écrire. Regarde, j'ai toute une section de ma bibliothèque qui lui est dédiée. La conséquence de trop nombreuses années passées à la fac.

Elle a désigné une zone au milieu de ses étagères. Je m'en suis approchée.

— Bataille aussi. Je veux dire, il écrit sur le sexe et la mort. C'est tout ce qui intéresse les chercheurs. Et pas uniquement eux, d'ailleurs.

— Mais est-ce que ce n'est pas directement lié à ce que Jack nous a fait ?

— Je suis convaincue qu'il s'en servait pour justifier ses actes, comme beaucoup d'autres hommes qui veulent soumettre des femmes, en y ajoutant un petit côté intellectuel. J'imagine très bien comment il a eu l'idée de vivre une « expérience limite », une vie en dehors des règles sociétales, *et cetera*. Foucault, Nietzsche, tous ceux-là. Toujours à se trouver des excuses.

J'ai passé en revue les rayonnages de sa bibliothèque tandis qu'elle parlait, et j'en ai trouvé un rempli de livres de Bataille. Sa collection était encore plus étendue que celle de David Stiller. J'ai sorti quelques exemplaires et je me suis paralysée en découvrant un livre intitulé *Anthologie Georges Bataille*.

Je n'en revenais pas. Là, sur la couverture, sur un fond blanc encadré de noir, se trouvait le dessin d'un homme sans tête. Dans une main, il tenait ce qui ressemblait à un cœur en flammes, dans l'autre, un petit poignard. Une tête de mort était dessinée sur son entrejambe, et ses mamelons étaient deux petites étoiles. Je l'ai apporté à Tracy, les mains tremblantes.

— Tracy, ça ressemble à... On dirait...

Elle m'a dévisagée d'un air interrogateur ; elle ne voyait apparemment pas ce que moi je voyais.

— La marque. C'est la marque, non ? ai-je balbutié.

J'ai baissé le haut de mon jean et de ma culotte pour lui dévoiler ma hanche. Elle a regardé l'image puis ma peau mutilée. Bon d'accord, c'était un peu difficile à dire, car des tissus cicatriciels avaient recouvert la marque originelle. Mais le contour était bien le même.

Tracy l'a contemplée en silence un moment, avant de répondre :

— Je crois que tu as raison. Je n'avais jamais remarqué. Peut-être parce que j'évite de regarder cette horreur – ce n'est pas franchement un souvenir que je chéris. En plus, ma marque est incomplète. Je me suis tournée violemment quand le fer a touché ma peau. Du coup, elle est très différente.

Elle s'est levée et me l'a montrée, *grosso modo* au même endroit que la mienne, juste un peu plus sur l'arrière. Je voyais ce qu'elle voulait dire – la moitié du torse et une des jambes manquaient – mais j'ai également noté que, sur elle, le dessin était un peu plus distinct sur la partie supérieure droite. J'ai clairement distingué le poignard dans la main de l'homme sans tête.

— Qu'est-ce que ça signifie ? lui ai-je demandé.

Tracy s'est assise et je l'ai imitée, les mains serrées sur *l'Anthologie Georges Bataille.*

— Ce dessin a été créé pour une revue à laquelle Bataille participait mais, si je me rappelle bien, c'était aussi le symbole d'une société secrète. Une bande d'intellectuels dans les années 1930, juste avant la guerre. Tous recherchaient une expérience extatique mystique ou un truc du genre. Je ne sais pas, je n'ai suivi qu'un seul cours sur le surréalisme, mais je me rappelle vaguement que c'est en rapport avec le sacrifice humain. Je crois que le groupe s'est dissous assez rapidement. Il faudra qu'on approfondisse la question.

— Je ne suis peut-être pas très au point sur les cercles littéraires des années 1930, Tracy, mais j'en connais un rayon sur les maths. Et le mot « société » implique plusieurs membres. Tu crois que ça signifie que Jack a créé une sorte de société secrète au sein de l'université ? Avec David Stiller, peut-être ?

J'ai feuilleté le livre sur Bataille, m'arrêtant ici et là pour lire quelques passages. Ça n'avait absolument aucun sens pour moi. C'était dément.

J'ai relevé les yeux sur Tracy.

— Qu'est-ce qui ne tourne pas rond chez ces gens ? « Horreur », « désir », « cadavres », « obscénités », « sacrifice »... Seigneur ! Jennifer a-t-elle été *sacrifiée* ?

J'ai reposé le livre et je me suis agrippée à la chaise ; les images de débauche et de chaos tournaient dans ma tête.

Tracy a pris une expression effrayée, causée sans doute davantage par la pâleur de mon visage que par notre découverte.

— Oh ! tu mets la charrue avant les bœufs, non ? Jack a un penchant pour les philosophes morts se réunissant dans des cercles sociaux pervers, et alors ? La plupart des psychopathes ont des obsessions, c'est le moins que l'on puisse dire.

— Mais il y a un truc bizarre chez ces trois-là. Le venin que crache David Stiller sur Adele est plutôt toxique.

— Bienvenue dans le monde universitaire. Tu n'as pas idée. C'est un vrai cirque.

— Un cirque ?

Le mot me rappelait quelque chose.

— David Stiller a utilisé ce terme. Et Jack aussi... dans une lettre.

— En fait, c'est une métaphore plutôt courante, a expliqué Tracy d'un ton narquois.

— David Stiller a fait un lapsus, lui. Il a dit... Il a parlé du cirque des conférences avant de se reprendre et de dire circuit.

— C'est plutôt drôle, en fait. C'est bien un cirque de conférences.

— Comment ça ?

— Certaines personnes voient ça comme l'un des avantages de la vie universitaire. Tu sais, la fac te paye des voyages. Les colloques se tiennent généralement dans des endroits chics. Il y a des conférences, des commissions, et puis tout le monde sort, se goinfre et picole comme des sénateurs de l'Empire romain. Il y a des tas d'histoires de cul. Des intrigues amoureuses. Des alliances se font et se défont. C'est une sorte de cirque itinérant, j'imagine, composé d'intellectuels snobinards qui croient tout savoir.

J'ai sorti les lettres de Jack de mon sac et commencé à les déplier soigneusement, les étalant partout sur le bureau de Tracy. Avec un soupir, elle m'a dégagé de l'espace. J'ai parcouru les lettres et enfin, à la troisième, je suis tombée sur ce que je cherchais.

— Ici, ai-je fait d'un ton triomphant.

Tracy s'est emparée de la lettre et a lu le passage que je lui indiquais à voix haute.

— « Et je vous ai rencontrées dans le train du cirque. Deux spectacles. Davantage de voyageurs. »

— « Je vous ai rencontrées... » Tracy, tu crois qu'il était en ville pour un colloque universitaire quand il nous a enlevées, Jennifer et moi ? Et toi ? Jim saurait-il ce genre de détails ? Il faut qu'on l'appelle.

Tracy m'a considérée un moment avec le plus grand sérieux, avant d'acquiescer. Elle a décroché son téléphone, appuyé sur le haut-parleur et composé le numéro. Elle le connaissait par cœur, ai-je remarqué. Comme toujours, Jim a répondu à la première sonnerie.

— Jim ? a commencé Tracy, prenant les rênes comme d'habitude. Je suis avec Sarah.

Un instant, Jim a gardé le silence. Ma main à couper qu'il n'en revenait pas.

— C'est... merveilleux, a-t-il fini par lâcher.

J'en ai profité pour intervenir.

— Jim, au moment de mon... enlèvement, Jack assistait-il à une conférence universitaire ?

Il a marqué une pause comme il le faisait toujours avant de nous révéler de nouvelles informations sur notre affaire. J'ignorais s'il s'inquiétait pour notre santé mentale ou pour la confidentialité que l'enquête exigeait. Au bout d'un moment, il a répondu :

— Oui, effectivement, il assistait à une conférence.

— Et quand moi j'ai été enlevée ? a ajouté Tracy.

— Nous n'en sommes pas certains. Il y avait un colloque universitaire à Tulane la semaine précédente, mais le thème n'entrait pas dans son domaine. Et s'il était en ville pour y assister, nous n'en avons aucune trace.

— Quel était le sujet de la conférence ? ai-je demandé.

Je me suis rendu compte que je retenais mon souffle. Un coup d'œil sur Tracy m'a appris que je n'étais pas la seule.

— C'était un colloque littéraire.

— Vous vous rappelez le sujet ?

Tracy et moi savions que les intérêts de Jack s'étendaient bien au-delà de la seule psychologie.

— Attendez une seconde, je vais vérifier.

À l'autre bout du fil, nous avons entendu le cliquetis des touches sur son clavier.

— On dirait... L'intitulé était *Mythe et Magie dans la littérature surréaliste.*

Tracy et moi avons expiré en même temps. On tenait quelque chose, que Jim en ait conscience ou non. Nous avons échangé un regard et Tracy m'a fait signe de me lancer.

— Jim, pourriez-vous nous rendre un service ? Je me doute que selon vous ce que je fais est tiré par les cheveux, mais si vous nous aidez, je vous promets de venir à l'audience et de pleurer toutes les larmes de mon corps devant la commission de mise en liberté conditionnelle.

— Dites-moi d'abord de quoi il s'agit.

— Pourriez-vous établir la liste des colloques universitaires auxquels Jack Derber a participé au cours de sa carrière ? J'ignore comment on peut s'y prendre, mais je sais que vous en avez les moyens. Peut-être à travers ses reçus de carte de crédit, ou *via* l'université...

Tracy a rebondi.

— Demandez à l'université de vous remettre ses notes de frais. Ils les ont peut-être encore dans leurs dossiers.

— Et ensuite, ai-je repris avec enthousiasme, pourriez-vous croiser cette liste avec les avis de disparition enregistrés dans les environs des endroits qu'il visitait ?

Jim est resté silencieux un moment. Enfin, il a demandé :

— Vous croyez qu'il y en a d'autres ? Mesdemoiselles, il n'existe aucune preuve de l'existence d'autres filles séquestrées. Nous avons fouillé chaque centimètre carré de cette maison avec tous les outils scientifiques à notre disposition : chiens renifleurs, lampes UV, luminol. Nous avons procédé à des tests ADN et sérologiques approfondis...

Je ne voulais pas que Jim devine l'autre idée que j'avais en tête, et à laquelle Tracy songeait peut-être aussi, sinon, il penserait à coup sûr que nous avions complètement déraillé.

— Je vous en prie, Jim. Vous voulez bien effectuer ces recherches ?

— Même si je m'en occupe, je ne pourrai pas vous communiquer le rapport. Vous le savez, n'est-ce pas ? Contrairement à ce que vous pensez, toutes les deux, vous n'êtes pas des agents du FBI accrédités.

Tracy était sur le point de répliquer, mais je l'ai coupée dans son élan, sachant reconnaître la victoire.

— D'accord. Vous le ferez, alors ?

— Je vais essayer. Vous savez, ce n'est pas une mince affaire de trouver du personnel pour ce genre de tâches, de nos jours. Nous avons encore eu des coupes dans le budget de notre service. Tout le fric va à l'antiterrorisme, maintenant.

J'ai joué mon atout.

— Vous nous devez bien ça, Jim, vous ne croyez pas ? Après ce procès ?

Je me sentais presque coupable de lui jeter ça au visage, c'était un point très sensible pour lui.

Après un long silence, il a repris la parole.

— Je m'en occupe. Et si vous continuiez à enterrer la hache de guerre, maintenant ? Je suis content d'entendre que vous vous revoyez. Voilà qui me réchauffe le cœur, a-t-il ajouté en partant d'un rire chaleureux.

Nous avons marmonné des remerciements et Tracy s'est précipitée pour raccrocher le téléphone. Aucune de nous ne pouvait se résoudre à exprimer ses sentiments, aussi ai-je changé de sujet et suis-je revenue à l'objet initial de ma visite.

— J'ai une proposition à te faire.

— Quoi ?

— Tous ces trucs – la littérature sur le sexe et la mort, les clubs SM, la politique universitaire – ça me dépasse. J'ai besoin de ton aide, Tracy. Tu connais tout ça. Tu accepterais de t'absenter quelque temps du journal pour m'accompagner ?

Tracy a froncé les sourcils.

— Tu crois que le FBI est passé à côté de quelque chose ?

— Ça paraît dingue, je sais, mais oui. Je voudrais aller dans le Sud pour essayer d'en apprendre davantage sur le passé de Sylvia Dunham. Parler à sa famille. Je crois que nous avons encore beaucoup de choses à découvrir. Au sujet de Noah Philben, d'Adele, de David Stiller. Je suis convaincue qu'il existe des réponses à nos questions, Tracy. Il faut juste qu'on les trouve.

À la fin de mon petit laïus, j'ai respiré un grand coup et l'ai couvée d'un regard impatient. Je m'étonnais moi-même. Je n'avais demandé l'aide de personne depuis mon évasion, et j'avais encore moins recherché le contact et la proximité de qui que ce soit, au propre comme au figuré. Et Tracy était la dernière personne à laquelle j'aurais pensé avoir le courage de demander. Peut-être qu'au fond de moi, je sentais que si nous traversions cette épreuve ensemble, elle verrait enfin que je n'étais pas l'être horrible qu'elle pensait que j'étais. Ou que moi je croyais être.

Au moment où Tracy allait répondre, mon téléphone a vibré. Je l'ai attrapé. Évidemment, un message du Dr Simmons. Je l'ai éteint.

— Notre psy, ai-je expliqué avec un petit sourire gêné.

Tracy est partie d'un grand rire.

— On dirait qu'elle est meilleure psy qu'on ne le croit. Si ça se trouve, elle est médium aussi.

À présent, nous souriions toutes les deux.

— Alors, Tracy, tu vas m'aider ?

Elle a regardé son ordinateur puis ses livres, et poussé un soupir. Elle s'est dirigée vers son bureau et a fermé son portable.

— D'accord, je viens. Mais à une condition.

— Laquelle ?

— Nous devrons faire un petit détour par La Nouvelle-Orléans. J'ai une visite à rendre.

# Chapitre 21

Comme Tracy ne pouvait pas partir avant quelques jours, j'ai réservé un hôtel dans le coin. Aucune de nous deux n'a mentionné la possibilité que je reste chez elle. Après toutes ces nuits passées à proximité l'une de l'autre dans la cave, nous savions que ce genre de promiscuité ferait resurgir trop de souvenirs.

Le soir, j'ai eu du mal à m'endormir. Quand j'ai enfin sombré dans le sommeil, j'ai fait mon rêve récurrent, si tant est qu'on puisse appeler ça un rêve. Il s'agissait plutôt d'une réminiscence douloureuse qui hantait mes nuits.

J'étais à l'étage dans la maison de Jack et il me testait. M'offrant enfin la chance que je désirais et pour laquelle j'avais travaillé si dur, avec patience et méthode.

Sans prévenir et dans un silence complet, il me détachait du chevalet et me guidait hors de la bibliothèque, vers la porte d'entrée. Presque instinctivement, je me tournais pour jeter un ultime regard, presque mélancolique, sur le chevalet, espérant que le souvenir de la souffrance m'insufflerait du courage à l'instant crucial.

Le bois luisait, étincelait presque. Les rayons du soleil qui filtraient par la fenêtre au-dessus le paraient d'un lustre magique. Je détournais lentement la tête et fixais de nouveau devant moi la porte donnant sur l'extérieur. Jamais avant je ne l'avais vue ouverte. Mes pieds avaient dû bouger mais, dans le rêve, je glissais, incapable de m'arrêter, de contrôler mes mouvements. Un fantôme, une chimère. Je n'étais rien d'autre que de l'air.

Jack esquissait un geste en avant et demandait · « Tu veux la voir, n'est-ce pas ? »

Il m'avait dit une fois, pour me provoquer je pense, qu'un jour il déterrerait le corps de Jennifer, rien que pour moi, quand il penserait enfin que je méritais sa confiance. Pour le voir. Le toucher, si je le voulais. M'allonger à son côté.

Me menaçait-il d'une mort similaire à celle qu'il lui avait offerte ?

Je regardais par la porte ouverte, presque effrayée après tout ce temps par le vaste espace qu'elle abritait. J'avais mis des mois à bâtir la confiance que Jack avait en moi, à lui faire croire que j'acceptais mon « destin », que je ne m'enfuirais jamais. Cela m'avait coûté cher, et je refusais d'anéantir tous mes efforts maintenant.

Mais n'était-ce pas là le moment vers lequel tout cela me conduisait ? Un faux pas et je pouvais mourir. Morte ou libre. C'était la seule alternative, et il y avait un risque que les deux possibilités ne fassent qu'une. Quelle que soit l'issue, rien ne serait plus pareil après ça. J'étais à un tournant. Mon cœur était sur le point d'exploser.

L'opportunité s'était présentée inopinément. Je n'avais pas imaginé qu'elle arriverait si tôt. Alors, même si j'avais échafaudé un plan, celui-ci n'était pas encore abouti. J'ignorais si le moment était opportun. Je n'avais pas mangé depuis deux jours, et mon esprit ne parvenait pas à calculer mes chances. Le fait que je sois nue comme un ver et percluse de douleurs n'aidait pas. J'étais vulnérable et pourtant déterminée.

J'avais cru être forte mentalement, mais je savais au fond de mon cœur que j'avais vacillé. Certaines fois, au cours de ces derniers mois, j'avais pensé abandonner et accepter que c'était là le sort qui m'était réservé jusqu'à la fin de mes jours. Que je demeurerais la servante fidèle de Jack jusqu'à ce qu'il décide de me tuer. Que si je ne ripostais pas, même dans ma tête, il se montrerait clément au moins dans les châtiments corporels. Alors je pourrais vivre heureuse avec le peu de répit que j'aurais gagné.

Par la porte ouverte, je voyais un petit porche d'où partait une allée en terre qui menait à une vaste grange rouge. Un bâtiment haut et délabré, dont la peinture s'écaillait, dévoilant les planches de bois abîmées. La porte de la grange était ouverte de soixante centimètres, mais tout ce que je pouvais distinguer à l'intérieur, c'était l'obscurité.

Je ne remarquais pas tout de suite le corps. Mais au bout d'un moment, mes yeux tombaient dessus. Par terre, à gauche de la porte, se trouvait une bâche bleue, soigneusement enroulée autour d'une silhouette humaine.

Mon cœur manquait cesser de battre quand je comprenais que l'objet décoloré et gonflé à l'extrémité était un pied. Il était sale, la terre formait une croûte autour de la cheville et des orteils enflés. À l'évidence, il l'avait mise directement en terre, sans le moindre cercueil.

Il me poussait dehors et je commençais à marcher d'un pas lent vers le corps. Même si je savais depuis des mois qu'il avait tué Jennifer, et que je pensais en avoir fait mon deuil, la voir ici intensifiait mon chagrin et ma peur. Pourtant, refoulant l'une après l'autre les vagues de regret et de douleur, je me reconcentrais sur moi-même. Était-ce le moment attendu ? Devais-je m'enfuir ? Devais-je la regarder ? Ma douce Jennifer...

Comme toujours à ce moment-là du rêve, je me suis réveillée en sueur, le rire de Jack résonnant à mes oreilles. Je me suis rendue dans la petite salle de bains aseptisée de l'hôtel et j'ai bu plusieurs verres d'eau glacée d'affilée. Je suis retournée au lit et me suis assise, sans allumer les lumières.

Mes yeux ont fini par s'accoutumer à l'obscurité de la chambre et je suis parvenue à distinguer vaguement la forme des meubles. J'ai fixé le miroir devant moi : ma silhouette, bien que visible, n'était qu'une ombre. Une amie familière, ma seule amie. Je pouvais faire comme si mon reflet était le fantôme de Jennifer. Je lui parlais souvent, même si elle ne répondait jamais, à l'instar des années où elle se trouvait dans la boîte.

Ce soir, je me suis contentée de l'observer un long moment, jusqu'à ce que je me lève et m'approche du miroir où j'ai tracé du bout du doigt le contour de son image. Le seul autre être humain que j'osais toucher. Qui était la veinarde, ici ? me suis-je demandé. Jennifer n'avait plus à être seule désormais, alors que moi j'étais ici, enfermée dans ma propre boîte, être solitaire incapable de laisser entrer qui que ce soit. Totalement hermétique, avec pour seules guides mes phobies et ma paranoïa. Cassée. Irréparable. Piégée.

# Chapitre 22

Quelques jours plus tard, j'ai pris l'avion avec Tracy pour Birmingham, en Alabama. De là, nous avons loué une voiture et roulé des heures en direction du sud sur une quatre-voies, jusqu'à arriver au cœur de la petite ville d'America, avec ses coopératives agricoles, sa rue commerçante à moitié déserte, et ses antennes militaires pour vétérans. Tracy paraissait détendue, heureuse d'être de retour dans le Sud, sur les terres de son enfance.

C'était peut-être sa bonne humeur qui lui avait permis de tolérer mes nombreuses excentricités : la façon dont j'ai sursauté quand elle a claqué d'un coup sec le coffre de la voiture ; le procédé méthodique avec lequel j'ai compté mes sacs, vérifié la batterie de mon téléphone et mes cartes de crédit dans mon portefeuille, attaché ma ceinture de sécurité, et tiré dessus trois fois pour m'assurer qu'elle fonctionnait bien. Sans parler des regards nerveux que j'avais jetés à tous les autres conducteurs comme si nous participions à une course automobile et qu'ils n'étaient là que pour nous sortir de la route.

Je lui étais reconnaissante de préférer trouver cela amusant parce que je n'imaginais que trop bien à quel point cela devait être agaçant de voyager avec moi. Mais je savais que si je n'utilisais pas ces « mécanismes de défense », comme les appelait le Dr Simmons, mon angoisse monterait en flèche. Je devais me calmer en passant mes listes en revue. *Le four est éteint, la porte d'entrée est verrouillée, l'alarme est branchée.*

Le mois de juin dans l'Alabama dépassait toutes mes attentes. Je me doutais qu'il y faisait chaud et humide, mais l'humidité était telle qu'on avait envie de s'enfouir sous terre pour y échapper. J'ai poussé la clim de la voiture au maximum en même temps que Tracy augmentait le volume de la radio, pour ne pas avoir à me parler, ai-je supposé.

Nous prévoyions de nous rendre directement chez les parents de Sylvia Dunham. Ils vivaient dans la petite ville de Cypress Junction, au sud-est de l'État, près de Selma.

La bourgade en question se mourait, c'était indéniable. La rue principale était flanquée de bâtiments en briques rouge terne datant de la Grande Dépression qui n'affichaient que des panneaux « À VENDRE » sur les devantures. Le centre-ville comptait une banque, un bureau de poste, la mairie et un unique drugstore. Aucun parking ne contenait plus de deux véhicules. Un petit restaurant affichait une pancarte « OUVERT » mais, à travers les fenêtres, on voyait les chaises retournées sur les tables. Les lumières étaient éteintes.

— Comment les gens d'ici gagnent-ils leur vie ? ai-je demandé en contemplant le bâtiment désert.

— Les plus ambitieux fabriquent de la méthadone. Les autres la consomment. Ou alors ils travaillent dans les fast-foods des « nouveaux quartiers ». Bienvenue dans l'Amérique profonde.

Nous avons tourné à un angle puis emprunté une large rocade. Elle était déserte. Tracy m'a toutefois assuré que la circulation y était dense les vendredis car elle menait tout droit aux plages de la côte du golfe.

Nous avons suivi l'itinéraire indiqué par le GPS jusqu'à une maison de plain-pied en briques plantée au milieu des vallons, mélange de champs de coton et de prairies. Nous nous sommes garées dans l'allée ou plutôt sur un chemin de terre sableuse rouge. En sortant de la voiture, j'ai été frappée par le soleil et j'ai regretté de ne pas porter de vêtements plus légers que mon pantalon en coton gris et mon chemisier en lin blanc.

Avant que j'esquisse un pas, Tracy a crié :

— Attention !

Baissant les yeux, j'ai découvert une fourmilière sept fois plus grosse que toutes celles que j'avais vues au cours de ma vie, haute d'une trentaine de centimètres. Je me suis penchée pour examiner les insectes amassés, et leur vie collective effrénée. Certains portaient des particules blanches, d'autres s'arrêtaient pour communiquer avec leurs semblables d'un frôlement d'antennes avant de poursuivre leur chemin.

— Des fourmis de feu, m'a expliqué Tracy.

Avec une grimace, j'ai fait prudemment un pas de côté pour contourner le monticule.

Nous n'avions pas prévenu de notre visite, aussi doutions-nous de trouver les parents de Sylvia chez eux. Nous savions qu'ils étaient fermiers, et ainsi que Tracy l'avait fait remarquer, dans le Sud, le travail cessait de bonne heure à cause de la chaleur.

Il était 16 heures, le moment le plus chaud de la journée.

Nous avons frappé à la porte. À l'intérieur, quelqu'un a répondu. Un homme d'une petite soixantaine d'années nous a ouvert et je n'ai pas pu m'empêcher de remarquer que la porte n'était pas verrouillée. Il semblait tout juste se réveiller de sa sieste, planté devant nous dans son jean et son tee-shirt blanc, pieds nus. J'espérais qu'il nous inviterait à entrer. De l'intérieur me parvenait l'air rafraîchissant, irrésistible, du climatiseur.

— Vous désirez ? a demandé l'homme d'un ton amical mais peu accueillant.

Il devait nous prendre pour des démarcheuses à domicile ; pourtant, il n'y avait aucune trace d'impolitesse dans sa voix. Et il n'a pas semblé remarquer ni désapprouver l'allure non conventionnelle de Tracy, alors même que ses piercings au visage étincelaient au soleil.

Celle-ci a pris la tête des opérations.

— Monsieur Dunham, nous sommes ici au sujet de votre fille.

Aussitôt, une expression de terreur a déformé ses traits. Il croyait sans doute que nous venions lui annoncer son décès, aussi me suis-je empressée d'intervenir.

— Elle va bien, monsieur.

Son visage s'est immédiatement relâché.

— En tout cas, nous l'espérons, ai-je repris. Nous ne la connaissons pas vraiment, mais nous aimerions entrer en contact avec elle. Nous avons quelques questions à lui poser.

— Est-ce qu'elle a des ennuis ? a-t-il demandé, visiblement chagriné.

Mon cœur s'est serré.

— Non... Non, monsieur, pas à notre connaissance. Il se peut juste qu'elle soit... qu'elle ait été témoin de quelque chose.

— C'est lié à ce type qu'elle a épousé ?

Son ton était bourru, et j'ai vu les muscles de son cou se tendre. J'ai cru qu'il allait pleurer.

— C'est en rapport avec lui, mais nous ne sommes pas autorisées à discuter des détails pour l'instant.

C'était presque la vérité.

— Vous êtes de la police ? a-t-il demandé, en scrutant Tracy les yeux plissés.

— Pas vraiment, a-t-elle répondu. Mais la police est informée de notre enquête.

Il nous a dévisagées et a enfin semblé remarquer le crâne à moitié rasé de Tracy car il s'est penché vers elle pour la détailler de plus près. Toutefois, il n'a hésité qu'un quart de seconde avant de nous inviter à entrer.

— Erline ! a-t-il appelé de son accent mélodieux. On a de la visite.

Il nous a alors décoché un sourire chaleureux, même si nous réveillions sa peine. Il m'a plu sur-le-champ. Comment la fille de cet homme pouvait-elle avoir épousé Jack Derber ?

Sa femme est arrivée dans l'entrée pour nous saluer, s'essuyant les mains sur son tablier. Nous nous sommes présentées sous de faux noms.

— Quoi ? Dan vous laisse dehors sous cette chaleur ? Entrez, les filles. Asseyez-vous !

Nous avons pénétré dans leur salon inondé de lumière et nous nous sommes installées sur le large canapé à fleurs. La moquette murale qui recouvrait chaque pan de la pièce lui conférait une atmosphère de cocon, et l'air climatisé la transformait en petite biosphère. L'intérieur sentait un peu la bombe désodorisante.

J'étais perplexe. J'avais supposé que Sylvia venait d'un foyer brisé ou violent. Un endroit où son estime de soi avait volé en éclats à un jeune âge, la rendant vulnérable à une personne telle que Jack. J'étais loin d'imaginer ce petit nid douillet au fin fond des États-Unis.

Dan Dunham a pivoté vers son épouse, qui lui lançait un regard pressant.

Tout à coup, j'ai regretté d'être venue perturber ce gentil couple qui pleurait de toute évidence la fille qu'il avait perdue aussi certainement que mes parents m'avaient perdue des années auparavant. J'ai vu que Tracy partageait mon sentiment. Ces deux personnes étaient également les victimes de Jack Derber. D'une autre manière, certes, mais des victimes quand même.

Dan s'est lancé dans une explication à l'intention de sa femme.

— Erline, elles sont ici au sujet de Sylvia. Elle n'est pas blessée, s'est-il hâté d'ajouter, mais elles aimeraient la trouver pour lui poser des questions. Elles pensent qu'elle a peut-être été témoin de quelque chose.

— Eh bien, a répliqué Erline en se redressant, le regard au loin, nous n'allons pas vous être très utiles de ce côté-là. Elle ne nous donne pas beaucoup de nouvelles, ces derniers temps.

Dan a pris la relève.

— Pour tout vous dire, cela fait plus de sept ans qu'elle est partie d'ici pour rejoindre ce groupe religieux. Je ne sais pas pourquoi elle avait besoin d'aller si loin. On en a plein dans le coin. On est dans la « ceinture de la Bible » ici, après tout.

— Comment... Comment Sylvia est-elle entrée en contact avec un groupe si lointain ?

Il a poussé un soupir.

— C'est à cause de ces ordinateurs. On n'en a pas à la maison alors elle passait des heures à la bibliothèque, en ville.

— Elle a trouvé le groupe sur Internet ? ai-je demandé, surprise.

Il a acquiescé.

— Impossible d'arrêter Sylvia une fois qu'elle a une idée en tête. Elle avait vingt ans quand elle est partie, alors on pouvait difficilement lui dire quoi faire, a-t-il expliqué en secouant la tête. J'avais espéré qu'elle terminerait son premier cycle à l'université d'abord.

— Qu'étudiait-elle ? a demandé Tracy.

Soupir d'Erline, cette fois.

— La religion. C'était tout ce qui l'intéressait, à l'époque. Je voyais bien que ça tournait à l'obsession et ça ne me paraissait pas très sain pour une fille de son âge. Mais vous savez, chacun doit trouver sa voie. On ne peut pas vivre leur vie à la place des autres.

— Mais c'était trop, a poursuivi Dan. Elle priait constamment, assistait à des réunions pour le renouveau de la foi, participait à des huis clos à l'église, tout ça. Au début, j'ai cru qu'elle était amoureuse du jeune prêtre de Sweetwater. C'était un homme pas trop mal, malgré sa profession.

Il a tenté un petit rire.

— Mais il a pris du galon et épousé Sue Teneval, d'Andalusia.

Dan et Erline regardaient fixement dans des directions différentes, songeant à leur fille, sans doute. Je me suis demandé ce qu'elle avait trouvé grâce à ces ordinateurs publics.

Alors Erline s'est tirée de ses réflexions et a déclaré :

— Mais je suis d'une impolitesse ! Vous avez dû sacrément vous éloigner de la civilisation pour venir jusqu'ici, les filles. Vous restez avec nous pour le dîner ?

Tracy a hoché la tête imperceptiblement et j'ai remercié Erline de son hospitalité.

Pendant que son épouse préparait le repas, Dan nous a fait faire le tour de sa ferme. Nous avons retrouvé la chaleur étouffante et sommes partis explorer la terre où avait grandi Sylvia. J'espérais éprouver quelques affinités avec elle à la vue des champs où elle avait passé sa jeunesse, où elle avait rêvé à son avenir.

Tandis que Tracy et moi contemplions les collines ondoyantes, Dan a sorti un petit canif de sa poche et a ramassé un bâton. Il s'est mis à le tailler, tête baissée, ignorant le magnifique coucher de soleil qui embrasait l'horizon. Au bout d'un moment, il a pris la parole.

— C'était une gamine intelligente, notre Sylvia. À l'école, ils ont dit qu'ils n'avaient jamais vu personne obtenir des résultats aussi élevés aux tests qu'ils faisaient passer. Et c'était un ange. Chaleureuse, serviable et aimante. Tout a changé à l'adolescence. Il paraît que ça arrive tout le temps. On ne voulait pas le croire. On pensait qu'elle irait étudier dans une université prestigieuse et qu'elle s'installerait peut-être à New York ou même en Europe. Ça, on aurait pu le supporter, même si ça signifiait qu'on ne la verrait plus très souvent. Voilà ce qu'on se disait. Mais jamais on ne se serait attendus à la façon dont les choses ont tourné.

— Comment est-ce que ça a commencé, monsieur Dunham ? ai-je demandé.

Il est demeuré silencieux un instant, tenant le bâton près de son visage, étudiant son ouvrage.

— Les trucs religieux ont débuté pendant sa dernière année au lycée. Elle nous en parlait au début ; elle voulait des conversations profondes et philosophiques. « Ce n'est pas mon truc », je lui ai dit. Mais j'ai compris que si je n'en discutais pas avec elle, elle se fermerait à moi pour toujours. Alors je suis allé à la bibliothèque et j'ai regardé quelques livres. Je piquais du nez dessus le soir en essayant de les parcourir. Je n'ai commencé à m'inquiéter que lorsqu'elle est allée sur Internet. Très vite, elle nous a parlé de son « guide religieux ». Je ne savais pas très bien ce qui se cachait derrière. Est-ce que c'était une arnaque ? Est-ce qu'ils essayaient de lui soutirer de l'argent ? Mais elle n'avait pas le moindre sou, et nous non plus.

Il a jeté son bâton et en a ramassé un autre.

— Elle s'éloignait de plus en plus de nous. Elle parlait à peine le soir au dîner, alors qu'avant c'était un moment primordial de notre vie de famille. Quand elle est partie pour de bon, ça faisait déjà un bout de temps qu'elle nous avait quittés mentalement. Ce qui est sûr, c'est qu'elle a fini par faire ses valises. Elle nous a dit qu'elle allait retrouver son guide à la gare routière en ville, et qu'on ne devait pas s'inquiéter, qu'elle donnerait des nouvelles. On a voulu l'accompagner, mais elle a refusé. Elle semblait paniquée à cette idée. Alors on l'a laissée partir. Tout ce qu'on a, c'est son adresse e-mail. J'ai créé un compte ce jour-là, avec l'aide du bibliothécaire. Elle nous a écrit quelques fois, effectivement, mais ses messages se sont vite espacés et puis plus rien.

— Est-ce qu'elle… vous a écrit pour son mariage ? ai-je demandé timidement, certaine de toucher un point sensible mais espérant apprendre une donnée essentielle.

Il a secoué la tête.

— On n'a plus eu de nouvelles pendant deux ans, et quand enfin on en a reçues, ce n'était même pas directement par elle. C'était dans le journal. Il y était dit qu'elle correspondait avec un détenu et qu'elle allait l'épouser. Quand on a découvert de qui il s'agissait, Erline s'est effondrée dans mes bras. Elle a pleuré, et je n'ai pas honte d'avouer que moi aussi. Moi aussi, j'ai pleuré.

Sur ce, il a relevé la tête, rangé son canif dans sa poche et porté son regard au-delà des collines.

— C'est difficile à expliquer. Imaginer la petite fille qu'on a élevée ici, sur la terre que cultivaient ses grands-parents et leurs parents avant eux, finir dans les bras d'un malade. Un détraqué qui faisait du mal à d'autres filles. Il n'y a rien de pire que de se dire que sa propre fille a choisi cette vie-là plutôt que celle que vous lui offriez.

J'ai vu les larmes lui monter aux yeux, et j'ai dû me détourner et faire quelques pas. Je n'étais pas préparée à ressentir autant d'émotion, et je n'étais certainement pas armée pour regarder en face la terrible angoisse qu'avaient dû ressentir mes parents pendant toutes ces nuits dans mon cachot. Toutes ces nuits où je rêvais de leur dire que j'allais bien. Enfin, pas « bien », mais en tout cas que j'étais vivante, et que je pensais à eux.

Tracy gardait les yeux rivés au sol. Devant elle se tenait un homme qui exprimait sans complexe un amour débordant comme elle n'en avait jamais connu de la part d'un parent. J'imaginais sa douleur en pensant que cet amour avait été gâché pour cette fille qui s'en était détournée, volontairement, pour se jeter dans les bras du démon.

Dan s'est redressé et a séché ses larmes.

— Enfin, je ne peux rien y faire, je suppose. C'est une adulte et elle prend ses propres décisions.

— Monsieur Dunham, je sais que ce doit être un sujet sensible, mais auriez-vous par hasard conservé les e-mails qu'elle vous écrivait ?

Dan est revenu dans le présent.

— Eh bien, je sais que nous les avions imprimés à l'époque. On doit sûrement pouvoir les retrouver. Mais je ne pense pas qu'ils vous serviront à grand-chose.

Après du jambon à l'os et un assortiment de beignets de légumes, nous avons débarrassé la table et Dan a apporté un vieux carton de dossiers. Au fond se trouvait une épaisse chemise cartonnée sur laquelle était marqué « Sylvia ». Il l'a sortie, et toute la vie de sa fille jusqu'à l'âge de vingt et un ans s'est étalée sous nos yeux : son acte de naissance, son carnet de vaccination, ses bulletins scolaires, et ses photos de classe glissées dans une petite enveloppe rose.

J'ai attrapé une des photos.

C'était une jolie fille, aux cheveux blond-roux, aux yeux bleus et au sourire franc. Elle avait l'air sûre d'elle, charmante. Dan m'a appris qu'il s'agissait de sa photo de première.

Sur la suivante, elle avait la même coupe de cheveux et était à peine plus âgée, mais son sourire était crispé et son regard semblait posé sur quelque chose dans le lointain. Dan n'a rien eu besoin de dire. Il s'est attardé un moment sur ce cliché avant de le remettre dans l'enveloppe avec un soupir.

Erline n'a pas quitté la cuisine tandis que nous passions en revue tous ces vieux souvenirs. Je l'imaginais seule, debout devant la fenêtre transformée en miroir par la nuit, une expression de douleur sur le visage, récurant d'un geste vigoureux casserole après casserole, les mains rougies et brûlées par l'eau de vaisselle, pendant que nous plongions dans la vie de sa fille à travers des documents officiels.

Finalement, Dan a feuilleté les derniers papiers de la chemise cartonnée, les e-mails imprimés. Tracy et moi les avons examinés mais n'y avons rien trouvé de significatif. Ils me faisaient penser aux lettres de Jack, poétiques mais absurdes. Toutefois, ils étaient également optimistes, idéalisant sa nouvelle vie avec son guide religieux.

Le ton du dernier message ne laissait pas entendre que ce serait le dernier. On aurait plutôt dit la lettre d'une ado enthousiaste écrivant de son camp de vacances et racontant qu'elle avait enfin réussi à traverser le lac à la nage. Elle était ravie d'être « enveloppée dans cette expérience divine et mystique », de voir ses « rêves devenir réalité grâce à un véritable miracle ».

J'aurais aimé qu'il s'agisse d'une lettre écrite en colo. Une lettre avec un cachet de la poste qui nous aurait appris où elle était allée.

Tracy et moi avons décliné l'offre de Dan et Erline de rester pour la nuit. Nous avons roulé pendant plus d'une heure avant d'apercevoir enfin un motel éclairé en bordure d'autoroute. Tracy m'a interrogée d'un regard et j'ai secoué la tête. Je ne pouvais pas. Elle a continué à rouler, à la recherche d'un établissement plus grand et plus sûr. Nous avons continué ainsi pendant deux heures pour revenir à Birmingham où nous avons trouvé un hôtel historique en plein centre-ville. Avec voiturier, s'il vous plaît.

J'étais soulagée d'être bien installée dans cette forteresse. J'ai laissé tomber mes sacs sur la douce moquette couleur crème. La chambre me faisait l'impression d'un sanctuaire. Les draps étaient frais et tendus, la couette épaisse. Et la pochette contenant la carte qui faisait office de clé pour ma chambre indiquait le mot de passe pour le Wi-Fi de l'hôtel. J'étais au paradis.

J'ai attrapé la télécommande et allumé la télé puis j'ai ouvert mon ordinateur portable. J'ai lancé une nouvelle recherche sur Sylvia Dunham, m'intéressant de plus près cette fois aux articles de presse. Des petits canards locaux d'Oregon et deux ou trois journaux plus importants se penchaient sur son mariage avec Jack Derber. La plupart des articles s'intéressaient à la façon dont cette bête diabolique avait trouvé l'amour dans son courrier. Il aurait pu s'agir de portraits pleins d'humanité s'il avait été question d'un véritable être humain.

L'un des articles était même rédigé d'un point de vue humoristique, rempli de grossièretés, de blagues idiotes – on l'appelait « Professeur Douleur » dans le titre – comme si Jack n'était rien d'autre qu'un méchant de bande dessinée. Après l'avoir lu, j'ai refermé mon portable si violemment que j'ai dû le rouvrir aussitôt pour vérifier que je n'avais pas endommagé l'écran. J'ai attrapé la télécommande et éteint la télé. Je me suis assise dans le silence, observant mon reflet dans l'écran noir.

J'ignore ce que je recherchais dans ces articles. J'imagine que je voulais découvrir une photo plus récente d'elle, voir quel visage elle avait aujourd'hui – celui de la fille de première ou de terminale. Mais bien sûr, il n'y avait que des photos de Jack, la vedette de l'histoire, qui fixait l'objectif avec son demi-sourire qui foutait la chair de poule.

Sylvia pouvait-elle vraiment avoir retrouvé le bonheur de son année de première aux côtés d'un homme tel que Jack ?

Je pouvais comprendre le charme de cette fille – cette exubérance souriante qui jaillissait de cette pose raide pour la photo de classe. De ce que je savais de Jack, il avait dû être séduit à l'idée de rencontrer une personne si jeune, vulnérable, pleine de vie. J'imaginais très bien comment il avait chéri son enthousiasme juvénile, ses idéaux naïfs. Et surtout, à quel point il avait adoré éteindre la lumière qui brillait en elle avec une brutalité que peu de gens saisissaient aussi bien que moi.

## Chapitre 23

Le lendemain, nous avons repris la route, direction La Nouvelle-Orléans, pour le détour exigé par Tracy. Ma hâte de poursuivre l'enquête en Oregon me rendait encore plus nerveuse que d'habitude. Les pièces du puzzle commençaient à s'assembler, je le sentais, même si je ne saisissais pas encore bien de quelle manière ni quelle serait l'image finale. Toutefois, comme ce crochet en Louisiane était l'unique condition de Tracy, nous ne pouvions pas y couper. J'ignorais où elle m'emmenait, mais je ne posais aucune question, de peur d'envahir son espace intime.

Nous avons atteint La Nouvelle-Orléans en fin d'après-midi. Une étrange excitation m'étreignait à l'idée de découvrir cette ville, car j'avais en mémoire toutes les histoires que nous avait racontées Tracy au fil des ans dans la cave. La ville semblait magique.

Le quartier français était effectivement magnifique, à la fois imposant et délabré. Tandis qu'elle me conduisait à travers les rues, Tracy m'indiquait les lieux de son enfance : un coin de rue réservé aux mendiants, une épicerie décrépite, une ruelle lugubre.

— Pas franchement ce qu'on lit dans les brochures touristiques, hein ? a-t-elle dit avec un sourire en se garant devant un restaurant miteux.

De retour à la voiture après avoir mangé un bout, j'ai remarqué son sérieux.

— Bon, allons-y.

Je n'avais aucune idée de notre destination, mais j'ai répondu d'un hochement de tête. J'ai toujours acquiescé à ce que disait Tracy, je le faisais déjà des années plus tôt quand elle régissait ma vie presque autant que Jack Derber. Elle s'attendait toujours à ce que je suive ses ordres. Elle ne me demandait jamais – ni maintenant ni à l'époque – ce que je pensais. J'ai senti un début de rébellion couver au fond de moi, mais je l'ai rapidement étouffé. Je devais bien ça à Tracy puisqu'elle m'accompagnait dans cette folle épopée.

Elle a opéré un demi-tour et s'est éloignée du centre-ville.

— Tracy, ai-je demandé un peu timidement, est-ce qu'on roule dans la bonne direction ?

— À peu près. Nous n'allons pas très loin.

Je n'ai plus prononcé un mot, même lorsque nous avons quitté l'autoroute pour nous engager sur un chemin de terre qui semblait ne pas avoir été emprunté depuis des lustres. Le sol était boueux et les roues s'enfonçaient dans la terre meuble, un peu trop à mon goût. Tracy avait une conduite nerveuse, rétrogradant, puis remettant les gaz. Soudain, la situation m'a angoissée. L'expression de profonde détermination sur son visage m'a fait peur.

— Tracy, ai-je repris, dans un murmure. Où allons-nous ?

J'ai dégluti avec difficulté. Je n'étais pas sûre de vouloir connaître la réponse. Brusquement, une pensée m'a traversé l'esprit : et si elle me haïssait toujours ? Elle allait enfin pouvoir se venger. C'était peut-être l'objectif de ce voyage, en fait. Et voilà que je me retrouvais à sa merci. Elle connaissait ces petites routes comme sa poche et il n'y avait pas un chat alentour. Elle pouvait me faire n'importe quoi.

J'ai senti la panique bouillir au creux de mon ventre, remonter en flèche dans ma cage thoracique, jaillir dans ma tête. J'ai été prise de vertiges. Comment avais-je pu tomber dans le panneau, en dépit de toutes les précautions prises ? C'était pourtant évident ! Dans la cave, elle m'avait dit une fois que, où que j'aille, quoi que je fasse, si on réussissait à sortir de ce trou, un jour elle me tuerait. Je l'avais ignorée à l'époque, je devais rester concentrée. Mais aujourd'hui, toute ma concentration était tournée vers elle. Et j'étais captivée.

J'ai tenté désespérément de déchiffrer l'expression de son regard. Elle roulait beaucoup plus vite sur ce chemin de terre que la voiture de location bas de gamme ne semblait capable de le supporter. Elle avait insisté pour prendre une boîte manuelle ; par conséquent, même si je parvenais à la maîtriser, j'étais coincée : je ne savais conduire que des automatiques.

Elle gardait les yeux braqués sur la route. Elle ne m'a pas répondu. On aurait dit une autre personne que celle avec laquelle j'avais débuté ce voyage – celle qui me gardait à distance, là où je me sentais à l'aise. J'avais cru que sa profonde colère s'était dissipée, remplacée par un mépris aussi vague que pénétrant. De toute évidence, je m'étais plantée en beauté.

La voiture cahotait tellement sur la route que je craignais de me cogner la tête au plafond.

— Tracy, ai-je bégayé. Tracy, je suis désolée, vraiment. Je ne...

— La ferme ! a-t-elle lâché sèchement en donnant un coup de volant sur la droite pour éviter une fondrière béante. Pas maintenant.

Je me suis tue. J'ai agrippé la poignée de la portière en considérant la possibilité de sauter de la voiture en marche. Je me suis demandé si j'aurais la possibilité de m'enfuir rapidement et jusqu'où je pourrais courir. Pas très loin, mais au moins j'avais mon sac à main avec mes papiers d'identité et mes cartes de crédit. Je l'ai attrapé et j'ai enroulé la bride plusieurs fois autour de mon poignet : si je rassemblais suffisamment de courage, je serais prête. À droite de la route se dressaient de hauts buissons, mais je pourrais protéger mon visage de mes bras, puis rouler sur le dos dans les herbes folles.

Si j'avais peur de sauter, je craignais encore plus l'expression qui se peignait sur le visage de Tracy.

Finalement, j'ai discrètement débouclé ma ceinture de sécurité et je me suis forcée à tirer doucement sur la poignée. J'ai fermé les yeux et commencé à compter. Un, deux, trois...

Je n'ai pas eu le courage de me lancer.

J'ai vérifié le compteur de vitesse. J'avais l'impression qu'on faisait du cent trente kilomètres à l'heure, mais on roulait à peine à soixante-dix.

J'ai scruté la route. Un peu plus haut, il y avait un carré d'herbe qui paraissait plus moelleux. C'était ma chance. J'allais ouvrir, sauter et rouler.

Un, deux, trois... J'ai inspiré un grand coup et ouvert brusquement la portière, me propulsant aussi loin que possible. J'ai eu l'impression que le vent s'opposait à moi et me retenait, mais ce devait être l'effet de la voiture qui poursuivait sa trajectoire.

J'ai entendu Tracy hurler « Nom de Dieu ! » tandis qu'elle enfonçait la pédale de frein.

La voiture a avancé encore de quelques mètres et les freins ont émis un crissement aigu jusqu'à ce qu'elle s'arrête. Tracy a sauté du véhicule et couru vers moi.

Il m'a fallu plus de temps que je ne croyais pour me relever. Je ne pensais pas être blessée, mais la chute m'avait déboussolée. Lentement, je me suis redressée puis mise à courir dans l'autre sens sur le chemin de terre. Tracy était rapide. Beaucoup plus rapide que moi. En quatre ou cinq enjambées, elle s'est retrouvée juste derrière moi.

Je me suis entendue hurler, mais mon cri semblait détaché de mon corps. Comme s'il provenait de quelqu'un d'autre. Je m'accrochais toujours comme une désespérée à mon sac. Même terrorisée, je gardais assez de raison pour savoir que j'en aurais besoin une fois arrivée en ville. Tracy criait quelque chose, mais dans le vacarme de mes propres hurlements je n'ai pas compris. Nous haletions toutes les deux, presque en rythme. Au bout de deux minutes à peine, j'ai compris que je ne pourrais pas courir davantage. À mon grand soulagement, elle a ralenti avant moi. J'ai continué en marchant aussi vite que je pouvais, essayant de reprendre mon souffle et réfléchissant à ce que j'allais faire ensuite.

— C'est quoi ce bordel ? Putain, c'est quoi ce bordel ? ne cessait de répéter Tracy.

— Je t'en prie, ne me fais pas de mal ! Ne me fais pas de mal ! l'ai-je implorée.

Je délirais. Tracy se rapprochait. Ses doigts se trouvaient à quelques centimètres de mes bras quand mon regard s'est posé sur elle. J'ai poussé un nouveau cri, qui ressemblait davantage à un hurlement de terreur. Elle a tressailli et reculé d'un pas. Elle s'est immobilisée devant moi et n'a plus bougé d'un cheveu.

— Sarah. Sarah, arrête, m'a-t-elle dit d'une voix calme et posée. Je ne vais te faire aucun mal. Je ne sais pas très bien ce que tu t'imagines mais, quoi que ce soit, tu te trompes.

Je sanglotais toutes les larmes de mon corps. J'avais le nez qui coulait, le visage inondé de pleurs. J'étais secouée de tels sanglots que je n'arrivais plus à respirer.

Sans esquisser le moindre pas dans ma direction, elle a répété d'un ton rassurant :

— Je ne vais pas te faire de mal. Jamais je ne ferais ça, Sarah. Calme-toi.

Je voyais la peur sur son visage. Je ne comprenais pas très bien pourquoi c'était elle qui était terrorisée, maintenant. Elle ne m'avait sans doute jamais vue dans cet état, pas en dehors de la cave en tout cas. Ce spectacle faisait peut-être remonter ses souvenirs.

Elle ne me quittait pas des yeux. Puis elle a fermé les paupières, respiré profondément, pour trouver le courage de dire ce qu'elle s'apprêtait à dire.

— Je sais bien qu'il y a longtemps, j'ai balancé toutes sortes de choses complètement folles. Mais on ne va pas se mentir ; à l'époque nous étions toutes cinglées, là-bas.

Elle a marqué une pause. Elle semblait vouloir trouver les mots justes.

— Et je sais que, même maintenant, mes sentiments à ton égard ne sont pas à cent pour cent rationnels. Ça ne changera probablement jamais, mais tu dois savoir que je ne suis plus la même personne que celle que j'étais dans cette cave. Je comprends, dans une certaine mesure en tout cas, pourquoi tu as fait ça. Je ne suis pas en train de dire qu'on va devenir les meilleures amies du monde, mais...

Je ne savais pas quoi répondre. Elle s'est tue de nouveau, plissant les yeux dans le soleil pour mieux m'observer, attendant une réponse que j'étais incapable de lui fournir.

Peu à peu, j'ai retrouvé une respiration normale, et je me suis essuyé le nez sur la manche de mon chemisier. Je me suis laissée tomber par terre sur le bas-côté, me suis frotté les yeux, tout en réfléchissant à ses paroles. Tracy se tenait en retrait, me gardant à l'œil à bonne distance.

J'essayais de lui parler, mais je ne trouvais pas les mots. Je voulais lui dire que j'étais désolée, que moi aussi j'étais différente aujourd'hui. Mais était-ce vraiment le cas ? Au lieu de quoi, j'ai hoché la tête. Tout ce dont j'étais convaincue, à présent, c'était qu'elle n'allait pas me tuer. Que je m'étais laissé emporter par mes craintes et qu'une fois de plus, j'avais mal interprété les signes. Serais-je un jour normale ?

Nous sommes retournées vers la voiture dont le moteur tournait toujours. Une fois à l'intérieur, Tracy a enclenché une vitesse et enfoncé l'accélérateur. Elle avait l'air plus triste que jamais, perdue dans ses pensées. Moi, je gardais la tête droit devant, reniflant par à-coups.

Tracy s'est engagée avec précaution sur un autre chemin de terre, tout juste assez large pour une voiture. Des branches balayaient le toit et les flancs du véhicule. Au bout d'un moment, nous avons atteint une étendue de gazon. Tracy s'est garée.

— On y va à pied à partir de là.

Elle a coupé le moteur et est sortie de voiture. Je l'ai suivie, agrippée à mon sac, la bride toujours enroulée autour du poignet. J'ai trébuché en foulant l'herbe puis avancé encore sur une petite cinquantaine de mètres.

Au loin, j'ai aperçu l'eau étinceler et j'ai compris : nous étions dans un camping abandonné. La végétation avait repris ses droits autour d'un ancien foyer de feu de camp et les aires de jeux étaient parsemées de détritus. J'ai vérifié mon téléphone, remarquant au passage qu'il se faisait tard. Le soleil allait bientôt se coucher.

J'ai embrassé du regard le paysage autour de moi. Si l'on faisait abstraction des déchets épars, l'endroit était magnifique. Les arbres se paraient d'un vert éclatant comme on n'en trouve que dans le Sud profond ou sous les tropiques. L'air était moins oppressant qu'en ville. Les petites brises qui rasaient le lac avaient réduit l'humidité.

— Tracy ?

— Oui ?

— Qu'est-ce qu'on fait ici ?

Elle a mis un long moment à répondre.

— C'est ici que ma vie a changé.

J'ai attendu patiemment qu'elle poursuive. Tracy allait me raconter son histoire à son rythme. Enfin, elle m'a invitée d'un geste à la suivre et nous nous sommes approchées du bord de l'eau. Le ciel était strié d'orange et de rose, des couleurs qui se reflétaient au fond du lac, frappaient la surface et nous éblouissaient.

— Juste là.

Du doigt, elle a désigné un endroit. J'ai attendu.

— C'est ici qu'il l'a fait. Que la tragédie est arrivée. Que Ben est mort.

Évidemment. Je me suis couvert la bouche de la main. J'avais envie de la réconforter mais ce n'était pas une qualité que j'avais beaucoup développée au cours de ma longue solitude. J'avais laissé ma propre incapacité à me remettre du passé réduire mon monde au point qu'il n'y avait plus que moi à l'intérieur. Tout à coup, il m'est apparu qu'être complètement dérangée pouvait se transformer en une forme de narcissisme. Du coup, j'avais à peine conscience que d'autres pouvaient avoir besoin de moi.

Dans un geste qui, je le savais, était loin d'être suffisant, j'ai fait un pas vers elle, mais elle a balayé ma tentative d'un revers de la main.

— Il a pénétré dans le lac quelque part par là, a-t-elle dit en désignant une zone qui ressemblait à une plage à cinq ou six mètres de nous. Ils ont trouvé des empreintes dans cette direction, sa tente était plantée entre ces arbres. Il vivait ici avec deux amis à nous, des sans-abri. Ils passaient leur temps à boire de la bière. L'un d'eux avait une guitare. J'y venais aussi, je restais deux ou trois nuits chaque fois. C'était la fête, ici !

« Et puis une nuit, alors que les autres dormaient – ou étaient dans les vapes plutôt –, il s'est levé et s'est dirigé vers le lac. Il est juste entré dans l'eau et a continué d'avancer. Un de ses copains a entendu un plouf et a couru pour essayer de le sauver.

« Mais c'était impossible. Ben a sombré et ne pouvait plus remonter. Le lendemain, ils ont dragué le lac et retrouvé son corps. Il s'était lesté avec des chaînes en fer. Aucun doute. C'était intentionnel. Je reviens ici tous les deux ans. J'essaie de lui parler. De lui demander pourquoi il a fait ça. C'est dur mais, ici, je me sens plus proche de lui.

Elle s'est avancée de quelques pas dans l'eau. L'espace d'une seconde, j'ai pris peur. Elle semblait si abattue en cet instant, les épaules affaissées, le regard baissé, la bouche relâchée.

— Je n'aurais jamais dû le laisser seul. À ce moment-là, j'étais tellement obnubilée par le club, à chercher une échappatoire. Pour rien. Je n'étais pas là et j'ai perdu Ben. La seule personne que j'aie jamais aimée.

Je n'ai rien répondu. Je savais par expérience qu'il n'y avait pas grand-chose à dire pour aider quelqu'un à faire son deuil. Il faut laisser la douleur vous envahir encore et encore jusqu'à ce qu'elle s'atténue, lentement et par étapes. Je suis restée immobile, à contempler le lac Pontchartrain et le coucher du soleil éblouissant devant nous.

Je savais aussi, sans qu'elle l'ait jamais dit, que l'enchaînement d'événements qui trouvait son début ici s'achevait pour elle dans la cave de Jack. Si le chagrin de Tracy ne l'avait pas poussée à se taper ce fix d'héroïne, serait-elle devenue la proie de Jack ? À la voir à cet instant, je me suis demandé ce qui était pire : ce que Jack lui avait fait subir, ou bien ça ?

Nous sommes demeurées là un bon moment, jusqu'à ce que mon angoisse commence à monter. Il devenait difficile d'y voir dans la nuit tombante.

Tout à coup, quelque chose a remué à proximité. C'était à peine un craquement de brindilles mais, brusquement, la peau m'a picotée. Je me suis tournée vers Tracy, toujours perdue dans ses pensées ; elle était assise par terre et serrait ses genoux contre elle.

Le bruit s'est répété. Cette fois, Tracy l'a entendu. Je me suis étonnée de comprendre si bien son langage corporel. Comme si nous étions encore là-bas. Nous avons tendu l'oreille, sans nous faire le moindre signe, mais nous savions toutes les deux. Comme lorsque nous étions dans la cave et que nos corps se crispaient au son de la voiture de Jack qui débouchait dans l'allée. Que les muscles de nos nuques et de nos mâchoires se contractaient, presque imperceptiblement, au moment où il pénétrait dans la maison. Nous nous sommes concentrées, attendant que le bruit se répète.

— Tracy, ai-je murmuré. On peut y aller ?

Tracy a hoché la tête et s'est levée d'un bond. Aussitôt dans la voiture, elle a verrouillé les portières sans que j'aie besoin de le lui demander. Elle a enclenché les phares et a démarré, doucement, avant d'accélérer.

Plus haut sur la route, nous avons aperçu la silhouette sombre d'un homme. Tracy a freiné et nous avons poussé un cri aigu en même temps. L'homme portait une chemise à carreaux ouverte sur un tee-shirt. Il avait de longs cheveux et une barbiche. Il a écarté les bras – dans un geste de reddition ou d'attaque, impossible à dire – et s'est mis à marcher vers la voiture.

J'ai vérifié plusieurs fois que les portières étaient bien verrouillées et regardé autour de moi pour m'assurer qu'il n'y avait personne d'autre. Du coin de l'œil, j'ai vu quelque chose bouger et aperçu avec horreur un autre homme jaillir de l'obscurité. Il a couru droit sur ma portière et a tiré sur la poignée.

Tracy et moi avons hurlé à l'unisson ; elle a enfoncé la pédale d'accélérateur, pied au plancher. L'homme en chemise à carreaux a plongé dans les buissons pour ne pas être renversé. Tracy a conduit vite, trop vite, même longtemps après que les hommes eurent disparu dans le rétroviseur. La voiture rebondissait sur les ornières du chemin. J'ai fermé les yeux et me suis forcée à respirer avec calme, comptant dans ma tête.

Tracy n'a pas ralenti avant d'atteindre les limites de la ville. Nous nous sommes arrêtées sous les néons aveuglants d'une station essence pour faire le plein, puis nous avons repris la route jusqu'à un restaurant spécialisé dans les gaufres. Nous nous sommes installées sur une banquette dans un coin et avons commandé du café. Dans un silence de plomb, nous avons attendu que les battements de nos cœurs ralentissent et que nos idées s'éclaircissent.

# Chapitre 24

Deux jours plus tard, en descendant avec Tracy de l'avion qui nous ramenait à Portland, je commençais à me sentir comme une grande voyageuse. Pas de crise de panique. J'avais appris à gérer. J'avais acheté une petite valise à roulettes que je pouvais prendre à bord avec moi et portais un autre sac en bandoulière. J'y gardais mes objets de valeur dans une poche intérieure qui fermait et je les vérifiais toutes les trente minutes sans faute. Mes biens matériels, au moins, étaient en sécurité avec moi.

Tracy et moi avions à peine échangé quelques mots depuis La Nouvelle-Orléans, et je ne comprenais pas trop pourquoi. Avait-elle honte de ce qu'elle m'avait confié ? Regrettait-elle de s'être livrée, maintenant que nous avions quitté la scène de son douloureux passé ? Ou peut-être avait-elle espéré une réaction plus prononcée de ma part – de la compréhension ou de la compassion, un sentiment que je ne savais pas exprimer ? Même si elle prétendait le contraire, il se pouvait aussi qu'elle ne soit pas plus capable que moi de faire abstraction du passé.

Quoi qu'il en soit, je n'avais nullement l'intention de ranimer un semblant de relation avec Tracy. Tout en me disant cela, je savais que je n'y croyais pas vraiment. Il était grand temps que je sorte de ma bulle et, chose étonnante, j'en avais envie.

Malgré tout, être avec elle dans le monde extérieur, comme ça, sans murs autour de nous, me paraissait irréel. Mais elle était là, et moi avec, dans l'Oregon. Ni elle ni moi n'aurions jamais pu imaginer revenir dans ce coin du monde.

J'ai sorti mon téléphone pour opérer ma vérification habituelle, histoire de m'occuper. J'avais reçu un nouveau message du Dr Simmons, et j'ai songé qu'un lieu public bruyant n'était pas plus mal qu'un autre pour la rappeler.

Elle a décroché tout de suite.

— Sarah. Où êtes-vous ?

— Je suis en vacances, docteur Simmons.

— Sarah, j'ai parlé avec Jim. Où êtes-vous ? Est-ce que tout va bien ?

— Je vais bien. Vous m'avez été d'une grande aide. Sincèrement. Mais je dois découvrir certaines choses par moi-même. Ensuite, nous pourrons en discuter. Longuement. Dans les moindres détails.

— Je comprends. Je veux juste que vous sachiez que vous n'êtes pas seule en cause. Ce n'est pas votre seule responsabilité. Souvenez-vous-en.

Je me suis immobilisée. Les roulettes de ma valise ont glissé doucement sur le revêtement mou de l'aéroport. Le Dr Simmons touchait toujours dans le mille.

— Que voulez-vous dire ?

— Rien de plus que cela. Je sais que vous vous mettez une grosse pression. Dans le cas présent, il incombe à beaucoup de gens de garder Jack Derber derrière les barreaux. Vous n'êtes pas seule en cause.

— Oui, bien sûr, je le sais, ai-je répondu avec un peu trop de hâte.

— Tant mieux, alors. C'est tout ce que je voulais vous dire. Bon voyage. Appelez-moi à votre retour. Ou plus tôt, si nécessaire.

J'ai raccroché, le regard fixé sur l'enseigne lumineuse d'un restaurant-grill. Le Dr Simmons avait raison. Je n'avais pas à porter seule ce fardeau. Mais il n'y avait pas que ça. J'avais beau ne pas être responsable de la souffrance de tout le monde, j'avais une obligation envers Jennifer. Je lui devais beaucoup plus.

Le souvenir de notre enlèvement s'est imposé à moi. Si seulement je ne l'avais pas convaincue de m'accompagner à cette fête, ce fameux soir ! Elle devait réviser pour un examen, mais je l'avais poussée à sortir. Je la revoyais encore hésiter, avant de céder pour me faire plaisir. Si seulement je n'avais pas insisté ! Où serions-nous, toutes les deux, aujourd'hui ?

Voilà que je recommençais. J'ai secoué la tête pour m'éclaircir les idées.

Tracy m'a observée du coin de l'œil tout en prenant la direction de la sortie.

— Le Dr Simmons ?

— Oui.

— Je ne sais pas pourquoi tu continues à la voir. Elle n'est qu'un instrument de l'État.

— Parce qu'elle travaille étroitement avec Jim, tu veux dire ?

— Parce que c'est toujours l'État d'Oregon qui la paye, non ? Et parce qu'elle nous suivait toutes les trois au début. Enfin, Sarah ! Ils gardent un œil sur nous. Pour être sûrs qu'on ne les poursuivra pas en justice afin d'obtenir des dommages et intérêts. J'ai tout de suite été suivie par un psychologue indépendant. Je ne vois le Dr Simmons qu'une fois par an pour que Jim me fiche la paix. Un « contrôle de routine », comme il dit. Ce qui, à mon avis, est la stricte vérité. Je suis sûre qu'il contrôle. Je suis sûre que c'est un échange de bons procédés.

— Comment ça ?

— Voyons, Sarah. Ma main à couper qu'elle répète tout au FBI, et qu'ils nous ont entrées dans une de leurs bases de données super puissantes. Un jour, je parie qu'ils t'appelleront pour devenir un tueur à gages surentraîné. Ils ont sûrement placé une sorte de micropuce dans nos cerveaux. Ce que Jack Derber n'a pas réussi à faire, eux y sont probablement parvenus.

J'étais incapable de dire si Tracy faisait preuve d'humour noir ou si le monde était plus effroyable encore que je ne le pensais. J'allais devoir y réfléchir plus tard ; j'ai rangé l'idée dans un coin de ma tête.

Notre premier arrêt était Keeler, la ville où habitait Sylvia. Je voulais vérifier si elle était chez elle ou tout du moins examiner sa boîte aux lettres.

Nous avons roulé au pas et dépassé sa maison. Rien n'avait bougé. La boîte aux lettres était pleine à craquer. Le facteur avait tenté de la refermer, mais elle restait obstinément entrouverte. Tracy a garé la voiture à proximité et j'ai sauté du véhicule, regardant autour de moi pour m'assurer que personne n'épiait.

J'ai attrapé un avis de la poste informant Sylvia qu'ils gardaient son courrier chez eux jusqu'à nouvel ordre. J'ai fouillé un peu dans le tas, mais n'ai vu que de la pub. Aucune lettre de la part de Jack : donc il savait peut-être où elle se trouvait. Ou en tout cas où elle ne se trouvait pas.

— C'est bon, on y va ! ai-je presque crié à Tracy en remontant dans la voiture.

— Il y a encore quelqu'un à nos trousses ? a-t-elle demandé.

Impossible de dire si c'était du lard ou du cochon.

— Non, mais il faut que je m'éloigne d'ici. Cet endroit me file la chair de poule.

Tracy, conciliante, a démarré et nous sommes parties rendre visite à Val et Ray de l'autre côté de la ville. Je m'étais arrangée pour que l'on dîne avec eux. Alors que nous nous garions dans l'allée de leur petit pavillon propret, j'ai informé Tracy que, pour l'occasion, elle s'appellerait Lily. Elle a grimacé en entendant le nom et m'a demandé si la prochaine fois, elle pourrait choisir elle-même son pseudo.

Ray nous attendait sous la véranda, assis dans le rocking-chair, et nous a fait signe d'entrer. Leur maison était gaie et lumineuse, décorée dans une palette de couleurs douces. Une marmite de ragoût devait mijoter dans la cuisine, diffusant un délicieux fumet qui m'a rappelé que nous n'avions rien avalé depuis le triste plateau-repas de l'avion.

J'ai présenté Tracy sous le nom de Lily, soulagée que celle-ci n'ait pas fait plus d'histoires. Ray a lancé une plaisanterie au sujet de ses piercings et du fait que ça avait dû lui faire mal, et elle a acquiescé avec un sourire indulgent. Elle se montrait sous son meilleur jour, ai-je songé comme Val nous rejoignait.

— Quelle joie d'avoir de vos nouvelles, Caroline !

J'ai sursauté en entendant ce nom que mon corps continuait de rejeter. Val a serré la main de Tracy.

— Alors, depuis combien de temps êtes-vous l'assistante de Caroline ? lui a-t-elle demandé.

Quand elle a été certaine que personne ne la regardait, Tracy m'a fait les gros yeux.

— Pas très longtemps, a-t-elle marmonné.

— Je suis ravie que vous puissiez rester pour le dîner, a poursuivi Val presque sans reprendre son souffle. Ray a quelque chose à vous montrer.

Après le dessert, Ray nous a priées de l'excuser, il est revenu quelques minutes plus tard avec un gros album photos. Il l'a posé devant nous d'un air triomphant.

Val a émis un petit gloussement.

— Ça fait des siècles qu'il veut le montrer à quelqu'un. Moi, je n'en ai rien à faire. D'habitude, je l'empêche de parler de son classeur avec qui que ce soit, des fois qu'on le prendrait pour un allumé. Mais on s'est dit que vous, ça vous intéresserait.

Tracy a tendu la main vers l'album et l'a ouvert à la première page. Il était rempli de coupures de journaux soigneusement conservées. À côté de chacune d'elles se trouvait une fiche noircie d'une fine écriture penchée sur la gauche.

— Ce sont mes notes, a expliqué Ray en remarquant sur quoi s'était portée notre attention. Je les ai prises à partir des reportages télé et j'y ai ajouté mes propres réflexions sur l'histoire. J'ai toujours cru qu'il y avait autre chose. Vous savez, les journalistes ne découvrent pas tout.

J'ai jeté un œil sur Tracy. Elle était sous le choc. À l'époque, je savais que notre histoire était médiatisée mais j'ignorais ce qu'on racontait, surtout parce que je n'avais pas le droit de lire les journaux ni de regarder les infos. Mes parents me surprotégeaient, me gardaient à l'abri de la frénésie médiatique. Tout ce que je me rappelais de cette époque, c'était que je me rendais malade à force d'avaler tous les plats que me mitonnait ma mère ou que nos voisins n'avaient de cesse d'apporter.

Avec le recul, je me rendais compte que j'avais été prisonnière chez mes parents ; je restais allongée sur le canapé tandis qu'ils me couvaient d'un regard de joie incrédule pendant des heures, offrant de m'apporter tout ce que je désirais. De nouvelles pantoufles, une tasse de thé au citron et tous les desserts préférés de mon enfance.

Cependant, mes plaisirs avaient changé. Mes papilles gustatives avaient souffert. Je commençais à me demander si ma mère ne doutait pas que je sois bien sa fille. Elle voulait savoir tout ce qui nous était arrivé, mais je ne lui relatais que les épisodes les plus édulcorés. Je les livrais au compte-gouttes, me croyant la seule capable de jauger ce qu'elle pouvait encaisser. Je devais la protéger de ce qui, je le savais, serait insupportable pour elle.

Lorsque j'étais revenue, le monde entier m'avait paru brumeux, et lumineux, et irréel. Je vivais depuis si longtemps dans ma tête, à rejeter tout le reste, que je trouvais difficile de faire acte de présence. Alors, en dépit des meilleurs efforts de ma mère, nous demeurions toujours loin l'une de l'autre.

C'était une distance que je ne saurai jamais comment parcourir. Le plus grand regret de ma mère était de ne pouvoir me serrer dans ses bras, alors que c'était tout ce qu'elle souhaitait. Mais moi j'avais l'impression que tous mes circuits étaient coupés. J'avais perdu toutes mes connexions, le seul lien qu'il me restait était avec une fille enterrée quelque part en Oregon.

Ma mère était triste pour Jennifer, évidemment, mais son bonheur de me savoir en vie et de nouveau auprès d'elle atténuait son chagrin envers cette autre enfant perdue. Jennifer méritait mieux que ça. Elle méritait qu'on porte sincèrement son deuil, et rien que le sien, et j'avais le sentiment d'être la seule à pouvoir le faire comme il fallait.

Nous étions encore au lycée quand Jennifer avait fini par décider de ne plus parler à son père, et il n'avait jamais fait aucune tentative pour renouer avec elle. Il a laissé ce détail de côté quand il s'est exprimé dans la presse pour faire part de la perte douloureuse et inexorable de sa fille. Je l'observais avec prudence quand il venait me rendre visite, et je lisais dans son regard que tout ce qu'il cherchait c'était un peu d'attention. Selon moi, il ne versait que des larmes de crocodile.

J'étais donc là, dans cette cuisine confortable à Keeler, enveloppée de l'odeur du café de fin de repas, à étudier les articles de presse d'une vie antérieure. Je les ai parcourus, lisant un paragraphe ici et là, notant le changement de ton à mesure que l'histoire se déroulait, jour après jour. J'ai détecté dans ces mots l'aura familière de l'excitation professionnelle des journalistes qui sentaient l'intérêt et la fascination des lecteurs pour cette histoire.

Puis j'ai remarqué le nom d'un journaliste qui revenait sur la plupart des articles : Scott Weber. Sans doute celui mentionné par David Stiller, celui qui en pinçait pour Adele. J'ai demandé à Tracy s'il serait judicieux de le rencontrer. Sans détourner les yeux de l'article qu'elle lisait, elle a approuvé. Même pour elle, l'épreuve était de taille. Ce n'était pas peu dire.

— Ray, comment se fait-il que cette histoire vous ait tant passionné ? a demandé Tracy sans lever la tête.

Ray s'est fendu d'un large sourire.

— Oh ! il n'y a pas que cette histoire qui m'intéresse, même si celle-ci était sans aucun doute l'une des plus tragiques ! Mais quand Sylvia a emménagé dans le coin, c'est devenu une sorte d'obsession.

— Comment ça, une obsession ?

— Venez avec moi, toutes les deux, je vais vous montrer.

Nous l'avons suivi le long du couloir jusqu'à une porte au fond de la maison. Je suis restée en léger retrait, me sentant brusquement oppressée, trop près du corps des autres. Je n'aimais pas emprunter des couloirs étroits, même dans des foyers aussi chaleureux que celui-ci.

Ray et Tracy sont entrés les premiers dans un petit bureau. Un cri de surprise m'a échappé lorsque j'en ai franchi le seuil. Les murs étaient couverts de coupures de journaux consacrées aux crimes les plus épouvantables de ces dernières années. De toute évidence, il s'était donné beaucoup de mal pour créer cette galerie des horreurs aussi élaborée que macabre ; il avait creusé le passé en profondeur pour amasser des archives sur les moyens qu'employaient certains êtres humains pour en faire souffrir d'autres.

Sur l'un des murs, une longue étagère était remplie d'albums photos, très similaires à celui qu'il nous avait montré, chacun étiqueté sous un nom propre différent. J'ignorais s'il s'agissait de celui des victimes ou des criminels. En général, c'était celui du meurtrier qu'on se rappelait.

Ray affichait un grand sourire de fierté. Son obsession ne lui inspirait aucune honte. Et pourquoi en serait-il autrement ? Pour lui, ce n'étaient que des histoires. Envisageait-il seulement ces victimes comme des personnes à part entière ? Comprenait-il la tragédie, les horreurs que ces ouvrages contenaient ? Des vies détruites à jamais, voilà l'objet de son passe-temps. En quoi était-ce différent d'une collection de timbres ?

Sans même un regard vers elle, j'ai senti le dégoût qui envahissait Tracy. Elle comme moi ne pouvions desserrer les dents. Je n'arrivais pas à comprendre comment une personne pouvait se passionner à ce point pour les choses que j'essayais de toutes mes forces de tenir loin de moi. Devant nos mines déconfites, Ray a tenté une explication.

— Je sais ce que vous vous dites. Tout cela est un peu bizarre. Je vous en prie, ne vous méprenez pas. Pendant longtemps, je me suis demandé s'il y avait un truc qui clochait chez moi. Mais je crois... je pense que je cherche simplement à comprendre pourquoi les gens font des choses pareilles, comment ces faits-là peuvent arriver. Les gens se laissent souvent emporter par leur passion, ils commettent des actes qu'ils n'auraient jamais cru accomplir, et toute leur vie s'en retrouve chamboulée en un instant. Parfois, les gens sont tout simplement fous et ce n'est pas leur faute. Mais de temps en temps, on dirait l'œuvre du diable. C'est le mal incarné. Comme Jack Derber.

— Vous ne croyez pas qu'il est mentalement malade, Ray ? a repris Tracy d'un ton plus animé.

Tout à coup, son intérêt semblait piqué. Pour la première fois, il m'est apparu qu'elle cherchait toujours des réponses. Je croyais qu'elle avait tourné la page ; mais peut-être avait-elle encore des questions qui la taraudaient, des doutes, tout comme moi.

— Non, je ne pense pas qu'il était malade. Il... Il était si calculateur. Tous ses actes requerraient énormément de planification et de contrôle. J'ai interrogé Sylvia à son sujet.

Il a marqué une pause, et j'ai cru qu'il s'en tiendrait à ça.

— Je vous en prie, continuez, l'ai-je pressé. Cela nous aiderait à comprendre.

— Eh bien, elle ne m'a parlé de lui qu'une seule fois, quand je lui ai posé la question. Après ça, elle m'a supplié – littéralement – de ne répéter à personne ce qu'elle m'avait dit. Je ne peux pas trahir cette pauvre fille. Je ne voudrais pas que ses paroles soient citées dans un livre.

Il s'est pincé l'arête du nez, plissant les yeux, sans doute pour refouler ses larmes.

— Je vous promets que je ne publierai rien. Mais cela pourrait nous aider à la retrouver.

— Oui, Ray, est intervenue Tracy. Si ça se trouve, vous savez quelque chose qui pourrait faire toute la différence.

— Ah bon ? Vous pensez qu'une chose qu'elle aurait dite il y a si longtemps pourrait vous être utile aujourd'hui ? C'est vrai que ça m'inquiète de ne pas savoir où elle est.

— S'il vous plaît, Ray. Tout ce que nous voulons c'est l'aider, nous aussi.

Ray s'est assis dans le fauteuil inclinable installé dans l'angle de la pièce. Tracy et moi avons pris place sur le petit canapé en face, après l'avoir débarrassé d'une pile d'articles de presse récents sur une autre fille disparue.

— Sylvia m'a dit que Jack était un génie. C'est pour cela qu'elle l'a épousé. Parce que, selon elle, il envisage le monde comme un endroit qui pourrait être spécial et unique. Un endroit que peu de gens peuvent comprendre, seulement ceux qui acceptent de s'ouvrir aux véritables possibilités de l'expérience. Mais plus que ses paroles, c'est son attitude qui m'a marqué. Elle semblait à la fois heureuse et terrifiée. Je ne lui avais jamais vu une telle expression avant. Son visage paraissait... illuminé.

J'ai regardé Tracy, essayant de déchiffrer ses pensées. Elle réfléchissait intensément. Songeait-elle, comme moi, que ce discours ne correspondait pas à celui d'une personne totalement convertie ? Au discours d'un homme qui ne voulait qu'une chose : sortir de prison et mener une vie tranquille et ordinaire, dans une rue tranquille et ordinaire ? Non, cela ressemblait davantage au discours d'un homme chargé d'une mission. D'une mission terrible.

En nous reconduisant à l'hôtel ce soir-là, Tracy n'a pas mis la radio, et nous avons roulé un moment dans un silence complet.

— Alors, qu'en dis-tu, madame rationalité ? a-t-elle fini par demander.

— De quoi ? Il y a beaucoup de trucs à digérer, là.

— Je parle de la question la plus importante. Jack est-il malade mental ? Ou est-il le mal incarné ?

— De quelle maladie mentale pourrait-il souffrir ?

— Eh bien, d'après le manuel des troubles mentaux, je dirais qu'il est au minimum un « sociopathe souffrant d'un trouble narcissique de la personnalité ». Quant à savoir ce que ça signifie en termes de responsabilité morale, aucune idée. Est-il malade ? Doit-on avoir pitié de lui, ne pas le craindre ? Je crois que ça fait une différence. Une différence primordiale. Côté « aller de l'avant », comme on dit.

— Aller de l'avant ?

J'ignorais ce que ces mots signifiaient. Et je n'étais pas prête à expliquer à Tracy que le but de ce voyage était de le découvrir.

— Oui, aller de l'avant. Ne plus ressentir les mêmes sentiments. Dépasser ce qu'il nous a fait subir. Vivre une vie normale. Ce genre de « aller de l'avant ».

Après quelques minutes de silence, elle a repris, avec plus d'hésitation cette fois.

— Tu n'as pas l'impression que nous avons... comme l'obligation de comprendre ? Sinon, il continuera à nous contrôler.

Cette conversation me mettait mal à l'aise. J'ai senti que je me refermais sur moi-même, comme lors de mes séances avec le Dr Simmons. Je ne voulais pas m'embarquer là-dedans.

— J'imagine que je n'attends pas grand-chose de ce côté-là. Et je ne vois pas très bien en quoi ce que je pense de Jack Derber entre en ligne de compte.

Tracy a secoué la tête.

— Tu n'es vraiment pas sortie d'affaire, toi.

Elle a enfoncé la pédale d'accélérateur et la voiture s'est élancée sur la route déserte. Elle a allumé la radio et appuyé sur les boutons jusqu'à trouver une station diffusant une musique survoltée. Nous avons fait le reste du trajet ainsi, le silence entre nous plus assourdissant que le punk rock qui hurlait dans les baffles.

## Chapitre 25

Le lendemain, je me suis rendue dans les bureaux du *Portland Sun*, en quête de Scott Weber. J'avais mis Tracy en relation avec Adele et toutes les deux devaient se rencontrer plus tard dans la journée. J'espérais qu'elles parleraient le même langage, ou qu'au moins chacune serait en mesure d'interpréter le jargon universitaire de l'autre, et que Tracy parviendrait à découvrir une chose qui m'échappait.

Dans les locaux du journal, j'ai été arrêtée au poste de contrôle par un athlétique jeune homme d'une vingtaine d'années.

— Puis-je vous aider ? a-t-il demandé d'un ton enjoué mais suffisamment tranchant pour me faire comprendre que je ne passerais pas le portail de sécurité sans autorisation.

— Je voudrais voir Scott Weber.

— Vous avez rendez-vous ?

— Pas exactement. Mais je... Je détiens des informations qui pourraient l'intéresser, ai-je dit, prise d'une soudaine inspiration.

— Vraiment ? Malheureusement, il n'est pas ici. Mais il vient juste de quitter l'immeuble, il y a trois secondes, a-t-il ajouté avec un clin d'œil.

J'imagine que je ne devais pas avoir une tête de terroriste pour qu'il se permette de me faire une telle confidence.

Je me suis précipitée hors du bâtiment. Effectivement, un homme aux cheveux couleur sable et au teint rougeaud traversait le parking. Il semblait dans la bonne tranche d'âge et son allure débraillée laissait supposer qu'il avait passé la nuit à travailler pour tenir des délais.

Je lui ai emboîté le pas.

— Excusez-moi. Monsieur Weber ?

À son nom, il s'est retourné. Je l'ai rejoint au milieu du parking.

— Oui, c'est moi. Je peux vous aider ?

— Bonjour. Je m'appelle Caroline Morrow.

Encore ce nom ! Mais ce coup-ci, j'ai réussi à ne pas grimacer en le prononçant. Je m'améliorais. Il m'a jeté un regard impatient.

— Je suis doctorante en sociologie à l'université d'Oregon et j'écris une thèse sur Jack Derber. J'ai pensé que vous pourriez me donner des compléments d'information sur...

Il s'est remis en marche, la main levée comme pour me congédier.

— Désolé, je ne peux pas vous aider.

J'ai joué mon atout. Un petit mensonge qui pourrait m'aider à capter son attention.

— L'un de mes directeurs de thèse, Adele Hinton, m'a conseillé de vous parler. Elle dit qu'elle vous connaît.

Il s'est arrêté net. Je me suis demandé jusqu'où le nom d'Adele me mènerait, et si je commettais une erreur en la mentionnant. J'ai attendu de voir s'il allait se décider à me faire face, comptant les secondes dans ma tête.

À sept, il a pivoté.

— Adele Hinton ? a-t-il répété l'air surpris. Adele Hinton vous a conseillé de venir me trouver ?

— Oui. Vous vous souvenez d'elle ? L'assistante de Derber. Vous avez rédigé un article sur elle.

Il s'est tenu immobile, perplexe.

— Oui, oui. Bien sûr. Je me souviens d'Adele. Et si nous marchions un peu ? a-t-il ajouté en jetant un coup d'œil à sa montre.

Il s'est dirigé vers un parc de l'autre côté de la rue et a sorti son téléphone portable. Un doigt levé pour me signifier de patienter, il s'est éloigné un peu et a passé un coup de fil. Il reportait un autre rendez-vous. Adele était une meilleure carte à jouer encore que je ne l'avais pensé. Il avait dû être méchamment accro.

Nous avons emprunté une allée bien entretenue jusqu'à une aire de pique-nique où étaient installées une demi-douzaine de tables. Scott a pris place à l'une d'elles, je me suis assise en face de lui. Il paraissait nerveux.

— Donc, Adele. Comment va-t-elle ? Ça fait un bail que je n'ai pas eu de ses nouvelles.

— Elle va très bien. Vous savez qu'elle a été titularisée ?

— Oui, j'en ai entendu parler.

Son aveu l'a fait rougir. Donc, il s'intéressait toujours à elle.

— J'imagine qu'elle a changé d'avis, alors ? a-t-il repris.

— Comment ça ?

— Je parle de l'affaire Jack Derber. Au début, elle paraissait apprécier l'attention que cela lui procurait mais, ensuite, c'est plus ou moins devenu un sujet tabou. Enfin, c'était il y a une éternité. J'imagine que maintenant, c'est de l'histoire ancienne.

Tout cela devenait très intéressant.

— Au début ? Vous êtes donc resté en contact avec elle, même après votre portrait ?

De nouveau, il s'est empourpré ; sa tension était palpable.

— Elle ne vous l'a pas dit ?

— Non.

Il a eu l'air déçu.

— Oui, nous sommes un peu sortis ensemble. Après le papier que j'avais écrit. Quelques mois seulement ; c'est une femme extraordinaire.

*Oui, plutôt*, ai-je songé en me demandant si Adele s'était rapprochée de Scott Weber dans un but précis. Cette fille devenait de plus en plus fascinante.

— Ce devait être une situation étrange. Avec vous qui écriviez sur une histoire dont elle faisait partie intégrante.

Il a secoué la tête.

— Que dire ? C'était mon exclu. Mais une fois qu'il a été emprisonné, nous ne faisions plus que des articles secondaires – vous savez, on grattait les fonds de tiroir pour trouver un peu de matière annexe, histoire de garder la flamme. Interviews de ses enseignants au lycée, profil de l'architecte de sa maison, étude de son matériel de conférences, ce genre de trucs. Simplement pour maintenir l'intérêt. Des articles du style « Portrait du méchant ».

— Son matériel de conférences ?

— Oui. Le dernier article sur lequel j'ai travaillé concernait ses recherches universitaires.

Il s'est tu, mal à l'aise.

— Je ne me rappelle pas cet article. A-t-il été publié ? ai-je insisté, sentant qu'il me cachait quelque chose.

— Non. Mais il n'avait rien d'extraordinaire. Pas de quoi faire la une.

— Il vous a causé quelques ennuis avec Adele, peut-être ?

Il a haussé les épaules.

— Je vois.

Donc, apparemment, Adele considérait que les recherches de Jack *étaient* pertinentes. Suffisamment en tout cas pour ne pas être divulguées.

Il a poursuivi :

— Quoi qu'il en soit, c'est dommage que ça n'ait pas marché. Elle était très prise, surtout avec ce groupe dont elle faisait partie.

Il essayait clairement de changer de sujet.

— Quel groupe ? l'ai-je pressé, mon intérêt ayant été piqué.

— Je ne sais pas trop. Du genre Skull and Bones, la fraternité secrète à l'université Yale. Un groupe mystérieux, mais Adele était mystérieuse. C'était peut-être ça qui l'attirait. Le défi.

Il a paru se perdre dans ses réflexions.

— Que voulez-vous dire ? ai-je demandé suffisamment fort pour récupérer son attention.

Il est revenu à la réalité et m'a dévisagée, hésitant clairement à poursuivre. L'idée l'avait peut-être effleuré que se confier à moi ne serait pas le plus court chemin pour regagner le cœur de sa bien-aimée.

Finalement, avec un haussement d'épaules, il a repris :

— Je l'ai questionnée sur sa famille, son passé, même des trucs simples comme l'endroit où elle avait grandi, où elle était allée à l'école, mais elle réussissait toujours à changer de sujet.

Il a remué sur son siège et son visage s'est empourpré. Je me suis demandé ce qu'il se rappelait exactement sur Adele Hinton, d'autant qu'il devait y avoir pas mal de choses à se rappeler.

— Vous avez une idée de l'identité des autres membres de ce groupe ?

— Non. Tout ce que je sais, c'est qu'ils se réunissaient à des heures indues. Toujours la nuit et souvent à la dernière minute. Elle prenait cela très au sérieux, et quand elle avait un rendez-vous du club, rien ne pouvait l'empêcher d'y aller. C'était sa priorité.

Je l'ai remercié et me suis levée pour partir. Une fois de plus, il a semblé troublé.

— Mais attendez, nous n'avons parlé que d'Adele. Vous ne voulez pas en savoir davantage sur Jack Derber ? Pour votre thèse ?

J'avais déjà obtenu ce que je voulais de lui.

— Prévoyons un entretien téléphonique. Je suis en retard pour mes cours, mais je vous remercie de m'avoir accordé un peu de temps, ai-je bafouillé tout en m'éloignant, le gratifiant d'un geste de la main.

— Oh ! très bien ! Passez le bonjour à Adele pour moi. Et puis, si jamais elle veut qu'on se voie... Nous pourrions discuter de vos recherches. Je pourrais sûrement déterrer quelques anciennes notes.

— Oui, je lui dirai sans faute, ai-je crié en marchant d'un pas rapide vers ma voiture.

Si j'étais convaincue d'une chose, désormais, c'était qu'Adele était une pièce majeure du puzzle. Elle se trouvait au centre de tout. Et elle en savait bien plus long que ce qu'elle laissait entendre.

# Chapitre 26

Cela devait faire un millier de jours que j'étais dans la cave quand Jennifer est montée à l'étage pour la dernière fois.

Chaque jour avant cela, je contemplais la boîte pendant des heures, à tenter d'imaginer ce qu'elle vivait. Jusqu'à la fin, elle est demeurée muette comme une tombe. Même si elle n'était pas bâillonnée, et même lorsqu'il n'était pas dans le coin. Le contrôle qu'il exerçait sur elle était total et absolu, la terreur de Jennifer aussi.

Tout au début, je tendais l'oreille dans l'espoir qu'elle ferait une nouvelle tentative de communication secrète avec moi. Je pensais que, d'une façon ou d'une autre, elle parviendrait à se libérer un peu de l'emprise qu'il avait sur elle, juste le minimum pour qu'elle essaie encore une fois, ne serait-ce que pour sa santé mentale.

Lorsque je l'entendais griffer l'intérieur de la boîte, tel un animal pris au piège, j'écoutais avec attention pour déterminer si un schéma se dessinait, si un semblant de code se profilait. Ne pas réussir à donner un sens aux bruits fortuits qu'elle produisait de temps à autre dans sa boîte me rendait folle.

Et je continuais d'écouter pendant des heures. Si nous ne faisions pas un bruit, j'arrivais parfois à l'entendre mâcher sa nourriture, savourant les restes qu'il lui avait donnés ce jour-là. Il m'arrivait même de me réveiller la nuit quand elle bougeait dans son sommeil. Une fois, j'ai cru l'entendre soupirer et je suis restée aussi immobile qu'une statue pendant une demi-heure, dans l'attente qu'elle recommence.

Mais elle n'a jamais recommencé.

Dans un sens, elle avait dû être mieux équipée que d'autres pour ce genre d'isolement et d'intériorisation. Elle avait toujours été songeuse, impénétrable, renfermée. Elle était continuellement perdue dans ses pensées, à rêvasser. Au lycée, elle n'avait pas fait preuve d'une concentration débordante, son regard s'égarait souvent par la fenêtre, sur les nuages dans le ciel, son esprit flottant avec eux, ses réflexions tournées vers Dieu sait quoi. Nous avions tout de même survécu au lycée, comme nous avions survécu à tout le reste. Chaque soir, de son écriture incroyablement soignée, elle recopiait mes cours, et pour réviser nous nous servions de ses notes.

Cette époque me manquait terriblement : quand nous n'étions pas dans la cave, séparées par trois mètres de froid, une caisse en bois, et la force psychologique impénétrable que Jack faisait peser sur elle. Je me demande encore s'il lui restait assez de bons souvenirs en tête pour la soutenir, ou si, à l'instar du mien, son esprit avait été envahi par les horreurs que nous traversions, et si son imagination n'était plus capable que de produire des cauchemars. Regrettait-elle parfois de ne pas être morte dans cet accident avec sa mère, des années auparavant ? Moi, en tout cas, je l'ai souvent regretté.

Ce même jour – du moins dans mon souvenir –, Tracy avait été ramenée à la cave au petit matin, au terme d'une nuit entière avec Jack. Elle paraissait inconsciente quand il a traîné son corps inerte au bas de l'escalier. Il l'a jetée contre le mur. Elle a poussé un grommellement et ouvert les yeux un instant, juste assez longtemps pour que je les voie rouler dans leurs orbites.

Au moins, elle n'était pas morte.

Il s'est penché et l'a enchaînée, prenant soin de vérifier deux fois le cadenas. Puis il a pivoté vers Christine et moi.

Je sais que nous avons réagi de la même manière. Bien que tremblantes de peur et alors qu'un instinct primaire nous poussait au contraire, nous nous sommes efforcées de ne pas détourner notre regard de lui. Il détestait ça. Mais, en même temps, nous avons toutes les deux réussi à nous recroqueviller dans l'espace le plus étroit possible, espérant qu'il ne nous choisirait pas. Il est resté debout face à nous, nous dominant de toute sa hauteur, il a laissé échapper un petit rire. Son regard nous pénétrait, tandis qu'il contemplait sa ménagerie.

La pièce était plongée dans le silence. Le cœur serré par la peur, je l'ai sommé intérieurement de s'éloigner de moi. *Pas moi, pas moi, pas moi. Pitié.*

Il a fini par se retourner et a remonté l'escalier, sifflotant au moment d'atteindre la dernière marche.

Il s'était foutu de nous tout du long.

Tandis qu'il s'éloignait, j'ai compté les marches dans ma tête, leur craquement résonnait dans l'espace caverneux. Christine a poussé un gémissement. J'ai relâché mon souffle. Nous l'avons entendu se déplacer dans la cuisine, au-dessus de nos têtes, suivant sa petite routine habituelle. Comme s'il n'était descendu à la cave que pour vérifier qu'elle n'était pas inondée après des pluies torrentielles.

Tracy a dormi quasiment toute la journée, roulée en boule, si immobile que j'ai dû m'approcher pour m'assurer qu'elle respirait.

En début de soirée, marquée pour nous uniquement par l'affaiblissement de notre précieux rai de lumière à travers les planches de la fenêtre, elle s'est réveillée en sursaut. Sans un regard pour nous, elle a rampé jusqu'à la salle de bains, sa chaîne tendue au maximum, et a été secouée de violents haut-le-cœur.

Elle est demeurée un long moment dans les toilettes après. J'ai tendu l'oreille et cru discerner un sanglot étouffé. Tracy ne pleurait jamais devant nous. Elle attendait sûrement que ses larmes se tarissent avant de revenir.

Je la surveillais, torturée comme d'habitude par le lent écoulement du temps, attendant de voir ce qu'elle ferait ensuite.

Avec le recul, c'est une honte que je n'aie rien ressenti pour elle sur le moment. Aucune pitié. Aucune inquiétude. Ces sentiments m'avaient été retirés. Les seules variables que je pouvais enregistrer à ce stade étaient la douleur physique et l'allègement de l'ennui affligeant de mon quotidien. Mais à l'époque, en dehors de ça, je ne disposais pas d'une grande palette d'émotions.

Tracy a fini par regagner laborieusement son matelas et s'est affalée dessus, le visage tourné vers le mur. D'abord, j'ai cru qu'elle ne dirait rien, qu'elle n'avait pas conscience de ma présence à quelques mètres d'elle.

Christine s'était rendormie.

— Arrête de me mater, a fini par lâcher Tracy, d'une voix plus puissante que ne le laissait supposer sa faiblesse physique.

J'ai détourné le regard. Au bout d'un moment, elle a roulé sur le côté. Je me suis assise sur mon matelas, adossée au mur, le visage dans l'autre direction. Malgré la peur qu'elle m'inspirait, je n'ai pu m'empêcher, au bout de quelques minutes, de lui lancer des coups d'œil furtifs.

Elle l'a remarqué, bien sûr, et a grogné comme un chien enragé. Instinctivement, j'ai reculé. Mes chaînes se sont entrechoquées en raclant le sol.

Christine s'est étirée, a ouvert un œil, puis s'est rendormie.

La capacité à dormir de Christine m'émerveillait. D'une certaine manière, c'était l'exemple parfait du pouvoir d'adaptation des humains. Elle était capable de faire abstraction de la situation et, au final, cette aptitude s'est révélée peut-être salutaire pour elle. Dormir, était-ce là la clé pour survivre ?

Pour ma part, je n'y parvenais que quelques heures à peine d'affilée, quels que soient les efforts que j'y mettais. Et encore, les bons jours. De façon perverse, mon régime d'inertie physique quasi totale entraînait chez moi des insomnies. Je devais occuper le reste de mon temps en laissant voguer mon imagination ou en essayant d'amener l'une des deux autres à me parler. Et les deux solutions me faisaient souffrir.

Il y avait tout de même des fois où discuter aidait. Lorsqu'on était toutes sur la même longueur d'onde, si on peut dire. Quand même Christine sortait de sa bulle sombre et secrète et que nous discutions presque comme des gens normaux. Des moments où, à mon avis, les autres s'ennuyaient tout autant que moi, étaient tout aussi épuisées que moi de se battre contre leurs propres angoisses, et que nous étions capables de mettre de côté nos problèmes personnels pour continuer à faire fonctionner nos têtes, même un minimum.

On se racontait des histoires sur notre passé, à la fois réelles et enjolivées. Tout était bon pour faire passer le temps, en attendant quoi, aucune d'entre nous ne le savait.

C'était ça le truc. On attendait. Tout le temps. Comme si on voulait que quelque chose de nouveau se produise. L'espérant, souvent, car l'ennui rendait plus fou encore. Mais lorsque quelque chose de nouveau finissait par arriver, en général, c'était douloureux, et on se retrouvait à regretter de l'avoir appelé de nos vœux.

Ce jour-là, cependant, Tracy n'avait clairement aucune envie de discuter. Elle était d'une pâleur extrême et tout en sueur en dépit du froid qui régnait dans la cave. Elle a refermé les paupières. Généralement, elle ne dormait pas beaucoup. Quelque chose n'allait pas.

J'ai attendu que sa respiration se fasse régulière et alors, convaincue qu'elle était endormie, je me suis approchée d'elle. Il m'a fallu quinze bonnes minutes pour y arriver sans que mes chaînes me trahissent.

Alors je les ai remarquées.

Là, sur son bras, légères mais parfaitement distinctes, se trouvaient des marques. Sept petits points parfaitement alignés sur sa peau livide. Je discernais l'endroit où l'aiguille s'était enfoncée et pouvais même identifier à son contour rougi la marque encore fraîche de la dernière piqûre.

Il lui avait donné de l'héroïne. Pas parce qu'il avait pitié d'elle. Pas pour qu'elle s'échappe dans un autre monde. Non, il la punissait. Il la rendait accro pour avoir encore plus de pouvoir sur elle.

Il n'avait pas choisi cette forme de torture au hasard. Il y avait toujours de la méthode dans sa folie. D'une façon ou d'une autre, il avait découvert ce que cette drogue représentait pour elle. Il avait dû savoir que rien ne la ferait davantage souffrir que le plaisir et le soulagement procurés par ce poison en particulier.

Mais comment ? Tracy était si fermement résolue à le tenir à l'écart de ses souvenirs et de son esprit. Il avait dû la pousser au-delà de ses limites. Avait-elle eu un moment de faiblesse ? Lui avait-elle parlé de sa mère ? De cette nuit au club ?

Après avoir vu les marques, je suis retournée à ma place aussi vite que possible sans faire de bruit et j'ai attendu qu'elle se réveille.

Elle n'a refait surface que plusieurs heures plus tard et elle est retournée aussitôt à la salle de bains. Je l'ai entendue vomir, puis l'ai regardée se traîner jusqu'à son matelas. À ce moment-là, elle paraissait se sentir un peu mieux. Assez bien pour me jeter un regard noir, en tout cas, et me dire de lui foutre la paix. Je n'ai rien répondu, sachant qu'il était plus sûr d'attendre de voir ce qu'elle ferait ensuite.

Elle s'est assise et a contemplé la boîte, enveloppée dans sa propre misère, songeant peut-être que les choses pourraient être pires.

J'ai réussi à l'ignorer pendant dix bonnes minutes, puis impossible de résister plus longtemps. Je devais examiner son bras. Elle m'a vue et a immédiatement couvert les marques de sa main.

À ma grande surprise, j'ai senti mes yeux s'emplir de larmes, pour la première fois depuis des mois. Même si à cet instant, comme à beaucoup d'autres durant ma captivité, je me suis sentie submergée par la situation insupportable que nous vivions, j'ai éprouvé du soulagement en essuyant mes larmes.

Parce que je pleurais pour Tracy.

Ces larmes étaient la preuve que des émotions pouvaient encore pénétrer l'épaisse carapace que je m'étais forgée dans la cave. J'avais cru qu'elles m'avaient désertée pour toujours. Je n'étais pas encore devenue une bête, semblait-il, et un être humain subsistait quelque part en moi.

## Chapitre 27

Le lendemain de ma conversation avec Scott Weber, j'ai retrouvé Tracy au restaurant de l'hôtel. C'était une magnifique journée de juin et, assises ainsi à déguster nos œufs brouillés et à comparer nos notes, il semblait presque possible d'oublier la raison de notre présence ici.

— Donc, le cas Adele Hinton, a commencé Tracy. Je suis prête à te livrer mon analyse. Tu veux l'entendre ?

J'ai acquiescé.

— Universitaire frustrée typique. Toujours première de sa classe au lycée, s'imaginait bouleverser le monde intellectuel. Elle pense être un génie. Et pourtant, elle est là, coincée dans une fac pourrie au milieu de nulle part.

— Ce n'est pas une mauvaise fac, si ?

Tracy a secoué la tête.

— Je la cite. Bref, elle a laissé échapper qu'elle travaillait sur un gros projet pour une conférence dans un an. Elle s'est montrée plutôt discrète et méfiante à ce propos, mais rien de plus normal dans le monde universitaire. Quoi que ce soit, elle semble convaincue que c'est ce qui lui permettra d'obtenir un meilleur poste. Tu vois, elle a l'air très sûre d'elle mais je crois qu'au fond, elle a l'impression que tant qu'elle reste ici c'est une ratée.

— Ouais… c'est logique, ai-je marmonné tout en avalant une bouchée d'œufs. Et que penses-tu de l'aspect SM ?

— Qui sait ? Peut-être que, comme elle te l'a dit, elle cherche sincèrement à comprendre Jack. Mais je la soupçonne aussi d'y trouver une façon d'être subversive, d'attirer l'attention des cercles intellos en la jouant extrême.

Tracy allait poursuivre quand mon téléphone a sonné. J'ai levé un doigt pour l'interrompre :

— Allô ?

J'avais reconnu le numéro de Jim, mais il n'a pas parlé tout de suite.

— Jim ? Vous êtes là ?

Tracy m'a jeté un coup d'œil curieux, puis s'est remise à beurrer son toast.

— Je suis là. Écoutez, j'ai quelque chose pour vous.

— Vous avez terminé votre travail de recherches ? ai-je demandé avec un léger sourire.

— Sarah, c'est difficile à affirmer, mais il semblerait qu'il y ait un schéma. Nous avons consulté les dossiers de l'université et les comptes de Jack, ses notes de frais, ce genre de choses. Et nous pensons détenir un rapport fiable de ses déplacements sur une longue période, à la fois avant et pendant votre captivité. Il semblerait qu'il y ait une correspondance. Apparemment, des jeunes femmes ont disparu dans chaque ville où il s'est rendu pour un colloque universitaire. J'ai une liste.

— Combien ?

Silence. J'ai reposé la question, d'une voix plus douce.

— Je veux savoir combien de filles.

Tracy s'est immobilisée, le couteau à beurre suspendu dans les airs, et m'a dévisagée.

— Jim, nous avons le droit de savoir. Nous en avons besoin.

Il a poussé un soupir puis a lâché :

— Cinquante-huit. Vous quatre y compris.

Tracy a noté l'expression de mon visage et entrepris de passer sa fureur en beurrant son toast. Quand il s'est émietté, elle l'a posé et a dégluti avec difficulté.

J'ai inspiré un grand coup.

— Je veux cette liste, Jim.

Tout en prononçant ces paroles, j'imaginais Jim se prenant la tête dans les mains.

— Sarah, vous savez que ça m'est impossible.

— Pourquoi ?

— C'est une information confidentielle. Mais, surtout, ce n'est probablement pas une très bonne idée que vous la voyiez pour l'instant. Laissez-moi fouiller encore un peu. Je veux déterminer le genre de connexions que nous pouvons établir.

— Est-ce que d'autres filles de cette liste ont été retrouvées ? Est-ce qu'on a identifié des corps ?

Nouveau silence.

— Juste vous trois.

— Toutes ces affaires sont encore ouvertes ? Est-ce qu'on les recherche activement ?

— Sarah, il faut que vous gardiez à l'esprit que plus de huit cent mille personnes sont portées disparues chaque année aux États-Unis. Les affaires de disparition sont rarement résolues. Et certaines datent d'une quinzaine d'années.

— D'accord, donc si certaines de ces filles sont encore en vie, elles sont à peine plus âgées que moi. À leur place, j'espérerais toujours qu'on me retrouve.

— Les chances pour que...

— Les statistiques, c'est mon rayon, Jim.

Silence au bout du fil.

— Où êtes-vous, Sarah ? a-t-il repris au bout d'un moment. Je vais venir vous retrouver, commençons par là.

— Ça fait un paquet de familles en attente de nouvelles de leur fille, Jim. Je veux voir la liste.

— Où êtes-vous ? a-t-il répété.

J'ai hésité un instant.

— Toujours à Portland. Avec Tracy. Apportez la liste.

J'ai raccroché et observé Tracy. Elle était hypnotisée par les restes de son petit déjeuner.

— Combien ?

— Cinquante-huit. Y compris nous.

Tracy en est restée bouche bée.

— Il faut que j'en informe Christine, a-t-elle déclaré en posant sa fourchette avant de se reculer contre le dossier de sa chaise. Il faut qu'elle prenne conscience de l'ampleur de l'affaire. Ça va bien au-delà du simple fait de retrouver Jennifer.

— Et puis, si ça se trouve, Jack n'est pas tout seul.

— Comment ça ?

— Cinquante-huit filles, Tracy. Jack aurait-il réellement pu agir seul ? S'il existe une sorte de société secrète, un club impliqué dans le sacrifice humain comme le groupe de Bataille, bon sang... Ça pourrait être lié, non ?

— L'entrepôt. Il faut qu'on y retourne. Nous devons voir à quoi il servait, ou sert encore, dit-elle. C'est la seule piste qu'il nous reste.

Mon estomac s'est retourné.

— Et si on attendait que Jim soit là ? Laissons-le fouiller ce vieil entrepôt lugubre qui sert peut-être de temple au sacrifice humain, ai-je suggéré avec une lueur d'espoir.

— Sarah, le FBI refuse de rouvrir ces affaires, même si Jim fait preuve de bonne volonté. Ils ne subissent aucune pression. Les médias s'en contrefichent. Pour qu'ils agissent, les choses doivent empirer, c'est comme ça que ça marche. Crois-moi, c'est mon boulot. Nous devons leur fournir quelque chose de plus pour enquêter, quelque chose qui les obligera à creuser plus en profondeur. Et nous devons le faire tout de suite.

— Mais Jim a dit qu'il avait juste besoin d'un peu plus de temps, ai-je tenté d'un ton suppliant.

— Ils ont eu des années pour enquêter. Je commence à croire que tu as raison et, si c'est le cas, nous devons agir tout de suite. On ne peut pas se permettre d'attendre qu'une agence gouvernementale ait fini de trier ses trombones pour se remuer. Il y a forcément un lien entre Noah Philben et Jack. Il y a un truc louche dans le fait que Sylvia ait intégré son Église, puis qu'elle se soit maquée avec Jack par son intermédiaire, et aussi dans le fait que Noah Philben soit allé dans ce club SM. C'est l'entrepôt de Noah. Il faut qu'on découvre ce qu'il y a à l'intérieur.

# Chapitre 28

— Je n'y arriverai pas, ai-je dit à Tracy une heure plus tard quand elle m'a ouvert la porte de sa chambre d'hôtel.

Elle m'a invitée à entrer. La chambre était zone sinistrée, ses vêtements noirs et ses bijoux criards étaient éparpillés partout comme après une tornade gothique. J'ai écarté quelques fringues du fauteuil près de la fenêtre et je me suis assise, le dos droit et le menton levé, déterminée à délivrer le discours que j'avais répété dans ma chambre depuis qu'elle avait émis cette idée folle.

Tracy s'est posée au bord du lit, en tailleur, les coudes sur les genoux et les mains serrées devant elle. Elle attendait, comme si elle savait ce qui allait suivre.

— J'y ai beaucoup réfléchi, et je ne crois pas que j'y arriverai.

— Tu veux dire que tu ne penses pas être capable de retrouver le corps de Jennifer ?

— Non, je parle d'aller à l'entrepôt au milieu de la nuit. Sans la police.

— La police ? Pardon, mais tu trouves qu'il y a un motif valable ? Ils ne pensent même pas qu'il y a crime. Et d'ailleurs, il n'y en a peut-être pas. Violation de propriété. Voilà ce qui nous attend. Et peut-être effraction, si on se montre très courageuses.

— Raison de plus pour ne pas le faire, ai-je répliqué.

— Tu vois une autre façon d'obtenir une piste ?

Je n'ai pas répondu.

— Oui, c'est bien ce que je pensais. Alors qu'est-ce qu'il nous reste, hein ? Tu veux laisser tomber ? Qu'est-ce qui est pire : regarder par la fenêtre d'un entrepôt ou permettre à Jack Derber de se pointer sur le seuil de ta porte en homme libre ?

J'ai tressailli à cette vision.

— Évidemment que ce n'est pas ce que je veux.

— Écoute, je ne suis pas super emballée par cette idée non plus. Mais je n'arrête pas de penser à ces autres filles. Les cinquante-quatre autres. S'il y a la moindre chance d'en retrouver une...

— Est-ce qu'on pourrait au moins y aller en journée ?

— Quand tout le monde peut nous voir ? Ce serait bien plus dangereux. On a besoin de la nuit pour nous couvrir.

J'ai senti mes épaules commencer à trembler, mais j'ai refoulé mes larmes. Je ne voulais pas que Tracy me voie encore pleurer. Je n'arrivais pourtant pas à me résoudre à retourner là-bas.

J'avais besoin d'air. Les fenêtres de l'hôtel ne s'ouvraient pas, alors j'ai attrapé la carte du room service et je me suis éventée avec. Tracy m'observait.

— Allez, Sarah, a-t-elle tenté d'un ton enjôleur. Tu dois y aller. Regarde tout le chemin que tu as parcouru déjà. Il y a un mois, tu ne pouvais même pas te rendre à la laverie automatique. Je sais que ce n'est pas facile pour toi. Pour moi non plus ce n'est pas de la tarte. Mais rappelle-toi que tu ne seras pas seule cette fois-ci.

Tracy s'est rendue dans la salle de bains et en est revenue avec un rouleau de papier toilette.

— Tiens, a-t-elle fait en me le tendant sans plus de cérémonie. Vas-y, pleure un coup. Ça te fera du bien. Ensuite, tu te referas une beauté et on étudiera notre destination sur Google Earth.

Elle s'est tue un instant avant d'ajouter :

— Et si vraiment tu ne t'en sens pas capable, tant pis. J'irai toute seule.

— Tu ne ferais pas ça ! me suis-je écriée avec terreur.

— Si. Tu connais mon principe : foncer tête la première. Affronter sa peur. Passer à l'offensive.

*Exactement ce qu'il me fallait*, ai-je songé avec ironie et amertume. Un autre cadavre sur la conscience. C'était moi qui l'avais attirée jusqu'ici, qui l'avais fait replonger dans ces souvenirs cauchemardesques. Je ne pouvais pas la laisser aller là-bas toute seule. Si quelque chose lui arrivait, la culpabilité me tuerait. Je devais me ressaisir. Je suis restée assise en silence à la maudire, pire, à me maudire moi-même d'avoir enclenché toute l'histoire. Si je n'avais pas insisté, à l'heure actuelle, je serais tranquillement assise dans mon havre de paix à la blancheur immaculée au onzième étage d'un immeuble sécurisé, à commander de la nourriture thaïe en regardant un classique déjà vu cent fois sur une chaîne cinéma du câble.

Bordel, je devais le faire !

Le soir, à 22 heures, vêtues de noir et parées de nos chaussures les plus confortables, nous sommes sorties du parking de l'hôtel. Une partie de moi espérait que je ne saurais pas retrouver le chemin de l'entrepôt. Que la terre s'était ouverte pour l'engloutir, en même temps que tous les rituels pervers qui s'y déroulaient peut-être.

Sur la route, Tracy m'a appris que le matin même elle avait contacté Christine, après avoir réussi on ne sait comment à convaincre Jim de lui donner son numéro.

— Comment ça s'est passé ? ai-je demandé.

— Tu t'en doutes, c'est un miracle qu'elle n'ait pas raccroché tout de suite. Elle a écouté ce que j'avais à dire. Elle n'avait pas grand-chose à répondre, cependant. En fait, elle est restée silencieuse si longtemps que j'ai cru qu'on avait été coupées. Et puis, avec un calme olympien, elle m'a remerciée de l'avoir mise au courant des dernières nouvelles. Et c'est à peu près tout. Elle a prétendu qu'elle avait un avion à prendre et elle a raccroché.

Je me doutais que l'indifférence de Christine contrariait Tracy, mais elle ne voulait pas le montrer. De mon côté, je ne m'attendais à rien de moins de la part de Christine. Je me suis contentée de répondre d'un haussement d'épaules tout en ajustant mes gants et mon bonnet noirs.

Pour retrouver le chemin de l'entrepôt, il nous fallait repartir du club SM. Après plusieurs faux départs, nous avons pris le sentier du Caveau qu'il nous a fallu suivre jusqu'au bout pour avoir confirmation que c'était le bon. Tracy s'est garée sur le parking et a éteint les phares. Autant y aller mollo. Dans l'obscurité, Tracy a observé un homme esseulé près de sa voiture qui enfilait un blouson noir à franges sur ses épaules musclées.

— C'est ton style d'endroit, pas vrai, Tracy ? ai-je dit.

Elle a ri à mi-voix.

— Ça ne te rappelle pas...

Je n'ai pas terminé ma phrase.

Tracy a observé l'entrée du club.

— Si, si, bien sûr. Mais ça m'aide à avoir le contrôle dessus.

Nous sommes restées en silence dans l'obscurité de la voiture quelques minutes de plus, puis nous sommes reparties. Pendant que Tracy se concentrait sur la route sinueuse, j'ai scruté les arbres qui la bordaient, examinant chaque chemin en terre sur la gauche pour trouver celui que nous devions prendre. J'étais tellement terrorisée l'autre nuit que je ne me rappelais plus si j'avais roulé vingt ou quarante-cinq minutes.

Au bout d'un moment, je l'ai vu. J'étais sûre que c'était le bon. La chair de poule qui m'a hérissé le poil à sa vue en disait long. Nous avons dépassé l'entrée d'une centaine de mètres, cherchant un endroit où planquer la voiture. Nous avons trouvé un sentier envahi d'herbes folles et Tracy y a engagé la voiture au maximum en marche arrière, afin de pouvoir repartir rapidement au besoin. Je lui ai demandé de vérifier par deux fois que nous n'étions pas embourbées et que l'herbe n'était pas trop haute pour entraver notre fuite. Je voulais être préparée en cas de départ précipité.

Cette fois, au moins, j'étais bien équipée. Mon téléphone portable était attaché à ma ceinture, ainsi qu'un portable à carte prépayée de secours. Un de chaque côté. Tracy m'a considérée avec dédain. Pourtant, je voyais bien qu'elle aussi avait peur et qu'au fond, elle était rassurée que je les aie. Nous avions chacune une lampe torche et j'avais apporté un petit appareil photo et une bombe lacrymo. Dans ma poche, j'avais enfoui la photo de Jennifer pour me donner du courage.

Plantées l'une en face de l'autre, nous nous dévisagions, nos épaules se soulevant en même temps au moment où nous prenions une profonde inspiration. Puis, sans un mot, nous nous sommes mises en route. Presque aussitôt, nous avons entendu un moteur ronfler et nous avons sauté dans le fossé au passage du véhicule.

— Pourquoi ai-je l'impression que c'est moi le criminel, ici ? a demandé Tracy.

Nous avons longé le bas-côté jusqu'à l'allée, que nous avons remontée au milieu des bois. Au sommet de la butte, nous avons distingué l'entrepôt. Il avait l'air désert. Pas de fourgon, pas de voitures, pas d'hommes. Rien.

J'ai poussé un petit soupir de soulagement pendant que nous nous approchions. Il était peut-être abandonné. Notre mission de détectives amateurs se voyait peut-être contrecarrée. C'était une pensée rassurante, et je m'y suis raccrochée.

Un unique spot sur le côté de l'entrepôt diffusait un large halo de lumière devant la porte d'entrée. Tracy m'a indiqué de la suivre et j'ai contourné le bâtiment sur ses talons, plongeant dans l'obscurité pour rester cachée.

En dehors du vague frémissement des feuilles, les bois étaient plongés dans le silence. Il y avait à peine un souffle d'air. Dans mon appartement, j'aurais peut-être osé ouvrir une fenêtre par une telle nuit.

Après avoir fait le tour du bâtiment et nous être assurées qu'aucun véhicule n'était garé de l'autre côté, nous nous sommes approchées des fenêtres du garage pour jeter un œil à l'intérieur. Mais il faisait trop sombre. Avant que j'aie pu l'en empêcher, elle a tourné la poignée. Verrouillée.

Tentant une autre approche, Tracy est revenue vers la porte du garage, s'est penchée, et a tiré sur la poignée. Je lui ai soufflé d'arrêter. À mon grand soulagement, la porte n'a pas bougé, mais Tracy m'a murmuré qu'en forçant un peu, elle se décoincerait. Elle m'a fait signe de prendre la poignée de l'autre côté. J'ai secoué la tête avec vigueur.

— Pas question ! lui ai-je chuchoté.

— Pour Jennifer, a-t-elle plaidé.

J'ai respiré un grand coup et j'ai cédé. Postée à l'autre bout de la porte j'ai saisi la poignée. Tracy a levé le poing et entamé le décompte. Puis, nous avons tiré de toutes nos forces. J'ai senti la poignée jouer un peu ; nous avons fait une nouvelle tentative, y mettant encore plus de vigueur. Nous sommes parvenues à soulever la porte d'une quarantaine de centimètres. Tracy s'est allongée sur le ventre et a entrepris de se glisser à l'intérieur par l'interstice.

— Qu'est-ce que tu fais ? ai-je demandé presque à voix haute.

— Comment allons-nous découvrir ce qu'il y a là-dedans, sinon ?

Ma respiration s'est accélérée et mon cœur s'est emballé.

— Je t'attends ici, ai-je dit tout en me demandant si c'était plus prudent.

— Comme tu veux.

Je l'ai regardée se glisser dans le garage sombre et me suis mise à marcher de long en large, comptant les pas jusqu'au bois, calculant combien de temps elle mettrait à sortir, combien de temps il nous faudrait pour nous cacher au milieu des fourrés. Alors j'ai entendu un bruit métallique violent. La porte du garage était retombée. S'il y avait quelqu'un à l'intérieur de l'entrepôt, il nous avait sûrement entendues, à présent.

La peur au ventre, je suis retournée aux fenêtres et, dans un état second, j'ai scruté l'obscurité. Les lumières se sont allumées. À travers la vitre, un visage est apparu, à quelques centimètres à peine du mien. J'ai poussé un cri et reculé d'un bond avant de comprendre qu'il s'agissait de Tracy. Avec un sourire, elle a désigné la porte principale. Elle m'y a retrouvée et m'a fait entrer.

— Tu vois, il n'y a personne.

De l'intérieur, l'entrepôt paraissait beaucoup plus vaste, comme une caverne. Malgré tout, les murs me donnaient l'impression de se resserrer sur nous. Jetant un œil par-dessus mon épaule, je me suis assurée que nous avions laissé la porte ouverte.

Le bâtiment était vide à l'exception de rangées de box en acier inoxydable alignés contre les murs, chacun d'une profondeur d'environ un mètre vingt, servant *a priori* à garder du bétail. Au fond de chaque stalle se trouvait un présentoir en métal boulonné au sol et un porte-bloc rempli de feuilles blanches avec un stylo pendouillant à une chaînette.

Dans chaque box, un tuyau en caoutchouc avec un embout vaporisateur pendait du plafond et de petits crochets étaient plantés sur le mur du fond. Une rangée d'ampoules de faible intensité éclairait à peine l'endroit, projetant des ombres tremblotantes en se balançant légèrement au bout de leur fil.

Tracy se tenait dans l'un des box, penchée au-dessus de l'évacuation au centre. Elle s'est agenouillée, examinant quelque chose de minuscule. Je me suis accroupie à côté d'elle. Elle a tendu sa main gantée, attrapé l'objet et l'a levé dans la faible lumière. Le dégoût m'a fait tressaillir : c'était un ongle humain, entier, auquel était encore accroché un morceau de chair séchée. Tracy l'a considéré d'un air grave puis l'a reposé délicatement où elle l'avait trouvé. Assises sur nos talons, nous étions horrifiées, essayant de deviner ce que la présence de chair humaine signifiait.

Comme je tournais le dos à la porte, Tracy a été la première à apercevoir les phares. J'ai vu la panique emplir son regard avant de comprendre ce qu'il se passait. J'ai entendu le vrombissement du moteur au-dehors, puis une portière a claqué alors que le moteur continuait de tourner. Nous n'étions plus seules.

Pas le temps d'éteindre la lumière. Le bruit provenait du côté de la porte d'entrée, alors nous nous sommes précipitées vers celle du garage, attrapant chacune une poignée pour la hisser. Mais en retombant, la porte s'était verrouillée pour de bon.

Un frisson glacé m'a traversé le corps. Il n'y avait pas d'autre sortie que la porte principale. Nous avons entendu des pas approcher et, dans la panique, nous avons couru jusqu'au box le plus éloigné. Nous nous sommes aplaties contre le mur, dissimulant nos pieds sous un grand seau en plastique qui se trouvait dans le coin.

Je me suis maudite pour la lumière. C'était ma faute. Tracy ne l'avait allumée que pour me rassurer. Si seulement nous avions utilisé nos lampes torches, nous aurions eu une chance.

Nous avons entendu les pas de trois hommes approcher. Une voix a retenti dans la pièce faiblement éclairée.

— Du calme, du calme. On vient en paix.

Gros éclats de rire de la part des deux autres.

Tracy et moi nous sommes davantage rencognées dans l'angle, tout en sachant que se cacher ne servait à rien. Ce n'était qu'une question de temps avant qu'ils nous découvrent. J'ai sorti mon portable de ma ceinture avec précaution et l'ai tenu contre mon flanc. Le plus infime de mes mouvements projetait une ombre, alors si je bougeais la main, cela attirerait leur attention. Tracy l'a remarqué aussi, et comme elle ne pouvait me retenir physiquement ni oralement, elle m'a jeté un regard suppliant. Je n'avais pas vu cette expression depuis la cave.

J'étais victime d'un dilemme : impossible de porter le téléphone à mon oreille sans nous faire repérer, et pourtant si je ne passais pas de coup de fil, si je ne parvenais pas d'une manière ou d'une autre à joindre quelqu'un au-delà des murs de cet entrepôt, le pire était à prévoir. J'ai baissé le regard au maximum sans bouger la tête, sélectionné le numéro de Jim dans mon répertoire, et entrepris de rédiger un texto d'une main. Mais que pouvais-je lui dire ? *Je suis dans un entrepôt, dans l'Oregon, et je ne sais pas très bien où.* À quoi ça l'avancerait ? Toutefois, j'avais reconnu la voix, alors j'ai tapé tout doucement, handicapée par mon immobilité contrainte. Deux mots : « Noah Philben ». C'était la seule piste.

Presque aussitôt après que j'ai appuyé sur « envoi », les hommes, qui avaient dû se faire signe, ont accouru vers nous. Tracy a poussé un petit cri. J'étais incapable d'émettre le moindre son, j'étais tétanisée par la peur.

Avant que je comprenne ce qui se passait, l'un des hommes m'a empoignée, saisissant mes deux bras d'une seule main, tout en retirant de l'autre ma ceinture. Tout mon matériel est tombé à terre. L'autre homme tenait Tracy avec la même fermeté. Noah Philben s'approchait de nous d'un pas tranquille.

— Bienvenue dans la sacristie, Sarah. Oh ! pardon, comment m'as-tu dit que tu t'appelais, déjà ? Je ne me le rappelle pas. Mais je me souviens de Sarah.

Il m'a attrapée par le menton, le caressant doucement du pouce. N'importe quel contact humain m'était insoutenable, mais celui-ci en particulier était au-dessus de mes forces. J'ai été prise de sueurs froides. Quand j'ai reculé, l'homme qui me tenait a resserré sa prise et m'a poussée plus près de Noah Philben.

— Ça t'étonne que je connaisse ton nom, Sarah ? a-t-il dit en s'esclaffant avant de sortir une cigarette. Ça ne te dérange pas si je fume, hein ? C'est ce que je pensais.

Il a allumé sa cigarette et pris une longue bouffée avant de souffler la fumée, comme il fallait s'y attendre, en direction de mon visage. J'ai toussé mais essayé de garder une expression impassible.

— J'ai su qui tu étais dès le début, ma chère. Le jour où tu es venue dans mon bureau. Direct à ma porte ! Je n'y croyais pas. Alors, tu vois, je t'ai fait suivre. On t'a filé le train tout le temps. Qui crois-tu que c'était lors de votre petite virée scout au lac ?

J'ai jeté un œil à Tracy. Elle était terrorisée. Je ne savais absolument pas ce qui pourrait nous aider dans cette situation. Si j'avais pensé une seconde que supplier pour rester en vie pouvait servir à quelque chose, je l'aurais fait. Mais je voyais dans les yeux de Noah Philben que ça ne m'apporterait rien d'autre que des sarcasmes. Il adorerait me voir ramper à ses pieds, mais au bout du compte rien ne le ferait renoncer à ses projets.

— Tu te demandes ce qu'on fabrique ici dans cet entrepôt, hein ? Bien sûr, c'est là que nous procédons à l'office. On y fait des sermons plusieurs fois par semaine, pas vrai, les gars ?

Les deux autres se sont esclaffés d'un ton bourru, et celui qui me tenait a un peu relâché sa prise. J'ai regardé vers la porte par laquelle ils étaient entrés. Elle était ouverte. Au-dehors, le fourgon blanc se détachait clairement sur le ciel obscur. Je ne voyais personne, mais j'entendais le moteur ronronner. Une faible lueur d'espoir s'est allumée en moi.

Du coin de l'œil, j'ai observé si Tracy me suivait mais son regard était rendu vitreux par la peur et elle ne pouvait ou ne voulait pas croiser le mien. Une fois de plus, je devrais l'abandonner pour m'échapper. J'ai hésité une seconde – une seconde fatale, s'est-il avéré – car avant que je puisse agir, Noah a tourné la tête vers la porte et les hommes nous ont traînées dehors.

Je me suis défendue, j'ai donné des coups de pied et crié à pleins poumons. Mon violent éclat de fureur a semblé sortir Tracy de sa torpeur et elle s'est mise à hurler avec moi. Je savais, par les avertissements répétés pendant mon enfance et chaque expérience vécue depuis, y compris la plus dévastatrice de toutes, que je ne devais pas les laisser me jeter dans ce fourgon. Sinon, tout serait fini. *Ne jamais monter dans la voiture d'un inconnu.* Je l'avais appris à mes dépens.

J'ai rassemblé chaque once de force qu'il me restait, mais mon ravisseur m'empoignait si fermement que j'ai cru qu'il allait me dépecer. La peau me brûlait. Je connaissais cette sensation. La douleur m'a incitée à redoubler de violence. J'ai rué, puis relâché mes muscles avant de me tendre à nouveau, luttant de toutes mes forces. Mais Noah ne s'était pas entouré de ces types pour leur conversation. Ils étaient forts comme des taureaux. Et ils nous tenaient.

# Chapitre 29

Avant que nous puissions comprendre ce qu'il nous arrivait, les portes arrière du fourgon se sont ouvertes, et j'ai découvert à l'intérieur sept ou huit filles, toutes plus jeunes que nous, vêtues de robes blanches légères. Le regard triste et le visage tiré, elles nous contemplaient sans émotion ni surprise. On nous a poussées sans cérémonie à l'intérieur, et nous avons atterri sur plusieurs d'entre elles, qui sont restées imperturbables. En fait, elles ont à peine remarqué notre présence. De nouvelles arrivantes ; apparemment, c'était la routine.

J'ai relevé les yeux à temps pour voir les portes du fourgon se refermer. J'ai entendu les portières avant s'ouvrir puis claquer, et le moteur rugir. Une solide cloison métallique nous séparait de la cabine conducteur : nous ne pouvions les voir et eux non plus. Une étroite fenêtre courait sur chaque paroi latérale. Difficile à dire dans l'obscurité, mais j'imaginais qu'elles étaient teintées en noir. C'était le van de l'Église.

J'ai frappé avec désespoir contre les portes du fourgon jusqu'à ce que Tracy me pousse sur un des strapontins libres au fond. Les sièges étaient pourvus de ceintures de sécurité mais aucune des filles n'avait bouclé la sienne. J'ai pris place à côté de Tracy et mis ma ceinture. Même au cœur de notre situation désespérée, Tracy m'a jeté un regard interrogatif, puis elle m'a imitée. Autant ne pas mourir dans un accident de la route, même si les autres filles avaient sans doute le sentiment que ce serait un sort plus heureux que tout ce qu'elles vivaient.

Il faisait sombre dans l'habitacle, mais une petite lumière brillait encore au plafond. Je voyais assez distinctement le visage des filles qui nous accompagnaient. De près, elles semblaient encore plus jeunes. Certaines étaient jolies, ou l'avaient été avant que toute vie déserte leur visage. D'autres, non. Toutes avaient l'air affamées, comme nous des années auparavant.

J'ai reconnu leur expression, chacune des filles comme rentrée en elle-même, à l'abri dans le semblant de refuge qu'elle s'était créé dans la tête. Le coin le plus reculé de leur esprit, où personne ne pouvait les atteindre, où même la douleur physique n'avait plus prise. Je vivais dans un tel endroit depuis presque treize ans maintenant.

La fille assise en face de nous avait dû être coiffée à la garçonne à une époque mais, désormais, elle était échevelée et ne ressemblait plus à rien. Elle nous a lancé un regard légèrement plus humain, moins animal, que les autres.

Dans le noir, je lui ai murmuré :

— Qui sont ces hommes ? Où est-ce qu'ils nous emmènent ?

Je me suis presque étonnée d'entendre ma voix trembler. Le choc avait – temporairement en tout cas – supplanté ma terreur.

Un demi-sourire a brièvement étiré ses lèvres. Je ne pensais pas qu'elle répondrait. Quand enfin elle a parlé, j'ai remarqué qu'il lui manquait deux dents.

— Tu veux vraiment le savoir ?

— Oui, a dit Tracy. Oui, nous voulons vraiment le savoir. Il faut qu'on trouve un moyen de sortir d'ici.

J'ai perçu la peur dans la voix de Tracy, malgré ses efforts pour la dissimuler.

La fille a reniflé.

— Ouais, ben bon courage, a-t-elle répliqué. Enfin, si vous en trouvez un, faites-moi signe. Je suis partante. Pour n'importe quoi. Mais je doute que ça arrive. Vous ne savez pas à quoi vous vous mesurez.

— Dis-nous, alors.

— On a vu un paquet de trucs moches nous aussi. Tu serais surprise, a ajouté Tracy.

La fille nous a fixées droit dans les yeux.

— Non, rien ne m'étonne plus. Vous imaginez quoi ? a-t-elle demandé d'une voix douce, les yeux rivés sur les fenêtres obscurcies.

Je n'avais pas envie d'imaginer.

Puis elle s'est adressée directement à moi :

— Quoi que tu t'imagines, dis-toi que c'est pire.

Elle n'avait aucune idée de la noirceur dans laquelle mon imagination pouvait sombrer. J'ai essayé de me concentrer sur quelque chose de plus productif. Comme chercher un moyen de m'enfuir.

— Tu penses qu'on va rouler toute la nuit ?

— Ça dépend...

— De quoi ? a marmonné Tracy, dissimulant à peine son agacement ; elle n'aimait pas les devinettes.

— De la commande.

— La commande ?

J'aurais voulu qu'elle aille droit au but. J'avais besoin de savoir ce qui nous attendait.

— Vous savez..., a-t-elle fait en agitant les doigts sur un clavier imaginaire. Ce que le client commande sur Internet. Mon conseil ? Faites exactement ce qu'ils disent, et ça fera un peu moins mal dans l'ensemble.

J'ai regardé l'autoroute défiler derrière nous, essayant de ne pas visualiser ce qu'elle laissait entendre.

Tracy s'est penchée et a soulevé le poignet de la fille assise à côté d'elle, qui n'a même pas semblé remarquer.

— Pas de sangles, en tout cas.

— Pas dans le fourgon, a rétorqué la fille. Ils doivent assurer leurs arrières au cas où les flics nous arrêteraient. On connaît la chanson : on est membres d'un ordre religieux. On dirait la camionnette d'une église, sauf que la poignée de notre côté est bloquée. On ne peut pas ouvrir.

C'était donc ça. L'organisation religieuse de Noah Philben était une couverture. Sylvia était-elle l'une de ces filles ? Voulant tellement en sortir qu'elle avait accepté d'épouser Jack Derber ?

J'ai secoué la tête, repoussant cette idée. À quoi bon ? Rien de tout ça n'avait d'importance si nous ne sortions pas vivantes de cette histoire. À cet instant, mon esprit était tout à fait clair. Malgré ma peur, je me sentais pleine d'énergie. Tout comme je l'avais été pendant ma fuite.

Apparemment, les seules fois où j'étais calme, c'était quand le pire était enfin arrivé. Maintenant, je pouvais me concentrer. C'était pour ça que je m'étais préparée. Je n'avais plus qu'à réfléchir. Réfléchir nous sauverait.

— Que se passe-t-il quand vous arrivez à un nouvel endroit ? Raconte-moi dans le détail, ai-je dit.

La fille a eu un sourire narquois et secoué la tête, se couvrant la bouche d'une main.

— Ça dépend. Parfois, on a des instructions particulières. D'autres fois, tu sais, on doit d'abord... s'habiller quelque part.

Elle a esquissé un geste de la tête en direction d'un coin du fourgon où reposait un grand coffre en bois, verrouillé par deux gros cadenas en métal.

— Si nous n'avons pas rendez-vous, ils nous emmènent dans l'un de leurs bâtiments et nous y enferment pour la nuit. Apparemment, ils possèdent beaucoup de... locaux.

— Est-ce qu'on vous laisse parfois seules ? a demandé Tracy, d'un ton désespéré.

— Seulement quand ils sont convaincus qu'on est totalement soumises. Quand ils savent qu'on est trop terrorisées pour tenter de nous échapper. Quand on croit les histoires qu'ils nous racontent.

— Quelles histoires ?

J'ai posé la question tout en craignant la réponse.

— Au sujet de la traite des Blanches. Ils disent qu'il existe une vaste organisation qui nous pourchassera et nous tuera si on tente de fuir. Et qui tuera notre famille. Pour celles qui en ont encore une.

Le moteur du fourgon est monté en régime et le véhicule a opéré un virage serré à droite.

Nous buvions les paroles de cette fille, essayant de saisir l'inimaginable.

— Comment t'es-tu retrouvée ici ? a demandé Tracy après quelques minutes de silence.

— J'ai été bête. Je me suis fourrée toute seule dans ce pétrin. À quatorze ans, je me suis enfuie avec mon copain, et on a fait du stop jusqu'à Portland. On voulait tous les deux s'échapper de situations familiales pourries.

Elle s'est essuyé le nez du revers de la main.

— On aurait dû le savoir, a-t-elle poursuivi. Mais quand on est jeunes, on croit que ça n'arrive qu'aux autres. Enfin, on n'était que des gosses à l'époque.

Je me suis mordu la langue, songeant qu'aujourd'hui encore, elle n'était qu'une gamine.

Tracy s'est penchée en avant.

— Laisse-moi deviner. La drogue. C'était quoi ? Héroïne ? Ecstasy ? Kétamine ?

La fille l'a considérée d'abord d'un regard ébahi puis a acquiescé.

— Héroïne. C'était le truc de Sammy, alors... Vous connaissez l'histoire : pour payer sa came, il devait en vendre. C'était pas franchement une lumière, alors vous savez, l'argent coulait pas à flots. Surtout qu'il a fini par s'injecter la moitié de sa marchandise.

Elle a secoué la tête, visiblement plus dégoûtée par le misérable sens des affaires de Sammy que par le fait qu'il était toxico et dealer.

— Alors il s'est mis en cheville avec ces gentils messieurs qui nous servent de chauffeurs en ce moment même. Il fallait qu'il paye ses dettes, d'une façon ou d'une autre.

Elle a haussé les épaules.

— Avec... avec toi ? ai-je demandé révoltée.

— Ouais, ben... J'aurais dû me douter qu'il préparait un mauvais coup. Il m'a suppliée de l'accompagner à un échange. Il s'est mis à genoux et a commencé à chialer, à dire qu'il ne pouvait pas le faire sans moi. Il était très convaincant. J'imagine que n'importe qui peut devenir un excellent comédien quand sa vie est en jeu.

Elle s'est tue et a contemplé le plafond. L'expression de son visage était indéchiffrable.

— Je sais qu'il m'aimait. Et je sais que ça l'a presque tué de devoir faire ça mais, vous savez, c'était lui ou moi. Un seul d'entre nous pouvait s'en sortir vivant à ce moment-là. Et il s'est choisi lui. Normal, a-t-elle fait avec une moue désapprobatrice.

« Il m'a amenée à cet entrepôt au milieu de nulle part. Je me suis rejoué la scène des millions de fois dans ma tête. Évidemment que c'était une mauvaise idée. Évidemment que ça ne pouvait pas bien se terminer. C'était certainement suicidaire d'entrer dans ce bâtiment ce jour-là. Quoi qu'il en soit, on l'a fait. On est entrés, deux gamins à la vie merdique. Et il y avait ces trois mecs – elle esquissa un geste vers nos chauffeurs –, assis autour d'une toute petite table pliante au milieu de la pièce. C'était presque comique, en fait. Ils étaient vraiment… grands, vous voyez.

Elle a écarté les mains en l'air, et repris avec un rire :

— Et la table était minuscule entre eux.

Elle a resserré les mains, nous montrant les proportions.

Elle a eu du mal à poursuivre, tant elle rigolait. On a attendu sans un mot, l'humour de la situation nous échappant complètement.

Au bout d'un moment, elle a repris :

— Je ne me suis pas méfiée tout de suite, mais j'ai eu les jetons quand j'ai vu leurs têtes. Ils souriaient de toutes leurs dents. En y repensant, je me dis qu'ils savaient reconnaître une source de revenus quand ils en voyaient une. Sur le coup, j'ai eu peur qu'ils me violent. Marrant.

Elle a porté le regard au loin et dégluti avec difficulté. Mais elle n'a pas versé une larme.

— J'étais plutôt naïve. Je croyais qu'un petit viol collectif était la pire chose au monde.

Elle a ri, mais jaune cette fois. Elle a écarté une mèche de cheveux bruns de ses yeux, l'a coincée derrière son oreille.

Nous nous sommes tortillées toutes les trois sur nos sièges, baissant le nez sur nos genoux. Comme si nous ne pouvions même plus nous regarder et percevoir dans les yeux de l'autre la honte que nous partagions. Je me suis tournée vers la rangée de filles à côté de nous. Si elles écoutaient notre conversation, elles le dissimulaient bien. Chacune semblait perdue dans ses pensées, ou dans le vide qui emplissait son esprit. Au bout d'un moment, la fille a repris la parole.

— Bref, ils m'ont empoignée et traînée à l'écart. Sammy pleurait et criait combien il m'aimait. Pauvre Sammy, perdre sa petite amie comme ça. Quand ils lui ont dit de foutre le camp, il a tourné les talons et couru comme un dératé jusqu'à la porte. C'était malin de sa part, je suppose. Me piéger et décamper. Je sais que ça l'a anéanti, par contre. Peut-être que ça a suffi à le faire décrocher. Je l'espère en tout cas.

Elle a poussé un soupir.

J'étais émerveillée par la capacité de cette fille à pardonner.

— Tu ne le hais pas ?

— Le haïr pour quoi ?

De nouveau elle a soupiré, plus profondément cette fois, et levé les yeux vers la faible lumière au-dessus de nous.

— Il ne faisait que suivre sa destinée. Inutile de me fatiguer à le détester. C'est comme ça. Ce sont les cartes qu'on m'a données. Quand on souffre déjà, ça ne sert à rien de regretter, en plus. Maintenant, tout ce que je peux faire, c'est me demander chaque matin si je vais survivre. Je ne dis pas ça d'un point de vue psychologique, mais dans un sens littéral. Est-ce que je serai encore vivante à la fin de la journée ? Certaines d'entre nous ne reviennent pas.

— Peut-être qu'elles ont réussi à s'échapper ? ai-je hasardé avec une lueur d'espoir.

— Impossible. Comme j'ai dit : regardez-les...

Elle a esquissé un large mouvement du bras en direction des autres filles du fourgon.

— Elles ont l'air de planifier une évasion ? Elles croient toutes dur comme fer à l'existence et au pouvoir du réseau, pas vrai les filles ? a-t-elle demandé sans nous quitter des yeux. Et peut-être bien qu'elles ont raison. Après tout, on est marquées.

— Comment ça, marquées ? a interrogé Tracy en se redressant d'un coup.

— Ils nous ont marquées au fer rouge.

Elle a presque craché ces mots, penchée en avant. Puis elle s'est renfoncée dans son siège et a observé nos réactions d'un air suffisant.

Aucune de nous deux n'a cillé.

— Explique, a lancé Tracy d'une voix blanche.

La fille a désigné sa hanche du doigt.

— Une marque. Juste là. Ils disent que tout le monde dans le « réseau », dans le milieu pourrait-on dire, connaît cette marque. Comme des propriétaires de bétail. Si on se fait choper par n'importe qui dehors, on nous rendra à notre propriétaire légitime.

— À quoi ça ressemble ? ai-je demandé, terrifiée à l'idée de connaître déjà la réponse.

— Difficile à dire ; je n'aime pas trop la regarder. Ça cicatrise rarement bien, alors sur certaines filles, ça ressemble à un bout de peau ratatiné. J'imagine que les gens du réseau sont dotés de talents particuliers pour déchiffrer les cicatrices. Ça ressemble un peu à une tête de taureau, sauf que les cornes partent à l'horizontale avant de monter.

Elle a levé les mains au-dessus de sa tête, les index tournés sur les côtés pour nous montrer.

— Est-ce que ça pourrait être un homme sans tête avec les bras écartés ? Tu sais, avec le corps comme celui du dessin de Léonard de Vinci ?

Elle a haussé les épaules en signe d'ignorance, que ce soit du concept d'homme sans tête ou de la référence à Léonard de Vinci.

— Peut-être, oui.

Je me suis levée à moitié, me cognant presque le crâne au plafond du fourgon, et, me tournant légèrement, j'ai défait les boutons de mon pantalon, l'ai baissé, puis j'ai désigné ma marque, mon propre petit bout de chair ratatinée.

— Est-ce que ça ressemble à ça ? ai-je presque crié, m'étouffant avec les mots.

Un doigt sur ses lèvres, la fille m'a murmuré avec colère :

— Moins fort ! Ou alors ils vont s'arrêter pour voir ce qu'il se passe.

Elle s'est penchée vers moi, et j'ai approché ma hanche de la lumière. Elle l'a longuement examinée puis a haussé de nouveau les épaules.

— Oui, ça se pourrait. Comme je l'ai déjà dit, difficile d'être sûre.

Elle a avalé sa salive puis a pris tout à coup une expression effrayée.

— Une minute. Est-ce que ça veut dire que vous étiez dans le réseau plus jeunes, que vous vous êtes échappées, et que... qu'on vous a rattrapées ? Alors ils baratinent pas ? Et c'est pour ça que vous êtes si vieilles ?

J'ai senti Tracy tressaillir à côté de moi. Avait-elle raison ? Nous nous posions toutes les deux la question. Avions-nous été ramenées dans le « réseau » après tout ce temps, rendues à notre propriétaire légitime ? Les dix années qui venaient de s'écouler n'étaient-elles qu'une illusion ? Étions-nous de retour dans la réalité ?

— Alors, a-t-elle poursuivi en nous toisant, je n'ai pas besoin de vous dire ce qui vous attend ? Vous le savez ?

Tracy s'est penchée vers elle. Leurs visages se touchaient presque dans la semi-obscurité.

— Écoute, ce qu'on a vécu était mille fois pire. J'ai été retenue prisonnière dans une putain de cave par un putain de psychopathe pendant cinq ans, enchaînée au mur. Les seules fois où je visitais l'étage, c'était pour être torturée.

Elle s'est renfoncée dans son siège, attendant que la fille digère l'information, mais elle s'est contentée une nouvelle fois de hausser les épaules.

— Ça a l'air d'une partie de plaisir à côté de ce qu'on vit. On dirait que toi t'avais qu'un client. Un seul client c'est plus facile que des centaines. C'est mathématique. Un seul client, même si c'est un vrai taré, tu peux le percer à jour. Comprendre un peu comment il fonctionne. Échafauder des plans. Le manipuler. Pas beaucoup. Mais suffisamment pour que ça fasse un peu moins mal. Quand tu changes de client tout le temps, tu ne sais jamais sur quoi tu vas tomber.

— Tu ne sais pas du tout de quoi tu parles, a répliqué Tracy. Au moins, tu vis dans le monde extérieur.

— Le monde extérieur ? a répété la fille avec dédain. Tu crois que c'est comme ça que ça se passe ? À moins que les sous-sols et les chambres capitonnées et les pièces converties en cellules...

Brusquement, elle s'est tue, s'est mordu la lèvre inférieure et a détourné les yeux.

Quand elle a reporté son attention sur nous, son regard était sombre et voilé. Son attitude de dure à cuire s'est évanouie en une seconde, et j'ai distingué la peur et la souffrance sur son visage.

Je n'aimais pas les images qui emplissaient soudain mon esprit. Je ne voulais pas connaître la cause de sa souffrance.

— Et si on se concentrait plutôt sur ce qu'on va faire ? Peu importe qui a le plus souffert jusqu'à présent. Essayons plutôt de trouver un moyen de ne pas souffrir davantage.

Je me suis tournée vers les visages d'automates à côté de moi.

— Les filles, on est plus nombreuses qu'eux.

— La ferme ! a murmuré la fille en face de moi. Si tu essaies de lancer une révolution, elles te dénonceront dans les cinq secondes. Elles meurent d'envie de jouer les informatrices. Ça leur vaudra une journée entière de repos. Toute une journée sans que personne ne les touche. Alors boucle-la.

Je l'ai considérée d'un œil incrédule, puis je me suis tournée vers Tracy, mais cette dernière restait impassible.

La fille n'a plus prononcé une parole.

Dans le silence de l'habitacle, tandis que le fourgon bringuebalait dans la nuit, j'ai repensé à ce que cette fille nous avait raconté et mon calme a commencé à se dissiper. Mon cœur battait si fort que j'ai cru qu'il allait me sortir de la poitrine.

Au bout de quelques heures, alors que l'aube pointait, le fourgon a pris un virage serré et cahoté sur ce qui semblait être un chemin de terre. La camionnette tanguait de gauche à droite, poussant des craquements sonores, avant de s'immobiliser doucement. Tracy et moi nous sommes redressées d'un bond, tous nos sens en alerte, et elle a tapoté la jambe de la fille en face de nous pour la réveiller. Cette dernière a secoué lentement la tête pour s'extirper du sommeil. Au début, elle a paru déconcertée puis, nous remettant, elle nous a décoché un geste du menton.

Tracy s'est penchée vers elle et lui a chuchoté :

— Au fait, comment tu t'appelles ?

— Hein ? a marmonné la fille, apparemment confuse.

Avait-elle oublié son nom dans tout ce chaos ?

— C'est quoi ton nom ? a redemandé Tracy.

— Oh ! ça ! a-t-elle fait avec un sourire édenté. On ne me l'a pas demandé depuis un moment. Je m'appelle Jenny.

Jenny. Ce nom m'a procuré un relent de courage. Je me suis tournée vers Tracy et j'ai vu ma propre détermination se refléter sur son visage. Ensemble, nous nous sommes préparées à affronter l'instant où les portes s'ouvriraient.

# Chapitre 30

Nous sommes restées un bon moment dans le fourgon à attendre. Le moteur tournait au ralenti, faisant vibrer légèrement nos sièges. Puis, le contact a été coupé. Les portières avant se sont ouvertes avant de se refermer dans un claquement sec. Alors le silence est tombé. Un silence de plomb. Cinq minutes se sont écoulées, puis dix.

Les bras raides, je me suis agrippée au vinyle froid sous mes fesses. Quelqu'un a soulevé la poignée de la porte arrière une première fois, mais rien ne s'est passé. On a entendu la portière côté conducteur s'ouvrir avec une lenteur exaspérante. Comme pour nous provoquer. À l'intérieur, personne n'a bougé, nous tendions l'oreille. Alors nous avons perçu le cliquetis sourd du verrou. Ils venaient nous chercher.

Jenny a murmuré :

— Je ne sais pas qui c'est ; je connais leurs tics et leur démarche à tous. Ça doit être un nouveau.

— Tant mieux, non ? a déclaré Tracy avec un brin d'optimisme en dépit de la peur dans sa voix. Il n'aura pas l'habitude. On peut le prendre par surprise.

Jenny s'est à moitié levée et, courbée, s'est avancée vers les portières. Tracy et moi l'avons imitée, nous frayant un chemin à travers les genoux et les pieds des autres filles, qui essayaient de dormir tant qu'elles le pouvaient.

Tout à coup, les portes arrière se sont ouvertes à la volée. Au lieu de bondir en avant, prête à me mesurer à quiconque se trouvait sur mon chemin, je me suis figée. Je n'en croyais pas mes yeux. Une demi-seconde plus tard, la voix tremblante de Tracy s'est élevée derrière moi.

— Christine ?

Sur le coup, j'ai été incapable de comprendre comment cela était possible. Mais elle était bien là. Christine. Dans toute sa splendeur de Park Avenue, coiffée avec soin et chaussée comme pour une randonnée automnale. Elle tenait les portes du fourgon ouvertes, contemplant avec horreur le chargement humain. Alors, elle est passée à l'action.

— Tout le monde dehors ! Allons-y, a-t-elle chuchoté presque à voix haute avec assurance, comme une maman déchargeant l'équipe junior de lacrosse de sa voiture.

Chacune de nous est descendue tant bien que mal du fourgon, les filles derrière nous s'arrachant à leur sommeil. Tracy a attrapé les traînardes par les bras, les poussant dans le jour levant. Certaines étaient abasourdies et ne comprenaient pas ce qu'il se passait. Moi-même je n'y comprenais rien. Qu'est-ce que Christine fichait ici ?

Mais l'heure n'était pas aux questions.

Une fois dehors, Tracy a dévisagé les filles qui restaient plantées là sans réagir, l'air hagard.

— Les filles, ne soyez pas stupides. Courez !

J'ai jeté un rapide coup d'œil autour de moi. Le fourgon était garé derrière une grange à moitié effondrée dans le champ de seigle voisin, envahi de mauvaises herbes. Non loin se trouvait une ferme tout aussi délabrée, où une unique fenêtre était éclairée. Sans perdre une seconde, j'ai imité Christine qui courait vers le bas de la colline, loin de la maison, et détalé comme si j'avais littéralement le diable aux trousses.

Pour un regard extérieur, la scène pouvait paraître splendide et céleste. Toutes ces filles, pieds nus, dans des robes blanches vaporeuses, s'élançant à vive allure, louvoyant dans les bois paradisiaques de la campagne profonde. Telles des nymphes. Des séraphins.

Le temps s'écoulait au ralenti comme dans un rêve fluide et frappant de réalisme. Les visages des filles reflétaient leur stupeur, leur terreur, leur égarement. Des éclairs de robes blanches apparaissaient et disparaissaient entre les branches. Tracy, Christine et moi pouvions sans problème nous repérer dans le groupe qui se déployait, nous étions les seuls points noirs dans cette vague de blancheur qui déferlait au pied de la colline.

Tout à coup, j'ai été transportée de joie. J'ai ri aux éclats. J'ai ri dans les rayons du soleil qui étincelaient à travers le vert des arbres. D'une certaine manière, ma joie – ma joie d'être libre, d'en avoir réchappé d'un cheveu, de voir Christine nous porter secours au petit matin – allégeait mon esprit ; je n'arrivais plus à m'arrêter de rire. Tracy et Christine m'ont entendue et imitée, et bientôt nous courions toutes les trois dans ces bois, y trébuchions, chancelions, tout en libérant des éclats de rire fous, déments, désespérés.

Enfin, nous avons débouché sur une clairière. Christine a ralenti le pas pour regarder son téléphone, puis a tapoté dessus comme une malade. Plusieurs des filles avaient cessé de courir, épuisées, souffrant de points de côté. Nous nous sommes arrêtées dans la clairière où chacune a tenté de reprendre son souffle, l'oreille à l'affût. Les bois étaient plongés dans le silence. On n'entendait ni chiens, ni hommes, ni coups de feu. Un calme étrange régnait sur la campagne.

À travers ses larmes, Christine souriait. Comme j'allais lui demander ce que nous devions faire ensuite, j'ai entendu le vrombissement des hélicoptères. Quatre ou cinq appareils survolaient la clairière ; le son combiné de leurs pales bourdonnait comme une seule à mes oreilles. Christine a accouru vers nous, les bras écartés, pour nous faire signe de nous baisser. Les filles en blanc ont levé des yeux émerveillés tandis que l'un des hélicos se posait.

Sitôt l'appareil au sol, un homme de grande taille en tenue de vol et gilet pare-balles noirs en a sauté et s'est avancé vers nous, sans cesser de parler dans sa radio accrochée à l'épaule.

— Jim ! me suis-je écriée.

J'allais me précipiter vers lui, mais j'ai ralenti en voyant Tracy et Christine m'emboîter le pas.

Jim nous a contemplées en secouant la tête. Puis un sourire a étiré ses lèvres.

— Sarah, vous vous souvenez : tout ce que je vous avais demandé, c'était de témoigner à l'audience ? Regardez dans quel pétrin vous vous êtes fourrée.

Il a failli me prendre dans ses bras mais s'est retenu au dernier moment, se rappelant à qui il avait affaire.

Tracy, elle, lui est tombée dans les bras, aussitôt imitée par Christine. Elles déliraient, le remerciant encore et encore d'être venu.

Pris dans leur étreinte, Jim m'a observée. Tout ce que j'ai pu lui offrir a été un sourire timide, qu'il m'a rendu. Ses yeux étaient emplis de compassion et d'une tendresse qui m'a surprise. *Il est humain*, ai-je songé en détournant le regard, soudain submergée par l'émotion. *Surtout pour un agent du FBI.*

Ils nous ont toutes fait grimper à bord des hélicos, et moins d'une heure plus tard, nous avons atterri sur le parking d'un poste de police. J'ai rapidement appris que nous nous trouvions dans une petite ville aux abords de Portland. Le bâtiment massif en briques datait des années 1950, et il n'avait visiblement pas beaucoup été entretenu depuis. À l'intérieur, les plaques de lino au sol se recourbaient sur les côtés, et la peinture décolorée aux murs s'écaillait.

Tous les officiers de police du comté étaient présents dans le bâtiment, et tous les journalistes et équipes télé de l'État campaient à l'extérieur. Trois ambulances, toutes sirènes hurlantes, attendaient notre arrivée et, dès notre entrée dans le commissariat, les urgentistes se sont précipités à notre rencontre.

Un peu plus tard, enveloppée dans une couverture, j'étais assise au bureau d'un officier qui, à quelques pas de moi, me considérait bouche bée. Quelqu'un m'a tendu une tasse de café, et j'en ai bu une gorgée. Christine et Tracy étaient installées de chaque côté de moi, sur des chaises à roulettes. Christine se balançait légèrement sur la sienne, avec nervosité.

Cette scène en a fait resurgir une autre dans ma mémoire, identique, dix ans plus tôt. Sauf qu'aujourd'hui, tout autour de moi se trouvaient des filles en robes longues, certaines interrogées par des policiers, d'autres buvant du café le regard braqué droit devant elles, toutes essayant de donner un sens à ce retournement de situation. Je savais dans quelle confusion elles se trouvaient. Pour ma part, en revanche, j'avais l'impression de rentrer à la maison.

— Un jour, il faudra qu'on m'explique ce qui vient de se passer. Mais, pour l'instant, ça me suffit amplement d'être assise à ce bureau dans cette petite ville pittoresque, à boire du jus de chaussette, ai-je dit, envahie d'une joie presque totale.

Au lieu de vivre un nouveau traumatisme, je me sentais revigorée. Cette situation me paraissait la plus normale au monde. Ça, je pouvais gérer. C'était plus facile que d'attendre de voir ce qui allait arriver.

— Eh bien, c'est très simple, en fait, a commencé Christine. Quand Tracy a appelé hier matin pour me parler de la liste...

— La liste ? l'ai-je interrompue.

Le choc des derniers événements m'avait fait tout oublier.

— Oui, tu sais, la liste de Jim sur les filles disparues lors des colloques de Jack Derber.

J'ai acquiescé et elle a poursuivi.

— Quand elle m'en a parlé, quelque chose en moi a craqué, et j'ai su que, d'une façon ou d'une autre, je devais tout faire pour l'empêcher de sortir. Après tout, comme tu l'as si bien fait remarquer, j'ai des filles.

« Mais il n'y avait pas que ça. Depuis que je t'ai revue, j'ai beaucoup repensé à tes recherches. Toutes ces années passées à essayer d'oublier notre passé. Je craignais de retomber au plus bas si je m'approchais trop près du gouffre de ces souvenirs. Mais s'il y avait d'autres filles, là dehors quelque part, il fallait que je fasse quelque chose.

Elle a inspiré profondément.

— Alors j'ai pris l'avion pour Portland et j'ai appelé Jim qui m'a indiqué dans quel hôtel vous étiez descendues.

Tracy a hoché la tête.

— Le fameux vol que tu devais prendre.

— Comment Jim... ?

Je ne suis pas allée au bout de ma question. De toute évidence, il nous surveillait plus qu'il ne voulait bien l'admettre.

— Tard hier soir, je me suis garée sur le parking de l'hôtel, a poursuivi Christine. Je suis restée assise dans ma voiture de location pendant une bonne heure à peser le pour et le contre.

« Quand j'ai enfin trouvé le courage d'ouvrir la portière, je vous ai vues toutes les deux passer à côté de moi en voiture. Vous sortiez du parking. Je vous ai suivies, j'ai fait des appels de phares et klaxonné. Vous n'avez rien remarqué, vous étiez concentrées sur votre destination, et maintenant que je sais où vous alliez, je comprends pourquoi.

« À un moment donné, j'ai perdu votre trace, et je suis revenue sur mes pas jusqu'à trouver votre voiture garée sur le bas-côté. Tracy m'avait parlé de l'entrepôt, alors j'ai assemblé les pièces. Je me suis engagée dans le chemin le plus proche de votre voiture : hors de question de marcher jusque là-bas ! Et alors que j'arrivais en haut de la butte, j'ai vu des feux arrière devant moi.

« J'ai pris peur, alors j'ai éteint mes phares et coupé le moteur, ne sachant pas quoi faire. Une minute plus tard, j'ai vu ces hommes vous jeter à l'arrière du fourgon. J'ai paniqué et appelé Jim sur-le-champ. Il m'a conseillé de rentrer à l'hôtel et assuré qu'il s'en occupait. Mais comment retrouverait-il le fourgon sur ces petites routes au milieu de nulle part ? Et j'avais le terrible pressentiment qu'ils n'hésiteraient pas longtemps avant de vous tuer. Le temps pressait.

« Je vous ai donc suivis à distance. Jim n'était pas ravi, mais il est resté au téléphone avec moi tout le temps. D'après lui, il pouvait me repérer avec mon portable, mais il n'obtiendrait qu'une localisation approximative.

« Alors, j'ai eu un éclair de génie, a-t-elle fait en brandissant son portable. L'application de géolocalisation de mon iPhone. Je m'en sers avec ma nounou.

Elle a remarqué nos expressions éberluées.

— Avec cette appli, a-t-elle expliqué, on peut partager en temps réel sa situation géographique. Jim a téléchargé l'appli et on s'est connectés. Il pouvait me suivre en train de filer le fourgon.

J'ai hoché la tête avec admiration. Bien sûr, Christine possédait des appareils technologiques dernier cri.

— Pourquoi est-ce toi qui nous as sorties du fourgon, alors ? a demandé Tracy.

— Une fois à la ferme, les hommes sont entrés dans la maison. Ils avaient dissimulé le fourgon derrière la grange, alors je me suis dit que je pourrais m'en approcher sans être vue. Jim ne serait pas là avant plusieurs minutes, et la dernière chose que je voulais, c'était voir ces types ressortir et vous tirer une balle dans la tête avant qu'il arrive. Alors j'ai foncé.

« Je n'ai pas réussi à ouvrir les portes arrière du fourgon, alors je suis allée à l'avant. Je n'ai pas compris comment les déverrouiller. Ça ne fonctionne pas comme sur une Lexus.

Tracy a levé les yeux au ciel, mais Christine lui a répondu d'un sourire.

— J'ai fini par trouver le levier, a-t-elle poursuivi, et j'ai entendu les portes s'ouvrir.

— Bon Dieu, Christine ! me suis-je exclamée pleine d'admiration. Tu m'épates ! Je ne sais pas quoi dire.

Elle a esquissé un sourire ravi. D'après le souvenir que j'avais d'elle dans la cave, jamais je ne me serais attendue à un tel courage de sa part. C'était peut-être vrai, ce qu'elle avait dit à Jim, elle était guérie. Et si, en fait, notre passé atroce l'avait rendue plus forte ? Je l'enviais.

J'ai croisé le regard de Jim et lui ai fait signe d'approcher. Il s'est d'abord avancé vers Christine.

— Vous comprenez à quel point c'était dangereux, n'est-ce pas ? Avez-vous la moindre idée des risques que vous avez pris ?

Il avait l'air réellement contrarié.

Elle lui a répondu calmement, avec sa prononciation hachée de l'Upper East Side.

— Oui, il s'avère que j'ai une idée précise de la situation désastreuse dans laquelle j'aurais pu finir, Jim. C'est la raison pour laquelle je sais qu'il vaut mieux ne pas attendre que le pire se produise.

Jim a hoché la tête, puis il s'est tourné vers moi et m'a tendu mon téléphone ; un agent avait dû le lui rapporter de l'entrepôt qu'ils avaient fouillé.

— Vous avez laissé ça derrière vous, a-t-il fait avec un doux sourire. Comment tenez-vous le coup, Sarah ?

— Je survivrai. Comme d'habitude, ai-je répondu en lui rendant son sourire. Vous l'avez attrapé ?

Un bref instant, Jim a paru embarrassé, puis il s'est ressaisi, reprenant une expression toute professionnelle.

— Non, mais nous surveillons sa propriété de Keeler à l'heure où nous parlons.

Il s'est approché, me fixant avec gravité.

— Sarah, je suis désolé de ne pas avoir pris vos découvertes plus au sérieux. Mais pour tout vous dire, j'ai travaillé de mon côté. Après notre conversation, j'ai effectué quelques recherches. Nous avons passé Le Caveau au crible. Les actes de propriété sont assez complexes : des tas de sociétés-écrans qui possèdent d'autres sociétés écrans. Mais nos experts financiers ont découvert que les propriétaires du club étaient partenaires dans une des affaires de Noah Philben. Nous pensons qu'ils s'en servent de centre de distribution et pratiquent la plupart de leurs opérations financières à partir de là.

— Et pour la marque ? L'homme sans tête ? Toutes ces filles sont marquées. Et Noah Philben savait qui j'étais. Il connaissait mon vrai nom. Il y a forcément un lien avec Jack. Si on arrive à prouver qu'il est mêlé à ce trafic, il restera en prison pour toujours, non ?

Jim a hésité.

— Pour vous dire la vérité, Sarah, je soupçonne Jack Derber d'être à la tête de toute l'opération. Et d'utiliser Sylvia comme messager. Je n'ai pas de preuves solides pour l'instant, mais je m'en approche.

Je l'ai dévisagé. Jack pouvait-il encore avoir le contrôle sur autant de vies depuis sa cellule ? Cette idée m'a donné la nausée. Mais avant que je puisse répondre, l'un des collègues de Jim l'a attiré à quelques bureaux de là, vers un écran d'ordinateur.

À cet instant, j'ai vu Jenny se frayer un chemin jusqu'à nous entre les chaises et les tables qui encombraient la salle.

— Je voulais juste vous remercier. Je suis sortie, maintenant, alors... Merci.

— Tu t'en vas ? Ils ne prennent pas ta déposition ? Ils ne veulent pas s'assurer d'être en possession de toutes les preuves nécessaires ?

Jenny a balayé la pièce du regard, s'attardant sur les autres filles, certaines debout dans des coins, d'autres assises à des bureaux, toutes l'air complètement ailleurs.

— Non, ils ont plein d'histoires à dispo. Ce genre d'endroit me donne l'impression d'avoir fait quelque chose de mal. Si ça se trouve, dans une minute, ils vont changer leur fusil d'épaule et nous aligner pour racolage. C'est comme ça que ça se passe. En tout cas, ce qui est sûr, c'est qu'on ne me retiendra plus jamais prisonnière.

— Où vas-tu aller ?

— J'en sais rien. Pour cette nuit, dans un refuge pour femmes ? Je sais pas. Ça n'a pas d'importance. Je suis libre, maintenant, et j'ai bien l'intention de le rester.

Sur ces bonnes paroles, elle a quitté le poste de police sans un regard en arrière.

Jim avait été interpellé par un autre agent, et tous deux s'entretenaient avec une des filles du fourgon. Ses longs cheveux emmêlés dissimulaient son visage, mais je voyais à ses épaules tremblotantes qu'elle pleurait à chaudes larmes en relatant son histoire.

À l'écoute de son récit, les deux hommes ont pâli. Quand elle a eu terminé, elle s'est assise et a posé la tête sur le bureau, indifférente aux papiers, classeurs et perforeuse qui s'étalaient dessus. Jim n'a pas perdu une seconde, il s'est tourné vers les autres officiers, a lancé des ordres, tout en sortant son téléphone portable pour composer un numéro. Les bleus prenaient des notes, écrivant à toute allure, levant les yeux vers Jim toutes les trois secondes, hochant la tête.

En deux enjambées, Jim nous a rejointes, aboyant des indications dans son portable. Il l'a refermé en arrivant à notre hauteur.

— Écoutez, ces filles nous racontent des histoires assez perturbantes. En vingt-trois ans de carrière au FBI, je n'ai jamais rien vu de tel. Ce n'est pas un réseau de prostitution ordinaire.

Il a marqué une pause, s'imaginant sans doute que nous n'étions pas préparées à entendre le pire de l'affaire.

— Ils vendent des filles pour qu'elles soient torturées. Comme des esclaves. Je vais sur-le-champ rejoindre l'équipe en place à la propriété de Noah Philben. On va entrer.

J'avais la nausée. Ça ressemblait à du Jack tout craché.

Jim nous a tourné le dos pour répondre à un appel, se bouchant l'autre oreille pour étouffer le bruit environnant. Puis il est revenu vers nous, alors que des policiers couraient en tous sens et que les sirènes hurlaient au-dehors.

— Je prends des dispositions pour que vous alliez dans un autre hôtel – on enverra quelqu'un récupérer vos affaires. Et je vous mets sous protection. Nous allons vous fournir une nouvelle voiture. Et l'officier Grunnell ici présent va vous escorter. Restez dans vos chambres d'hôtel jusqu'à nouvel ordre.

Nous avons acquiescé, obéissantes, et déboussolées par l'activité frénétique qui nous entourait. Jim a franchi la porte.

Malgré tout, une partie infime de moi sentait que je n'en avais pas terminé. Je me suis tournée vers Tracy et Christine.

— Alors, qu'en dites-vous ? Est-ce qu'on va gentiment attendre dans nos chambres d'hôtel comme de bonnes petites victimes dévouées ?

Tracy a reniflé.

— Je ne crois pas, non. Je pense qu'on a assez perdu de temps à jouer ce rôle. Alors, Sarah, qu'est-ce qu'on fait maintenant ?

J'ai réfléchi une minute, heureuse qu'elle partage mon sentiment.

— Il est temps de retourner à Keeler, nous aussi. Il faut que vous rencontriez l'ex de Noah.

# Chapitre 31

Par chance, l'officier Grunnell était débordé et n'a pas bataillé beaucoup lorsque nous lui avons assuré que nous pouvions nous rendre à l'hôtel toutes seules. Il a inscrit l'adresse au dos de sa carte de visite et nous a annoncé qu'il nous y retrouverait dans une heure. Nous avons acquiescé avec solennité et l'avons salué d'un geste de la main en montant dans notre nouvelle voiture de location. J'espérais qu'il n'aurait pas trop de problèmes quand Jim apprendrait qu'il nous avait laissées partir aussi facilement.

Les effets de notre nuit blanche commençaient à se faire ressentir, seule l'adrénaline nous permettait de ne pas nous effondrer. Nous avions toutes l'air vannées. Malgré tout, j'étais déterminée à avoir une petite discussion avec Helen Watson, l'ex de Noah, avant qu'elle apprenne la nouvelle le concernant par un tiers. J'espérais que le choc l'inciterait à nous en dire davantage sur son compte, à nous révéler quelque chose qu'elle n'avouerait à personne d'autre.

Peut-être aiguillonnée par un épuisement extrême, Tracy conduisait encore plus vite que d'habitude, bien plus que nécessaire à mon sens. À chaque virage, j'appuyais le pied sur le plancher, enfonçant une pédale de frein imaginaire du côté passager. Avec un sourire, elle m'a conseillé de me détendre et a encore accéléré. J'ai tenté de détourner mon esprit des statistiques sur les accidents de voiture en informant Christine de tout ce que nous avions appris jusque-là.

Je l'ai vue retourner les faits dans sa tête, des éléments qui commençaient à produire le même impact sur elle que sur nous. Elle était de notre côté, maintenant. Elle a profité du trajet pour appeler son mari.

Alors qu'elle raccrochait, mon téléphone a vibré dans ma poche. Je n'ai pas reconnu le numéro mais c'était un indicatif local. Adele. Elle semblait plus agitée que jamais. Presque bouleversée.

— Vous avez vu les infos ? s'est-elle enquise, la voix tremblotante.

— Non, ai-je répondu. Mais je devine.

— Vous devinez ? Y êtes-vous pour quelque chose ? Est-ce que c'est en rapport avec vos recherches sur Sylvia ?

— En quelque sorte. Que dit-on aux infos ?

— Que Noah Philben – le pasteur de l'Église de Sylvia – est recherché par le FBI. Ils ne précisent pas le motif, mais ils font une descente dans sa propriété en ce moment même. C'est en direct sur Channel Ten. Vous y êtes ?

— Euh... non. Nous... Nous rentrons à notre hôtel pour attendre.

— Est-ce qu'on pourrait se voir ? À quel hôtel êtes-vous ?

— Nous n'y serons pas tout de suite. C'est l'Hermitage, sur...

— Oui, je connais. Je passe l'après-midi à la fac pour avancer sur un projet. Je peux vous retrouver à 21 heures ? Au bar de l'hôtel ?

Au moment où je raccrochais, nous entrions dans le parking de l'église. Nous avons échangé des regards consternés. Il était presque plein. Nous avions perdu toute notion du temps. Je me suis rendu compte trop tard qu'on était dimanche matin. Pas le moment idéal pour notre petite visite. Cependant, nous n'avions pas le choix. Tracy s'est garée sur la dernière place disponible. En sortant de voiture, nous nous sommes aperçues que nous portions toujours nos tenues noires crasseuses de la veille.

— Est-ce qu'ils vont nous laisser entrer ? a demandé Tracy, en observant la boue qui avait séché sur ses Converse.

— Bien sûr, ai-je assuré malgré mon souvenir de l'accueil peu chaleureux d'Helen Watson la dernière fois. Je ne pense pas qu'ils puissent refuser la messe à qui que ce soit. Ça fait partie des règles, non ? On s'assiéra au fond.

J'ai ouvert la lourde porte en bois de l'église. Les notes puissantes d'un orgue nous sont parvenues à mesure que nous avancions à l'intérieur. Des rangées et des rangées de familles bien comme il faut écoutaient attentivement l'office.

Quand le dernier cantique a fini de retentir, les paroissiens se sont assis, et le prêtre a donné la bénédiction finale. Alors que les gens commençaient à sortir, le sourire aux lèvres, saluant leurs amis et voisins – et même nous –, j'ai été frappée par un vague sentiment de bien-être émanant de la foule, un sentiment d'authentique communauté.

J'ai levé les yeux sur les hautes fenêtres de l'église, admirant les longs rayons de soleil qui filtraient à travers.

Enfin, l'église s'est vidée. Ne restait plus que le pasteur, près de l'autel, qui rangeait le missel. Nous nous sommes approchées de lui avec quelque appréhension, conscientes que nous ne portions pas nos plus beaux habits du dimanche. Il s'est interrompu et s'est tourné lentement vers nous, nous examinant avec soin.

— Puis-je vous aider ? a-t-il demandé sans grand enthousiasme.

— Nous cherchons Helen Watson. Est-ce qu'elle est là ?

— Oui, a-t-il répondu, visiblement soulagé de pouvoir se débarrasser de nous si facilement. Elle sert le café et les beignets dans la salle paroissiale. C'est de l'autre côté de ces portes.

Suivant ses indications, nous nous sommes retrouvées à l'entrée d'une pièce bondée où Helen Watson accueillait chaque famille. Quand elle a eu salué le dernier paroissien, nous nous sommes dirigées vers elle. Sitôt qu'elle m'a repérée, Helen Watson a froncé les sourcils. D'un geste rapide mais délicat, elle a refermé la porte de la salle derrière elle et nous a fait signe de la suivre dans le couloir.

Elle nous a conduites à une petite chapelle qui semblait dédiée à la prière silencieuse et la réflexion, puis elle s'est tenue les bras croisés en attendant que nous nous asseyions.

Elle s'est exprimée à mots lents, réfléchis.

— Je ne sais pas qui vous êtes vraiment, ni pourquoi vous revenez dans mon église, mais je vous ai déjà dit que je ne vous serais d'aucune utilité pour trouver Sylvia Dunham. Je ne la connais pas. Je ne l'ai jamais rencontrée. Je n'ai rien à dire. Mais si vous tenez absolument à me parler, j'apprécierais que vous preniez rendez-vous. À un autre moment, a-t-elle ajouté avec un coup d'œil au crucifix accroché au mur. Et ailleurs.

— Pardonnez-moi, madame Watson. Veuillez m'excuser de vous déranger ici, mais c'est assez urgent. Et nous ne savions pas où vous trouver sinon.

Elle n'a pas répondu, attendant que je poursuive.

— Madame Watson, ai-je repris, décidant de mettre les pieds dans le plat. Vous lirez bientôt dans les journaux que Noah Philben est recherché par le FBI.

Il m'a semblé apercevoir un éclair de stupeur sous son attitude glaciale mais, quels que soient ses sentiments, elle refusait de les manifester.

— En quoi cela me concerne-t-il ?

— En rien. Sauf que votre nom finira par sortir d'une manière ou d'une autre, lorsque la police découvrira votre passé commun. Ça ne leur prendra pas longtemps.

Elle a haussé les sourcils, toujours sans rien laisser transparaître.

— Ils fouillent sa propriété à l'instant où nous parlons, ai-je ajouté.

À ces mots, les épaules d'Helen Watson se sont légèrement affaissées ; elle a pris une brève respiration. Elle tentait de le dissimuler, mais cette nouvelle l'affectait. Tracy aussi l'a remarqué.

— Cela vous fait plaisir ? a demandé cette dernière.

Après quelques secondes de silence, Helen Watson a répondu avec réticence.

— Oui, pour être honnête, ça me fait plaisir. Je n'ai jamais eu un bon pressentiment au sujet de... cette organisation.

— Pourquoi ? l'a interrogée Christine.

— Pour dire les choses simplement, j'ai toujours considéré que c'était une secte. Je ne suis pas la seule à le penser. Mais bon, je n'y connais rien, et la dernière chose dont j'ai envie, c'est d'être impliquée dans cette histoire.

— Madame Watson, je sais que plus jeune vous vous êtes enfuie avec Noah. Vous êtes partie deux ans. Que s'est-il passé ?

Elle s'est redressée, semblant à la fois surprise et offensée que nous osions mentionner ces événements. C'était sans doute le genre de potins que les gens échangeaient à mi-voix sur le parking de l'église sans jamais lui en parler en face. Elle nous a observées longuement puis s'est laissée tomber sur une chaise. Maintenant, elle nous prenait au sérieux.

— C'est la vérité. Et qui dois-je remercier pour avoir diffusé cette information ? C'était une période difficile de ma vie, et je n'ai aucune envie d'y repenser.

— Que s'est-il passé ? Dites-le-nous, je vous en prie. Peut-être que si je vous confie notre propre secret, cela vous aidera à comprendre pourquoi nous avons besoin de savoir, ai-je insisté.

Je me suis tournée vers Christine et Tracy en quête de leur permission. Toutes deux ont hoché la tête.

— Je vous ai dit que je m'appelais Caroline Morrow, mais c'est faux. Je suis Sarah Farber, et voici Tracy Elwes et Christine McMasters. Ces noms vous disent-ils quelque chose, madame Watson ?

Elle nous a considérées d'un air incrédule. Voilà l'effet que produisait notre triste célébrité.

— Êtes-vous les filles… les filles que Jack Derber a retenues dans son sous-sol pendant des années ?

— C'était plutôt une cave, mais oui, c'est bien nous.

Des larmes ont perlé à ses yeux.

— Je suis navrée que vous ayez vécu des choses aussi terribles. Mais quel rapport avec Noah ? Oui, c'est sûr, lui aussi il a des problèmes. (Elle choisissait ses mots avec soin. À l'évidence, Noah Philben lui faisait peur.) Mais il n'a rien à voir avec Jack Derber.

— C'est justement ce que nous essayons de déterminer, madame Watson. Nous avons des raisons de croire qu'il existe un lien entre eux.

— Et lorsque vous comprendrez mieux ce qu'a fait Noah, a ajouté Tracy, je pense que vous verrez pourquoi il est si important pour nous d'en avoir le cœur net.

À ces mots, Helen a paru effrayée.

— Qu'a-t-il fait ?

— Trafic d'êtres humains, madame Watson. Il vendait des filles. Son organisation religieuse, ou quel que soit le nom qu'on lui donne, n'était qu'une couverture. Nous pensons que Jack Derber est au centre de l'affaire.

À notre grande surprise, l'attitude raide d'Helen Watson s'est effritée à ces mots. Elle s'est mise à pleurer. Elle a sorti un mouchoir de sa poche et s'est essuyé les yeux, mais plus elle tentait de refouler ses larmes, plus ses sanglots redoublaient de vigueur. J'ai échangé un regard avec Tracy. Cette femme savait quelque chose. Une émotion si intense dissimulait forcément de la culpabilité. Nous lui avons accordé une minute avant de poursuivre, aucune d'entre nous ne sachant très bien quoi faire.

— Madame Watson, ai-je commencé, je sais que ce doit être difficile pour vous d'apprendre qu'une personne que vous... avez aimée, et que vous connaissez depuis l'enfance...

Helen Watson a secoué la tête et s'est redressée sur sa chaise, se couvrant la bouche d'une main. Elle a tourné les yeux vers la fenêtre, d'un air songeur, puis a pris une profonde inspiration.

— Pas depuis l'enfance. J'ai emménagé ici quand j'étais adolescente. On a commencé à sortir ensemble quand j'avais seize ans. Mais nous étions... Excusez-moi...

Elle s'est pris le visage dans les mains un instant. Quand elle les a retirées, elle avait retrouvé un semblant de contenance.

— Je nous croyais... si proches. Cette histoire d'organisation religieuse me laissait un peu perplexe, c'est vrai, mais je croyais que ce n'était que pour l'argent. Vous savez, les sectes qui extorquent l'argent des adeptes et tout ça. Et pourtant, j'ai prié de toutes mes forces pour Noah. J'ai prié pour lui chaque jour. J'espérais que ses sentiments perturbés trouveraient un répit.

— Quels sentiments perturbés ? a demandé Christine d'une voix douce.

Helen Watson a tenté de se ressaisir. Elle s'est tamponné une nouvelle fois les yeux et a poussé un lourd soupir.

— Il était... Tout le monde a sa croix à porter et subit des tentations auxquelles il faut résister. Noah avait beaucoup de colère en lui. Son père était un homme merveilleux – c'était le pasteur de mon église. C'est comme ça que j'ai rencontré Noah. Mais plus j'apprenais à le connaître, plus je me rendais compte qu'il haïssait son père. Je ne comprenais pas pourquoi. Peut-être parce qu'en dépit de sa grande influence dans la communauté, son père ne tirait aucun avantage de sa position, qu'il soit financier, ou personnel, ou d'un autre ordre qui importait aux yeux de Noah. Je ne sais même pas ce que Noah espérait en retirer, pour tout vous dire.

« J'ai remarqué ces sentiments chez Noah assez tôt, mais je les ai ignorés. J'étais jeune. Lui aussi. Je refusais de croire que la haine et la cupidité habitaient le garçon que j'aimais. Et puis avec moi, il était adorable au début. Il me disait des mots d'amour. J'étais sous le charme. Alors on s'est enfuis, on s'est mariés en secret, et on a atterri à Tollen. Là-bas, dans une nouvelle ville où je ne connaissais personne, il m'a gardée complètement isolée. C'était... difficile.

Ses yeux se sont emplis de larmes à nouveau. De toute évidence, elle n'avait jamais discuté de ces événements avec qui que ce soit. Elle avait enfoui cette histoire au fond d'elle-même, et maintenant qu'elle avait commencé à la raconter, il fallait qu'elle sorte. Qu'elle le veuille ou non.

— Madame Watson, vous a-t-il fait du mal ? Qu'est-ce qui vous a poussée à partir ? a demandé Tracy doucement.

— Je...

Helen Watson est demeurée immobile une bonne minute, le visage dans les mains. Nous avons attendu. Lorsqu'elle a relevé la tête, elle avait une nouvelle fois réussi à se recomposer le visage sérieux d'une épouse de pasteur.

— Je n'ai pas vraiment envie d'en parler, a-t-elle dit en essuyant une larme égarée.

Je me suis approchée de la fenêtre, contemplant au-dehors le petit square pittoresque.

— Madame Watson, ai-je commencé sans me détourner de la fenêtre. Ces filles en robes blanches qui se déplaçaient en ville dans un fourgon ne se trouvaient pas là de leur plein gré. C'étaient des esclaves. Certaines avaient été enlevées, d'autres vendues par leur copain ou leur famille, d'autres encore s'étaient fait avoir. Mais elles étaient toutes esclaves. Contraintes de faire des choses indicibles contre leur volonté. Vous voyez, madame Watson, ce n'était pas de la prostitution ordinaire, aussi affreuse soit-elle. On commandait ces filles pour les torturer. Y a-t-il pire sort que celui-ci ? Pouvez-vous nous aider à comprendre comment une telle chose a pu se produire ?

Cette fois je me suis tournée vers elle, les yeux embués.

Elle nous a regardées chacune à notre tour, émue par mes paroles mais hésitant encore à se confier à nous.

— Pourquoi êtes-vous partie ? ai-je répété, avec plus de fermeté cette fois.

Helen Watson a gardé le silence, le visage traversé par des émotions vives. Elle ne pleurait plus mais j'ai perçu un changement dans sa respiration, le rythme s'est fait plus rapide, désespéré. Je connaissais les signes. Elle était sur le point de craquer.

— Je suis partie parce que..., a-t-elle commencé d'une voix à peine plus forte qu'un murmure. Parce qu'il m'a demandé de faire ça.

— De faire quoi ? a chuchoté Christine.

Helen Watson a fermé les yeux avant de répondre.

— De vendre mon corps.

Elle a rouvert les paupières, nous a observées l'une après l'autre pour jauger nos réactions. Devant notre manque de surprise, nos expressions seulement compatissantes, elle a poursuivi, les mots se bousculant dans sa bouche.

— Nous étions à court d'argent. Il avait essayé de monter une Église, mais nous n'avions que quelques paroissiens à recevoir dans une petite salle miteuse qu'il avait louée avec le peu qu'il avait économisé. Alors il... il m'a demandé de le faire pour lui, pour nous. J'ai refusé. Et quand j'ai dit non, il m'a frappée, puis il m'a enfermée dans notre chambre. Le soir, il est sorti. J'ai trouvé une épingle à cheveux dans ma boîte à bijoux. J'ai forcé la serrure. Ça m'a pris des heures, mais j'ai réussi.

Le soulagement éprouvé sur l'instant transparaissait encore sur son visage.

— J'ai pris mes jambes à mon cou. J'avais trop peur de faire du stop – ça se faisait à l'époque – mais je ne voulais pas courir le risque de me retrouver seule avec un homme, encore moins un inconnu. J'ai couru. J'ai dormi dans les bois. J'ai mis quatre jours à rentrer chez mes parents. Ma mère a été formidable. Elle a pleuré, mais ne m'a pas questionnée. Elle m'a emmenée au tribunal et a fait annuler le mariage. Et puis, j'ai...

Son regard était vitreux, agité, paniqué. Au bout d'un moment, elle s'est remise à sangloter, sa voix fêlée a rendu les mots qui ont suivi difficiles à comprendre.

— Et puis, quand j'ai découvert que j'étais enceinte, elle m'a emmenée dans un endroit pour s'occuper de ça aussi. Évidemment, je ne méritais pas de pouvoir porter un autre enfant après ça. Je ne le mérite pas. Mais c'était au-dessus de mes forces, je ne pouvais pas avoir l'enfant de ce monstre.

Ses pleurs ont redoublé.

Tracy s'est penchée vers elle et lui a gentiment tapoté l'épaule.

— Pendant des années, j'ai vécu avec cette culpabilité enfouie au fond de moi. Cette culpabilité implacable. Et j'ai fait de mon mieux pour réparer mes torts. Je me suis tuée à la tâche pour cette église et cette communauté. Et chaque fois que je vois ce fourgon passer...

Elle a été incapable de terminer sa phrase.

Alors j'ai compris. Elle savait. Peut-être pas tout, mais assez pour avoir peur. Peur de Noah Philben. Après tout, il était revenu dans sa ville et il avait démarré ses opérations juste sous le nez de son ex-épouse. Peut-être pour la blesser, la punir. Et elle n'avait rien dit. Elle s'était tue.

Un silence lourd était tombé sur la pièce, rompu uniquement par les sanglots étouffés d'Helen Watson. Puis elle s'est lancée dans un monologue décousu.

— J'ignore ce qui a rendu Noah comme ça. Je ne comprends pas ce qui a créé ce monstre. Honnêtement. Sa famille était si aimante, si gentille. Ils avaient l'habitude de faire des bonnes actions, vous savez, comme aider à servir la soupe populaire, organiser des collectes de nourriture, accueillir des orphelins.

Mes oreilles se sont dressées à ces mots.

— Des orphelins ?

— Oui, ils accueillaient des enfants venant de tout l'État.

— Noah vous a-t-il jamais parlé de l'un de ces enfants placés ?

Elle n'a eu besoin de réfléchir qu'une seconde avant d'acquiescer d'un air songeur.

— Il y en avait un dont il était assez proche. Même des années plus tard, il le considérait comme son frère. Je crois qu'ils ont gardé le contact après son adoption par une autre famille. Je sais qu'ils se sont écrit pendant des années. Quand Noah recevait une lettre, il partait seul dans les bois « pour réfléchir et méditer », comme il disait. Quand il en revenait, il clamait qu'il avait renouvelé sa mission, qu'il se trouvait sur la bonne voie et ne pouvait plus s'arrêter. C'était plus grand que lui. Plus important que nous.

J'ai essayé de croiser le regard de Tracy, mais elle m'a ignorée.

Helen a poursuivi.

— Je crois, enfin je sais, qu'il me reste quelque chose de cette époque. Quand j'ai fait mes valises, j'ai vidé dans mon sac un tiroir dans lequel je conservais des photos et des lettres. Dedans il y avait aussi des affaires qui n'étaient pas à moi : une photo et un bout d'enveloppe avec une adresse. Je les ai toujours. Je ne sais pas très bien pourquoi. Peut-être que je croyais en avoir besoin un jour comme preuve.

— Où sont-ils ?

— Ici. Dans le bureau. Je voulais garder ça sous clé, et le coffre de l'église est le seul que je possède.

— Peut-on y jeter un œil ?

Elle s'est levée lentement, s'est essuyé les yeux, puis nous a conduites jusqu'à un petit bureau bien rangé. Elle a ouvert un placard et s'est retournée avec une enveloppe et une photo à la main.

— Ce n'est sans doute rien, mais c'est tout ce que j'ai.

Elle a posé les deux rectangles de papier sur la table. Dans notre précipitation à examiner la photo, nous avons failli nous cogner toutes les trois la tête. Sur la droite se trouvait un Noah Philben jeune, quatorze ou quinze ans. Il riait à ce que l'autre garçon de la photo lui racontait, les yeux levés au ciel. L'autre adolescent avait dû tourner la tête au moment où la photo avait été prise, car son visage était flou.

— Alors, qu'est-ce que vous en pensez ? ai-je demandé à Tracy et Christine.

— Ça pourrait être Jack, a répondu Christine. Mais ce n'est pas certain.

— Oui, les cheveux sont plus clairs mais c'est peut-être dû à l'âge, a reconnu Tracy en se penchant plus près. Je n'arrive pas à distinguer le nez.

J'ai retourné l'enveloppe. Elle était adressée à un certain Tom Philben, à une boîte postale à River Bend. Ça pouvait très bien être un pseudo. Il fallait que l'on découvre à qui appartenait cette boîte postale. Une tâche dans les cordes de Jim.

— Est-ce qu'on peut les garder ? Quelque temps seulement. Nous vous les rendrons. C'est très important, madame Watson.

Elle a hésité puis a fini par accepter d'un hochement de tête. Après l'avoir saluée et remerciée chaleureusement, nous sommes retournées à la voiture. Avant de partir, j'ai jeté un dernier regard à cette femme brisée, enfin libérée de son secret, assise toute seule dans cette petite pièce. Elle semblait si frêle et si impuissante devant ces murs lambrissés, sous le crucifix !

Une fois dans la voiture, nous sommes restées sans bouger, en silence, quelques minutes.

— Elle ment, a fini par lâcher Tracy.

— Quoi ? s'est exclamée Christine. À quel sujet ?

— Tracy a raison. Elle ment. Elle a accepté des clients, c'est certain. Elle ne savait pas de qui était le bébé.

— Qu'est-ce qui te permet de dire ça ? Ce qu'elle nous a raconté n'est pas assez sordide comme ça ?

Christine avait l'air sincèrement choquée.

— Si, mais il y a une raison pour qu'elle se soit tue toutes ces années à propos de Noah Philben. Même si elle avait de toute évidence le pressentiment que ces filles en fourgon ne se contentaient pas de louer le Seigneur dans les bois. Pourquoi garder ces trucs dans un coffre ? Elle savait. Et elle n'a rien fait. Elle a traîné sa culpabilité si longtemps pour une seule raison : Noah savait qu'elle s'était prostituée et qu'elle avait avorté du bébé d'un de ses clients. Il devait posséder une preuve quelconque qu'il gardait comme une épée de Damoclès au-dessus de sa tête tout ce temps.

Tracy a approuvé d'un hochement de tête.

— C'est sûrement ça. Mais fichons le camp d'ici. Tout ça n'a plus d'importance.

— Si, ça en a une, ai-je rétorqué doucement. Et si le fait d'en parler à quelqu'un il y a des années avait pu empêcher ce qu'il nous est arrivé ? Peut-être qu'un lien criminel entre Jack et Noah aurait pu être découvert il y a quinze ans ? Peut-être que dire la vérité aurait mené à leur arrestation et peut-être que Jack n'aurait jamais eu l'opportunité de nous enlever.

— Allons, Sarah, ce n'est pas juste. Tu ne peux pas lui faire porter le chapeau. C'est Jack qui nous a infligé ces horreurs. C'est lui le responsable. Le seul coupable. Pas elle.

— C'est vrai, a repris Christine. Sinon, on pourrait chercher la faute plus loin encore. Qu'en est-il de la mère de Jack ? Celle qui l'a adopté ? Elle a sûrement dû percevoir des signes indiquant que son fils était dérangé. Il faisait sans doute brûler des animaux vivants ou d'autres trucs dans le genre. Mais elle n'est pas non plus responsable.

— C'est différent. Helen Watson savait que Noah Philben brutalisait quelqu'un. Elle ne savait peut-être pas pour nous, mais elle a vu ces filles se balader en ville tous les jours. Elle vivait le nez dessus. Et elle était sans doute la seule à savoir ce qu'il se passait. La seule autre personne en dehors des criminels et des clients. Et elle n'a rien fait. Elle n'en a pas eu le cran.

Tracy a démarré la voiture et est sortie du parking.

— Allons dormir un peu. On verra ensuite comment découvrir à qui appartient cette boîte postale.

# Chapitre 32

Nous avons passé le reste de la matinée à dormir, ratant tout du déchaînement médiatique sur l'affaire Noah Philben.

À mon réveil, plus tard dans l'après-midi, je me sentais mal à l'aise ; pourtant, tout semblait normal : la clim de la chambre ronronnait et mes vêtements soigneusement pliés étaient toujours empilés sur la commode.

En me rendant à la salle de bains, j'ai découvert une enveloppe glissée sous ma porte. Un message de la réception sans doute même si j'ai trouvé étrange qu'ils n'aient pas utilisé le papier à lettres de l'hôtel, comme celui posé sur ma table de chevet. Je m'étais déjà penchée pour ramasser l'enveloppe quand j'ai remarqué mon nom dessus. À la vue de l'écriture si familière, quelque chose en moi s'est brisé. Je n'ai pas décacheté l'enveloppe. Lire cette lettre seule était au-dessus de mes forces. Sans réfléchir, j'ai ouvert ma porte et, après avoir jeté un rapide coup d'œil dans le couloir, j'ai couru jusqu'à la chambre de Tracy. Il m'a fallu frapper plusieurs coups pour la réveiller. Au bout d'un moment, elle m'a ouvert.

— Tu en as reçue une aussi ?

— De quoi ? a-t-elle demandé à moitié dans les vapes.

— Une lettre. Une lettre de Jack. Ici, à l'hôtel.

Ma voix s'est fêlée. Mes nerfs lâchaient. La vieille angoisse revenait en force.

— Il sait où nous sommes. Comment est-ce possible ? Ou alors les hommes de Noah Philben nous ont suivies et jouent les messagers pour Jack.

Du doigt, j'ai désigné un point au sol, juste au seuil de la chambre de Tracy. Elle était là. Sa lettre. Le visage de Tracy s'est décomposé, tandis qu'elle fixait l'enveloppe, aussi immobile qu'une statue.

— Tirons-nous d'ici. Va chercher ton sac. Je vais prévenir Christine.

Je suis retournée au pas de course dans ma chambre et j'ai rassemblé à la hâte mes affaires personnelles.

J'ai retrouvé Tracy et Christine dans le hall. Nous avons couru à la voiture, Tracy s'est glissée derrière le volant. Nous sommes sorties du parking sur les chapeaux de roues.

Sur la banquette arrière, Christine présentait les premiers signes de la crise de nerfs.

— Vous croyez qu'ils nous suivent encore ? Où est-ce qu'on va ? Dans un autre hôtel ? Bon sang, pourquoi est-ce que je me suis laissée embarquer là-dedans encore une fois ?

Elle a fait courir ses mains sur l'intérieur de la portière. Alors que nous accélérions, j'ai eu une vision de Christine ouvrant sa portière et sautant au-dehors pour héler un taxi qui la ramènerait à Park Avenue.

— Christine, a indiqué Tracy d'un ton neutre et maîtrisé, à moins d'avoir quelque chose de constructif à dire, tu te tais. Je ne peux pas gérer une crise pour l'instant. Lisez-moi les lettres.

Tracy avait beau être effrayée, elle restait pragmatique.

J'ai ouvert ma lettre en premier, la tenant du bout des doigts pour limiter le contact avec ma peau, et l'ai lue à voix haute.

— « La famille est enfin réunie. Je suis si content. Rentre à la maison et tu trouveras les réponses. »

J'ai jeté la feuille sur la banquette arrière et lu celle de Christine.

— « Les filles, faisons une photo de famille. Un tableau vivant. J'ai encore tant à vous montrer. »

— OK, la mienne maintenant.

Tracy conduisait comme une dératée.

— Où allons-nous ? ai-je demandé.

— Voir Adele.

J'ai senti une boule se former dans ma gorge.

— Tu crois que...

Je n'ai pas achevé ma phrase. Après tout, elle était la seule personne en dehors du FBI et de la police à savoir dans quel hôtel nous séjournions.

— ... qu'elle a distribué ces lettres pour le compte de Jack ? a-t-elle terminé pour moi. Je n'en sais rien. Mais quoi qu'il en soit, j'ai le pressentiment que, comme Helen Watson, elle en sait plus long qu'elle ne le prétend. Et il est grand temps qu'elle crache le morceau. Avant qu'on fasse quoi que ce soit d'autre.

J'ai approuvé d'un hochement de tête et ouvert la lettre de Tracy, usant de tout mon courage pour ne pas la jeter par la fenêtre.

— « Tu as étudié si dur au fil des années, Tracy. Tant de livres. J'en ai écrit un rien que pour toi. Dans notre pièce spéciale. »

J'ai tendu la dernière feuille à Christine, admirative devant son indifférence à les toucher, et je l'ai regardée en faire une pile bien ordonnée.

— Comment a-t-il pu faire sortir ces lettres de prison sans passer par Jim ? s'est-elle enquise. Je croyais que le système pénitentiaire surveillait tout ce qui entrait et sortait de leurs murs. Toutes les autres lettres nous sont parvenues par l'intermédiaire de Jim. Il faut qu'on l'appelle.

J'ai pris mon portable et composé le numéro.

Jim a répondu d'une voix endormie, comme si je le réveillais.

— Est-ce que vous l'avez arrêté ? Est-ce que vous avez attrapé Noah Philben ? ai-je demandé sans préambule.

— Non. L'endroit était désert. Il n'y avait pas un chat là-bas. Ils devaient disposer d'un plan de repli. Toutefois, ils ont laissé des ordinateurs derrière eux. Nos techniciens sont en train de craquer les codes. Ils doivent compter des pros au sein de leur organisation, car leur système de sécurité est extrêmement sophistiqué.

— Avez-vous retrouvé d'autres filles ?

— Non. Mais il est évident que des gens vivaient là-bas dans des conditions assez difficiles. Écoutez, Sarah, c'est une situation des plus hasardeuses. Nous avons trouvé... des choses plutôt perturbantes dans cette propriété. Je ne le soulignerai jamais assez : vous devez toutes les trois rester à l'hôtel jusqu'à ce que l'affaire se stabilise.

— Pourquoi ? Qu'avez-vous découvert ?

Jim s'est tu un instant. Mais, cette fois, il cherchait sans doute à nous effrayer suffisamment pour qu'on se tienne tranquilles.

— En surface, c'était une espèce de retraite religieuse : mobilier sobre, tableaux d'affichage, feuilles d'inscription. Mais en dessous... Sarah, toute l'enceinte repose sur un labyrinthe de salles souterraines. C'est là que les vraies opérations prenaient place. C'était un bouge. Il y avait des chaînes aux murs, des engins de torture partout, des éclaboussures de sang au sol, des seaux pour les besoins dans les coins. Et des caméras absolument partout. Ils filmaient tout.

— Ils filmaient ? Quelle horreur ! me suis-je exclamée, le cœur au bord des lèvres.

— Oui, a poursuivi Jim. On a utilisé un logiciel de reconnaissance d'images pour lancer une comparaison avec les enregistrements abandonnés, et il semblerait que certains aient été récemment téléchargés sur un site porno dédié aux « vraies esclaves ». On ne peut y accéder qu'en partageant des fichiers similaires, alors vous imaginez le niveau des utilisateurs. Noah Philben devait trouver ses clients comme ça.

J'ai fermé les paupières, comme si cela pouvait empêcher ces mots de pénétrer mon esprit.

— Jim, ai-je dit d'une voix tremblante. Jack nous a envoyé des lettres. Elles ont été déposées à l'hôtel aujourd'hui. Glissées sous nos portes.

— Quoi ? C'est impossible !

— Pourtant, elles sont bien là. Christine les tient à la main à l'instant où je vous parle.

— Que disent-elles ?

— Peu importe ce qu'il raconte, le plus important, c'est qu'il a su où nous trouver. Est-ce que ce n'est pas la preuve que la personne qui nous suivait pour le compte de Noah informe également Jack ? Jim, il y a un lien entre eux deux, c'est obligé. À ce propos, nous avons une autre piste : pourriez-vous vous renseigner sur l'utilisateur d'une boîte postale à River Bend ? Numéro 182 ? Noah Philben envoyait des lettres à cette adresse, il y a des années.

— 182 ?

J'ai entendu son stylo s'activer à l'autre bout du fil.

— C'est noté, mais laissez-moi m'en occuper. C'est mon boulot. Vous avez suffisamment souffert toutes les trois.

Il s'est tu, conscient de l'euphémisme.

À cet instant, la voiture a fait un écart violent. Tracy avait donné un brusque coup de volant pour éviter un véhicule qui arrivait sur l'autre voie. Elle a klaxonné avec rage, jurant comme un charretier.

— Sarah, où êtes-vous ? a demandé Jim d'un ton agacé. Vous n'êtes pas à l'hôtel ?

J'ai lâché un juron silencieux et couvert le téléphone d'une main. Je ne voulais pas lui révéler nos projets. Nous devions trouver les réponses par nous-mêmes. Nous avions fait tant de progrès, impossible de redevenir des victimes passives à ce stade, d'attendre les bras croisés qu'un jeune agent soit désigné pour étudier cette pièce du puzzle. Mais si nous refusions de rester à l'hôtel, Jim était capable de nous mettre en garde à vue pour notre propre sécurité.

J'ai botté en touche.

— Jim, que pouvez-vous me dire sur l'enfance de Jack ?

— Sarah...

— Jim, s'il vous plaît... Juste par curiosité.

— Sarah, si on en reparlait plus tard... La vérité, c'est que nous ne savons pas grand-chose.

— Je vous en prie, dites-moi quand même.

Il a soupiré, comme chaque fois qu'il était sur le point de céder.

— Il est passé de foyer d'accueil en foyer d'accueil, jusqu'à ce que les Derber l'adoptent quand il avait quatorze ans. Avant ça, eh bien... Les archives des services de protection de l'enfance n'étaient pas dotées d'un système très organisé, à l'époque. Son dossier a été perdu. Son assistante sociale est morte dans un accident de voiture il y a une quinzaine d'années. Personne d'autre ne connaît son passé.

— Nous sommes peut-être en train d'assembler certaines pièces du puzzle. On se reparle demain.

— Sarah, retournez à l'hôtel. Tout de suite ! Nous allons redoubler le système de sécurité. Confiez ces lettres à l'officier Grunnell. Nous allons découvrir comment elles ont pu vous parvenir. Nous avons reçu un tuyau sur Noah, alors je vais sans doute être parti toute la nuit, mais je viendrai voir comment vous allez dans la matinée.

J'ai raccroché et rapporté aux autres les découvertes de Jim dans la propriété de Noah. Nous avons tenté de donner un sens à tout ça.

Au bout d'un moment, j'ai osé un regard vers les autres. Christine avait les mains posées sur les genoux mais ses yeux couraient de droite à gauche avec agitation, son visage s'était empourpré. Quelques heures plus tôt, elle semblait parfaitement équilibrée, notre sauveuse, la maman de l'Upper East Side avec la tête sur les épaules. Maintenant, elle commençait à me rappeler la Christine que j'avais connue des années auparavant.

Cette Christine-là était-elle restée tapie au fond d'elle tout ce temps ? Était-ce là la vraie Christine, et le reste seulement un masque maintenu en place par sa seule volonté ?

J'ai essayé d'attirer discrètement l'attention de Tracy sur Christine, mais elle était concentrée sur sa conduite, un œil sur le GPS qui nous dirigeait vers le campus. Tracy serrait si fort le volant que les articulations de ses doigts étaient blanches.

Aucune de nous ne voulait l'admettre, mais nous savions ce que Jack nous disait dans ces lettres. Il se considérait toujours aux commandes, nous montrait qu'il pouvait nous atteindre où que nous soyons. Mais il nous apprenait aussi qu'il nous avait laissé un indice là-bas. Dans cette maison. Un indice dans son jeu malsain qui pouvait nous fournir un élément capital. Mais à quel prix ?

Nous étudierions toutes les autres pistes d'abord. Se rendre à la maison serait la solution de dernier recours.

Sur le campus, Tracy a franchi tous les dos-d'âne à dix kilomètres à l'heure au-dessus de la limite autorisée. Les pneus ont crissé quand elle s'est garée dans le parking désert qui jouxtait le bâtiment de psychologie. Les lampadaires venaient juste de s'allumer, teintant le ciel d'une étrange lueur. Derrière Tracy qui sortait de la voiture, j'ai aperçu la borne d'appel d'urgence du service de sécurité de l'université. *Si seulement cette borne pouvait nous être d'un quelconque secours en cet instant !* ai-je songé.

Tandis que nous nous approchions de l'entrée du bâtiment, j'ai vu de la lumière dans le bureau d'Adele.

Dans le long couloir qui y menait, nous avons croisé l'agent de sécurité de l'autre fois qui, sans doute las d'être de permanence le dimanche pour permettre aux chercheurs zélés de faire des heures sup, ne nous a même pas jeté un regard. À l'approche du bureau d'Adele, nous avons remarqué une musique douce, hypnotique. Pendant un instant, nous avons hésité : valait-il mieux frapper ou faire irruption sans prévenir ? J'ai toqué légèrement à la porte. Pas de réponse. Tracy a levé les yeux au ciel et m'a fait signe de me pousser. Je me suis exécutée.

Elle a tourné la poignée et ouvert la porte en grand.

À l'intérieur, le Pr David Stiller était agenouillé par terre, les yeux bandés, face à Adele. Dans une posture de soumission totale. À notre vue, Adele s'est redressée d'un bond, la main gauche dissimulée dans son dos.

Quand elle nous a reconnues, un léger sourire a étiré ses lèvres.

— Je suis à vous dans un instant, a-t-elle dit comme si nous l'avions surprise en pleine conversation téléphonique.

D'un geste de la main, elle nous a demandé de fermer la porte. Nous avons reculé dans le couloir, sous le choc. Une fois nos esprits recouvrés, nous avons échangé nos commentaires à mi-voix.

— Du travail de terrain, encore, a fait Tracy d'un ton pince-sans-rire. Elle doit avoir une bourse pour ça.

J'ai étouffé un ricanement. Nous nous sommes un peu éloignées de la porte.

— Je croyais que David Stiller détestait Adele. Mais peut-être que c'est leur conception des préliminaires, ai-je murmuré.

À cet instant, Adele est sortie dans le couloir, offrant une contenance toute professionnelle. David Stiller l'a suivie et, prenant soin de ne pas croiser nos regards, s'est glissé dans son bureau.

Adele était d'un calme et d'une froideur étonnants, le visage aussi impassible que d'habitude. Elle nous a poliment invitées à nous asseoir. J'ai pris la chaise en face du bureau. Christine et Tracy se sont tassées l'une à côté de l'autre sur le petit sofa coincé dans l'angle.

Adele a posé les mains à plat sur le bureau devant elle et s'est penchée en avant.

— Je croyais qu'on devait se retrouver plus tard. Est-ce que tout va bien ?

— Adele, ai-je commencé, je vous présente Christine.

Adele l'a dévisagée avec une pointe d'admiration.

— Oui, cette Christine, ai-je dit. Nous voilà au complet.

J'ai étudié son visage pour essayer de déterminer si elle jouait un rôle. Si c'était elle qui avait déposé ces lettres, elle savait parfaitement qui était Christine et où elle se trouvait ces dernières vingt-quatre heures.

— Eh bien, a-t-elle fait en secouant la tête avec étonnement, je dois dire que je suis ravie de vous voir toutes les trois réunies. Saines et sauves. Après tout ce que vous avez traversé. Alors, que s'est-il vraiment passé aujourd'hui ? Ils ne donnent pas beaucoup de détails dans les journaux.

— Nous n'en savons pas beaucoup plus que vous.

Elle m'a dévisagée. Elle devait se douter que ce n'était pas la stricte vérité. Elle a changé de tactique.

— Je vois. Eh bien, quoi qu'il en soit, vous pourriez peut-être envisager toutes les trois de participer à notre étude victimologique, d'autant plus que vous êtes réunies.

Il valait mieux que je change de sujet avant qu'elle aille plus loin. Je sentais que le mot « victimologique » ne plairait pas beaucoup à Tracy.

— On dirait que David Stiller et vous entretenez une relation… très différente de ce que nous croyions.

— Oh ! ça ! a-t-elle dit d'une voix blanche. Ce n'était que la reconstitution d'une scène pour une présentation à une conférence.

Je n'y croyais pas une seconde, mais j'ai préféré poursuivre.

— Adele, savez-vous si Jack Derber a un lien avec Noah Philben ?

Pendant un temps, son visage est resté de marbre, comme si elle était sur « PAUSE ».

— Tout ce que je sais, s'est-elle décidée à lâcher, c'est ce qu'on en a dit aux infos : que son épouse est membre de l'Église de Noah.

— Je pensais plutôt à… avant. Vous côtoyiez Jack, à l'époque. Connaissait-il Noah Philben avant d'aller en prison ?

Adele a cligné des paupières, deux fois, très lentement, comme si seuls ses yeux acceptaient de nous révéler ce qu'elle savait, en code. Ses cils, sous une épaisse couche de mascara, ont papilloté. Elle a détourné le regard, s'est mise à ranger quelques papiers sur son bureau. J'ai cru que ses manières douces allaient s'effriter un instant mais elle a semblé se ressaisir et a reporté son attention sur nous, avec une expression plus indéchiffrable que jamais.

— Comment le saurais-je ? Jack et moi n'étions pas *amis*. On travaillait ensemble sur des projets d'études. Je n'ai aucune idée des personnes qu'il fréquentait à l'extérieur de l'université, en dehors de celles que j'ai rencontrées depuis au Caveau.

Sur ce, elle s'est renfoncée dans son fauteuil, les mains posées délicatement sur les genoux.

Si c'était bien elle qui nous avait remis ces lettres, il était clair qu'elle ne l'avouerait jamais. Adele ne craquerait pas comme l'avait fait Helen Watson. Peut-être parce qu'elle avait beaucoup plus de secrets à préserver.

J'ai essayé de deviner ce qui se passait dans sa tête. Cette femme était un modèle de discipline, mais elle devait avoir un talon d'Achille. Je ne pouvais pas croire qu'elle n'était que pouvoir, contrôle et ambition. Il fallait que je frappe fort.

Il ne restait plus qu'un seul moyen de l'amadouer. Un seul endroit où même elle ne pourrait pas maintenir cette assurance. Je devais la sortir de son élément. La confronter au passé qu'elle semblait repousser.

En revanche, ce serait une épreuve pour nous. De retourner là-bas. Et pourtant, quelque part, nous savions toutes que c'était le seul endroit où se rendre, inévitablement. Le lieu qui nous rappelait à lui, prêt à nous livrer ses secrets. Rien ne me paraissait plus effrayant au monde. Rien. Mais je me suis rappelé qu'il me fallait être plus forte. Je suivais le conseil de Tracy. Nous devions plonger tête la première. Avec ou sans Adele, il fallait qu'on y retourne. Nous devions nous tester. Tester Jack Derber.

— Très bien, nous partons, ai-je lancé en me levant.

Tracy et Christine m'ont considérée d'un air dubitatif mais se sont redressées de concert, me laissant mener la danse.

— Nous allons chez lui, ai-je déclaré d'un ton décidé.

J'étais plus déterminée que jamais. Tracy et Christine étaient sidérées.

Même Adele a pâli.

— Pourquoi feriez-vous ça ? De toute façon, vous ne pouvez pas y entrer. La police y a apposé des scellés, non ?

Sa surprise paraissait sincère et j'ai commencé à douter de son implication.

— On forcera la porte alors. Il nous a écrit des lettres, Adele. On nous les a livrées aujourd'hui à notre hôtel.

J'ai étudié son visage, en quête d'une trace de culpabilité. Si elle savait quoi que ce soit, elle cachait bien son jeu.

— Et tout dans ces lettres laisse supposer que des informations sont dissimulées dans cette maison. Des documents. Des photos. Peut-être une partie de son matériel de recherche.

À ces mots, Adele s'est levée d'un bond et a attrapé son sac à main.

— Je vous accompagne, a-t-elle dit.

Dans le couloir, Christine s'est approchée furtivement de moi et m'a murmuré, furieuse :

— Qu'est-ce que tu as en tête, bon sang ? Il est hors de question que je retourne là-bas sans Jim.

— Jim ne nous laisserait jamais y aller. On n'a pas le choix, ai-je répliqué.

Cette triste vérité ne désolait personne plus que moi, mais c'était à nous de jouer, je le sentais.

— Jack nous dit qu'il y a quelque chose là-bas, et je le crois, même si ça fait partie de son jeu tordu. Nous devons écouter ce qu'il a à dire, une dernière fois encore.

## Chapitre 33

Nous sommes retournées en silence à la voiture où Tracy a repris sa place, désormais attitrée, derrière le volant. Cette fois, je ne m'inquiétais pas car j'avais l'impression que c'était moi qui étais aux commandes et montrais le chemin.

Le regard braqué sur la vitre, je me suis demandé ce qui m'avait poussée à insister pour nous rendre dans cette maison. Je n'avais pas eu le temps de me préparer mentalement, et mon serment de ne jamais remettre les pieds dans cet État, encore moins dans cet affreux endroit, m'est revenu en mémoire. En démarrant la voiture, Tracy m'a lancé à voix basse :

— Tu as raison, Sarah. Il faut qu'on le fasse.

J'ai cherché l'adresse sur Google puis l'ai entrée dans le GPS. Incroyable comme il était facile de trouver l'endroit maintenant, alors que tant de gens l'avaient cherché pendant si longtemps ! La maison était là, sur Google Maps, en version plan et vue satellite. Je me suis tournée vers la banquette arrière. De nouveau, Christine était secouée de tremblements, et se frottait les cuisses avec nervosité. À côté d'elle, Adele ne bronchait pas, perdue dans ses pensées.

Ma respiration s'est accélérée et j'ai reconnu les symptômes. S'il y avait bien une chose que je refusais, c'était qu'Adele me voie m'effondrer. Je me suis admonestée intérieurement : *Tu ne vas pas faire une crise de panique maintenant. Tu ne peux pas te le permettre.*

J'ai retenu mon souffle et compté jusqu'à vingt, serrant fermement les paupières. Je le faisais pour Jennifer. J'avais emporté sa photo avec moi, et je l'ai regardée longuement. Puis je l'ai rangée dans ma poche, comme un talisman.

Mes idées ont commencé à s'éclaircir, ma respiration a repris un rythme régulier. Et, une nouvelle fois, j'ai ressenti cet étrange élan d'allégresse. Nous allions peut-être découvrir quelque chose. Un indice. Des explications. Des réponses. Un élément qui nous permettrait de faire croupir Jack en prison, qui nous conduirait au cadavre de Jennifer, ou qui expliquerait peut-être, je dis bien peut-être, pourquoi cela nous était arrivé. À ce stade, j'étais incapable de déterminer ce qui était le plus important pour moi.

Lorsque j'avais fini par me sauver, je m'étais dit que plus jamais je ne serais malheureuse. Que le mal ne pourrait plus m'atteindre tant que je serais libre. Pourquoi, alors, le bonheur continuait-il de m'échapper ?

Ou bien était-ce cet aspect des choses dont on ne pouvait se remettre totalement ? Y avait-il vraiment autant de douleur, à cet instant, dans le cœur de millions de gens ? Des gens qui portaient le fardeau de l'existence et essayaient de sourire à travers les larmes lors de moments fugaces ici et là – quand ils parvenaient à oublier leur détresse l'espace d'un instant ou plusieurs heures d'affilée. C'était peut-être ça, vivre.

Mais pas le temps de s'attarder sur ce genre de réflexions. Je devais me concentrer. Il y avait peu de chances que nous découvrions un élément que le FBI aurait raté ; sauf que, cette fois, nous cherchions quelque chose de complètement différent. Les flics n'avaient pas examiné la vie de Jack Derber sous toutes les coutures, à l'époque. Ils étaient à la recherche de filles séquestrées. Une preuve concrète : des corps.

Et, à cette période-là, les réseaux de prostitution n'étaient pas la priorité du FBI de toute façon. Internet n'avait pas encore relié tous les pervers du monde pour qu'ils coordonnent leurs atrocités, la mode était plutôt aux tueurs en série. Voilà ce qui émoustillait le public. Et c'était ce qu'ils voulaient que Jack soit : un agresseur fou et solitaire.

Aucune d'entre nous n'a desserré les dents pendant les quarante-cinq minutes qu'a duré le trajet. Nous écoutions les indications du GPS, la voix désincarnée remplissant les blancs qui nous séparaient. « Nous recalculons votre itinéraire » est devenu notre refrain et, à nos visages, j'ai su que c'était exactement ce que chacune d'entre nous était en train de faire : essayer de déterminer où elle en était. De s'adapter à cette nouvelle réalité. Nous approchions de l'endroit où nous avions cru que nous allions mourir. Où nous avions voulu nous entretuer. Nous ignorions l'effet que cela produirait sur nous, mais ce ne serait sûrement pas une partie de plaisir.

Nous avons trouvé l'allée, que j'ai reconnue grâce aux photos des articles collectés par Ray Stewart. Tracy s'est arrêtée sur la route, le clignotant droit allumé. Une petite bruine s'abattait sur le pare-brise et, sans un mot, elle a enclenché les essuie-glaces. Nous sommes restées là, silencieuses. Le GPS nous rappelait à intervalles réguliers que notre destination se trouvait sur la droite.

— Vous vous sentez prêtes ? a fini par demander Tracy.

— Non, pas moi, a répondu Christine, mais allons-y. Finissons-en.

Je me suis tournée vers elle. Ses mains avaient cessé de s'agiter, et une nouvelle détermination se dessinait sur ses traits. J'ai fait signe à Tracy et nous nous sommes engagées dans l'allée. Le chemin serpentait au creux d'une épaisse forêt et remontait à flanc de colline. À la vue des arbres, j'ai repensé au temps que j'avais passé dans ces bois, après mon évasion, à errer, nue, à la limite de succomber à la déshydratation. Un animal au milieu de la forêt ; éperdu et seul. Plus seule que je ne l'avais jamais été de toute ma vie. La météo était la même à l'époque ; j'avais levé le visage vers le ciel et ouvert la bouche pour goûter l'eau de pluie.

Comme nous approchions, j'ai remarqué ici et là, éparpillés au sol ou pendant aux arbres, des morceaux déchirés de rubalise de la police, à peine reconnaissables. Après le dernier virage, la maison est enfin apparue. Un vaste pavillon de chasse au toit pentu, vert foncé pour se fondre dans la forêt, flanqué d'une grange d'un rouge profond sur la droite. Cette grange, mon Dieu, cette grange ! Un frisson m'a parcouru l'échine au moment où Tracy arrêtait la voiture devant.

Elle s'est tournée vers moi. Cherchait-elle à savoir comment j'allais ? Ou bien était-elle perdue dans ses souvenirs douloureux, elle aussi ?

Adele, quant à elle, affichait une expression de crainte et d'émerveillement mêlés. J'ignorais si elle était déjà venue ici – si cet endroit la hantait secrètement elle aussi – mais au moins semblait-elle consciente de l'horreur qui s'y était déroulée.

Christine, elle, avait un air calme et grave. Ses mains ne tremblaient plus.

Nous sommes toutes sorties en même temps de la voiture, les portières claquant doucement à l'unisson.

Nous avons observé la maison dans un silence de mort. Elle était écrasante, cette maison. Elle me paraissait vivante, menaçante, et étrange. On aurait dit qu'elle nous examinait, comme une part de lui-même que Jack aurait laissée derrière lui.

Au bout d'un moment, après avoir respiré un grand coup, je me suis avancée, veillant à ne pas regarder la grange. L'ironie de la situation m'a presque fait rire. Nous essayions d'entrer dans la maison dont nous avions tant voulu nous enfuir pendant des années. Nous y étions revenues et nous étions terrifiées.

Je me suis suffisamment approchée pour jeter un coup d'œil par la fenêtre près de la porte. L'intérieur semblait propre et rangé. Un instant, je me suis interrogée sur le veinard qui avait dû remettre la maison en état après la mise à sac des forces de l'ordre.

Tracy ouvrait la marche et s'apprêtait à tourner la poignée quand je l'ai retenue.

— Et les empreintes ?

— On n'a pas franchement pensé à emporter des gants, si ?

Malgré tout, elle a tiré le bas de son tee-shirt pour saisir la poignée. Ce n'était pas verrouillé, elle a ouvert la porte d'un coup.

— On y est. Notre première expérience de violation de domicile. Quelle victoire !

— C'est bizarre, a déclaré Adele derrière moi. Ça fiche la trouille, en fait.

La porte grande ouverte devant nous, nous avons échangé un regard. Qui ferait le premier pas ?

Je connaissais la réponse. C'était moi qui nous avais entraînées ici, ce n'était que justice que je sois la première à en franchir le seuil.

Je suis entrée en retenant mon souffle. Puis j'ai pivoté vers les autres.

— Voilà, ça ne fait pas mal.

Personne n'a esquissé le moindre sourire.

J'ai fait un pas de plus et Tracy m'a suivie.

— Nous y revoilà, dans l'autre monde, a-t-elle murmuré en balayant du regard la cuisine très chic.

La pièce paraissait si normale ! Impossible de détecter les traces diaboliques qu'il y avait sûrement laissées.

Adele nous a emboîté le pas avec précaution, ouvrant des yeux comme des soucoupes.

Christine se tenait à la porte, tétanisée par la peur. Sa main gauche s'est mise à trembler. Puis elle a franchi le seuil d'un mouvement lent et mesuré, inspirant profondément.

— Bon d'accord, s'est-elle contentée de dire.

J'ai maintenu la porte ouverte avec une petite table basse de l'entrée, craignant de me retrouver enfermée dans cet endroit, et je me suis avancée la première dans le couloir, m'efforçant de combattre l'hyperventilation. Mon cœur battait la chamade, mais je savais que, dans l'intérêt de toutes, je devais garder le contrôle.

Je suis demeurée un instant seule devant la double porte de la bibliothèque. S'il y avait quoi que ce soit d'utile dans cette baraque, ce serait dans cette pièce. En revanche, je n'étais pas certaine d'être prête à y entrer.

J'ai enfoncé la main dans ma poche, pour toucher la photo de Jennifer. Je l'ai serrée entre mes doigts. Je l'ai sentie se froisser dans mon poing. J'étais peut-être en train de l'abîmer mais, pour l'heure, j'avais besoin d'y puiser une sorte de force physique, de laisser son encre pénétrer ma peau pour me rapprocher de Jennifer. J'ai entrouvert la porte, espérant embrasser la pièce par petits bouts, m'y glisser délicatement.

La première chose que j'ai vue a été le chevalet, à sa place dans l'angle.

— Pourquoi n'ont-ils pas viré cette horreur d'ici ? a lâché Tracy à mon oreille.

— La pièce paraît tellement plus petite, a soufflé Christine.

— C'est logique, est intervenue Adele. Cette pièce ne possède plus le même pouvoir sur...

— La ferme, Adele ! ont répliqué d'une seule voix Tracy et Christine.

Adele s'est tue. Nous sommes entrées dans la bibliothèque et nous avons levé les yeux vers les étagères qui s'élevaient jusqu'au plafond. Les livres étaient toujours là. Par milliers.

Je me suis avancée vers le secrétaire en chêne massif, avec son rideau coulissant et son sous-main vert foncé. Un meuble de valeur, de toute évidence. La famille adoptive de Jack ne manquait pas d'argent, et lui non plus.

Au centre du sous-main reposait une enveloppe. Je l'ai saisie ; elle était cachetée. Les autres se sont approchées pour voir ce que j'avais trouvé, Tracy et Christine se tenant à bonne distance du chevalet.

— Je l'ouvre ? leur ai-je demandé.

— Pourquoi pas ? a fait Adele. Au point où on en est... On est déjà entrées par effraction.

— On n'a rien fracturé, a répliqué Christine. La porte était ouverte. Et puisqu'il voulait que nous ne quittions jamais cette maison, je nous considère comme des invitées dotées de certains privilèges.

J'ai décacheté l'enveloppe et en ai tiré une feuille de papier que j'ai doucement dépliée. Sous nos yeux s'étalaient les mots : « Bienvenue à la maison ».

J'ai lâché le mot comme s'il avait pris feu.

À cet instant, une porte s'est refermée dans un claquement. Celle par laquelle nous étions arrivées. Celle que j'avais maintenue ouverte avec une table.

Dans un même mouvement, nous nous sommes plaquées contre le mur de la bibliothèque. J'ai tendu l'oreille mais je n'ai perçu que notre souffle saccadé.

Tracy était la plus proche de l'entrée. Elle a risqué un œil dans le couloir. Personne n'aurait pu s'avancer autant dans la maison sans passer devant la bibliothèque. Elle nous a fait signe de la suivre alors qu'elle se faufilait hors de la pièce.

Personne dans le couloir. S'il y avait eu quelqu'un à l'intérieur, il était ressorti et avait claqué la porte en partant. Mais pourquoi ?

Tracy l'a atteinte à grandes enjambées et saisi la poignée, sans se préoccuper, cette fois, de laisser des empreintes. Rien. Nous étions enfermées de l'extérieur.

— C'est quoi ce bordel ? s'est-elle écriée en tapant contre le battant, en vain.

— Hors de question. C'est impossible qu'on soit bloquées dans cette maison. Je refuse, a dit Christine en tremblant.

— Gardons notre calme, ai-je tenté. Il y a des tas de fenêtres et j'ai mon portable.

Je l'ai sorti de ma poche et l'ai brandi. Sauf qu'aucune barre n'apparaissait en haut à droite de l'écran. Dans la précipitation, j'avais oublié de le vérifier.

— Bon, il n'y a pas de réseau.

— On est trop haut dans la montagne, a expliqué Adele. C'est logique. Merde !

J'ai foncé de pièce en pièce, regardant par les fenêtres. Personne en vue. Mais la maison était entourée de bois. Il existait des milliers de cachettes pour nous garder à l'œil. Ou préparer un mauvais coup.

Adele s'est rendue dans la cuisine et a tenté d'ouvrir les fenêtres. Impossible. Les poignées ne bougeaient pas. Elle a ouvert placards et tiroirs et fini par dénicher un balai avec un gros manche en bois. Prise d'une soudaine folie, elle s'est mise à taper sur les vitres de la cuisine. Les petits carreaux se sont brisés et des morceaux de verre ont volé dans toute la pièce. Nous avons reculé tandis qu'Adele continuait de frapper. Elle était incroyablement forte.

Tracy m'a murmuré à l'oreille :

— Je me suis peut-être trompée sur Adele.

J'ai haussé les épaules et nous nous sommes repliées dans le couloir pour éviter les morceaux de verre.

— Ou alors elle sait encore mieux que nous à quel point cet endroit est dangereux.

Adele a fini par se calmer. Elle s'est immobilisée, le souffle court, le visage rouge, les cheveux en bataille. Elle serrait toujours le balai dans ses mains, prête à attaquer, quand nous avons réintégré la cuisine pour constater les dégâts. Le plan de travail, l'évier, le sol étaient recouverts de verre brisé. Je me suis approchée et j'ai examiné le meneau de la fenêtre sur laquelle Adele s'était défoulée. Il y avait quelque chose entre les fines bandes de bois. Je l'ai touché. Du métal froid. J'ai compris alors que chaque fenêtre était pourvue de barreaux de fer. Le bois verni autour n'était qu'un trompe-l'œil.

La maison était condamnée.

Sur ce, sans échanger une parole, nous nous sommes dispersées. Chacune a rejoint une porte ou une fenêtre, a tiré sur la poignée, donné des coups, en vain. Elles étaient verrouillées, les poignées bloquées. Des quatre coins de la maison me sont parvenus des cris de frustration à mesure que chaque issue résistait à nos efforts.

Christine a été la première à baisser les bras. Elle s'est assise dans un coin de la bibliothèque, recroquevillée sur elle-même, marmonnant des excuses à l'intention de ses filles.

Moi, en revanche, j'étais incapable de m'arrêter. J'ai frappé et tapé sur tout ce que je trouvais pendant deux bonnes heures. Finalement, découragée, je me suis appuyée au comptoir de la cuisine et j'ai regardé par la fenêtre brisée au-dessus de l'évier vers la grange.

— Réfléchir nous sauvera, ai-je murmuré pour moi-même, puisant dans la dernière once de force intérieure qu'il me restait.

Alors que je me tournais pour sortir de la cuisine, Adele s'est dirigée vers la porte qui conduisait à notre ancienne geôle. L'idée qu'on y descende me révulsait.

— Inutile, ai-je dit. C'est celle de la cave, et je peux t'assurer qu'il n'y a aucune issue là en bas.

Avec un frisson horrifié, elle s'est écartée du lourd battant métallique. Pas la peine de le lui dire deux fois. Quelques minutes plus tard, je l'ai entendue se jeter de toutes ses forces contre la porte de derrière.

Chacune d'entre nous a fini par laisser tomber. Alors, une par une, nous nous sommes dirigées vers la bibliothèque. Je me suis laissée glisser sur le canapé au milieu de la pièce, face à la grande cheminée. Tracy s'est affalée à côté de moi et s'est pris la tête entre les mains.

— Il a réussi. Il nous a récupérées, a-t-elle dit à mi-voix.

J'ai secoué la tête avec incrédulité.

— Comment pouvait-il savoir que nous viendrions seules ici ?

— Il a tenté sa chance, j'imagine. Qu'avait-il à perdre ? Et puis, s'il comptait sur notre stupidité et notre arrogance, il avait vu juste.

— Jim ne mettra pas longtemps à s'apercevoir que nous avons disparu, ai-je dit.

— Ça aussi Jack le sait, a répliqué Tracy. Vu qu'il a de toute évidence un larbin qui nous file le train. Ça veut simplement dire que ce qu'il nous réserve, quoi que ce soit, va se produire très bientôt.

J'ai balayé la pièce du regard, me demandant d'où surgirait l'attaque. Je me sentais impuissante, paniquée.

— Il nous faut des armes, des trucs pour nous défendre, a déclaré Tracy apparemment aussi à vif que moi.

J'ai approuvé d'un hochement de tête et nous nous sommes dispersées, en quête d'un objet qui nous permettrait de riposter. Christine est revenue en brandissant le manche du balai dont Adele s'était servie pour briser les vitres. Tracy et moi, de toute évidence les plus pragmatiques, avions pris un couteau de cuisine sur le bloc, et Adele avait trouvé une poêle en fonte.

Une fois rassemblées dans la bibliothèque, j'ai refermé les lourdes portes en bois derrière nous. Sans un mot, nous nous sommes éparpillées dans la pièce, comme pour prendre nos postes de garde. Tracy se tenait dans un coin, moi dans l'autre. Adele s'est agenouillée près d'une fenêtre, les yeux à hauteur du rebord, tournés vers les bois.

Christine s'est glissée sur la banquette sous la fenêtre, aussi loin que possible du chevalet. Elle s'est assise les genoux repliés et, cramponnée aux rideaux, elle s'est mise à pleurer. Elle avait pris soin d'appuyer le manche à balai à côté d'elle, mais je doutais qu'elle soit d'un quelconque soutien en cas d'attaque. L'ancienne Christine était de retour.

— C'est quoi ce bruit ? a tout à coup demandé Adele, tous les sens en éveil.

— Quel bruit ? s'est enquise Tracy en tendant l'oreille.

— J'ai entendu quelque chose. Ça venait de la cave, je crois.

-- Hors de question que je descende là-bas, ai-je dit avec détermination.

Tracy a secoué la tête.

— Je n'ai rien entendu, a-t-elle marmonné.

Nous étions peut-être dans le déni.

— Alors, c'est tout ? On va se contenter de rester assises là à attendre que quelqu'un nous trouve ? En croisant les doigts pour que les gentils arrivent en premier ?

— J'imagine que oui, a rétorqué Tracy d'un ton amer.

— Eh bien, moi en tout cas, j'ai bien l'intention de faire ce pour quoi on est venues, a repris Adele. Je vais fouiller un peu.

Tracy lui a jeté un regard froid.

— À quoi bon ? Il est clair que tu n'as aucune idée de ce à quoi on a affaire.

Je suis restée dans mon coin, observant chaque fille. Nous commencions déjà à nous monter les unes contre les autres. Je discernais la peur évidente en surface, mais aussi cette autre personne au fond de chacune d'entre nous, prête à frapper, déterminée à s'échapper à n'importe quel prix. J'ai chassé cette idée avec force et tenté de me rassurer en me disant que je ne faisais que projeter sur elles ma propre peur paralysante d'être revenue à mon moi animal.

C'était à cause de cet endroit. Parce que j'étais de retour dans cette maison. Je me sentais comme une bête en cage et, une nouvelle fois, j'ai eu le sentiment d'être prête à faire n'importe quoi pour m'en sortir. N'importe quoi. Exactement comme avant. Je l'ai reconnu en un éclair, ce sentiment que toute mon intégrité, toute ma rationalité pouvaient être balayées en un instant à la moindre occasion. Les gens étaient-ils tous comme ça ? Ou n'étais-je qu'un être ignoble au fond, incapable d'éprouver la moindre empathie pour les autres, comme le pensait Tracy ? Avait-elle raison depuis le début ? Et qui sacrifierais-je, cette fois, pour sortir d'ici ?

# Chapitre 34

Lorsque je me suis enfin extirpée de mes pensées, j'ai vu qu'Adele fouillait le bureau de Jack.

— Je reste persuadée, disait-elle en passant en revue le tiroir supérieur, que nous pouvons trouver un truc ici qui nous sera utile. Une clé ou quelque chose.

Elle commençait à avoir du mal à garder son sang-froid si extraordinaire en d'autres circonstances. Ses gestes étaient saccadés à présent, tandis qu'elle écartait stylos et Post-it pour atteindre le fond du tiroir.

— Qu'est-ce que tu cherches, Adele ? s'est enquise Tracy sans doute gagnée par la panique elle aussi. Ses recherches ? Tu crois qu'il y a quelque chose là-dedans qui fera avancer ta carrière ? Tu sais, Adele, au cas où tu ne l'aurais pas remarqué, tu ne peux pas franchement mener une carrière quand tu croupis dans une baraque perdue dans la montagne. Attends, je me trompe peut-être. J'imagine que tu pourrais rédiger un papier maintenant et être publiée à titre posthume.

Après un instant de réflexion, elle a ajouté :

— En fait, c'est peut-être le chemin le plus court vers la célébrité et la richesse. Un livre écrit pendant ta séquestration dans la maison d'un psychopathe.

Elle s'est tournée vers moi :

— Sarah, pourquoi tu ne t'y mettrais pas aussi ? Tu pourrais raconter comment tu nous as sauvées une fois mais que tu as réussi à nous ramener exactement là où on avait commencé.

Adele a interrompu sa fouille et relevé les yeux.

— Attends une minute, Tracy. Si j'ai bien compris, sans Sarah, tu serais toujours la prisonnière de Jack. Et lui serait installé en ce moment même à ce bureau.

Sur ce, elle s'est éloignée du secrétaire.

Il m'a semblé percevoir une lueur de compassion au fond de ses yeux. Était-elle vraiment en train d'essayer de m'aider ?

— En fait, Adele, a répliqué Tracy, je te ferais remarquer que je suis toujours là, et c'est aussi grâce à elle si je suis de retour ici. Alors peut-être que les dix dernières années ne comptent pas. On dirait bien que je vais crever dans cette baraque, au final.

J'ai senti le sang déserter mon visage. Je croyais Tracy sur le point de me pardonner. De toute évidence, je m'étais plantée. Et maintenant, la situation dans laquelle nous nous trouvions la contraignait à montrer son vrai visage.

Tracy pensait que je ne leur avais pas envoyé les secours après mon évasion. À l'époque, elle avait raconté aux journalistes que sans l'interrogatoire poussé de la police, je les aurais laissées dans cette cave pour toujours. Parce que, à sa connaissance, j'étais en haut depuis un moment ; j'avais quitté la cave depuis six jours quand les secours étaient venus les sauver. Six jours pendant lesquels Jack aurait facilement pu les tuer pour couvrir ses arrières.

Elle se trompait. Je leur avais bien envoyé de l'aide.

Expliquer ce qu'il s'était passé aurait été un jeu d'enfant. Mais j'étais incapable de parler de la façon dont j'étais sortie et je n'avais même jamais tenté de me défendre contre ses accusations. Je n'en avais jamais discuté avec personne, que ce soit avec ma mère, Jim ou le Dr Simmons. Ils ignoraient tout, et, chaque fois qu'ils tentaient d'aborder le sujet, je tombais dans un état proche de la catatonie.

J'ai senti la panique m'envahir, mais je savais que le montrer ne ferait que diminuer encore le peu d'estime que Tracy avait pour moi. La pauvre petite victime souffrant d'un syndrome post-traumatique. Tracy avait géré son passé avec courage, elle l'avait accepté et s'en servait même pour se donner un objectif ; elle avait réprimé la douleur de l'expérience et la mettait au service d'une cause plus grande – tout à fait le genre de comportement qu'exigeait le monde moderne. Elle n'avait ni temps ni pitié à consacrer à ceux qui ne trouvaient pas d'objectif positif à tout ça.

Si je voulais m'expliquer, c'était maintenant ou jamais. Peut-être n'en aurais-je même pas le temps. Les hommes de Jack et de Noah étaient dans la nature. Pourtant, s'il y avait bien une chose que je voulais que Tracy comprenne, c'était celle-là.

Je me suis avancée vers le bureau de Jack. Je l'y avais vu assis tant de fois, quand j'étais sur le chevalet, exténuée par la douleur, pendant qu'il noircissait les pages de ses carnets. D'une façon perverse, ce bureau était un symbole de paix pour moi. Je savais que lorsqu'il se mettait à écrire, j'avais droit à un peu de répit et que la torture était terminée pour la journée.

J'ai tiré l'imposante chaise tournante en chêne et m'y suis installée. J'avais l'impression d'être une enfant assise dans un fauteuil d'adulte. Le siège m'a presque engloutie mais, bizarrement, être là pouvait peut-être me donner le courage de parler.

J'ai regardé tour à tour Tracy, qui s'obstinait à m'ignorer, Adele, qui me dévisageait sans laisser transparaître un instant ses sentiments, et Christine, qui avait cessé de sangloter et se nichait sur la banquette de la fenêtre, l'air absent. Elle avait dégoté un mouchoir quelque part et s'essuyait les yeux.

Au bout d'un moment, j'ai pris un stylo sur le bureau, un Waterman, et je me suis mise à sortir puis à rétracter la mine en rythme. J'ai attendu, espérant que Tracy finirait par craquer. Qu'elle me regarderait. Il le fallait.

Enfin elle s'est tournée lentement vers moi, me scrutant sous sa frange noire striée de rose. Alors seulement j'ai pris la parole, d'une voix hésitante, pour expliquer ce qui s'était passé ce jour-là. J'avais la gorge sèche mais je me suis lancée.

Les derniers mois dans la cave, je m'étais donné beaucoup de mal pour que Jack croie que je me faisais à sa façon de penser. Je le manipulais autant que lui me manipulait. Je savais qu'un jour il me testerait, même si j'ignorais comment. Il me traitait différemment depuis des semaines : je ne subissais plus la torture habituelle, juste la menace pesante et récurrente d'y avoir droit. Il prétendait avoir de l'affection pour moi, presque de... l'amour.

Je savais que s'il pensait m'avoir ralliée à sa cause, il me laisserait plus de libertés. Il me demanderait peut-être d'accomplir quelques tâches pour lui, il m'autoriserait peut-être même à sortir de la maison.

Enfin, ce fameux jour, il a ouvert la porte. Cette même porte qui nous gardait prisonnières dans la maison aujourd'hui.

Je me tenais devant. J'étais nue et je souffrais, je n'avais pas mangé depuis des jours et j'étais très faible, mais juste devant moi, il y avait une porte ouverte.

Jack se trouvait derrière moi, je sentais son souffle sur ma nuque. J'ai vu la grange, la cour, sa voiture. J'ai avancé à pas lents, assurés, vers la sortie, espérant pouvoir m'éloigner suffisamment de lui pour ne plus être à portée de main. J'étais dans un état second.

Il m'avait dit que je pourrais la voir, et il a tenu sa promesse. Par terre, au coin de la porte de la grange, enveloppée n'importe comment dans une bâche bleue dégoûtante, il y avait une longue forme sans vie. Tout ce que je distinguais, c'était un bout de chair bouffie, noir et bleu. Un pied humain.

Depuis des mois, je le suppliais de me laisser voir son cadavre. J'avais besoin de lui dire au revoir, et je pensais que c'était la seule chose qu'il ferait pour moi. Et elle était là. Quand je l'ai vue, quand j'ai vu ce morceau de peau bleuâtre, ce corps qu'il avait déterré pour moi, j'ai compris, d'un coup, ce que la réalité de son cadavre représentait pour moi. Une finalité. C'en était trop.

Au même moment, je n'arrivais plus à réfléchir correctement, je ne savais pas si je devais consacrer davantage de temps à essayer de le convaincre de ma loyauté. Si je n'avais pas eu aussi faim, aussi mal, si je n'avais pas autant craint le cadavre devant la grange, peut-être que mon corps n'aurait pas réagi ainsi à cet appel de la liberté que je venais brusquement de goûter et au sentiment grisant que me procurait l'air frais sur ma peau. Quelque chose s'est embrasé en moi à cet instant, dans le tréfonds de mon être. Mes jambes ont retrouvé leur force, et mon cœur assez de sang pour le faire battre. Brusquement, je me suis mise à courir. Il devait croire que j'aurais trop peur pour oser tenter un coup pareil, car il a mis une seconde à me suivre.

S'il me rattrapait, je le savais, tout le travail de ces quatre derniers mois serait réduit à néant. Il ne me ferait plus jamais confiance. Jamais je n'aurais une autre chance. C'était la seule et unique.

J'ai couru aussi vite que possible, me retrouvant à bout de souffle presque aussitôt. L'absence totale d'exercice physique pendant trois ans m'avait affaiblie. Mes jambes peinaient déjà à me porter, elles pouvaient encore moins me libérer de mon persécuteur. Mais ma peur m'aiguillonnait et j'ai décampé. Il s'est mis à me courir après. Vite.

Après quoi, le monde s'est mis à ralentir. Je me mouvais comme prise dans la mélasse, mon souffle résonnait à mes oreilles. J'entendais ses pas derrière moi, écrasant chaque brindille, ses pieds creusant la terre. Il était fort, je le sentais.

Mes poumons étaient sur le point d'exploser. Je n'arrivais plus à respirer. J'avais les bras et les mains en coton. Je ne sentais plus mes jambes, qui devaient pourtant continuer à bouger puisqu'il ne m'avait pas encore rattrapée. J'ai descendu la colline. Je n'en voyais pas le bout, je me sentais piégée, mais j'avais la volonté de vivre.

J'ai parcouru encore une petite centaine de mètres, ce qui, quand j'y réfléchis, était une sorte de miracle. J'avais pratiquement pris la fuite. Mais je n'avais pas la force de garder le rythme et la rage lui donnait des ailes.

Quelques secondes plus tard, j'ai senti sa main m'agripper fermement le bras droit. Jamais je n'oublierai ce moment. Je savais à quelles souffrances et à quels tourments j'avais survécu au cours des trois dernières années. Et je savais que ma punition serait bien pire.

J'ai poussé un cri digne d'un animal plus que d'un être humain. C'était fini, et j'allais souffrir jusqu'à la fin des temps. À cet instant, je n'avais pas les moyens de réfléchir à l'opportunité que je venais de gâcher. Je n'avais pas le temps de me laisser envahir par les regrets éternels, mais plus tard, dans les heures qui suivraient, j'éprouverais une douleur insoutenable en pensant que j'avais été si près du but et que j'avais tout fichu en l'air à cause d'un acte impulsif sur lequel je ne pouvais revenir.

Il m'a empoignée et m'a jetée par-dessus son épaule. Dans ma tête, ma vie était finie. Terminée.

Tout ce que je voulais, c'était avoir la force mentale de me détacher complètement du monde. Je voulais me déconnecter de la douleur qu'il était sur le point de m'infliger.

Petit à petit, au fil des années, j'avais développé cette aptitude. J'avais appris à débrancher mon esprit, à cesser d'anticiper la douleur ou le soulagement, à considérer tout et rien comme appartenant à un seul et même ensemble continu. Aucun moment ne se différenciait d'un autre, tous les sentiments s'équilibraient avec le temps. *Débranche*, me suis-je ordonné.

Il m'a portée dans la grange et, pendant un instant, j'ai été complètement déboussolée par ce nouvel espace. Je me suis enjoint de réprimer ma panique. Pas d'émotions. Pas de combat. J'ai pénétré dans cet espace intérieur où mon esprit était libre de vagabonder. Mon corps n'était qu'un objet inanimé, flottant vaguement dans son propre espace.

J'ai essayé de m'en moquer. De me résigner à la mort, ou à pire : une torture plus effroyable encore que celle de ces dernières années. Furieux, il m'a attrapée par un bras et par les cheveux et m'a jetée dans une longue caisse en bois au fond de la grange. Une boîte plus petite que celle de la cave, couchée, comme un cercueil. Il a mis mon corps inerte à l'intérieur et s'est éloigné.

Instinctivement, j'ai agrippé les bords et tenté de me sortir de là. Une fois assise, j'ai reçu un énorme coup de poing qui m'a recouchée d'emblée. Je me suis couvert le visage pour le protéger des coups. Quelques secondes plus tard, une grande chose putride a été jetée sur moi. La dépouille de Jennifer, lourde et froide. Ensuite, il a fermé le couvercle de la caisse et je l'ai entendu enfoncer les clous dans le bois tout en me criant des paroles que je n'ai pas comprises.

Pendant un temps, le soulagement m'a envahie. Enfin j'étais séparée de lui de quelques mètres, et par une planche clouée. Ses mains ne pouvaient plus me toucher. Il m'a fallu quelques minutes pour enregistrer que j'étais enfermée dans un cercueil avec le cadavre de Jennifer, que je n'allais visiblement pas tarder à rejoindre dans la mort. Après un dernier coup de marteau et quelques pas traînants au-dehors, le silence est brusquement tombé. Jack avait dû retourner dans la maison.

Au bout d'un moment, je me suis repoussée dans un coin du cercueil, me faisant aussi petite que possible, pour m'éloigner de son corps. Je commençais à voir et à entendre des choses. J'ai cru qu'elle bougeait. J'ai cru voir ses doigts s'approcher de moi pour me caresser. J'ai cru entendre sa voix me demander de ne pas l'abandonner. J'ai entendu tout cela trop clairement. Je me suis demandé avec désespoir ce qui me tuerait en premier, la déshydratation ou le manque d'oxygène. Mais tout en pensant à cela, j'ai remarqué que l'air ne manquait pas. Je respirais très bien. Il devait y avoir une ouverture quelque part dans cette boîte.

En y regardant de plus près, j'ai découvert que l'un des côtés du coffre était en fait un des murs de la grange et que, depuis des années peut-être, anticipant en quelque sorte ma présence, des centaines de petites bêtes s'étaient involontairement échinées à me sauver la vie.

Le bas de la paroi que formait le mur du fond de la grange était humide et rongé. Des termites, des fourmis charpentières, des coléoptères ou d'autres insectes avaient travaillé le bois. Je l'ai examiné avec plus d'attention. La planche était lâche. Je pouvais presque la briser mais, cette fois, je serais moins impétueuse, j'attendrais le matin pour m'assurer qu'il était parti, puisqu'il avait cours. J'étais étendue dans le noir, à respirer la pourriture du corps en décomposition, l'humidité de la terre, et à bénir ces insectes, ces petites bêtes miraculeuses, à les remercier d'exister, d'aimer le goût du bois. Dans mon délire, j'aurais pu les embrasser. Mais j'ai attendu.

Le lendemain, j'ai entendu la porte de la maison s'ouvrir et des pas s'approcher de la grange. Il venait me voir. Au début, je suis demeurée aussi immobile que possible, espérant qu'il me croirait déjà morte. Il a frappé à grands coups sur le haut du cercueil pour me faire réagir. J'ai légèrement remué pour lui montrer que j'étais là. Il a donné un dernier coup et s'est éloigné. J'ai entendu sa voiture démarrer et s'engager dans l'allée. Son emploi du temps ne variait jamais – je savais qu'il ne reviendrait pas avant quatre jours, mais aussi que je ne survivrais pas autant de temps sans eau. Ma gorge était déjà desséchée. La délicate humidité de la terre était alléchante.

Pendant des heures, j'ai creusé de mes doigts les crevasses du bois et essayé avec le peu de forces qu'il me restait de soulever la planche. Enfin, après une éternité, j'ai réussi à casser un bout de bois, et j'ai découvert par l'interstice un vaste champ derrière la grange et, plus loin, la forêt. C'était la plus belle chose que j'avais jamais vue, ce paysage, et il m'appelait à la liberté.

J'ai frappé plus fort, du poing cette fois, de la tête aussi. Dans ma frustration, je me suis ouvert l'arcade sourcilière. De désespoir, j'ai goûté le sang, pour étancher un peu ma soif.

La planche ne bougeait pas et j'ai cru que tous mes efforts resteraient vains. J'ai envisagé de laisser tomber, de me recroqueviller par terre avec Jennifer et de la rejoindre où qu'elle se trouve. Mais alors, j'ai songé que si j'abandonnais, mes parents ne sauraient jamais ce qui m'était arrivé, que je ne pourrais jamais expliquer l'enfer que Jennifer avait traversé, et que je ne pourrais jamais faire payer Jack Derber. Ce dernier point surtout m'a poussée à agir.

Finalement, j'ai forcé suffisamment sur le bois pour me permettre presque de glisser les épaules dans l'ouverture. Il fallait que j'arrive à me retourner pour poser mes pieds sur la planche et la pousser de mes jambes. La boîte était juste assez grande pour nous deux alors j'ai pratiquement dû prendre dans mes bras le corps de Jennifer que j'avais repoussé au fond.

La puanteur était suffocante, mais je pouvais m'y faire. J'ai davantage haï la raideur et la froideur de son cadavre. Je pleurais, mais les larmes ne coulaient pas. Mon corps était desséché.

Quand j'ai enfin été positionnée dans l'autre sens, j'ai ramené mes jambes sur moi, rassemblé le peu d'énergie qui me restait et poussé encore et encore, frappant la planche, mes genoux faisant trembler la dépouillle et la faisant chavirer sur le côté, tandis que nous bougions ensemble dans une étrange danse macabre.

Toute l'opération a duré une éternité mais, finalement, la planche a cédé. Juste comme ça. Ma respiration s'est accélérée. J'ai serré les poings et fermé les paupières, me préparant à sortir en me tortillant par l'ouverture. C'était une planche plutôt large, mais je passais à peine. J'ai remercié Jack à voix haute de m'avoir affamée et gardée émaciée, et je me suis glissée vers l'air libre.

Je me suis retournée et j'ai remis la planche en place avec précaution. Je voulais m'offrir autant d'avance que possible. Si ça se trouvait, il avait des caméras pour surveiller les bois, et tout cela n'était qu'un traquenard, un dernier jeu destiné à son plaisir. Je savais que je n'étais pas encore libre.

J'ai couru en direction du bois. Descendre l'allée aurait été plus direct, mais je ne pouvais pas prendre le risque de tomber sur la voiture de Jack s'il décidait de revenir à l'improviste.

J'ai marqué une longue pause devant la maison. J'ai pensé à aller sauver les autres, mais c'était trop risqué. La maison était piégée et j'étais certaine que les portes comportaient des fermetures à code que je ne parviendrais pas à ouvrir. J'enverrais quelqu'un dès que j'aurais regagné la civilisation. J'espérais disposer de quatre jours avant qu'il ne revienne et découvre que j'avais disparu.

Alors je me suis élancée. Ou j'ai avancé en trébuchant plutôt. J'étais nue, et la peau sous mes pieds s'était ramollie et affinée. Je sentais toutes les pierres et les brindilles. Très vite, j'ai eu les pieds en sang. J'ai couru au pied de la colline sans m'en soucier. Je me sentais remontée à bloc.

Un peu avant le bas de la colline, j'ai trouvé un ruisseau et j'y ai bu avec avidité. J'ai alors compris que j'avais survécu. J'ai ressenti mon premier élan de joie depuis trois ans. Après ça, il m'a semblé avoir la force d'un millier de femmes réunies, et j'ai dévalé la colline comme un poulain sauvage. J'avais toujours peur mais devant moi s'étalait un grand champ, avec une vieille ferme délabrée. J'espérais y trouver quelqu'un pour m'aider.

Malheureusement, la ferme était déserte et fermée à clé. En revanche, dans la grange adjacente, j'ai dégoté un manteau élimé et de grosses bottes. Les deux étaient ridiculement grands pour moi, mais je les ai enfilés et suis partie vers la route, déboussolée par tout cet espace autour de moi et en même temps résolue à mettre le plus de distance entre moi et la maison de Jack.

Sur la route, une voiture s'est arrêtée, un jeune couple avec deux enfants en bas âge sur la banquette arrière. Je leur ai demandé le chemin pour le poste de police. Ils ont semblé un peu effrayés par mon allure crasseuse, mon accoutrement grotesque et mes paroles incohérentes, mais ils ont paru sincèrement inquiets.

La femme a hésité, interrogeant son mari du regard, puis m'a finalement invitée à monter dans leur voiture pour m'y emmener. J'ai fondu en larmes. Entre deux sanglots, je lui ai expliqué que ça m'était impossible, j'avais trop peur. Je ne pouvais pas monter en voiture avec des inconnus. Ils m'ont demandé ce qu'il m'était arrivé, et tout ce que j'ai réussi à répondre à travers mes larmes, c'est que j'avais été enfermée dans une cave pendant très, très longtemps.

À ces mots, ils ont pris un air horrifié et m'ont dit de ne pas bouger, qu'ils allaient envoyer la police. J'ai cru qu'ils ne reviendraient pas, que je devrais trouver toute seule mon chemin. Mais j'étais à bout de forces. Je les ai regardés partir, agrippée au tissu raide du manteau dix fois trop grand, et je me suis assise sur le bas-côté.

J'avais dû m'évanouir car, lorsque je me suis réveillée, deux officiers me soulevaient pour m'installer à l'intérieur d'une voiture de police.

En chemin, à l'arrière avec l'un d'eux – une gentille femme qui me couvait d'un regard chargé de pitié –, j'ai raconté à mi-voix notre histoire dans un ramassis confus de mots et de sons. Ce que je disais n'avait aucun sens, je le savais, mais elle a fait preuve d'une patience sans bornes et a réussi à assembler les morceaux. Je lui ai parlé de Tracy et de Christine, et ils ont appelé le poste immédiatement. Des heures plus tard, à l'hôpital, je les ai vues être amenées. D'après la police, cependant, il n'y avait aucun cadavre sur la propriété.

J'étais reliée à une perfusion qui inondait mon corps de fluides. Je pouvais à peine bouger, et je me suis évanouie une nouvelle fois, mais pas avant de songer que c'était enfin terminé

# Chapitre 35

Tracy a gardé les yeux baissés sur ses genoux pendant tout mon récit. Christine avait cessé de pleurer et était à présent assise toute droite, prêtant l'oreille avec attention. Adele, de son côté, avait pris des notes pendant que je racontais mon histoire et a continué d'écrire fébrilement quand j'ai eu terminé.

Un épais silence m'enveloppait. J'ai attendu. Mon aveu aiderait-il Tracy à comprendre pourquoi je n'avais pas commencé par les sauver ? Accepterait-elle de croire que j'avais envoyé de l'aide aussi vite que possible ? J'ai patienté une minute entière dans un silence de plomb, brisé seulement par le stylo d'Adele grattant sur le papier.

Puis Tracy a déclaré, très doucement :

— Adele, pose ce putain de stylo.

— Désolée, s'est excusée Adele en s'exécutant.

— Qu'est-ce que ça change ? ai-je dit à voix basse. Maintenant qu'on va mourir ici.

— Non, a répliqué Tracy, une nouvelle flamme illuminant son regard. Nous allons sortir d'ici. Il faut juste qu'on en apprenne davantage. Adele doit se mettre à table.

Elle s'est levée et s'est plantée devant elle.

— Adele, tu es déjà venue ici, pas vrai ? Quel que soit ton secret, tu dois nous le révéler. Si ça se trouve, tu détiens la clé pour nous faire sortir d'ici et tu ne le sais même pas. Ou peut-être que si. Il faut qu'on sache qui d'autre est impliqué. Qui a laissé ces lettres ? Qui nous a piégées ? Qui a préparé cette maison pour nous ? Qui est notre comité d'accueil ? Il faut bien que quelqu'un ait aidé Jack. Il est en taule, après tout.

À ce moment-là, nous avons entendu un bruit, distinctement ce coup-ci. Nous nous sommes redressées, les sens aux aguets. Un autre. Provenant de la cave. Impossible de l'ignorer, maintenant.

— Qu'est-ce que c'est ? a demandé Christine la première.

Nous nous sommes levées comme un seul homme et nous avons avancé vers la porte qui descendait dans les entrailles de la maison, Adele nous suivait à quelques pas de distance, une expression de terreur sur le visage.

Nous sommes restées plantées là dans le couloir, face à la porte de la cave. Elle se fermait avec une serrure à code mais, pour l'heure, elle était légèrement entrebâillée. Comme si quelqu'un voulait qu'on descende cet escalier. Comme si la maison elle-même nous attirait en bas. Dans cette cave. Une nouvelle fois, le bruit s'est fait entendre.

Prenant une profonde inspiration, Tracy a tiré la porte et fait un pas. Au moment où son pied s'est posé sur la première marche, Christine, elle, a reculé.

— Je ne peux pas descendre là-dedans. Vraiment, j'en suis incapable.

Elle s'est repliée dans la bibliothèque.

— Tu peux aller *là* mais pas *là en bas* ? Ça n'a pas de sens, a chuchoté Tracy avec frustration.

— Laisse-la tranquille. Ça me fait le même effet. Mais nous devons découvrir d'où vient ce bruit. Elle peut rester pour surveiller l'étage, ai-je dit.

D'un geste, j'ai invité Tracy à poursuivre. Avec un mouvement agacé de la tête, elle a repris sa descente.

Nous avons emprunté l'escalier avec mille précautions. Le craquement des marches qui habitait mes cauchemars me mettait les nerfs à vif. Par automatisme, j'ai commencé à les compter, sans me rendre compte que je le faisais à voix haute. Tracy a pivoté vers moi et m'a jeté un regard noir. Je me suis tue.

Cependant, à l'instant où nos yeux se sont croisés, les années que nous avions passées ensemble ont déferlé dans mon esprit, comme une vague gris foncé où se mélangeaient les souvenirs. Chaque souffrance, chaque peine, chaque regret fusionnait en un souvenir puissant de notre vie passée. Et Tracy était là, ma rivale, mon ennemie, ma persécutrice et pourtant la seule personne à pouvoir réellement partager ce moment avec moi. L'espace d'une brève seconde, nous étions des soldats exténués combattant côte à côte pour la même cause perdue.

Chacune de nous a reconnu ce courant électrique qui passait entre nous. Un nœud dans l'estomac, une boule dans la gorge, l'ombre d'une main maléfique nous agrippant le cœur, que nous seules pouvions comprendre. Cette énergie, ce courant, cet endroit. Nous avons détourné le regard en même temps, incapables de le supporter.

Dans la cave, j'ai senti mon cœur se serrer. J'ai retrouvé la même atmosphère froide et humide. Les chaînes avaient peut-être disparu, mais les anneaux enfoncés dans les murs s'y trouvaient toujours, toujours aussi menaçants. La boîte aussi était encore là, dans son coin, fermée. Il n'y avait personne.

À la vue de la caisse, mon estomac s'est noué une nouvelle fois. Oui, c'était bien réel. Je n'avais pas rêvé. J'avais bien perdu Jennifer. La preuve était là : du bois, des clous, des souffrances atroces. Inimaginable, oui, mais indéniable.

Alors qu'Adele descendait la dernière marche, le gémissement a retenti de nouveau. Maintenant que nous étions en bas, il était facile de déterminer qu'il provenait de l'intérieur de la boîte. Machinalement, mon cerveau a cherché un code derrière ces sons, comme il le faisait quand j'écoutais Jennifer des années plus tôt.

Au bruit, Adele a tourné les talons et s'est précipitée pour remonter l'escalier mais, avant qu'elle soit à mi-chemin, Tracy l'a rattrapée par le bras et l'a retenue.

— Oh non ! Adele ! Tu es dedans avec nous maintenant.

À cet instant, quelque chose a remué en haut des marches. Christine s'y tenait, agrippée de toutes ses forces au manche à balai. Son visage était tendu, son regard attiré par la boîte dans le coin.

— Je vous attends là, s'est-elle contentée de dire.

J'ai désigné la caisse et tout le monde a hoché la tête. À petits pas prudents, nous nous sommes frayé un chemin dans la pénombre de la cave vers la seule chose que nous ne voulions plus jamais voir.

Le couvercle de la boîte était maintenu fermé par une corde fine attachée avec un nœud élaboré. Tracy a été la seule assez courageuse pour s'en approcher. Adele et moi sommes restées un peu en retrait derrière elle, en brandissant nos armes improvisées. Un instant nous nous sommes figées, l'oreille tendue pour percevoir à nouveau le bruit dans la boîte. Personne ne voulait la toucher. Elle était comme un animal, dangereuse et solitaire, piégée ici-bas dans notre passé infernal.

Tout en tendant la main vers elle, Tracy a paru rassembler chaque once de courage en elle. Elle s'est soudain emparée du nœud qu'elle a entrepris fébrilement de défaire, les sourcils froncés et les dents serrées. C'était un enchevêtrement complexe, qu'elle a dénoué boucle après boucle et qui a fini par se relâcher. D'un geste rapide, elle a soulevé le couvercle.

À l'intérieur de la boîte se trouvait un homme, ligoté avec la même corde que celle qui avait tenu la caisse fermée. Nous avons laissé échapper un hoquet de surprise. Je me suis penchée un peu pour y voir de plus près. Malgré son visage grimaçant et rouge de peur, je savais de qui il s'agissait.

— Ray ? Ray ? ai-je répété, stupéfaite.

Il a acquiescé. Il ne pouvait pas parler, un chiffon lui bâillonnait la bouche. Son visage exprimait une terreur extrême, mais lorsque ses yeux se sont accoutumés à la pénombre, il nous a reconnues et sa frayeur s'est transformée en soulagement. Tracy s'est avancée pour le détacher, mais Adele a retenu sa main.

— Vous le connaissez ? Et si c'était un piège ? C'est peut-être lui le complice de Jack, et une fois qu'on l'aura libéré, il s'en prendra à nous.

Même la voix d'Adele avait pris un ton désespéré.

— Oui, on le connaît. Mais laissons-le s'expliquer d'abord, a déclaré Tracy en lui retirant son bâillon.

— De l'eau, a-t-il murmuré d'une voix rauque.

Je me suis tournée vers Christine en haut de l'escalier, qui est alors partie dans la cuisine et en est revenue avec un verre d'eau. Tracy l'a porté à ses lèvres et il a bu avidement avant d'en réclamer un autre. Après deux autres verres, il a été en mesure de s'exprimer.

— Merci, a-t-il dit. Pouvez-vous me détacher ?

— Dites-nous d'abord ce qui vous est arrivé, a répliqué Adele.

Il était au bord des larmes. Dans un murmure quasi inaudible, il a lâché :

— Sylvia. C'est Sylvia qui m'a fait ça.

— Quoi ? nous sommes-nous écriées d'une seule voix.

— C'est la vérité. J'étais en ville, je rentrais du travail, quand je l'ai vue sortir de la poste. Je voulais simplement m'assurer qu'elle allait bien. J'ai un peu honte de l'avouer mais, comme vous pouvez le constater, je l'ai suivie jusqu'ici. J'ai laissé un message à Val pour lui dire que je serais en retard. J'aurais dû lui dire ce que je fabriquais, mais je ne voulais pas qu'elle me prenne encore pour un vieux fou. J'imagine que c'est ce que je suis.

Il s'est interrompu et a réclamé un autre verre d'eau, avant de reprendre.

— Quand j'ai compris où elle se rendait, j'ai eu peur. Je savais que c'était la maison de Jack Derber, mais je voulais voir si je pouvais aider Sylvia… Et, pour être tout à fait honnête, j'imagine que je voulais aussi découvrir de quoi il retournait. La porte était ouverte, alors je suis entré et je l'ai trouvée dans la bibliothèque ; je lui ai avoué que je l'avais suivie. Je lui ai dit que j'étais content de la voir, que je m'étais beaucoup inquiété. Son visage était inexpressif, c'était incroyable. Elle m'a dit que je n'aurais pas dû faire ça et qu'elle était vraiment désolée. Et puis elle s'est approchée de moi et elle a sorti un pistolet. Elle s'est de nouveau excusée, et elle m'a obligé à descendre dans cette cave. Elle m'a ligoté et puis…

Il s'est mis à sangloter.

— Je n'en reviens pas. Elle m'a abandonné ici. Elle m'a laissé ici pour que je meure. Dans une boîte. Sylvia.

# Chapitre 36

De retour dans la bibliothèque, tout le monde s'est assis en silence. Chacun fuyait le regard des autres, tandis qu'on assimilait doucement la nouvelle. Sylvia n'était pas la victime que nous pensions. Elle était notre ravisseuse. Elle était venue ici – seule – pour orchestrer notre capture.

Ray était peut-être le plus mal d'entre nous. Il luttait encore intérieurement avec les révélations que nous venions de lui faire : notre identité réelle et la raison de notre présence sur les lieux. Mais tandis que nous lui relations notre histoire, il était apparu évident à chacun d'entre nous que la seule conduite à tenir, c'était attendre que le plan de Jack se déroule.

Les faibles gémissements de Christine qui avait repris sa place sous la fenêtre ont fini par rompre le silence ; ils se sont rapidement transformés en un marmonnement étouffé et incompréhensible. Je connaissais ces sons. Ces bredouillements, ces grommellements que j'avais appris à ignorer. La maison nous pénétrait toutes à sa manière, s'infiltrant dans nos corps, nous ramenant aux pauvres créatures que nous étions à l'époque.

Je craignais ce que cela impliquait dans mon cas.

Alors, sans prévenir, Christine a cessé de pleurer et s'est levée. Elle s'est dirigée au centre de la pièce sous nos regards interrogateurs.

Elle paraissait préoccupée, les mains fermement serrées sur son ventre. Cependant, sa voix était étrangement calme quand elle a pris la parole.

— Sylvia n'est pas la seule coupable dans l'affaire. Je le suis autant qu'elle.

Elle s'est tue, a rassemblé ses esprits. J'ai attendu, retenant mon souffle, me demandant ce qu'elle allait bien pouvoir nous annoncer.

— J'avais peur de vous le dire quand nous étions dans la cave. J'avais trop honte. Je ne pensais pas que vous comprendriez, à l'époque, mais maintenant... maintenant je dois faire amende honorable. Avant qu'il ne soit trop tard. Tout ça..., a-t-elle fait en esquissant un grand geste du bras pour englober toute la pièce, même si elle entendait quelque chose de bien plus grand, tout ça est ma faute. Tout ce qui est arrivé ici est à cause de moi.

Elle est restée silencieuse un moment puis s'est armée de courage pour poursuivre. Raconter cela était clairement une douleur atroce pour elle.

— Quand j'étais étudiante – son étudiante –, je n'étais pas seulement son assistante. J'étais... J'avais une liaison avec Jack. Je croyais être amoureuse de lui. Et je pensais que lui aussi était amoureux de moi.

Nous l'avons dévisagée avec effarement. Je n'arrivais pas à imaginer qu'on puisse vouloir de son plein gré être proche de Jack.

Elle retenait ses larmes à présent, résolue à aller jusqu'au bout.

— Il m'a attirée ici, et j'ai fait preuve d'une stupidité sans bornes. J'ai démarré tout ça, a-t-elle continué, amère. Sa putain d'expérimentation. J'imagine que puisque je n'ai pas riposté avec suffisamment de hargne, que je n'ai pas tenté de déjouer sa surveillance ni essayé de m'enfuir, il s'est senti assez en confiance pour vous amener ici.

Christine a fait quelques pas vers l'endroit que Tracy et moi connaissions si bien. La place près du chevalet où il se tenait toujours quand nous y étions attachées. Elle est demeurée parfaitement immobile, les yeux au sol comme pour s'empêcher de craquer.

— Mais il y a pire. Je n'ai jamais pu le dire à personne d'autre avant, pas même à la police. Voilà, il y avait deux autres filles avant vous ici. Je...

Les mots, douloureux, peinaient à franchir ses lèvres.

— Je l'ai aidé à les enlever.

— Quoi ? Comment ça ? s'est écriée Tracy avec une expression d'effroi.

Moi, j'étais incapable de bouger. Je me contentais de la dévisager.

— Il m'a emmenée avec lui. J'ai cru que c'était ma seule chance de m'enfuir, alors je lui ai promis de bien me tenir. Je n'avais pas l'intention de l'aider. Et puis on s'est retrouvés dans sa voiture, à proposer à une fille d'à peu près mon âge de la raccompagner. Je la revois encore. Elle avait une queue-de-cheval et un sac à dos bleu marine ; elle n'arrêtait pas de consulter sa montre. Son bus devait avoir du retard. Elle paraissait si innocente ! Jamais je n'oublierai : elle m'a regardée dans les yeux, pour être sûre. Sûre que c'était sans danger. Je voulais lui hurler que non. Que ce n'était pas du tout sans danger. Mais j'ai tenu ma langue parce que j'avais peur.

Plus personne ne bougeait. Tout le monde retenait son souffle.

— Et puis on a recommencé. La seconde fois, je n'ai pas pu croiser le regard de la fille, pas avant qu'il soit trop tard.

Christine a marqué une nouvelle pause pour rassembler ses forces.

— Aucune des deux n'a survécu bien longtemps en bas. Elles sont toutes les deux allées directement dans la boîte et au bout de quelques jours, elles sont montées et jamais redescendues. Je n'ai pas osé demander ce qui leur était arrivé. Et maintenant, chaque nuit, je vois le visage de ces filles dans mes rêves. Chaque fois que je ferme les paupières. Et j'imagine qu'elles me regardent à travers les yeux de mes filles. C'est pour ça que je suis venue ici dès que tu as appelé, Tracy. Quand tu m'as dit qu'il y avait d'autres filles, j'ai cru... J'ai pensé que nous pourrions retrouver ces deux-là.

Elle s'est tournée vers moi avec un air accusateur.

— Mais ça n'arrivera pas. Parce que nous allons crever ici.

Tracy se tenait à côté d'elle, impuissante. Christine est tombée à genoux et s'est mise à pleurer, lentement et par à-coups d'abord, puis de plus en plus fort.

Je m'attendais au pire quand elle s'est brusquement redressée avant de se pencher en avant, le nez au sol. Elle examinait quelque chose.

— Attendez... Qu'est-ce que c'est ? a-t-elle dit en s'essuyant le visage.

Elle a appuyé avec force à un endroit sur le parquet. L'endroit de Jack.

Elle a fait glisser ses doigts le long de la latte et a trouvé une sorte de levier. Elle l'a poussé, mais rien ne s'est passé. On s'est rassemblés autour d'elle.

*Bien sûr*, ai-je songé. Encore un de ses jeux tordus. Pour qu'on découvre les réponses juste avant qu'il nous tue.

— Là, laisse-moi essayer, a lancé Tracy.

Elle a poussé plus fort et a fini par réussir à l'ouvrir.

La latte s'est soulevée, pivotant sur sa longueur sur une charnière fixée à une autre latte. Sous le parquet se trouvait un trou d'environ trente centimètres sur soixante. Tracy a plongé la main à l'intérieur et en a sorti une petite caisse en bois. Elle a soulevé le couvercle. Dedans, il y avait un carton posé sur une pile de carnets à spirale. Elle l'a ouvert tandis que nous regardions tous par-dessus son épaule.

— Des photos, a annoncé Adele.

D'abord excitée par cette découverte, elle s'est rembrunie rapidement en voyant de quoi il s'agissait. C'était loin de ce que nous aurions pu imaginer. Même Adele ne s'attendait pas à ça.

Tracy les a feuilletées. Alors que les photos défilaient, je découvrais des corps de jeunes femmes, de toutes les tailles et de toutes les corpulences, tantôt dans des poses arrangées, tantôt au naturel, nues ou vêtues. En couleur, en noir et blanc, en sépia. Mais c'étaient leurs visages qui nous ont le plus troublées, bien que certains soient flous. Quelques filles souriaient, d'autres semblaient effrayées, d'autres encore enduraient visiblement d'atroces souffrances. Certains des visages appartenaient à des cadavres, à différents stades de décomposition.

Adele s'est couvert la bouche des deux mains, les yeux écarquillés. J'ai cru qu'elle allait vomir.

Tracy a empilé les photos, les a remises dans le carton et a refermé le couvercle.

— Je ne pense pas que regarder ces filles pour l'instant soit une bonne idée, a-t-elle déclaré avec un calme presque naturel.

Elle s'est tournée vers Christine.

— Voilà qui devrait te réconforter. Certaines de ces photos semblent dater d'une vingtaine d'années. Tu n'as sûrement pas été la première.

Mais Christine semblait ressentir la même chose que nous : de l'horreur.

Qu'est-ce que cela signifiait ? Une fois de plus, j'ai serré entre mes doigts la photo de Jennifer dans ma poche. Y avait-il également un cliché d'elle dans cette boîte ?

— Jetons un œil aux carnets, ai-je proposé d'une voix maîtrisée, alors que j'avais envie de hurler.

Tracy les a attrapés et nous en a tendu un à chacun. J'ai tourné lentement les pages du mien, faisant attention à ne les toucher que du bout des doigts, comme si les mots qu'il avait écrits recelaient un poison.

— Qu'est-ce que c'est ? ai-je fini par demander.

Les carnets étaient remplis du gribouillis régulier de Jack Derber. J'ai lu une ligne à voix haute.

— « Sujet H-29 résiste à une douleur de niveau 6. »

Nous nous sommes tous tournés vers Adele. Elle était la seule à pouvoir avancer une explication. De toute évidence, elle était sous le choc elle aussi. Elle m'a pris le carnet des mains mais, contrairement à moi, elle en a caressé les pages comme s'il s'agissait d'un amour perdu.

— Ce sont ses... notes, a-t-elle murmuré avec un mélange d'horreur et d'admiration. Celles que je cherche depuis dix ans.

— Tu pourrais développer ? a lâché Tracy.

Soudain, Adele a paru confuse, son assurance s'évaporant à mesure qu'elle prenait conscience des implications pour nous. De ce que cela représenterait pour n'importe quel autre être humain. Elle a tenté de s'expliquer.

— Ce n'est pas ce que vous croyez. Jack... Jack prétendait avoir eu accès à des documents gouvernementaux classés secrets. Des recherches sur des techniques coercitives menées par la CIA sur des soldats et des civils dans les années 1950. Du genre lavage de cerveau, contrôle de l'esprit.

— Mais pourquoi ces carnets sont-ils rédigés de sa main ? s'est enquise Tracy qui ne semblait pas convaincue.

— Jack m'a raconté que son contact ne lui avait pas permis de photocopier les documents ; alors, il a dû tout recopier à la main. Il voulait publier une étude, la vérité ultime sur le contrôle de l'esprit. C'est sur ça que je travaillais avec lui, mais il refusait de me laisser voir ses notes.

— Adele, navrée de briser ton enthousiasme mais je ne pense pas que son travail se fondait sur des dossiers secrets de la CIA, a déclaré Tracy en tapotant le carton de photos à côté d'elle. C'était plutôt des recherches qu'il menait de sa propre initiative. Et on ne me fera pas avaler une seconde qu'il avait l'intention de publier quoi que ce soit, vu que ce sont des preuves de ses crimes.

Adele a secoué la tête. Elle semblait perdue, gagnée par la panique.

— Je ne vois pas de quoi tu...

— Lavage de cerveau ? l'a interrompue Christine. Adele, n'oublie pas que moi aussi j'ai fait de la psycho. J'ai entendu parler de ces expériences menées par la CIA qui reprennent des techniques de persuasion chinoises et coréennes. Elles ont été discréditées. La CIA a abandonné. Le lavage de cerveau ne fonctionne pas.

— Jack n'était pas de cet avis, a répliqué Adele. Il pensait que la CIA avait cessé ses recherches parce qu'ils s'étaient fait choper. Leurs méthodes étaient immorales, alors ils ont arrêté. Mais Jack disait que les documents qu'il avait obtenus prouvaient que la CIA avait réussi dans ses expérimentations. Et que sa découverte allait révolutionner le domaine.

— Je vois, a rétorqué Tracy. Et tu t'imaginais que si tu signais son papier avec lui, on t'inviterait à rejoindre Harvard.

Adele a pâli mais n'a pas bronché.

Je me suis rappelé les livres qu'Adele avait consultés à la bibliothèque, et j'ai commencé à comprendre. Mais alors, une autre pensée, horrible, m'a traversé l'esprit.

— Adele, en quoi ces recherches sont-elles liées à ta petite société secrète ? Je sais qu'elle existe. Jack et toi en étiez membres, pas vrai ? ai-je hasardé. Est-ce que ça a un rapport avec ces filles torturées ? Dis-nous la vérité, Adele. Ces filles faisaient-elles partie du projet ?

Adele a secoué la tête, le visage aussi blanc que les pages du carnet ouvert dans sa main.

— Non, non. Je ne suis au courant de rien à ce sujet, a-t-elle assuré en désignant les photos. C'est autre chose. Ça, c'est la folie de Jack. Mais il avait un côté fascinant. C'était un véritable érudit.

— Quel était le but de la société secrète alors, Adele ? On sait que tu en faisais partie. Scott Weber nous l'a dit.

Ce n'était pas la stricte vérité mais j'ai tenté le coup.

— Vous avez parlé à Scott ?

Elle a changé de ton, ses yeux lançaient des éclairs de fureur. Elle ressemblait à un animal pris au piège. Elle avait l'habitude d'avoir le contrôle, de garder ses secrets. Et voilà qu'elle se retrouvait dos au mur.

— Parle, Adele, a insisté Christine, les yeux rougis par les larmes mais la voix ferme.

— La « société secrète », comme vous dites, n'a rien à voir avec tout ça, ce n'était qu'un projet pour l'école.

— Explique.

Le mot a dû résonner douloureusement aux oreilles d'Adele. Dans son esprit, comme nous le savions toutes, c'était elle qui posait les questions. Elle nous a considérées chacune à notre tour, peut-être pour essayer d'évaluer la situation dans laquelle elle se trouvait, de déterminer qui avait le pouvoir ici. Nous avons gardé le silence pendant une minute entière, attendant qu'elle se décide. Enfin, elle a dû prendre conscience qu'elle n'avait pas d'autre choix et s'est lancée.

— David et moi, on est sortis ensemble au premier semestre. Il m'a initiée au mouvement BDSM quand on s'est rencontrés. Au début, je m'y intéressais d'un point de vue intellectuel, vous voyez, comme sujet d'étude, mais ensuite j'ai été... Disons simplement que j'y ai été aspirée. On a commencé à expérimenter et ça s'est emballé.

Elle s'est tue un instant et a pris une profonde inspiration. Elle semblait se résigner peu à peu à raconter son histoire.

— Et un jour, Jack nous a surpris dans le fond de la bibliothèque de sciences sociales, alors que nous étions en plein... jeu de rôle des plus imaginatifs. Inutile de préciser que sa curiosité était piquée. Au début, nous étions horrifiés qu'un prof nous ait découverts. Puis nous avons été flattés qu'il soit si intrigué. Jack était tellement impressionnant et je commençais tout juste à travailler pour lui comme assistante, alors j'étais ravie d'avoir quelque chose à lui apporter.

« Très vite, nous sommes allés ensemble au Caveau. Et puis, j'imagine que Jack nous a fait suffisamment confiance, il nous a invités à rejoindre son... "groupe d'études privé", je crois que l'expression convient mieux. Il avait monté un petit groupe exclusif pour analyser cette subculture sous un angle que l'université n'aurait pas forcément approuvé. Une approche plus pragmatique, dirons-nous.

— C'était en rapport avec le groupe Bataille, c'est ça ? ai-je demandé.

Adele a paru surprise.

— Oui, *Acéphale*. Comment... ?

— La marque qu'il nous a faite. Elle représente son symbole, l'homme sans tête, a répondu Tracy.

— Oh ! je ne m'en étais pas rendu compte ! a fait Adele, sidérée, avant de reprendre contenance et de poursuivre. Eh bien, oui, Jack était obsédé par la littérature transgressive de Bataille, Sade, Mirbeau. Il croyait que ça nous aiderait à comprendre les origines psychologiques de la perversion, du fétichisme, des pulsions sadiques, tout ça.

Les mots se bousculaient dans sa bouche, comme chez un religieux fanatique.

— Mais il ne croyait pas que le comportement transgressif pouvait être étudié simplement par l'observation. Ce n'était pas comme la dépression, la schizophrénie ou les troubles du sommeil. Selon lui, nous devions en faire nous-mêmes l'expérience.

« Alors c'est ce qu'on a fait. Nous avons changé toute notre vie pour aller au cœur de cette étude. Nous avons créé nos propres rituels et incorporé ces textes pour aller au fond des choses, pour nous aider à nous libérer des conventions sociales et découvrir nos véritables personnalités. Et de là, nous pouvions aller plus loin et comprendre ce qui se trouvait au-delà...

Devant nos têtes ahuries, elle s'est tue d'un coup. Elle nous avait perdus en route.

Adele s'est éclairci la gorge.

— Alors, oui, a-t-elle repris. Dans ce cadre, nous avons évoqué le sacrifice humain, la mutilation, l'esclavage sexuel, et toutes sortes d'autres actes dégradants. Mais c'était un jeu. Ce n'était pas la réalité. C'était la même chose que ce que nous pratiquions au club.

Elle s'est arrêtée et a tourné la tête vers la boîte de photos. Des larmes ont perlé au coin de ses yeux.

— En tout cas, c'est ce que je croyais, a-t-elle repris. Je ne sais pas. Peut-être que Jack nous formait pour autre chose, mais ce n'est jamais allé jusque-là. Je le jure.

Nous la fixions tous avec incrédulité. Aucun d'entre nous n'osait bouger de peur qu'elle n'interrompe son récit.

Quand elle s'est tue, j'ai balayé rapidement la pièce du regard, vérifiant les portes, les fenêtres, l'oreille tendue. L'endroit était plongé dans le silence et l'immobilité. Jack nous faisait attendre. Je tenais le couteau que j'avais récupéré dans la cuisine contre mon genou, la main fermement serrée sur le manche.

Après avoir poussé un lourd soupir, Adele a repris la parole.

— Jack avait aussi invité son vieil ami – Joe Myers, c'est comme ça qu'il l'appelait à l'époque – à se joindre à nous. C'était quelque chose, ce type. Le plus *hard* d'entre nous. Violent et cruel. À tel point que je me suis plusieurs fois demandé dans quoi je m'embarquais avec lui. Mais j'étais déjà trop impliquée, alors. Et Jack était toujours celui qui conservait le contrôle absolu. À l'époque, je lui faisais bêtement confiance pour nous garder sains et saufs.

Elle s'est interrompue, nous a observés, et a déclaré d'une traite :

— Il se trouve que je ne connaissais pas le véritable nom de Joe Myers avant qu'il n'apparaisse hier sur la liste des suspects les plus recherchés par le FBI.

Elle a vu la stupeur se peindre sur nos visages tandis que nous enregistrions ses paroles.

— Oui. Noah Philben.

Elle a laissé l'information se frayer un chemin dans nos esprits avant de continuer.

— Le jour où Jack a été arrêté, la nouvelle s'est répandue sur le campus comme une traînée de poudre. Le FBI concentrait d'abord ses efforts sur la maison. Avant qu'ils viennent fouiller son bureau à la fac, je m'y suis introduite. Je savais que je n'aurais pas d'autre occasion. J'ai pris tout ce que je pouvais avec moi pour continuer le projet, mais je savais aussi qu'il avait conservé du matériel essentiel chez lui, et je n'avais aucun moyen d'y pénétrer.

« Noah Philben – Joe Myers pour moi à l'époque – souhaitait également récupérer les affaires de Jack, même si j'ignore pourquoi. Et je craignais qu'il se soit déjà servi. Je voulais l'interroger, mais il a disparu. Je n'ai pas réussi à le retrouver après l'arrestation de Jack vu que je ne connaissais pas son vrai nom. Je jure que je ne l'ai appris qu'hier quand on a montré sa photo aux infos.

Elle s'est tournée vers moi.

— Quand j'ai vu son visage et que j'ai entendu que Sylvia appartenait à son Église, je me suis doutée que vos recherches vous avaient menées à lui. Et j'avais raison.

— Et tu voulais savoir ce que nous avions découvert exactement, c'est ça, Adele ? C'est pour ça que tu nous as appelées, que tu voulais nous retrouver à l'hôtel, l'a interrompue Tracy.

— Mais, Adele, d'après Scott Weber, la société secrète continuait de se réunir après l'arrestation de Jack, ai-je dit pour la relancer.

— En quelque sorte, a-t-elle répondu. On se retrouvait mais, à ce stade, il n'y avait plus que David, moi, et deux autres personnes que nous avions rencontrées au Caveau. On se regroupait afin de s'assurer qu'il n'existait aucun lien avec Jack qui pourrait faire remonter la police jusqu'à nous.

« Et oui, je continuais à fréquenter David. J'étais… Je ne voyais Scott que pour le tenir à l'écart des recherches de Jack. Je ne voulais pas qu'il tombe sur ses notes avant moi. C'est un très bon journaliste, alors je devais l'éloigner. Je sais que ça ne semble pas très éthique, mais il faut que vous compreniez : ce travail est devenu ma vie.

— Sans blague, a marmonné Tracy.

— Tu n'étais pas émue, dégoûtée, horrifiée ou quelque chose comme ça par ce que tu venais d'apprendre sur ton prof et, appelons un chat un chat, ton *ami* ? ai-je demandé à Adele.

— Si, si, bien sûr. Absolument. Je me disais juste que je devais me montrer forte parce que c'était vraiment... une belle opportunité pour moi.

— Tu es écœurante, Adele, a craché Tracy avec dégoût.

À ces mots, Adele s'est éloignée et a regagné sa place près de la fenêtre. Elle nous a tourné le dos, et je n'ai pu déterminer si elle regrettait ou non de nous avoir fait ces révélations. On l'a laissée dans son coin.

Tandis que nous nous remettions du récit d'Adele, Ray s'est mis à examiner les photos du carton. Tout à coup, il a bondi et m'a demandé, d'un air paniqué :

— Comment appelait-il ses « sujets » déjà ? Dans les carnets ?

J'en ai soulevé un.

— Voyons : il y a un sujet L-39 et un autre M-50.

— C'est ça, regardez.

Il m'a tendu une photo, l'a retournée. J'ai tout juste distingué les mots « Sujet M-19 » griffonnés dans le coin inférieur gauche. J'ai pris la pile de clichés des mains de Ray. Comme on pouvait s'y attendre, les photos étaient toutes soigneusement étiquetées avec des petites lettres, chacune selon le même modèle : Sujet P-9, L-25, Z-03.

Alors j'ai trouvé H-29, le sujet dont j'avais lu le rapport dans le carnet. Elle était blonde et portait une chemise de nuit en lambeaux ; ses paupières étaient closes, une ecchymose bouffie violette s'étalait sur sa joue gauche, une chaîne était enroulée autour de son cou. On voyait ses dents, ses lèvres étaient en sang autour.

Tracy avait raison depuis le début. Ces filles étaient bien le sujet d'étude de Jack.

## Chapitre 37

Tracy s'est brusquement levée et m'a arraché les photos des mains. En deux enjambées, elle a traversé la pièce et agité les clichés sous le nez d'Adele.

— Tu ne vois donc pas ce que ça signifie ? a-t-elle hurlé. Il faut que je te fasse un dessin ? Il n'y avait pas de documents secrets de la CIA, Adele. Ça n'avait rien d'un honnête travail universitaire. Jack menait ses propres expériences de contrôle de l'esprit. En pratiquant la torture. Sur ces filles.

Elle a marqué une pause.

— Et sur nous !

De dégoût, Tracy a jeté les photos aux pieds d'Adele. Personne n'a émis le moindre son – nous nous sommes contentés d'écouter les photos glisser sur le parquet. Alors, après avoir reculé d'un pas, Tracy a dardé un regard noir sur Adele. Elle a repris la parole d'une voix plus calme.

— On dirait que Jack voulait faire de toi sa protégée, mais d'un genre différent de ce que tu pensais.

Adele a baissé les yeux sur les photos éparpillées à ses pieds. Elle s'est penchée, en a ramassé une puis a étudié l'écriture au dos. C'était ça, le travail de sa vie, basé sur les expériences qu'un cinglé menait sur des filles qu'il avait enlevées. Et pire encore, il se pouvait bien que ce taré l'ait lentement incluse dans ses machinations. Qu'il l'ait formée pour devenir l'une des leurs, pour qu'elle prenne part à une étude atroce, une œuvre majeure de torture et de destruction.

— Je crois que... J'ai besoin d'être seule quelques minutes, a déclaré Adele.

Elle a tourné lentement les talons et quitté la pièce comme un zombi, le regard braqué droit devant elle.

— Est-ce qu'on la suit ? a demandé Tracy quand il est devenu clair qu'Adele ne revenait pas.

— Non, elle est en état de choc. Elle sait qu'elle s'est fait avoir. Elle pensait être la reine de la manipulation, mais il s'avère que c'est elle qui s'est fait berner. Elle est une autre victime de Jack. Dans un genre différent, peut-être, mais quand même.

Je me suis tue et j'ai respiré un grand coup avant d'ajouter :

— Alors je crois que, pour le moment, on devrait lui laisser un peu de temps.

Tracy a reporté son attention sur les carnets.

— Eh bien, moi aussi j'aurais bien besoin d'un peu de temps. Ou de dix autres années de thérapie. Ou de plusieurs verres de vodka.

Elle s'est penchée au-dessus des photos, en a ramassé une par-ci, une par-là, en a dessiné le contour du bout des doigts.

— Alors, a-t-elle fait d'une voix à peine audible, on était simplement les... sujets de ses expériences, nous aussi ?

Je me suis assise à côté d'elle, j'ai attrapé une photo, celle d'une petite brune aux cheveux frisés – résultat d'une permanente maison plutôt que réalisée dans un grand salon – qui regardait d'un air absent l'objectif. Sujet S-5. *Dans les années 1980*, ai-je supposé.

Christine avait repris sa place sur la banquette sous la fenêtre. Ray faisait les cent pas en se tordant les mains. Nous étions tous très secoués.

— Vous pensez qu'il s'agit des cinquante-quatre autres filles sur la liste de Jim ? Est-ce que certaines d'entre elles sont encore en vie ? Et si oui, sont-elles en cavale avec Noah Philben en ce moment même ? les ai-je questionnés.

Tracy a secoué lentement la tête.

— Je me demande si Noah Philben est lui aussi un « véritable érudit ».

— Je ne crois pas, ai-je répondu en entassant machinalement les photos. J'ai plutôt l'impression que Jack aimait torturer et que Noah aimait se faire du fric. Ils ont trouvé un moyen de joindre l'utile à l'agréable. Et maintenant que Jack ne peut plus participer, je suis sûre qu'il apprécie d'entendre les récits du monde malsain qu'il a mis en place. Et qu'il dirige toujours sans doute.

Puis, repensant à notre situation, j'ai ajouté :

— Ou alors, c'est Sylvia qui est aux commandes. Après tout, c'est elle qui nous a piégées. Elle est peut-être son bras droit maintenant.

— Comme toi à l'époque, Sarah ? a demandé Tracy à voix basse.

— Qu'est-ce que tu veux dire ?

— Je veux dire : regarde comment tu nous as trahies. Tu étais pratiquement à la place de Sylvia. Ç'aurait pu être toi...

— Je n'ai rien à voir avec Sylvia ! Comment peux-tu dire ça !

Tracy s'est levée et s'est avancée vers moi, s'approchant assez près pour me savoir mal à l'aise. À cet instant, j'ai maudit mon corps qui se tassait devant elle.

— Sarah, est-ce que tu as subi un lavage de cerveau et oublié ? Tu ne te rappelles pas comment c'était, les derniers mois dans la cave ? Quand tu... Quand tu as basculé de l'autre côté ?

J'ai secoué la tête.

— Non, non, je n'ai pas basculé.

— Ah bon ? Tu es sûre ? Dans ce cas, comment expliques-tu que tu avais pratiquement emménagé à l'étage à ce moment-là ? Comment expliques-tu que, lorsque l'une de nous était attachée au chevalet, tu restais plantée là, à côté de lui, à l'aider, à lui tendre ses outils et ses instruments, à sourire ? J'imagine que ses techniques ont fonctionné sur toi, après tout.

Tracy me hurlait dessus à présent.

Mon esprit s'est emballé, noyé sous les fragments de souvenirs, de scènes décousues. J'ai secoué la tête, comme si cela pouvait effacer les images que ses paroles avaient fait surgir. J'ai serré les paupières, me suis mordu la lèvre avec force pour ravaler les larmes que je sentais perler à mes yeux. Je refusais de perdre le contrôle maintenant. Je voulais être forte.

Je me suis ressaisie et redressée. Le premier visage que j'ai vu en rouvrant les yeux a été celui de Ray. J'ai discerné la stupeur et l'horreur dans son regard qui passait de moi à Tracy.

— Je ne me souviens pas de ça. Ce n'est jamais arrivé, ai-je fini par dire, exténuée par mon combat avec mes souvenirs.

Christine avait quitté son perchoir et s'approchait à pas lents.

— C'est arrivé, Sarah. C'est la vérité.

— Et ce n'est même pas le pire, Sarah, a repris Tracy de plus belle. Je pourrais presque te pardonner pour ça. On était sous-alimentées, on n'avait pas les idées claires. Mais je croyais que nous suivions un certain code d'honneur, là en bas. Un engagement les unes envers les autres. Et tu l'as violé d'une façon bien pire que tout ce que Jack pouvait nous faire.

— Non, non, ai-je répété tout en continuant à secouer la tête.

— Si, Sarah.

La pièce est tombée dans le silence l'espace d'un instant puis Tracy a déclaré, d'une voix lente et mesurée, détachant chaque syllabe :

— Tu lui as parlé de mon frère. Tu lui as parlé du suicide de Ben.

À ces mots, une chose incroyable s'est produite. Tracy s'est mise à pleurer. À verser de vraies larmes. Je l'ai dévisagée, sous le choc. Jamais je ne l'avais vue pleurer. Toutes ces années dans la cave, elle s'était montrée si forte, elle ne nous laissait jamais la surprendre dans cet état, et voilà qu'aujourd'hui... et pas à cause de Jack, mais à cause d'une chose que j'avais faite, moi...

— Pourquoi ? a-t-elle demandé. Il n'avait pas besoin de le savoir. Je comprenais ce que tu avais à gagner en l'aidant avec ses instruments. Je sais que tu essayais d'entrer dans ses bonnes grâces pour qu'il te fasse confiance, assez pour te laisser aller dehors. Ça, je le comprends.

« Mais pourquoi lui parler de Ben ? Alors que tu savais qu'il s'en servirait contre moi. J'aurais pu encaisser n'importe quoi d'autre. Être ligotée, bâillonnée, électrocutée, battue... n'importe quoi. Mais je ne voulais pas qu'il prononce le nom de Ben. Une fois qu'il a su pour lui, il a pu me manipuler, me faire croire que la mort de Ben était ma faute, que j'étais l'unique responsable.

Elle s'est tue brusquement, s'essuyant le visage de sa manche. Puis elle a plissé les yeux et m'a fixée.

— Eh bien, j'ai un autre secret pour toi, Sarah. Je sais que tu crois être la seule à avoir souffert. Mais laisse-moi te dire que les premières années dehors ont été difficiles pour moi aussi. Grâce à toi, je ne pouvais m'empêcher de repenser à ce que Jack m'avait dit ici.

Elle est demeurée silencieuse un instant puis, les yeux fermés, elle a avoué :

— En fait, ça a été si dur que j'ai essayé de rejoindre Ben au fond de ce lac. Deux fois. Et de toute évidence, vu ma situation actuelle, j'aurais mieux fait d'y rester.

Personne n'a dit un mot. J'ai gardé la tête baissée, incapable de croiser son regard. Je n'en revenais pas. Tracy semblait si coriace, si puissante. La plus forte de nous toutes. Cette expérience avait-elle failli la détruire complètement elle aussi ?

Ou peut-être que c'était moi qui l'avais presque détruite ?

Elles avaient raison. Je n'avais pas besoin de raconter son secret à Jack. Pourquoi l'avais-je fait, alors ? Mes souvenirs de cette période étaient si alambiqués, si douloureux et pourtant si confus. Peut-être y avait-il eu un moment, un bref instant, une seconde fugace, où j'avais perdu la tête et pensé qu'être avec Jack, l'aider, était en quelque sorte l'aboutissement de ma vie. Une seconde où j'avais cru en sa vision tordue du monde. Où une partie infime de moi s'était résignée à passer le reste de ma vie à ses côtés, à servir sa cause sadique, à satisfaire ses besoins pervers. J'avais eu besoin d'y croire afin de pouvoir mener mon plan à bien. Y croire juste un tout petit peu pour le convaincre. Mais étais-je allée trop loin ? Avais-je franchi une ligne ? Avais-je été la réussite de son expérience malsaine ?

J'ai seulement réussi à bégayer :

— Je suis désolée. Je suis désolée… Je…

Mais, à cet instant, un nouveau son nous est parvenu de l'avant de la maison.

# Chapitre 38

Tout le monde s'est tourné vers l'entrée de la bibliothèque où Adele avait laissé la double porte entrebâillée. Nous avons entendu des pas approcher. La silhouette d'une femme s'est découpée dans la pénombre, comme un fantôme, glissant sur le sol. Elle tenait un pistolet. Et se rapprochait.

— Sylvia ! s'est écrié Ray.

Je n'en croyais pas mes yeux. La pièce a semblé tourner autour de moi, puis disparaître complètement. Le monde s'effondrait dans ma tête. Un millier de mondes s'effondraient. Mon esprit ne parvenait pas à assembler les morceaux du puzzle. La réalité s'offrant devant mes yeux était trop perturbante. Peu importaient les efforts que j'y mettais, impossible de donner un sens à ce que je voyais.

— Ce n'est pas Sylvia, ai-je fini par dire, le sang me montant à la tête. C'est… C'est Jennifer.

— Oh ! mon Dieu ! s'est exclamée Christine du fond de la pièce.

Tracy, sous le choc, a marmonné un vague :

— C'est quoi, ce bordel ?

— Mais si, c'est Sylvia, a répété Ray, d'une voix presque suppliante. C'est elle.

La femme s'est avancée vers nous avec son arme levée.

Enfin, elle a parlé.

— Rassemblez-vous. Asseyez-vous par terre. Les mains en l'air.

J'étais perdue, déboussolée, déchirée. Et malgré tout, le sentiment qui prédominait était la joie, une sensation d'être enfin complète. C'était Jennifer. Jennifer. C'était bien elle. Nous étions enfin réunies, au terme de ce qui ne pouvait être qu'un moment d'égarement, un coup du sort, une parenthèse de treize ans dans ce qui aurait dû être notre vie ensemble. J'avais l'impression de pouvoir courir vers elle, jeter mes bras autour de son cou et lui chuchoter des secrets au creux de l'oreille comme nous l'avions toujours fait. Elle était saine et sauve. Elle était vivante. Nous étions toutes les deux vivantes.

Malgré moi, j'étais en train de murmurer son prénom. Je me disais qu'une fois qu'elle aurait compris que c'était moi, elle baisserait son arme et qu'on pourrait rentrer chez nous ; les treize dernières années s'effaceraient. Nous pourrions dresser une nouvelle Liste des Interdits, et on la suivrait à la lettre, et on serait en sécurité, ensemble, pour toujours. Elle ne pouvait pas être celle qui nous emprisonnait de nouveau. Nous devions avoir tout compris de travers, et il existait une explication logique.

Le pistolet n'a pas vacillé. Nous nous sommes exécutés.

Alors, du coin de l'œil, j'ai vu la porte d'entrée grande ouverte derrière Jennifer. Même frappé de stupeur, mon esprit, branché sur le mode autopréservation, a immédiatement commencé à calculer les chances. Comment échapper à Jennifer et gagner la porte ? Je me suis aperçue qu'une fois de plus, tout ce à quoi je pensais, c'était sauver ma peau, laisser les autres à leur sort. Je les sauverais si je le pouvais, mais seulement dans un deuxième temps, une fois que j'aurais assuré mon propre avenir.

La prise de conscience de ce que j'étais en train de faire, même à cet instant, m'a forcée à admettre une chose sur mon compte. Tracy et Christine avaient raison. Que m'avait fait Jack Derber ? À ce moment-là, une part de moi était prête à renoncer. Il pouvait arriver n'importe quoi et, d'une certaine manière, je m'en fichais.

*Mais non*, me suis-je reprise en repoussant cette vague de désespoir. Je voulais vivre. Je voulais être forte. Et j'avais besoin de comprendre.

— Jennifer, je croyais... Je croyais que tu étais morte. Le corps... Avec moi dans le cercueil..., ai-je bégayé.

— Oui, je sais que c'est ce que tu as cru. Il y avait d'autres cadavres, Sarah. Ce n'était pas le mien.

— D'autres cadavres ? Où étais-tu, toi, alors ?

Mon cerveau peinait à donner un sens à ses paroles. J'avais cru que c'était moi qui avais retourné ma veste. Je comprenais à présent que Jennifer était allée encore beaucoup plus loin dans ce domaine.

— Est-ce que tu savais que j'étais dans cette boîte ?

Jennifer a papilloté des yeux quelques secondes puis elle s'est détournée de moi. Tracy a remué et Jennifer a pointé l'arme sur elle.

— Ne bouge pas, Tracy, ou je te tue en premier.

— En premier ? s'est écriée Christine d'une voix perçante, juste derrière moi.

— Chut, chut..., ai-je essayé de la calmer sans tourner le dos à Jennifer.

Ray affichait une expression de profonde confusion, mais le temps nous manquait pour lui fournir une explication sur les probables événements. Lui dire que Sylvia Dunham devait bien exister, mais que ce n'était pas la personne en face de lui et qu'il ne l'avait jamais rencontrée. Que Tracy et moi avions connu les parents de la vraie Sylvia Dunham et l'avions vue en photo. Qu'elle avait dû se faire enlever il y avait longtemps. Que Jack avait donné son identité à Jennifer pour qu'elle puisse sortir dans le monde extérieur, y suivre ses ordres. Qu'ils avaient certainement eu besoin de documents officiels pour qu'elle puisse lui rendre visite en prison, d'où le mariage. Il avait pu arriver n'importe quoi à la vraie Sylvia, et il lui était sûrement arrivé le pire.

Tout à coup, j'ai aperçu Adele qui revenait dans la bibliothèque ; elle se trouvait derrière Jennifer. J'ai voulu lui faire signe, mais je n'ai pas su comment. Elle était notre unique espoir. Elle avait pleuré et semblait perdue dans ses pensées, avançant les yeux baissés.

J'espérais en dépit du bon sens que les autres ne trahiraient pas sa présence.

Christine a retenu son souffle et, du coin de l'œil, j'ai vu Tracy lui donner un coup de genou dans la jambe. Nous avions toutes une conscience aiguë que notre sort reposait entre les mains d'Adele. Les secondes se sont écoulées douloureusement. Adele a fait un pas, deux pas, trois. Jennifer était juste devant elle, nous observant avec une lueur étrange de victoire dans les yeux.

*Lève la tête, Adele, lève la tête !* Nous pensions tous la même chose. Tout le monde retenait son souffle.

Adele a levé les yeux. *Ne crie pas, ne crie pas, je t'en prie !*

Alors, tout a semblé se dérouler au ralenti. Adele n'a pas crié. À la place, elle s'est baissée lentement et a ramassé la poêle qu'elle avait laissée par terre en partant. Elle n'a hésité qu'une fraction de seconde.

Toutefois, j'ai vu dans son regard qu'en dépit de toutes ces années à jouer les dominatrices, elle n'était pas préparée à infliger une douleur réelle à un autre être humain, à provoquer sa mort peut-être même. Et je ne le voulais pas non plus. J'avais même peur pour Jennifer à cet instant précis. Encore maintenant, je ne souhaitais pas que Jennifer meure. Pas alors que je venais de la retrouver après tant d'années. Pas même alors que j'étais relativement convaincue qu'elle allait me tuer.

Adele a soudain levé la poêle au-dessus de sa tête et, d'un seul mouvement, l'a abattue sur la main de Jennifer. Un coup est parti tandis que le pistolet volait dans la pièce. Adele a trébuché et, avec le poids de la poêle, a perdu l'équilibre et s'est affalée par terre.

D'un regard rapide, j'ai balayé la pièce. Ray avait été touché au pied. Il hurlait de douleur ; le sang se répandait sur le parquet ciré. Christine semblait paralysée par la peur.

Tracy et moi avons bondi sur nos pieds, fonçant sur Jennifer. Je l'ai atteinte la première. Elle avait déjà tourné les talons et se précipitait vers la porte ouverte, prête à la claquer derrière elle. Pour nous prendre une nouvelle fois au piège. Cette fois, pour de bon.

C'était le moment ou jamais. Tracy ne la rattraperait pas à temps. Je devais m'en charger. Je devais la retenir, prendre un corps dans mes bras, et pas n'importe quel corps, celui dont je me languissais depuis si longtemps et qui hantait en même temps mes souvenirs du cercueil. Cette idée m'a donné la nausée, la chair de poule, mais j'ai ravalé mon angoisse. Je me battrais jusqu'au bout.

J'ai couru aussi vite que j'ai pu et l'ai plaquée avec force, jetant mes bras autour d'elle dans une étrange étreinte. Je la tenais fermement, mes bras enroulés autour d'elle jusqu'à croiser les mains. Elle s'est tortillée pour me faire face, me repousser. J'ai senti son souffle sur mon visage. Je n'avais pas été aussi proche de qui que ce soit depuis des années. Elle a agité les bras, s'est débattue comme un beau diable, mais, cette fois, j'étais forte. Cette fois, je nous sauverais toutes.

Tracy était juste derrière moi, elle m'a aidée à lui bloquer les bras. Adele s'était relevée, avait quitté la pièce comme une furie et était revenue avec la corde récupérée dans la cave. Ensemble, nous avons attaché Jennifer avec des liens serrés. Effrayés à l'idée de rester plus longtemps dans la maison, nous l'avons tirée dans la cour et nous nous sommes plantés autour d'elle, dardant sur elle des regards incrédules.

# Chapitre 39

Personne n'a parlé. Nous avions beau ne pas saisir tous les détails de l'histoire, nous en comprenions déjà assez pour nous faire une idée de ce qu'il s'était passé. Plus tard, nous apprendrions la terrible épreuve qu'avait traversée Jennifer, les années de torture et de manipulations qu'elle avait subies auprès de Jack dans la maison et ensuite dans la secte de Noah Philben. Comment ils se l'étaient refilée pour satisfaire leurs besoins sadiques avant de se servir d'elle comme intermédiaire avec Jack en prison. Les choses qu'elle avait dû accomplir pour survivre. La souffrance qu'elle avait endurée et, pire encore, qu'elle avait été contrainte d'infliger.

Tracy est descendue au bas de la colline, cherchant désespérément du réseau et a fini par appeler Jim. Il a débarqué en fanfare toutes sirènes hurlantes. C'était un rappel cuisant de la dernière fois, dix ans plus tôt, quand il était venu sauver Tracy et Christine.

Je savais qu'ils allaient emmener Jennifer à l'hôpital et j'imaginais qu'elle finirait sans doute en institution psychiatrique. Quand elle a été complètement maîtrisée par la police, je me suis approchée.

C'était bien elle. Elle avait vieilli, son visage portait les traces d'une vie difficile remplie uniquement de tragédies – elle avait des rides précoces, sa peau était blafarde. Mais c'était quand même elle. Après toutes ces années à croire que le corps froid dans la grange était ma précieuse Jennifer, c'était presque irréel de la voir en chair et en os, bien vivante. C'était comme voir le cadavre de mes cauchemars prendre vie. Je me suis vaguement interrogée sur l'identité de celle qui m'avait tenu compagnie dans le cercueil avant de repousser l'idée loin de mon esprit. Le plus important, désormais, c'était que j'avais retrouvé Jennifer.

Elle était attachée sur un brancard, mais les liens paraissaient superflus car elle se tenait complètement immobile. Même ses yeux ne bougeaient pas, ils étaient fixés sur un point au loin.

Pensait-elle à Jack Derber ?

Je ne voulais pas poser la question et pourtant j'avais besoin de savoir comment elle en était arrivée là. Je me suis penchée vers elle.

— Jennifer ? ai-je dit dans un murmure. Jennifer, que s'est-il passé ?

Pendant un long moment elle n'a pas bougé puis, finalement, elle a tourné les yeux vers moi. Étais-je en train de rêver ou son regard s'est-il adouci ? Je voulais croire de toutes mes forces que je discernais une trace de la Jennifer que je connaissais, quelque part, dans ces yeux qui me suppliaient, comme avant.

Sa voix était claire quand elle a enfin parlé.

— Je n'ai plus peur. Plus rien ne m'effraie.

Ça a été tout. Ensuite, elle a détourné le regard. L'horreur de la réalité m'a transpercée comme un couteau aiguisé. Elle n'était plus la même personne.

J'ai essayé de me consoler en pensant que, qui qu'elle soit désormais, elle serait en sécurité à partir de maintenant là où ils la mettraient, là où rien ne pourrait plus jamais la faire souffrir.

Je me suis demandé s'il y avait une chance qu'elle puisse redevenir la fille qu'elle était dans ma chambre sous les toits. Je me suis juré d'être là pour elle à compter de cet instant. J'essaierais de la sauver pour de vrai cette fois, s'il y avait la moindre chance, même la plus infime, qu'elle puisse l'être.

Le temps que Jim me rejoigne dans un coin de la cour de Jack, aussi loin que possible de la grange, on l'avait emmenée. Les ambulanciers étaient en train de bander le pied de Ray, Christine se faisait interroger par un policier et Tracy par un autre. Adele était assise seule dans un coin, murée dans le silence, observant les agents délimiter le périmètre de leur ruban jaune.

Jim s'est assis à côté de moi ; il a tiré sur un brin d'herbe et l'a fait rouler entre ses doigts. Il gardait ses distances.

— Ça n'a pas été facile, là-dedans. Est-ce que ça va ?

— Pas vraiment, non.

— Je comprends, a-t-il fait en me lançant un regard intense. Sarah... La boîte postale 182 ? L'un de mes hommes a montré une photo de Jack Derber à la guichetière qui travaillait à River Bend à l'époque.

— Et ?

— Elle le connaissait sous le nom de Tommy Philben. C'est le nom dont il s'est servi sur le formulaire.

Il s'est tu, me laissant digérer l'information.

— Alors ils ont toujours été de mèche, hein ? D'une façon ou d'une autre. Noah et Jack. Cette fois, on en a la preuve.

— On dirait bien.

Après quelques minutes de silence :

— Sarah, j'ai parlé au Dr Simmons. Elle veut vous aider.

— Non, merci, ai-je répondu en me tournant vers lui. Il n'y a pas de « il faut surmonter ça » cette fois. J'ai compris quelque chose dans cette maison.

— Quoi ?

— Que peu importe ce que je me racontais, à un moment donné, tout ce que j'ai fait, ça a été de me soucier de moi et rien que de moi. J'ai été égoïste, et faible. Et c'est pour cela que j'ai été à un cheveu de devenir comme Jennifer. Maintenant que j'en ai pris conscience, je dois changer les choses.

— Quelles choses ?

— Les cinquante-quatre autres.

— Quoi ?

— Il me faut la liste.

— Sarah, je ne peux pas vous la donner.

— Jim.

Sans un regard pour lui, j'ai attendu.

Nous sommes demeurés silencieux quelques minutes. Puis, sans ajouter un mot, il s'est levé et est allé à sa voiture.

Un instant plus tard, il est revenu avec une enveloppe kraft à la main. Avec un soupir et un haussement d'épaules, il me l'a tendue.

— Si on vous le demande, ce n'est pas moi qui vous ai donné ça.

J'ai sorti la feuille et examiné les noms. Les caractères d'imprimerie se sont brouillés devant mes yeux. J'ai respiré un grand coup.

— Vous avez de quoi écrire ?

Il a plongé la main dans sa poche et en a sorti un stylo qu'il m'a tendu.

Tout en haut de la liste, en lettres majuscules comme je le faisais plus jeune, j'ai écrit « SYLVIA DUNHAM ».

Je lui ai rendu son stylo et l'enveloppe vide, j'ai plié la feuille en quatre et l'ai glissée dans ma poche.

Je me suis demandé où pouvait bien être Sylvia Dunham, la fille de la photo, celle de première. La fille perdue quelque part sans identité. J'allais la retrouver. D'une manière ou d'une autre. Et j'aiderais ses parents à comprendre qu'elle ne leur avait pas préféré le diable. Je voulais effacer cette douleur, à défaut d'une autre. C'était le moins que je puisse faire.

Alors j'ai senti brûler en moi cette détermination. Consumer la vacuité et le vide qui m'habitaient. Emporter ma peine, l'engloutir pour laisser place au besoin. Le besoin d'arranger les choses. De toutes les sauver.

Je me suis tournée vers Jim. Il souriait. Nous nous sommes levés. Je me suis demandé si le changement en moi était visible de l'extérieur.

Je lui ai tendu la main. Il a paru surpris, mais il l'a serrée dans la sienne. Sa main était chaude et sa peau douce. Sa poigne, rassurante et confortable. Je l'ai regardé droit dans les yeux. Je n'avais jamais remarqué qu'ils étaient verts. Alors, nous nous sommes souri.

Remerciements

Je voudrais remercier ma brillante agente, Alexandra Machinist, qui a accompagné d'une main de maître ce roman depuis son premier jet ; Dorothy Vincent, excellente représentante à l'international ; Tina Bennett, pour avoir ouvert la première porte ; Pam Dorman et Beena Kamlani, pour leur travail d'édition ainsi que toute l'équipe chez Pamela Dorman Books/Viking, pour leur travail acharné et leur dévouement pour ce livre. Un grand merci aussi à mon mari, Stephen Metcalf, qui m'a beaucoup aidée, d'un point de vue à la fois émotionnel et éditorial, en donnant vie à ce roman ; à Stella et Kate, à qui j'interdis d'en lire la moindre ligne avant la fac ; à ma fabuleuse sœur, Lindsy Farina ; à ma meilleure amie et source d'inspiration, Lisa Gifford ; à mes autres amis proches qui ont soutenu de différentes manières ce livre : George Cheeks, Emily Kirven, Michael Kirven, Corey Powell, Paige Orloff, David Grann, Jeff Roda, Jennifer Warner, Virginia Lazalde-McPherson, Mike Minden, et Marshall Eisen ; enfin merci à Melissa Wacks, pour m'avoir aidée à donner un sens à tout ça.

Imprimé en France par CPI
en mai 2015
N° d'impression : 127329

*Composé par Facompo*
*187, rue Calmette-et-Guérin, 14100 Lisieux*

Fleuve Éditions
12, avenue d'Italie
75627 Paris Cedex 13

Dépôt légal : juin 2015
R09798/01